文庫 NV
〈NV1296〉

古書店主

マーク・プライヤー
澁谷正子訳

早川書房
7294

THE BOOKSELLER
by
Mark Pryor

Translated by
Masako Shibuya
First published 2013 in Japan by
HAYAKAWA PUBLISHING, INC.
This book is published in Japan by
arrangement with
TARYN FAGERNESS AGENCY
through THE ENGLISH AGENCY (JAPAN) LTD.

妻のサラへ

著者まえがき

私はパリをとても愛しているが、その歴史や地理にときおり勝手に大きな変更を加えることを余儀なくされた。私の身勝手な要求に合うように出来事を創作し、街を捏造《ねつぞう》した。あらゆる誤り、不当表示——意図的にしろ、そうでないにしろ——は、私のせい、私だけのせいである。

古書店主

登場人物

ヒューゴー・マーストン………………駐仏アメリカ大使館外交保安部長

トム・グリーン…………………………ヒューゴーの友人。元CIA局員

クラウディア・ルー……………………ジャーナリスト

クリスティーン（クリッシー）………ヒューゴーの別れた妻

J・ブラッドフォード・テイラー……駐仏アメリカ大使

エマ………………………………………ヒューゴーの秘書

ジェラール・ド・ルシヨン……………伯爵

ジャン……………………………………ジェラールの運転手

マックス
フランソワーズ・ブノワ ｝……………ブキニスト（古書露天商）

ニカ………………………………………ならず者

ジャン・シャボー………………………マックスの代わりに古書店を出店した男

ピーター・ケンダル……………………バロー通りの古書店経営者

セシリア（セシ）・ロジェ……………パリ古書店組合の前組合長

ブルーノ・グラヴァ……………………同組合長

アントン・ドブレスク…………………パリの組織犯罪グループの元ボス

ダヴィッド・デュラン…………………パリ警視庁の刑事

ラウル・ガルシア………………………同主任警部

ドラクロワ………………………………同警視

1

ヒューゴーが橋を渡り終えようとしていると、ノートルダム大聖堂のいちばん大きな鐘が正午を告げた。最後のひと撞《つ》きの甲高《かんだか》い旋律が、いつもより長く漂っているように感じられた。足を止め、せわしないパリの通りの反対側に目をやり、〈カフェ・パニス〉を見た。窓の上の黄色いランプが誘っている。店内で客がテーブルを選ぶ姿や、ウェイターがダンサーのように軽やかに動きまわっている姿がぼんやりと見える。

熱いコーヒーに心が惹《ひ》かれたが、今日は休暇の初日だ。ヒューゴーが望んでもいなければ、何をするあても、どこに行くあてもない休暇。そのことを考えながらひとりでテーブルにつくという行為には、あまり心が惹かれなかった。

だからカフェには入らず、風に向かって背筋を伸ばした。右に曲がり、河沿いに西に進む。歩きながら欄干《らんかん》越しに目をやった。セーヌ河の冷たい水を切って進むモーターボートのスクリュー音が、下から響いてくる。今日のように寒い日、油っこい河の中で人はどれくらい生きていられるのだろう？　見かけ以上に強い流れに抗《あらが》いながら、その氷のような手にとらわれて屈するまで、どれくらい？　ヒューゴーはすぐにそんなおぞましい考えを振り払った。つまるところ、ここはパリなのだ——どんなに多くの船が水上を行き交おうと、どんなに多くの人々があちこちに架《か》かる橋から彼のように河に見とれていようと、手足をばたつかせている人間は誰にも気づかれずにそのまま放っておかれるものなのだ。

五分後、ヒューゴーは河沿いに並ぶ露天の古書店の中の一軒を見つけていた。低い壁に四つ取り付けられた緑の金属の箱には、本がぎっしり詰まっている。棚の上の本の背は、鳥の羽を扇状に広げたように色とりどりで、通りすがりの人々の目を惹きつけている。店の主人が、箱のひとつにしゃがみこんでいた。着古した灰色のコートの裾《すそ》が歩道をこすり、靴の紐《ひも》がほどけているのもかまわずに、地面に置かれた絵葉書をまさぐっている。

矢継ぎ早に大声がして、店の老主人は体を起こした。ヒューゴーも主人にならい、声のしたほうを見た。ポン・ヌフと呼ばれる橋のたもとの向こう、四十数メートルほど先の古本屋から聞こえてくる。ずんぐりとしたたくましい体軀《たいく》の男がその店の主人に指を突きたて、わめいている。防寒のために厚着をした赤ら顔の女主人も、負けずに声を張り上げている。

老主人は首を振り、自分の露店に振り返った。ヒューゴーは控え目に咳をした。

「はい《ウィ》、旦那《ムッシュ》？」主人は不愛想に答えたが、顔を上げてヒューゴーを見ると、その顔に笑みが浮かんだ。「ああ、あんたか。どこに行ってたんだ、友人《モナミ》？」

「やあ《サリュ》、マックス」ヒューゴーは手袋をはずし、マックスが差し出した手を握った。凍えるような日にもかかわらず、彼の手は温かかった。老人はその気になれば、可愛《かわい》いアメリカ娘の買い物の相手をするくらいの英語は話せるが、ヒューゴーとはフランス語で話す。「なんの騒ぎなんだ?」ヒューゴーは尋ねた。

マックスはそれには答えず、ヒューゴーと一緒に騒ぎのもとに顔を向けた。女主人は、ずんぐりした男にあっちに行けというように両手を振りまわしている。それに対する男の反応に、ヒューゴーはぎょっとした。女の片方の手首をつかんで体が一回転するほどひねり、両膝を蹴ったのだ。女はがくりと膝をついた。痛みに頭をのけぞらせ、悲痛な叫び声を上げた。

ヒューゴーがそちらに向かおうとすると、強い力で引き止められた。

「よせ《ノン》」マックスが言った。「あんたが口出しすることじゃない。内輪揉《ユナフェール・ドメスティック》めだ」

ヒューゴーはマックスの手を振り払った。「助けないと。ここで待っててくれ」

「よせ《ノン》」マックスはもう一度言い、ヒューゴーの腕をつかんだ。冬のコート越しにでも感じられるほど強い力で。「ほっとけ、ヒューゴー。あの女にあんたの助けはいらない。わしが言うんだから、間違いない」

「どうして? あの男はいったい何者なんだ?」ヒューゴーは自分の体が張りつめていくのを感じた。それを通りの向こうの暴漢相手に解き放ちたい気持ちと戦った。マックスの言い分にも一理ある。自分が介入することで事態をさらに悪化させる、マックスはそうほのめかしているのだ。「どういうことなんだ、マックス?」と、もう一度繰り返した。

マックスはヒューゴーの目をじっと見つめた。が、腕を放し、目をそらした。自分の露店に向き直って本を一冊手に取り、眼鏡《めがね》をかけて表紙を読んだ。

ヒューゴーは彼の顔を見た。眼鏡の左のレンズがなくなっている。「おい、マックス。あの男がここにも来たんじゃないだろうな？」

「ここに？　いや」マックスはあばたのある団子鼻の下を袖《そで》でこすった。相変わらずヒューゴーの目を見ようとしない。「なんであいつが？」

「言ってくれ」河岸には、いかれた連中がうじゃうじゃいる。市の中心部を流れる水と観光客に、蛾《が》のように吸い寄せられてくるのだ。そういった輩《やから》にとって、ブキニスト（セーヌ川沿いの歩道で古書や絵葉書、土産物を売っている露天商）はまたとない標的だった。

「べつに。もしあんたが眼鏡のことを気にしてるなら言うが、ただ落とした、それだけだ」

マックスはようやくヒューゴーの目を見て、笑みを返した。「ああ、わしは老いているし、動きも鈍くなった。でも、自分の面倒くらいまだ見られる。どっちにしろ、あんたの仕事はおたくの大使の身の安全と大使館を守ることだ。わしのような老いぼれのことは気にするな」

「私は今、非番でね。だから大使館以外の人間のことを気にする余裕があるんだ」

もう一度マックスはヒューゴーの腕に手をかけた。今度は安心させるように。「わしは大丈夫だ。何も問題はない」

「了解《ダコール》。あんたがそう言うなら」ヒューゴーは通りの向こうに目をやった。女主人は地面から立ち上がっていた。男は両腕を激しく振っていたが、女には触れていない。しかたない。

ヒューゴーは女の件には首を突っ込まないことに決め、並んでいる本に目を戻した。「こうやってあんたは自分で自分の面倒を見てる。旅行者から金を巻き上げて、だろ《ウイ》？　実際に金を払う価値のあるものが何かないかな？　プレゼントに必要なんだ」

「キーホルダーに絵葉書、小さな《プティ》エッフェル塔」

「クリスティーンに贈りたいんだ」

「ほう」マックスは片方の眉を吊り上げ、店に手を振った。「そういうことなら、ここにはないな」

「掘り出し物を隠してないか？」ヒューゴーは友人の肩の向こうを見やった。暴漢はポケットに両手を突っ込んで、ふたりから離れた河岸を大股に歩いている。男の標的だった女の古《ブ》書露天商《キニスト》は、足元に視線をさまよわせている。ヒューゴーが見ていると、女は店の横にあるキャンバス地の椅子にどさっと腰を下ろし、両手に顔を埋めた。そうしてかたわらのビニール袋に手を突っ込み、携帯用の平たい酒壜《さかびん》を取り出した。

ヒューゴーが女から視線を戻すと、マックスと目が合った。「あれだよ。あの女の手にあるもの。それがあいつの最大の問題なんだ。だがこのあたりじゃ、自分のことだけにかまけている、それがいちばんなんだ」と言い、マックスは自分の店を手で示した。「で、買うのかい？　それともただ時間を無駄にしてるのか？　もしそうなら、わしも自分の時間を無駄にしていることになる」

ヒューゴーはマックスに注意を戻した。「プレゼントだ。言っただろう？」

「わかった、まかせてくれ」マックスはハードカバーを一冊手に取った。一九二〇年代から七〇年代にかけてのハリウッドスターのモノクロ写真集だ。髪をきれいに撫《な》でつけたケーリー・グラントが大口をあけてにっこり笑っている表紙を見せ、マックスは言った。「あんたに似てるよ、友人《モナミ》」

以前にもそう言われたことがある。妻から。からかわれただけだと思うが。キャプションによると、この写真のグラントは四十一歳だという。ヒューゴーよりひとつ若い。身長も百八十五センチのヒューゴーより二、三センチ低い。けれど髪が豊かな点は同じだ。ヒューゴーのほうが明るい茶色だが――明るい色のおかげで、最近出てきた白髪《しらが》の房も目立たないですむ。ヒューゴーの髪はジェル、あるいはその手の男たちが使うような整髪料をつけていないため、ふさふさのままだ。写真のケーリー・グラントの目は宝石のように輝いている。強面《こわもて》。ヒューゴーも場合によってはそういった表情になることもあるが、日頃の彼の目はもっと温かみのある深い茶色で、魅力的というよりは思慮深く見える。役者の目ではなく、監視人の目だ。

「ほら」マックスはヒューゴーの手から写真集を取り上げると、身をかがめ、使い古した革のブリーフケースから新聞紙の束を取りのぞいた。「ここに何冊か本がある。自分で見てくれ」

ヒューゴーは膝をついてケースのジッパーをあけ、中をのぞいた。「アガサ・クリスティー？」

「そうだ《ウィ》」マックスはうなずいた。「初版本。だからとても高価だ《トレ・シェール》。残念ながら、あんたのような下っ端の外交官には手が出せないんじゃないかな」

「あんたの言うとおりだろう。でも、この本をひどく欲しがりそうな人物の心当たりがある」

マックスはにやりと笑った。「その本を贈ればあんたのことを愛してくれそうな人物ってことだろ？」

「たぶん」ヒューゴーは手の中で本を引っくり返した。稀覯本《きこうぼん》について特に詳しいわけではないが、河岸で古本を売っているたいていのブキニスト並みの知識はある。この本の状態は申し分ない。一九三五年に発行されたエルキュール・ポアロものの一冊、『雲をつかむ死』の初版本だ。濃い栗色のモロッコ革装丁で、背には糸かがりによる隆起があって金文字でタイトルが記されており、見返しにはマーブル紙が使われている。ヒューゴーの見たところ、背はオリジナルの布装丁のようだ。広告が載っている最後の一枚ののどに小さな裂け目が見つかったが、全体的にはかなりのものだった。明らかにすばらしい一冊だ。本を掲げ、ヒューゴーは言った。「いくらだ？」

「あんたなら、四百ユーロだ」

「で、ほかの客なら？」

「三百ユーロだよ、もちろん」

「アメリカじゃ、金をふっかけるときは見知らぬ相手にするもんだがね」ヒューゴーは言った。「友人相手じゃなく」

「ここはアメリカじゃない」マックスの目がきらっと光った。「あんたは大男だ、ヒューゴー。わしを河に投げ込めるくらいに。そんなあんたに金をふっかける気はないさ」

ヒューゴーはぶつぶつ言いながら、ブリーフケースから別の古書を引っ張り出した。紺色の布張りで、見るからに古そうだ。中をちらっと見ると、そのとおりだった。一八七三年。背表紙の糸かがりのあいだには金文字で『戦争論』、クラウゼヴィッツと記されている。

「英語版の初版かい？」

「くそ《メルド》！」マックスはあわててヒューゴーの手から本をひったくった。「これは売り物じゃない」

「どうして？」

「なぜなら」マックスは本を胸の前でしっかりと抱え、片手を上げて謝罪した。「申し訳な《ジュ・メクスキュ》い《ズ》が、これは大事な本なんだ。もっとじっくり見てから決めたいんだ」

「あんたの代わりに、私に見させてくれ。喜んでアドバイスしてやる」ヒューゴーは好奇心を隠すために、わざと軽い口調で言った。言葉を濁すのは、マックスらしからぬことだ。

「だめだ《ノン》」マックスは本をぎゅっと抱えた。「本の内容じゃない。価値のことだ。いいかい、もしわしがこれを売ると決めたら、あんたのために取っておくよ。それでいいかい《ダコール》？」

「いいとも」ヒューゴーはうなずいた。「ありがとう」

「よし《ボン》」マックスはヒューゴーがはいているカウボーイ・ブーツを指さし、にやりとした。

「あんたは本を知ってる唯一のテキサス人だ、友人《モナミ》。だが、これだけフランスにいるわりには、いい靴を見つけられないんだな？」

「たまには侮辱抜きのお世辞を言えないのかね。ときどき、あんたはイギリス人じゃないかと思うよ」

　マックスはうんざりした様子で唾《つば》を吐き、聞き取れない声で文句を言った。

「さて、と」ヒューゴーは続けた。「ほかにどんな本がある？」と言ってブリーフケースにもう一度手を突っ込み、保護用のビニール袋に入っている薄い一冊を取り出した。じっくり本を見た。どうやらオリジナルの紙表紙のままらしい。オフホワイトだが、うっすらピンクがかっている。四隅の内側二・五センチほどのところが細く黒い線で長方形に囲まれていて、その中に本の情報が示されている。著者名と出版社名は黒の文字で印刷されているが、書名はかつては濃い赤色だったとおぼしきブロック体で記されている。

「地獄の季節《ユヌ・セゾン・アン・ナンフェール》」ヒューゴーの肩越しにマックスが言った。「アルチュール・ランボーの本だ。初版本ではないがね」

「そう？　これのコレクター本で私が見たことがあるのは、ゼルダ・フィッツジェラルドが翻訳した初期の版だけだ」ヒューゴーは同時に、数年前にロンドンからパリに向かう列車の中でランボーを読んだことも思い出した。「ビニールから出してもいいかな？」

「そうさせたことがあったかい？」

「わかった、わかった。出していいのは買うときだけ。買おうとしてる人間をとがめないでくれよ」

「あんたがそう言うなら」マックスは言った。「その本をわしにくれた友人によると、見てのとおり状態は良好だそうだ。ただ、扉にちょっとした走り書きがあるらしい」マックスは片手を振った。「だが、あいつはろくに読み書きもできないからな。もしかしたら、幸運にも著者のサインを見つけられるかもしれない」

ヒューゴーはしばらく考えた。たとえ読書向きでなくとも、文学界においては貴重な一冊だ。一八七三年に最初に出版されたこの本は広義での詩集で、ランボーの同性への情熱的な愛情同様、ドラッグへの傾倒が感じ取れる。「クリスティーンはオスカー・ワイルドが好きなんだ」と言った。「この本もそれに近い。いくらだい？」

マックスはヒューゴーを見て、肩をすくめた。「なんとも言えないな。自分の目で中を見てないから。お宝本か、クズかのどっちかだろう」

「大いに結構。両方の本で五百ユーロというのは？」

「わしにその銃を突きつけて、強奪してったらどうだい？」

「だったら、いくらだ？」ヒューゴーは笑った。「あんたの交渉は抜け目ないな、マックス」

「二冊で千だ。まず金を払え。そして感謝してくれ。得な買い物をしたわけだから」

「私は休暇中なんだ」ヒューゴーはポケットに手を入れ、財布を取り出した。「アメリカに行こうと思ってたんだ。直接本を渡そうかと。けど、旅行費用を全部あんたに巻き上げられちまった。行くとしたら、空港から歩いてかなきゃならないだろうな」

「ふん、だったら道中休むとき、この本を読めばいいじゃないか」

「人は稀覯本《きこうぼん》を読んだりしないさ、マックス。あんただってわかってるだろうが」ヒューゴーは老人に札束を渡した。「手持ちの金はこれで全部だ。残りは待ってくれるかな？」

「稀覯本だって理解してない連中は、読むさ」マックスは金を受け取ったが、数えはしなかった。「フランスにも銀行はある、知ってたかい？」

「だったら三十分待ってくれ。銀行を探してくる」

マックスは両手を広げた。「ほかにわしにどうしろと？　あんたを待つしかないだろうが？」そこで間を置いて、ヒューゴーを見た。「本気でアメリカに行くつもりなのか？」

「どうして？　情熱的に突き進んでいくのは確かに自分の流儀じゃないが、二週間のらくら過ごすのも流儀じゃない」

「あんたが仕事から離れられるのかね？」

「休暇を活用しようが、無駄にしようが、命令なんだ。べつに休暇なんかなくてもいいんだが、国務省は確信してるのさ。私が義務感からではなく、自分の意志で仕事をしたら、心の健康が損なわれるだろうと」

「あんたら、アメリカ人ってやつらは」マックスは頭を振った。「どうやって世界を支配するようになったのか、わしにはわからんね」

「私たちは大きな銃を持ってる」ヒューゴーは言った。「それにドイツの圧力にも決して屈しない」

「感動したよ《トゥシュ》」マックスは高笑いをし、ヒューゴーの足元をもう一度指さした。「ところで《アロール》、もしアメリカに行くと決めたら、そのカウボーイ・ブーツを一足買ってきてくれ。そうしたらこの次はもっといい取引をしてやるよ。サイズは四十一で。頼む《スィル・ヴ・プレ》」

「わかった《ビヤン》」ヒューゴーは腕時計を見た。「銀行を襲いに行くとしようか。あと、電話を一本かけないと。うまくいけば、三十分もしないで戻ってこられる」

「支払いはまた今度でもいいさ。その本がプレゼントだということを考えると、ムッシュ・ヒューゴー、ともかく今はいい。もしわしの気が変わっても、あんたの居場所は知ってるから」

「いや、あんたはどこかのビーチに消えちまうかもしれない。それに金を借りるのは嫌なんだ。すぐ戻るから」

　ふたりは握手をした。ヒューゴーはまたしてもマックスの目の表情に気づいた。が、老人はすぐに目をそらし、雲を見上げた。「じきに雪になりそうだな」と、抑揚のない声で言った。

　ヒューゴーもどんより曇っている空を見た。そうして二冊の本を手に、来た道を引き返した。三十メートルほど行ったところで、振り返ってマックスを見た。老人は足を引きずるようにして河岸沿いに歩き、近所に向かっていた。通りを渡るとき、ちらりとうしろに目をやった。誰かに尾《つ》けられているか、監視でもされているかのように。

ヒューゴーの帽子が風に飛ばされそうになった。周囲で風向きが変わり、強さも増したようだ。風の冷たい両手に背中を押されるようにして、河岸沿いに進んだ。最初はゆっくり歩いていたが、しだいに歩調が速くなった。首にまとわりついていた冷気が背筋にまで広がり、ぞくぞくする。行く手に、揃いの青いスキー・ジャケットを着た中年のカップルがいた。男がカメラを手に、期待するような目で周囲を見ている。別の日だったらヒューゴーも足を止め、写真を撮ってやろうと申し出ていただろう。が、目を合わせずに通り過ぎた。子ども、あるいは孫たちのために今この瞬間を記録しておきたいというカップルの要求に応えてやれるほど平穏な気持ちではなかった。背中に吹きつける冷たい風、頭上のどんよりとした空、さらにマックスをもっと問いつめて、本当に何も問題がないのか確かめておくべきだったのではないかという懸念が募っていたからだ。

2

一時間後、ヒューゴーはケ・サン＝ミッシェル通りの縁石に立っていた。そこからマックスの店までは四百メートルほどだ。車の流れが切れるのを待ってから急いで通りを渡り、友人のいる場所に向かった。風をよけるために頭は下げたままでいた。ときおり顔を上げて老人の姿を見ようとしたが、冷たい風のせいで視界が涙でぼやけてしまう。

マックスは大丈夫、そう自分に言い聞かせた。近くの店にいた怒れる男、レンズのはずれた眼鏡。おそらく自分は取り越し苦労をしているのだろう。マックスとは数年にわたる付き合いだ。一緒に食事もしたし、何度となくコーヒーも飲みに行った。そうしてパリとテキサスの情報を交換したり、互いの共通点——本好きなことや、わずかに斜に構えた世界観——について語り合ったりもした。ヒューゴーは相変わらず気が急《せ》いていたが、良識が歩調をゆるめさせ、ここはパリなのだということを思い出させた。せかせか歩く街ではなく、ぶらぶら歩く街だということを。

遠くの河岸から出港した遊覧船のエンジン音が、右手から聞こえてくる。ポンポン音を立てながらゆっくりとセーヌ河の真ん中に進んでいく遊覧船《バトー・ムーシュ》に目をやった。寒々とした冬の日とあって、乗客は覆《おお》いのないデッキで身を寄せ合っている。その姿が、色とりどりの点の集合に見えた。フランス――特にパリの南部は――夏以来、水不足に耐えてきた。水はけのいいワイン地方から逃れてきたささやかな水のおかげで、遊覧船は水位の低い河に浮かんでいる。喫水が浅すぎるため、グラン・パレの威容やオルセー美術館も、船からは土手越しにしか見えない。船が通り過ぎていくとき、デッキにいる小さな男の子が寒そうに父親にしがみついている姿が見えた。ヒューゴーもポケットの奥に突っ込んだ手を丸めている。マックスに支払いをすませたらコーヒーを飲むとしよう。

風に打ちつけられるたびに涙ぐみながら、河沿いにポン・ヌフに向かう。行く手に老婦人がふたりあらわれ、一瞬、道をふさがれた。防寒のために厚着をした老婦人たちは互いの腕にしがみつき、挨拶《あいさつ》のキスを交わした。赤らんだ鼻が横から横にすばやく動く。けれど二度目のキス《ビズ》をするには、ふたりの小柄な体は凍えて強張《こわば》っていた。そこでキスはあきらめてうなずき合い、腕を組んでよたよた歩いていった。

マックスの店に近づくと、ヒューゴーはほっとした。老人はキャンプ用の椅子を折りたたんで金属の箱の脇に立てかけているところだった。ヒューゴーを見て、彼は言った。「とんずらしたのかと思ってたところだ。ところで《アロール》、あんたが彼女のことを口にしたとき訊くつもりだったんだが。クリスティーンがどうかしたのか？」

「自分でもよくわからないんだ」ヒューゴーはマックスの肩越しに目をやった。橋の向こうの女ブキニストは店をたたみ、いなくなっていた。「クリッシーはテキサスにいて、私はここにいる。それもそろそろ限界だ。さっき彼女に電話して、メッセージを残しておいたよ。話し合いをするためにそっちに行くつもりだとね」

「そいつはよかった」マックスが言った。

「長いフライトになる。そういうことだ」だが耐えなくてはならない休暇が二週間もあることを考えると、土壇場《どたんば》でダラス行きを決めたことも実際は悪くない考えに思えてきた。あるいはほんの少し馬鹿げた考えか。「どんな成り行きになるのやら」ヒューゴーは言った。

「それはそれとして、残りの代金だ」

「ありがとう《メルスィ》」スリ並みの巧みさで、札束がマックスの手の中に消えた。「領収書はいるかい？」

「いや、いい。もしあとで必要になったら、あんたの居場所はわかってるから」ヒューゴーはためらったが、片手を友人の肩に置いた。「なあ、教えてくれないか。もしこのあたりで何か起きているんだったら」

「起きてる？」

「あんたの周辺さ。これまであんたが何かを落とすのを見たことがない。本、金、眼鏡。心配なんだ」

「ふん」マックスは顔をそむけ、肩をすくめた。「クリスティーンのことを心配してやれ。わしじゃなく。どっちにしろ、そろそろ引退しようかと考えてるんだ。店をたたもうかとね。この仕事をしていてあまりにも多くの変人どもに囲まれてると、自分もそうなるんじゃないかと感じることがある」

「引退？　真面目に？」

「どうして？」マックスはキーホルダーの入った小さな袋をつまみ上げ、笑った。「郊外にいい家を買って、小説を書く。どうだい？」

「聞こえはいいが、額面どおりには受け取れない」

マックスは遠い目をして、ヒューゴーの背後の河岸を見やった。それからヒューゴーの目を見た。「誰でも引き際をわきまえておかないとな、ヒューゴー。老いぼれひとりじゃ邪悪な力と戦えない。いずれにせよ、長くは」

「邪悪な力とは少々大げさな気がするが、真面目な話なのか？」

「もちろん」マックスは唾《つば》を吐いて顎をさすった。「冬の寒さ、夏の暑さ、しみったれの観光客《メ・ウィ》、毎日苦労して稼いだ金を奪おうとするホームレスども」と言い、顔をそむけた。「邪悪な力はたくさんある。そのことを知っといたほうがいい」

ヒューゴーは頭を振った。マックスはどこまで本気なのだろうか？　しばらくその場に突っ立ったまま、自分の店の前で不平を洩らす友人を見ていた。カモメの鳴き声に、ふたりは顔を上げた。カモメは低く旋回しながら欄干《らんかん》を越えて水面に下りていった。クリスティーンのことを考えると、いても立ってもいられない気がしてくる。たぶん、アメリカに行くべきなのだろう。

「一時間もしないうちに雪になりそうだ」マックスが空に指を突きたてた。「わしにはわかる。感じるんだ」

「だったら店じまいしたほうがいい、友よ」ヒューゴーはマックスの背中をたたいた。「私も荷造りするとしよう」

けれど、マックスはもはや聞いていなかった。ヒューゴーの背後の何かに目を奪われている。老いた顔に緊張の色が浮かんだ。キーホルダーの袋を持った手が無意識に開き、袋が歩道に落ちる。

ヒューゴーはすばやく体を斜めにした。うなじがぞくぞくする。まるで悪魔自身に首筋に息を吹きかけられているかのように。

「こんちは《ボンジュール》、マックス」

長身でがっしりした体軀《たいく》の男がいた。角張った顔は彫りが深く、黒い目は落ちくぼんでいる。ベージュのレインコートに、中折れ帽。ヒューゴーと似た帽子だが、男は眉毛が隠れるほど目深にかぶっている。故意にヒューゴーの存在を無視しているらしい。そのわざとらしい態度に、漫画本の悪役という印象が強くなった。

マックスは唇を舐《な》め、精一杯背筋を伸ばした。意識して勇敢であろうとしているようだ。

「ニカ、今度は何が欲しい？」

ニカはマックスをしばらくじっと見ていたが、そこでヒューゴーに気づいたふりをして、頭をわずかに動かして彼の視線を受け止めた。どちらの男も目をそらさないまま、優に五秒は過ぎた。ニカはにやりと笑い、マックスに視線を戻した。「ちょっと話をしたい。時間はあるか？」

「なんの用か言ってくれ」とマックス。「わしは忙しいんだ」

　店から十メートルほど離れた石段をニカは手で示した。河沿いの遊歩道に下りていく石段だ。

「ふたりで話したい」ニカが言う。

「店を離れるわけにはいかない」

　ニカはヒューゴーを見て、ふたたびにやりとした。「そこの友人が面倒を見てくれるさ。長くはかからない」

「マックスはどこにも行く気はなさそうだが」ヒューゴーは言った。

「引っ込んでろ」

「ああヒューゴー、おせっかいなアメリカ人。順調《サ・ヴァ》だ。問題ない」マックスは石段を顎でしゃくった。「じゃあ行こう。話をしようじゃないか」

　ふたりが石段を下りていくのをヒューゴーは見守った。一段下りるたびに、はき古した靴を引きずるマックスの足音が大きく響く。ふたりを尾《つ》けていきたい誘惑に駆られた。が、おんぼろのキャンバス地の椅子を開いて腰かけることを自分に強いた。カシミアのコートとカウボーイ・ブーツ姿の仮のブキニスト。

　一分を超える頃には、マックスが心配で落ち着かなくなった。脚もかじかんできた。寒さを言い訳に椅子から立ち上がって石の欄干《らんかん》まで歩いていき、遊歩道を見下ろした。最初は誰もいないように見えたが、ポン・ヌフの下から声がする。欄干から身を乗り出すと、アーチ形の橋脚に彼らの影が見えた。しばらく耳を澄ました。言葉は聞き取れなかったが、言い争っていることはわかる。

ヒューゴーはためらった。引っ込んでいろとニカに言われたし、マックスも口をはさまれたくない様子だった。しかし、確かめに下まで行くくらいはいいだろう。法の執行機関に二十年近く身を置いてきたヒューゴーにとって、他人の争いに首を突っ込むのは習い性のようなものだ。首を突っ込まざるを得ない衝動に駆られるときもある——一方的にどちらかがやりこめられているような場合は、特に。それが罪のない者を守りたい衝動なのか、やましい者を捕まえたい衝動なのかは、もはやたいした問題ではなかった。

ヒューゴーは石段を下りていった。いちばん下まで行くと、また声が聞こえた。マックスの悲しみに満ちた声だ。ヒューゴーは足を速めた。遠くの橋の下から低い音が轟《とどろ》いてきたので、そちらに目をやった。ニカとマックスの背後に、上下に揺れる大型船が見えた。スクリューにかきまわされ、灰色の水が白くなっている。見えざる手が河の流れに逆らって船を減速させ、岸辺近くに留めているようだった。

ヒューゴーはふたりの十数歩手前まで近づいた。マックスが両手を上げた。老いた声が上ずっている。「ニカ、よせ《ノン》」だが、ニカはその声を無視してマックスの下襟をつかむと、互いの鼻が触れ合うほど近くまで引き寄せた。

「おい！」ヒューゴーは声を張り上げた。が、努めて怒りを抑え、声を荒らげないようにした。刺激するな、緩衝剤になれ、と自分に言い聞かせる。「どうしたんだ？」

ニカがマックスを放して振り向いた。「言ったはずだ、引っ込んでろと。あっちに行け」

「わかった。でもそっちの用がすんだら、ムッシュを店に連れて帰るぞ」ヒューゴーは男の黒い目を見返した。なんの反応もないので、付け加えた。「買いたい絵葉書があるんだ」

瞬《また》く間に、思ってもみなかったことが起きた。最初ははっきり見えなかったが、ニカがアイスピックを高々と掲げ、得意げに振りまわしたのだ。切っ先をマックスの眉間《みけん》に当て、次にそれをヒューゴーに向けた。「行け。好きなだけ絵葉書を持ってけ。今日はタダだ」

ヒューゴーは躊躇《ちゅうちょ》した。二歩あとずさって銃を抜くこともできた。これまで銃を携帯していても撃ったことはなかったし、今ここでそれを始めたいとも思わなかった。が、すばやく行動しなかったら、マックスは傷つけられるかもしれない。ことによったら殺されるかも。たとえ撃ち合って勝ったとしても、その代償は高くつくだろう。正当な理由があろうとなかろうと――ヒューゴーの仕事は大使と来賓《らいひん》を守ることであり、河岸のチンピラ相手にワイアット・アープごっこをすることではないからだ。

だが震えている友人を見やり、このまま見捨ててはおけないと思った。

「もし金が問題なら」ヒューゴーは始めた。「ムッシュに借りがあるから、私が喜んで――」

「うるさい」ニカは吐き捨てるように言った。冷笑を浮かべて振り向き、背後の船を見た。

そうして出し抜けにマックスを高い石壁に突き飛ばし、ヒューゴーに向かってきた。ボクサーのように前かがみで小刻みにすばやく足を動かし、アイスピックを振りまわす。ヒューゴーはあとずさりたい衝動をこらえて斜めに体をひねり、小さく一歩下がった。アイスピックの切っ先が螺旋《らせん》を描きながら胸元に迫ってくる。ヒューゴーは一瞬間を置いて近づき、ニカの攻撃を前腕でブロックしてから手を上に向け、襲撃者の咽喉元《のどもと》に食い込ませた。ニカの頭がのけぞり、両膝をがくがくさせた。ヒューゴーがその両脚を払いのけると、ニカは石畳の遊歩道に激しく倒れ込んだ。咽喉を押さえながらニカの体が歩道を転がる。アイスピックがふたりのあいだに落ちた。

ヒューゴーは自分の銃に手を伸ばし、前に進んだ。ニカは片肘《かたひじ》をついて体を支え、もう一方の腕を突き出した。ヒューゴーの足が止まり、ニカの彫りの深い顔に目が吸い寄せられた。銀色の銃を握り、ひとりよがりの笑みを浮かべている顔に。

「もしこいつにサイレンサーがついてたら、おまえは死んでたろうよ」ニカがうなった。ヒューゴーに目を当てたまま立ち上がり、もう一方の腕を三十メートルほど向こうに漂っている船に振った。船がエンジン音を立て、船首をわずかに上げながら近づいてきた。橋の影で窓は暗く翳《かげ》っている。ニカはマックスの襟首をつかむとこめかみに銃を突きつけ、目を細めてヒューゴーを見た。「ここにいろ。おれの目におまえが映らなくなるまで。おまえが逃げようとしたら、こいつは水の中だぞ」カニが合体したように、男ふたりは歩道を横歩きしながら少しずつ後方の船に向かっていった。「おまえが見えなくなるまで」ニカが声を張り上げた。「見張ってるからな」

銃のうしろの顔をヒューゴーは見た。アドレナリンが体を駆けめぐり、動けとうながす。が、武装した相手に挑むほど愚かではない。その結果どうなるかは過去に経験ずみだ。だから歯を食いしばり、うなずいた。ニカの顔を頭に刻み込んでから、もう一度怯《おび》えているマックスを見た。彼の目が助けを求めている。

一分もしないうちに、ニカとマックスは船に乗っていた。ヒューゴーはなすすべもなく遊歩道に取り残された。銃を、あるいは少なくとも電話を取りたくて手がうずく。が、マックスを油の浮いた灰色の水に落とすような危険は冒せない。だから言われたとおりに見ているしかなかった。船はエンジン音も高らかに流れを突っ切り、木の茂るノートルダム大聖堂を通り過ぎ、東に向かっていく。

ヒューゴーは遊歩道で像のようにじっとしていた。船尾にいる人間のせいで石と化してしまった。彫りの深い顔の男が立ったまま、ヒューゴーと自分の足元でうずくまっている老いたブキニストを見張っている。ヒューゴーもにらみ返し、船がシテ島の先端をまわって視界から消えていくまで、じっと見ていた。

3

ヒューゴーはマックスの露店の横に立ち、最初に駆けつけた制服警官に説明をした。英語をまったく話さない痩《や》せこけた警官は、手帳にせわしなくペンを走らせてヒューゴーの話を書き留めている。彼の背後には小さな人だかりができていた。白い小型パトカーの屋根の上で青く瞬《またた》く回転灯に蛾《が》のように吸い寄せられてきた人々だ。彼らは目を大きく見開いて、おそるおそる様子を見ている。

「ここで待っていてください」警官が言った。「刑事が向かっていて、あなたの聴取をおこなうことになっています」

「聴取はあとでいい。それより今すぐおたくの水上警察に船を捜索させるんだ。ヘリコプターも動員して。私の友人が銃を持った男に拉致《らち》されたんだぞ。真っ昼間に――」

「お話はうかがいました」警官は話をさえぎり、肩越しに振り返った。覆面車がパトカーのうしろに停まったところだった。「ほら、刑事《ヴォワラ》です。話ならあちらにしてください。私には権限がないので」

刑事《アン・ルート》はすらりと背が高い男だった。浅黒い肌と鷲鼻から、アラブ系だとわかる。ボタンをかけずに着たコートの下から、緑のセーターがのぞいている。それと揃いのスキー帽を耳まですっぽりかぶっている。刑事は乱暴に車のドアを閉めると空を見上げてため息をつき、おもむろに制服警官に近づいた。ポケットに両手を深く突っ込んで眉根を寄せながら、簡単な状況報告に耳を傾けた。聞き終えると刑事はうなずき、ヒューゴーに近づいた。ポケットから片手を出してヒューゴーに伸ばした。氷のように冷たい手だった。

「あなたもこちら側の人間だと聞いていますよ、友人《モナミ》」刑事はフランス語で話した。疲れの滲《にじ》んだ低い声で。一日中フィルターのない煙草《たばこ》を吸っているらしいことが、においからわかった。「私はダヴィッド・デュランです」

「ヒューゴー・マーストンです。〝こちら側の人間〟とはどういう意味です？」ヒューゴーは尋ねた。

「法の執行機関の人間だということです」刑事は制服警官に顎をしゃくった。「彼の話では、アメリカ大使館に勤務しているそうですね。流暢《りゅうちょう》にフランス語を話し、銃を携帯している」

「FBI出身で、大使館の外交保安部長をしています」ヒューゴーは言った。「気を悪くされたら申し訳ないが、しかし――」

「水上警察に要請したところです。あなたが説明した船を捜索するように。ヘリコプターが出動できそうなら、応援のために一機飛ばしましょう。しかし、じきに暗くなる。夜間に飛ばそうとすると、パイロットたちから文句を言われる。中心街の近くだと、特に。危険だからという理由で」刑事はぶるっと体を震わせ、周囲に目をやった。「数分、待っていただけますか？　何人か目撃者から話を訊きたいので」

「もちろんです」ヒューゴーが見ていると、デュランは小さな人だかりに向かった。水上警察の確約――ことによればヘリコプターも――を取りつけ、安心した。が、同時に刑事の乗り気でない様子や、のんびりした足取りに苛立ってもいた。犯人がとっくの昔に逃走してしまった強盗事件でも扱っているような雰囲気だからだ。

ヒューゴーは河を振り返り、そのどこかにいるマックスを胸に描いた。マックスは粗野でタフな男を気取っていた。かつてはそうだったのかもしれない。が、もはやもう若くはない。ニカという暴漢は、マックスから何を奪おうとしていたのだろう？　見当もつかないが、行き当たりばったりの強請《ゆすり》とは違う。何か特定の目的があったはずだ。ニカはどうやってそれを得ようとするだろうか？　か弱い老人が痛めつけられ、いたぶられている姿が浮かんできて、ヒューゴーの顔が怒りで紅潮した。たとえマックスに抗《あらが》うだけの精神力があったとしても、あの歳で暴力を振るわれたら、たとえ些細《ささい》なものだろうと、老いた心臓には相当こたえるはずだ。マックスをさらって何かを奪おうとしている者が誰だろうと、うっかり殺してしまうこともありうる。殺す気すらなくても。

背後から刑事に声をかけられ、ヒューゴーは振り向いた。デュランは眉根を寄せ、ダークグリーンの目でじっとヒューゴーを見つめている。「ムッシュ、問題《アン・プロブレム》です。ふたりの人間に話を訊いたところ、あなたの友人は自ら進んで船に乗ったと証言しています」

ヒューゴーは、まじまじと刑事を見た。聞き間違えたのだろうか？　それとも、はからずもフランス語を誤訳した？　「なんですって？」

「目撃者がふたりいましてね、ムッシュ。彼らの話では、友人は自ら進んで去っていったというんです」

「いや《ノン》、そんなはずない。そんな……。目撃者は誰なんです？」

「なぜです？　証言を変えさせるつもりですか？」軽い口調だったが、デュランの目つきは相変わらず油断ならなかった。

「まさか」ヒューゴーは声を荒らげた。「いいか、男は銃を持っていたんだぞ。そいつの人相も言えるし、容疑者の列の中から見分けることもできる。それにマックスが自分からそいつについていったんじゃないことも請け合える」

刑事は河に目をやった。薄暮に包まれ、河は黒いリボンのように見える。「よろしい《ビヤン》」と言い、制服警官に顔を向けた。「完全に調書を取っておくように。どんな詳細もあまさずに。私は捜索の様子を見に行く。もし船がまだ河にいたら、見つけられるはずだ」

「わかりました《ウイ》、ムッシュ」警官は手帳をめくった。

デュランはヒューゴーに一瞥《いちべつ》をくれ、背を向けて自分の車に向かった。〝もし〟という言葉がふたりのあいだで漂っていた。

マックスの言うとおりだった――二十分後、ヒューゴーが家に向かって歩いていると雪が降ってきた。道を渡ってジャコブ通りに入ったところで、ふと立ち止まった。先ほど起きた出来事に混乱し、怒っていた。アパルトマンの温もりや居心地のよさをなぜだか享受する気になれなかった。たぶん、ふさわしく思えなかったのだろう。

　雪片を顔に浴びようと帽子を脱ぎ、子どものように口をあけて雪を舌の上で溶かした。そしてまた歩きつづけた。非現実の世界にいる気がしだいに強くなってくる。雪のせいで歩道を歩く自分の足音がしないからだ。もう一度足を止めた。雪が地面に落ちてシューッと溶ける音が聞こえないかと。大きな雪片がコートや髪に張りついている。やがて地面にも積もっていくことだろう。

　アパルトマンの建物の玄関前で足を止め、通りの左右を見渡した。あたりはしんとしている。激しい降雪につきものの静寂。玄関に向き直り、大きなマットでブーツをぬぐってロビーに入る。受付デスクで小説を読んでいたクレタ島出身の管理人に会釈をした。

「やあ《サリュー》、ディミトリオス」ヒューゴーは帽子を脱いで雪をはたき落とした。

「こんばんは《ボンソワール》、ムッシュ」ディミトリオスがさっと立ち上がった。がりがりに痩《や》せた老人で、ブラシのような口髭をたくわえている。入居者たちに気を配ることが生甲斐《いきがい》のような男だ。

「お変わりありませんか？　金曜の夜のご予定は？」

「ない。今週は刺激的な一週間だったよ」ヒューゴーは首を振り、歩きつづけた。「おやすみ、ディミトリオス」

「ありがとうございます《メルスィ》。あなたも《ヴゾスィ》、ムッシュ」

階段を駆け上がって自分のアパルトマンまで行くと、居間を通り抜けてまっすぐ寝室に向かった。ランボーとアガサ・クリスティーの本をベッドに落とした。銃――グロック19――をホルスターから取り出して本の横に置くと、特製の金庫の前に膝をついた。優雅なマホガニー仕上げのベッドサイド・テーブルのように見えるが、中身は鋼鉄製の箱で、ベッド脇の壁にボルトで固定されている。金庫をあけ、狭い棚にグロックを入れた。隣の大きい棚には、木の銃把のスミス&ウェッソンがしまってある。

ヒューゴーは時間をチェックした。午後六時。アメリカでは真昼だ。クリスティーンにもう一度電話をするには好都合だが、その前にすることがある。マックスの家に行ってみたかった。直接訪ねて自身に証明したかったのだ。自分が目にしたことは実際に起きたのだということを。マックスの拉致に本人は関わっていないのだということを。だが、マックスの苗字も知らないことに気づいた。住所や電話番号も知らないことは言うまでもなく。互いの苗字を名乗り合ったおぼろげな記憶がある。そうだ、コーヒーだかビールだかを飲んでいたときに。場所は、ふたりの気に入りの安酒場〈シェ・ママン（ママの店）〉だ。が、咽喉《のど》まで出かかっているどころか、まったく思い出せない。そのことにヒューゴーは多少のうしろめたさを感じた。代わりに警視庁に電話をしてデュラン刑事を呼び出した。三度たらいまわしにされ、ようやく電話口から男の声が聞こえた。

「ムッシュ、ダヴィッド・デュランをお探しですか？」

「ええ《ウィ》」

「それで《アロール》、彼は不在なんですか。ほかの者ではだめですか？」

「勤務で不在なのか、それとも帰宅して不在なんですか？」

相手は口ごもった。「さあ、それはなんとも。不在ということしかわかりません。そちらの名前と電話番号を伝えておきましょうか？」

「それは状況次第だ」ヒューゴーの声が硬くなる。「その伝言を彼はいつ受け取るんです？」

「それもなんとも言えません。登庁したときでしょう、おそらく。日曜は出勤していますよ」

ヒューゴーは受話器を置き、小声で毒づいた。上司である大使に電話をしようかと考えた。だが影響力を行使する正当な理由がない。少なくとも、今の時点では。彼の知るかぎり、デュランは外でマックスを探しているはずだ。セーヌの両岸でおこなわれている捜索の指揮を執《と》っているのだろう。けれどデュランの無気力ぶりを思い出すと、疑いを捨て切れなかった。

ベッドに腰を下ろし、深呼吸をした。意図的にせよ官僚制度のせいにせよ、捜査の門外漢でいる状況には慣れていなかった。助けを必要としているのが、早急に救い出さなくてはいけない状況にいるのが自分の友人となると、特にいらいらしてくる。ヒューゴーは電話機を見た。マックスに対して打つ手はなくても、クリスティーンとの状況については何か打開策があるかもしれない。

受話器を取り、番号を押した。クリスティーンの携帯電話から留守番伝言サービスの声が流れてくると――今日で二度目だ――今度は自宅の番号にかけた。

男が応答した。「もしもし？」

「クリスティーンと話せますか？」

「お待ちください」聞き覚えのある声が、間を置いて尋ねた。「ヒューゴー？」

「ミスター・マーストンだ、ドク」

「電話をもらえてよかった。説明するチャンスがなくて――」

「説明することなどない」ヒューゴーは相手をさえぎった。「あんたは既婚の、それも自分の患者と関係を持った。私の妻と。さあ、彼女と代わってくれ。あんたの口から聞きたいことなど何もない。それに私も不作法なことしか口にしないだろうから」

一瞬ののち、クリスティーンが電話口に出た。「ヒューゴー？」

「やあ。で、名医が今度は永住者になったってわけか？」

「わたしとあなたは離婚したのよ、忘れないで。あなたから偉そうに道徳を説かれる筋合いはもうないわ」

「妙だな、クリスティーン。その筋合いがあったときでさえ、きみは道徳に反することをしていたのに」ヒューゴーは、そこでひとつ息を吸った。「すまない、言い争いをするつもりでかけたんじゃないのに」

「いいわ。わたしも言い争いはごめんよ。あなたのメッセージによると、こっちに来るとかなんとか言ってたけれど」

「ああ、でも今は無理だ。ちょっと問題が起きてしまって」

一瞬の間。「そう、それはびっくりね」

「落ち着いてくれ、クリッシー。私のせいじゃないんだ」

「いつもそうよね」クリスティーンの口調からは苛立ちが感じられる。「あなたの世界では
それで通るのよね」

「まだ私を責めるのか」

「あなたがそっちの世界を選んだのよ。わたしよりも」

「昔の議論を蒸し返したくない、クリッシー。そっちに行ってきみと話したい気持ちは山々
だ。もしこの……状況が落ち着いたら」

「ヒューゴー、違うの。ごめんなさい、本当に。でも……わたしはもう前に踏み出したの」

「前に踏み出した？　そのことを非難する権利は私にはなさそうだな」

「ありがとう」クリスティーンの声は悲しげだったが、それを笑いで和らげた。「あなたっ
て、いつも耐えられないほど理解があるのね」

「どうも。でも、教えてくれ。きみを引き戻すチャンスが少しでもあるのかどうか」

「いいえ、それはないわ」

「それについて話し合う気もない？」

「ええ、ヒューゴー。本当にわたし、前に踏み出したの。だから話し合うことはもう何もな
い。ごめんなさい」

もっと押すべきだろうか？　ヒューゴーは少し考えた。が、彼はクリスティーンという女をよく知っている。彼女の言葉を額面どおり受け取るしかなかった。「わかった、電話をしたことで責めないでくれ。きみは本当に理想の相手だった」

「だった？　それは、どうも」

彼女のわざと怒った口調にヒューゴーはにやりと笑い、かたわらの二冊の本に目を落とした。「そうだ、変に聞こえるかもしれないが、きみにプレゼントをいくつか買ったんだ。送ってもいいかな？」

「まあ。いいえ、わたしは本当に――」

「本が二冊。きみのコレクションに。一冊はエルキュール・ポアロのミステリで、初版本だ。もう一冊は……オスカー・ワイルドっぽくもあるが、もっと内省的な本だ」

「あなたって、とても思いやりがあるのね。でも、あなたの言うとおり。そんなのおかしいわ。どうぞ、送らないでちょうだい」クリスティーンの声がつかえた。泣きそうになっているのだとわかった。「お願い、わたしはこういったことを全部克服したと思ってた。あなたはまたそれを難しくしているのよ」

「わかった。気にしないでくれ。本はこっちに置いておく」

「ごめんなさい。本当に」

「私もだ。じゃあ、体を大切に」

会話を終え、電話機をベッドに落とした。ランボーの本を手に取り、表紙を見て、また戻した。彼もホモセクシャルの愛の詩にはあまり食指は動かない。

しかし、本当はクリスティーンから何を期待していたのだろう？　ふたりともそれぞれ最初の結婚が終わったあと、社交界の名士の友人たちによって引き合わされた。そしてセックスをして楽しんだのだから、自分たちは恋人同士だということになった。だが、ふたりは愛し合う段階まで行っていたのだろうか？　結婚も二度目となると、もっと気楽そうに思えた。新しい経歴のプレッシャーに悩まされることさえなかったならば。うわべは豪華だった。ワシントンDCでの保安主任という彼の仕事は威信があったし、その後はロンドン大使館で外交保安部長となり、祖国の要人や世界中の名士とパーティやミーティングを重ね、刺激的な二年間を過ごした。

そして、もちろん彼のFBI時代の話もある。こうしたすべてにクリスティーンは心を躍らせ、目を輝かせ、感動していた。彼女もまた知的で魅力的な伴侶であり、国際政治について議論できる相手だった。もっともマティーニを三杯か四杯飲むうちに、表面的に筋の通った思考も怪しくなっていったが。

彼女の知識がすべて本やテレビの受け売りだとわかるのに、しばらくかかった。最後の年になってようやく理解した。あらゆるすばらしい特性にもかかわらず、彼女には冒険心が欠けているということを。冒険心、すなわち場所や物事をじかに探求しようという好奇心が彼女にはなかったのだ。活字で知るだけではなく、手で触《さわ》り、自身の目で見る。それがヒューゴー・マーストンの原動力だった。もちろんふたりで旅行もした。彼女の実家の財産のおかげでしごく快適に旅ができた。ムンバイ、もしくはナミビアのヴィントフークにいるときでさえ。とりわけそのときだったのかもしれない――つつましい家庭に育った彼がその快適さに魅了され、妻の旅の流儀に染まってしまったのは。カイロの市場のにおいを嗅《か》ぐこともなく、デリーの下町の露天商と値切り交渉をすることもなく、運転手付きの車の窓から観光していたことに気づいたときには遅すぎた。だが、そういったことを全部わかっても、彼はまだ信じていた。ふたりにまだチャンスはあると。なぜなら誰かを知ることは、映画や小説に描かれている愛よりもっと大事なことだからだ。

ヒューゴーは二冊の本を取り、ベッドサイド・テーブルに置いた。その拍子に、アガサ・クリスティーの本が開き、一枚の名刺が床に落ちた。それを拾った。パリの書店のカードだった。ヒューゴーもこれまで、一度か二度行ったことのある店だ。店主の名と住所、営業時間が記されている。ヒューゴーは本を見下ろした。もしそれが破綻《はたん》した結婚の形見といういまいましいものになっていなかったら、自分のささやかなコレクションに加えることもやぶさかではなかっただろう。それに本を見ると、マックスの身に起きたことも思い出して暗澹《あんたん》たる気分になる。本を売ってしまおうか。売らないでおく理由を探そうとしたが、何も思いつかなかった。もしかしたら、これらの本がマックスが拉致《らち》されたことと関係があるかもしれないという考えが、ぼんやりと浮かんできた。だがその可能性を頭から締め出した。数百ドルの本のためにブキニストは拉致されたりなどしない――もしそうなら、毎日ブキニストが行方不明になっているだろう。それにもしニカという男がこの二冊のどちらかを追っていたのだとしたら、マックスはヒューゴーにそれを渡すよう言っていたはずだ。

苛立ちと疲れから、ヒューゴーは片手で顔を撫《な》でた。風呂に湯を張る、それが今の彼には必要だった。マックスに何が起きたのか、それについての答えは明日の朝もう一度探ってみることにしよう。名刺を本の上に置き、ヒューゴーはバスルームに向かった。

4

翌日の土曜日、朝まだ暗いうちにヒューゴーは警察に電話をかけた。シフトが変わり、もっと協力的になってくれているのではと期待して。が、五分間待たされたあげく――今度は丁重に――デュランは非番だと教えられた。

「その捜査の責任者はいません、ムッシュ。捏造《ねつぞう》もしくは勘違いとして手続きされ、捜査は中断しています」

ヒューゴーは乱暴に電話機を置いた。優に一分間は電話を見つめ、それからベッドに倒れ込んだ。捏造もしくは勘違いだと？　警察はマックスを発見したどころか、探そうとさえしていなかった。老人への心配が募っていく。捜査は最初の二十四時間が何より肝心だというのに、すでにあまりにもたくさんの時間が無駄に過ぎてしまっている。マックスが無事にあらわれるかどうか、それを実際に決めるのは拉致した犯人だということはヒューゴーにもわかってはいたが。

横で電話の呼び出し音が鳴った。ヒューゴーは電話機をつかんだ。警察もしくはデュラン本人が、混乱を詫《わ》びて捜査の最新情報を伝えるためにかけてきたのではないかと心の底から期待した。相手の声をすぐには聞き分けられなかったが、その言葉遣いを耳にしてピンと来た。

「ヒューゴー。なんとまあ、本当におまえさんなのか？」

「ああ。そっちは……トムか？」

トム・グリーンとはクワンティコのFBIアカデミーで相部屋だった頃からの友人だ。かれこれ二十年の付き合いになる。トムはロー・スクール出身のひょろりとした男だ。眼鏡を三つ、さらに洋服よりも本をたくさん持っているというのに、意外にも口汚い。最初トムの言葉を耳にしたとき、礼儀正しいテキサス人であるヒューゴーはショックを受けたものだったが、さりげないユーモアのセンスや、自分たちほど熱意のある新人はいないだろうという点で意気投合していた。トムは頭脳を要する訓練は楽々とやってのけたが、射撃練習や体力トレーニングはおそらくヒューゴーの助けなしではやり遂げられなかっただろう。

「ああ、クソそうだよ。そっちは何時だ？」

ヒューゴーは時計を見た。「朝の六時だ」

「ということは、こっちは真夜中だな。自分の時計を見るのが面倒だから、おまえさんに電話して訊こうと思ったんだ」

「どこにいるんだ、トム？　変わりはないのか？」

FBIアカデミーを出てすぐ、ふたりはロサンジェルス支局に派遣された。十二年後、パキスタンのアメリカ大使館の外交保安部を指揮するためにヒューゴーが国務省に採用されて局を辞《や》めても、彼らは連絡を絶やさなかった。以前のヒューゴーはよそからいくら誘われても断わっていたが、最初の妻であるエリーを交通事故で失うと、自ら危険な場所に赴くチャンスに飛びついた。彼が感情を爆発させる口実を探しているのだということをトムだけが理解し、空港まで車で送ってくれた。その一ヵ月後、今度はトムが局を辞めてCIAで働くことになり、どこで何をしているかをヒューゴーに言えない立場になった。そうして一年以上話さない日が続いた。トムのことを思うたびにヒューゴーはそのことを悔やんでいた。

「本国にいるよ、心配いらない。もしもっと細かく知りたいなら言うが、カウチでうたた寝してた」

「最近はベッドで寝る時間もないのか？」

「おれはアメリカにいるんだぞ、ヒューゴー。肥った中年親父がカウチでうたた寝するなんざ、目新しくもなんともない」

肥った？　かつてのトムからは想像つかない。それに彼の声は、ただ眠いだけではなさそうだ。呂律《ろれつ》が怪しい。「酔ってるのか、トム？」

「まだだよ。酔うのは、おまえさんがこっちに来てからだ」

「あんたの口からそんなことを聞くなんて妙だな。クリスティーンと話したばかりなんだ。そっちに行きたいと思ってたんだがね。関係を修復してみようと」

「女を買う金もなくなったのか？」

「私の話をしてるんだぞ、トム」ヒューゴーはにやりとした。「とにかく、彼女は来てほしくないそうだ」

「最低だな。もう別の相手を見つけたって？」

「自分の精神科医と付き合いはじめている」

「くそったれが。ヒューゴー、残念だよ」

「ありがとうよ。慰めにはならないがね」

「同じクソ国に住んでたら慰めてやれたのに」

「ああ、それについてはもうクリスティーンから言われた」

「彼女は正しい。どっちにしろ、こっちに来ないか？　おれは時間も酒も腐るほどある」

「考えてみるよ。昨日、妙なことが起きて、それをどうにかしないといけないんだ。その問題が解決したら、行けるかもしれない」ヒューゴーは心からそう願った。「ちょっと待て。なんであんたはそんなに暇を持て余してるんだ？　解雇されたのか？」

「くそったれ」一拍置いてトムは続けた。「実のところ、おれはもう引退したんだ。引退して、退屈でしょうがない」

「本当に？　パーティの招待状は届かなかったぞ。いつの話だ？」

「まあ、引退っても半端な状態なんだ。たまにコンサルティングをして、たいていは電話が鳴るのをぼけっと待ってるってとこだ。何年もかけて錠前のこじあけ方、スパイの尾行のしかた、アラブ人のいたぶり方なんかを学んできて、自分のやってるクソ仕事を理解する頃には、腕時計をもらって失せろと言われるのさ」

「いい時計だったのか？」

「この野郎。とにかく、ＣＩＡに泣きついたおかげでヨーロッパ部局にまわされた。さっき言ったようにコンサルタントとして。今はマルセイユの胸くそ悪い産業スパイ何人かの動向を探ってるとこだ。だからそのうち、そっちに立ち寄るかもしれないな。それにおれはあらゆるコンピュータにアクセスできるし、家に最新のコンピュータもある。だからおまえさんが困ってることがあったらなんでも協力してやれるから、知らせてくれ」

「ありがとう。今のところは特に用はないが、先のことはわからないからな」

「了解。協力するってのは嘘じゃない。だから何か力になれるかと思って電話したんだ」

友の声にこれまでにない雰囲気をヒューゴーは感じ取った。落胆と懇願の入り混じった声。クリスマスの日にツリーの下に置かれていたのが二番目に欲しかったものだとわかったときの子どものような声だ。ヒューゴーはそっとうながした。「本当に変わりないのか？」

「ああ。ちょっと退屈してるだけだ。だからって生活に困ってるわけじゃないぞ。けど、それがどんな感じかはわかるだろ？　おれたちの年代のおっさんはみんな、あの手この手で第一線から退かされてるらしい。おれの歳の作戦担当官はたいてい引退したか死んじまったかだ。でなけりゃ、生き延びた褒美《ほうび》としてうんざりするようなデスクワークを押しつけられる」

「暖かい場所で濡れずに無事でいられたら、まずまずじゃないか。それが私のしていることだ」

「ああ、そう自分に言い聞かせてるよ。問題は、自分が納得してないってことだ。けどいまましくもラッキーなことに、おれはまだ現役だ。だから心配いらない。ただうっぷんを晴らしてるだけさ」

電話の向こうからあくびが聞こえた。「オーケイ。だったら眠らせてやろう」

「ああ、これで眠る許可をもらった。ほかには?」

「そうだな。そのうち会いにくればいいんじゃないか。来られるようなら電話してくれ。それともいきなりあらわれるか。いいかい?」

ヒューゴーは居間の大きな窓をあけ、小さな鉄製のバルコニーに出た。そこからはジャコブ通りを見晴らせる。進んで余分な金を払って五階に住んでいるのは、その高さなら通りを行き交う足音や車の音をさえぎることができるからだ。その気になったときだけ聞くこともできる。深く息を吸い、身の引き締まるような空気がアパルトマン内に流れていくにまかせた。テキサス州オースティン郊外の農場に育った彼にとって、都会暮らしに慣れるには少し時間がかかった。どんな天候だろうと、アパルトマンの中は新鮮な空気で満たしておきたかった。そのためいつも室内は冷え冷えとしている。それもまた、クリスティーンからいい顔をされなかった彼の癖のひとつだ。

眼下の通りは白く染まっている。駐車している数台の車の様子からすると、ひと晩で十センチ以上は積もったようだ。灰色の空は今では青味がかっている。穏やかな風に吹かれ、ときおり屋根から雪が舞ってくる。近所の誰かが火を焚《た》いているらしく、薪《まき》の煙のにおいがする。一分後、ヒューゴーはぶるっと体を震わせて室内に入り、窓を閉めた。二杯目のコーヒーを淹《い》れると、居間のガスヒーターのそばに立ったまま昨日のことを考えた。

マックスが自分から船に乗ったと証言したのは誰なんだ？　警官はマックスのアパルトマンに行き、彼が無事でいることを見つけたのだろうか？　ヒューゴーも行きたかったが、警察の協力なしには実際に老人の住まいがどこかも見つけられない。

トム。そうだ！　ヒューゴーは友人の番号にかけた。手を打つチャンスがあることに不意に興奮を覚えた。が、呼び出し音が五回鳴ったところで留守番電話に変わったため、苛立って電話を切った。何かいい考えがひらめかないかと部屋を見渡した。何かしなくてはという気持ちが募っていく。アガサ・クリスティーの本にはさまっていた名刺を思い出し、それを手に、書斎に改造した予備の寝室に向かった。が、さらに苛立ちが募っただけだった。バロー通り沿いにあるその店は、名刺によると、まだ開いていない。三時間待たなくてはならなかった。

ヒューゴーはデスクについて座り、大使館の仕事をした。急ぎの仕事ではないから休暇が終わったあとでもよかったのだが、マックスのために何かできるまで気晴らしが必要だった。

ジンバブエから外交使節が来ることになっている。選り抜きのアメリカ人やヨーロッパの首脳たちとパリで会合をおこなうためだ。アメリカはこれまでアフリカのどの地域も植民地にしたことはなかった。歴史上の汚点という呪縛《じゅばく》がないため、アメリカ大使館はこの手の会合では有利な立場を取ることが多かった。奴隷市場におけるアメリカの主要な役割や、それ以降のコンゴのとある政治的指導者たちへの資金提供を考えると、ヒューゴーには皮肉なことに思えたが。けれど政治を憂慮することは彼の仕事ではない。さまざまな警護の特別任務の調整を確実におこなわなくてはならない。三名の首脳のために五十人のボディガードと二十台の装甲車を出動させなくてもいいように。特にアメリカ大使館では、ヒューゴーは部下たちに些細《ささい》なところまで監督させるようにしている。実際、第三世界の大半の来賓《らいひん》もそれを好む。ヒューゴーの部下がいかに精鋭ぞろいか知っているし、ときとして自国のボディガードを心から信頼できない場合もあるからだ。

仕事はなかなかはかどらなかった。合間に何杯もコーヒーを飲んだし、バルコニーに出ては、冷たい空気が徐々に温まっていく感触を味わったりしていたからだ。来賓のスケジュールを組み立て、彼らの五日間の滞在期間中、自分の主だった部下たちが効率よく働けるようシフトを組むのにたっぷり二時間かかった。

八時半にコンピュータの電源を切った。本屋が開くのは一時間先だが、その前に行っておきたい場所がある。確かめに行く場所が。

表に出ると、通りはがらんとしていた。袖で自家用車の雪を払っている老夫婦がいるだけだった。ビシュ通りに向かってヒューゴーが通り過ぎても、老夫婦は無関心だった。根っからのテキサス人であるヒューゴーは今でも路上で人と会うと挨拶《あいさつ》したくてたまらなくなるが、無視されたり物売りか何かのような目で見られたりすることが何年も続くうちに、地元の人間と同じように振る舞うことを学んでいた――うつむいて足元を見つめ、自分の行き先だけを気にかけることを。

角を曲がってビシュ通りに入ると、市場のにおいがした。何より目を惹《ひ》くのは、鮮魚の屋台だ。タラ、ハドック、タコが何列も並んでいて、そのうしろに細身だが筋骨たくましい魚屋がいる。首に紫色のスカーフをぴっちりと巻いた姿でまな板の上で血まみれの鉈《なた》をふるいながら、通行人をじろじろ見ている。その横には野生や温室育ちの花でいっぱいの花屋の屋台があり、ヒューゴーはいつもそれを面白く思っていた。死にかかっている花と死んだ魚のどちらがいいかという週に一度のセンスの戦い。いつも魚に軍配が上がっていたが。

カフェに立ち寄ってクロワッサンとコーヒーを買い、カウンターでたいらげてから表に戻った。

ビシュ通りの先端まで行くと左に曲がり、およそ四百年前にアンリ四世の息子にちなんで名づけられたドフィーヌ通りに入った。そして北のセーヌ河に向かった。この通りのほうが人や車が多かった。木立から吹き飛ばされてくる溶けかかった雪をかわすため、襟を立てて歩いた。風が強くなるにつれ頭上の枝が揺れ、かさかさ音を立てている。

溶けかかった雪や氷を避けて歩いた。五分後には、昨日と同じケ・デ・グラン＝オーギュスタン通りに立ち、車の流れの切れ目を待っていた。道を渡ると、鼓動が速くなった。マックスの店があいていて、人がいる。男が若い女から金を受け取っている。女は自分の体とほぼ同じサイズのバックパックを背負って苦労しているようだった。ヒューゴーはふたりに向かって急いだ。ありえないことをあえて期待する勇気はほとんどなかったが。

三十メートルほど手前で足を止めた。心が沈んだ。

男が女からヒューゴーに顔を向け、うすら笑いを浮かべた。マックスよりも小柄で、痩《や》せている。そして相当若い。ヒューゴーが子ども時代に知っていた郵便配達人とどことなく似ていた。両親はその郵便配達人にイタチという仇名をつけていた（かなり意地悪な名だと彼はいつも思っていた）。ヒューゴーはもう一度前に進み、男をじっくり眺めた。フランス人らしからぬ細い鼻は、顔の中心としては貧弱な印象だ。唇が薄く、目と目が寄っている。生まれてからこれまでずっと両手で顔をはさんでいたのかと思うほど、顔が細い。

ヒューゴーがさらに近づくと、男は上から下まで彼をじろじろ眺めた。

「ボンジュール、ムッシュ」ヒューゴーの服を見ながら、男が声をかけてきた。財布の厚みの代用品としてコートの服地を値踏みしているのだろうか？「何か目当てのものでも？珍しい本ならどっさりありますよ。それにもっと……大人向けのも何冊か。旦那《だんな》に興味があればだけれど」

ヒューゴーは男を見下ろし、訊問官のもっとも強力な手段のひとつ、沈黙を行使することにした。男を無視して店をじろじろ眺めた。小男は忙しそうなふりをしながらも、いつでも注文を聞けるように周囲をうろちょろしている。「ご注文は決まりましたか《ヴ・ザヴェ・ショワズィ》、旦那？」訛《なま》りから察するに、男はパリジャンではなさそうだった。スペイン人のようにRの音を巻き舌で長く発音している。

「いや《ノン》」ヒューゴーは言った。「マックスはどこにいるか、わかるかい？」

「マックス？」男の目の中で何かが閉ざされた。一歩あとずさり、顎を撫《な》でだした。「マックスなんてやつのことは知らないな、旦那」と言い、おんぼろのカードテーブルから絵葉書の束を取り、仕分けを始めた。

「知らない？　きみは彼の店で仕事をしてるじゃないか」ヒューゴーは周囲に目をやった。「マックスはきみの主人《パトロン》じゃないのか、うん《ノン》？」

「おれの主人はおれだ」男はぞんざいに答え、仕分けの手を休めてヒューゴーを見た。「と《ア》ころで《ロール》、あんたは誰だい？」

「マックスの友人だ」ヒューゴーは一歩前に踏み出した。「マックスが誰か、知ってるだろ？　ここは彼の店なんだから」

「いや《ノン》、これはおれの店だ」ヒューゴーより三十センチは背が低く、体重も二十キロほど少なそうなのに、男は一歩も引かない構えだった。「あんたはお巡りじゃないだろ、ええ？」と言ってヒューゴーに近づくと、薄い唇をかすかに吊り上げて笑った。「おれの目にはお巡りには見えないし、あんたの質問に答える義務もないよ、旦那。本か絵葉書を買わないんなら、行ってくれませんかね？」

ヒューゴーは帽子を脱いでつばを手で払った。よろしい。だったら戦法を変えよう。男を見て、一歩下がった。

「無礼を詫《わ》びるよ。友人《モナミ》を見つけられなくて、疲れてるし、少々気落ちしてるんだ」と言い、いちばん屈託《くったく》のない笑顔を見せた。「本を探してる友人をたくさん知ってる。喜んできみの店を紹介しよう、ムッシュ……?」

男は足をもぞもぞさせた。行動科学を学んだヒューゴーの魅力と誠意に、不審な気持ちも和らいだようだった。「シャボー。ジャン・シャボーだ」

「ところで《アロール》、ムッシュ・シャボー。時間を取らせてすまなかったね。どうか私の無礼な態度を許してくれたまえ」ヒューゴーは小さく頭を下げ、シャボーが反応する前にまわれ右をした。

十メートルほど進んだところで、ひとりの歩行者に行く手をふさがれた。トレンチコートを着たすらりと背の高い男で、持ち手が獣骨の杖をついている。手袋をはめているが、帽子はかぶっていない。男は身じろぎもせずにヒューゴーをにらんでいる。他人を避けて歩くのが当然のこの街において、行く手を侵害しておきながら何もせずにじっとしているとは、珍しい出来事だ。

ヒューゴーは自分を抑えられず、じっくりと相手を値踏みした。何年も前、FBIにいた頃、骨相学に言及する講座を取っていたことがある。頭蓋骨《ずがいこつ》で多少なりとも相手の性格がわかるという考えに基づく技術だ。もしそれが信用のおける科学なら、歩道の男は教官のスライドで真っ先に紹介されたにちがいない。

男は目が吸い寄せられてしまうような顔をしている。見栄えがいいからではない。頭はスキンヘッドで、大きくまん丸の目は深く落ちくぼみ、広い額の下に黒い円がふたつあるように見える。突き出た鼻の下の大きな口は、口角が下がっている。人生に失望してしかめ面ばかりしているかのように。髑髏《どくろ》を思わせる頭を持つこの男が役者で、その顔を生かすとしたら、彫りの深いやつれ顔の悪党役にぴったりだ。

ヒューゴーは互いのコートが触れ合うほど近づいてから男をよけた。アメリカ人は完全に譲歩することを潔《いさぎよ》しとしない。男の横を通りながらヒューゴーは自分の男らしさに笑みを浮かべた。クリスティーンがいたら目をぐるりとまわし、間抜けな判断についてコメントをするにちがいない。

ポン・ヌフに着くと、振り返って店を見た。小男のブキニストが自分のほうを指さしているのを見て驚いた。シャボーがさかんに話しているあいだ、杖をついた男はじっとヒューゴーの方角をにらんでいる。ヒューゴーは戻ったほうがいいのかどうか、躊躇《ちゅうちょ》した。おそらくシャボーはマックスが誰か尋ねているのだろう。その場合、杖をついた男は答えを知っていることになる。だがヒューゴーが見ていると、長身の新参者は片手を引いて、シャボーの顔をひっぱたいた。その強打同様、シャボーの反応にも驚かされた。謝罪するように両手を上げたのだ。

ヒューゴーは歩きつづけることを自分に強いた。あのふたりのあいだのいさかいがなんなのか好奇心はあったが、そこに介入する気はなかった。そんなことよりも、あえてふたりのどちらかと対立するよりも、むしろ情報が欲しかった。先ほどはシャボーを不注意に攻撃してしまったが、うっかり厄介《やっかい》な事態を招くことは彼の流儀に反する。

通りの向こうに目をやったが、マックスの同業者で酒飲みの赤ら顔の女は、店をあけていなかった。おそらく前日の対立のせいで気が乗らないのだろう。あるいはおそらく寒さのためか。ヒューゴーは女と話したくてたまらなかった。彼女の〝内輪揉め《アフェール・ドメスティック》〟について。あの対立がマックスと何か関係があるのかどうか突き止めるために。そして女が警察に偽の証言をした〝目撃者〟のひとりかどうか知るために。出直すとしよう。うまくいけば、そのとき彼女に会えるだろう。

通りを渡って河から離れると、周囲がすっと暗くなり、車も人々も彼の目下の意識から消えていった。彼の頭にあるのは、文字どおり奪われた友人のことだけだった。みんなが知らないふりをして、気にかけていないふりをしている友人のことと、自分の管轄権の遠く及ばない事件のことだけだった。

5

めざす本屋までは予想以上に時間がかかった。少しでも散歩を楽しむためにモンジュ通りではなくサン・ジャック通りを選んだせいもある。交通量の多いモンジュ通りはすでに雪が灰色のぬかるみと化しているだろうと思ったからだ。また途中で木造のカフェに立ち寄り、クロワッサンの中にチョコレートが詰まったパン・オ・ショコラとコーヒーをテイクアウトしたりしたため、バロー通りに着くまで一時間かかった。

店に入るとひっそりとベルが鳴った。ドアを閉めると、かつて愛された本特有の懐《なつ》かしいにおいに包まれた。香を思わせる古い紙と埃《ほこり》のにおい。居心地のいい、平和でのどかな雰囲気。ヒューゴーは店内を見た。横と奥の壁際に置かれた重厚な木の書棚には、さまざまな色合いの本がずらりと並んでいる。ほとんどが革装丁だ。本のテーマ別ではなく、サイズ別に揃えられているようだ。また店内のあちこちに置かれた小さなテーブルには、錠前付きのガラスケースがひとつ、ないしはふたつずつ置かれていて、さらに価値のある本が収められている。部屋の奥の閉じられたドアの両側には、天井まで届く書棚がある。ヒューゴーは店内を歩いて売られている本を見た。

男が微笑んで立っていた。背は低く、歳は五十くらいだろうか。腹がせり出していて、白い顎鬚《あごひげ》は短く切りそろえられている。「どなたかいらっしゃった音が聞こえたと思ったもので」と言って店内に入ると、男はドアを閉めた。本が書棚ではなく、不安定に積み重ねられている小さな書庫の中で動いてでもいるかのように、慎重で無駄のない身のこなしだ。ぶかぶかのコーデュロイのズボンにペイズリー柄のベスト。中に着ているシャツは、かつては白かったと思われる。足元はスリッパだった。しゃべるときに鼻にしわを寄せるのは、そうすれば鼈甲縁《べっこうぶち》の眼鏡が上にずれて目の前のものを見られるからだろう。声は繊細で、言葉遣いは物腰同様、几帳面《きちょうめん》だった。男はフランス語で話しかけた。「ご覧になっているだけですか、それともお手伝いしましょうか?」

「こんにちは《ボンジュール》」ヒューゴーは二冊の本を掲げた。「もしよろしければ、この本について尋ねたいんですが」

「こんにちは、ムッシュ《ボンジュール》」

「もちろん《ビャン・スュール》」男は頭を傾げ、英語に切り替えた。「アメリカの方ですか?」

「ええ」ヒューゴーは答えた。「あなたも?」

「イギリス人です。天候に我慢ならなかったので、こっちに引っ越して本屋を始めました」男はヒューゴーに近づいて片手を差し出した。「ピーター・ケンダルです。こっちに来て三十二年になりますが、いまだにイギリスの天候はいまいましい」

「同感です」ヒューゴーは笑みを浮かべ、手を握った。「ヒューゴー・マーストンです」

「前に店にいらしたことがありますね。で、どんな本をお持ちなんですか?」

ヒューゴーはケンダルに表紙を見せ、相手の反応を観察した。が、ほとんど変化はなかった。「以前、これらの本をご覧になったことはありますか？」

「見てみましょう」ケンダルは本を受け取ると、もっと明るいところで見ようと窓辺に近づいた。「ビニールのカバーをはずしてもかまいませんか？」

「いいですよ。その本にどれくらいの価値があるかわかりませんが、知りたくないと言ったら嘘になります。果たして自分が……」

「法外な値をふっかけられたか？」

「いい取引をしたかどうかを。そう言っておきましょう」

「よろしい。こちらへどうぞ」店の奥のドアにケンダルは向かった。そのあとについてヒューゴーもオフィスに入った。広さは店の半分ほどで、大きなマホガニーのデスクがどんと置かれている。ケンダルはデスクをまわって椅子に座った。ヒューゴーも向かい側に二脚ある袖付き安楽椅子のひとつに腰を下ろした。ケンダルはデスクの引き出しをあけ、拡大鏡とペーパーナイフを取り出した。「どこでこれを手に入れたのか、尋ねてもいいですか？」

「露天の古書店です。ブキニストのひとりをよく知っていて、ときどき彼から買ってるんです」ヒューゴーは男をじっと観察した。質問を準備して、相手の反応を待った。「マックスというブキニストを知ってますか？」

ケンダルは眉根を寄せたが、両手はじっとしたままで、目にもなんの反応もあらわれなかった。「ひょっとしたら、ポン・ヌフの近くの？」

「そうです」

「ええ、彼から何冊か買ったことがあります。親しい仲ではありませんが、こうは言えます。自分が売る本のことを気にかけている数少ないブキニストのひとりに思える、とね」ケンダルはゆったりと座り、天井をじっと見た。「そういえば、戦争に関する本を彼に何冊か売ったばかりです。昔のかなり退屈な本を。もっとも内容はまったく覚えていませんが」

「そうですか」ヒューゴーはアガサ・クリスティーの本に顎をしゃくった。「こちらを訪ねたのは、あの本にこの店の名刺がはさまっていたからです」

「なるほど」ケンダルは笑みを浮かべた。「クリスティーは私のお気に入りのひとりで、彼女の本は得意分野と言ったところです。私の母はクリスティーと付き合いがあったんです、故郷で」

「こちらを訪ねたもうひとつの理由は、マックスが行方不明だからです」

ケンダルの顔から笑みが消えた。「どういう意味です？」

「それがわかればいいんですが」ヒューゴーは言った。「私はただ……彼のことが心配で」

「お気の毒に」ケンダルは両手を大きく広げた。「なんと言ったらよいのやら。私はここ数週間、彼のことは見かけていません」

ヒューゴーはケンダルを信じた。彼の物腰や屈託《くったく》のない顔。その両方が言葉同様、真実を語っているように思えた。つまり――行き止まりということだ。

ヒューゴーは本を見た。「本の価値がどれくらいか、教えていただけますか？」

「思い切って推測してみましょうか」

ヒューゴーが見ていると、ケンダルはペーパーナイフを外科用メスのように使いこなし、手際よく手首を動かしてアガサ・クリスティーの本を包んでいるビニールをあけた。「あなたもご存じと思いますが、これは初版本です。うちの店にあるのと同様に。三百ユーロくらいで売れるんじゃないでしょうか。多少の差はあるかもしれませんが。確かにこれは上等な一冊です。それにアガサ・クリスティーとなると、なるべく早く売るべきでしょうな」

「わかってよかった」

「今度はこちらを見てみましょう」ケンダルはランボーを取り、箱《ケース》からそっとはずしてデスクに置いた。拡大鏡を手に、本の表と裏の表紙をしばらく眺めた。「妙だな」顔を上げ、ヒューゴーを見た。「いくら払ったか、おっしゃってましたっけ?」

「いいえ。二冊で千ユーロです」

ケンダルは身を乗り出し、コンピュータのスイッチを入れた。薄い白手袋を取りながら振り向いて本を見た。手袋をはめ、本を開き、拡大鏡でのぞいた。「これはこれは」

ヒューゴーはマックスの言葉を思い出した。「扉にちょっとした走り書きがある」

「ここにあるのは」ケンダルは本の扉にさらに身をかがめた。「走り書きだと思います、ともかく」

「どういう意味です?」

「彼はこれを初版本だと言いましたか?」

「なんですって？」ヒューゴーも身をかがめた。マックスは初版本ではないと言っていた。彼が間違えるはずはない。

「ありそうもないということは承知してますが」ケンダルは思案に暮れた様子で言った。コンピュータに向き直り、一分間ほどクリックしながらインターネットを閲覧した。「そうですね、私は初版本だと思います。インターネットによれば、この本の初版で高品質のものは、アメリカ・ドルなら二万から四万のあいだで売れそうです。三万ドルが妥当なところだと思いますが」

「本当に？」ヒューゴーは言った。どういうわけか、マックスに買ってやりたいブーツが頭に浮かんできた。なんてこった。それだけ金があれば、マックスを連れてファーストクラスでフォートワース空港まで飛び、本人にブーツを選ばせてやれる。

「それで」ケンダルは指を一本立てた。「この本の状態は良好ですが、どうやら最初に売られていたときの箱《ケース》ではないようです。あなたはお持ちではないですよね？」

「ええ」

「残念だな」ケンダルは手袋をはめた指で本の表紙を撫《な》でた。「箱がないにしても、ミスター・マーストン。私に少し調べさせてくれませんか？ でもあなたがお宝を持っていることに変わりはない」

「そうだ、あなたに調べてもらい、私の代わりに売ってもらうことは可能ですか？」

ヒューゴーにしては珍しくも即断だった。この二冊の本が不意に禍々《まがまが》しく思えてきたのだ。

ヒューゴーが本を手に入れてからマックスは拉致《らち》された。クリスティーンにはじかに結婚生活の永遠の終わりを告げられた。本を売り払いたくなったのは、本能的な衝動だった。論理的に決めたのではなく。それは自分でもわかっていた。ただ単にこれらの本を二度と見たくなかったし、触《さわ》りたくもなかったのだ。

「私が？」ケンダルは含み笑いをした。「私は本屋を経営しているんですよ、ミスター・マーストン。フォートノックス（アメリカの金塊貯蔵庫のある軍用地）ではなく。この店で最高に高い本でも千ユーロもしない。それにこうした類の宝を収蔵するためのセキュリティもない。しかし、競売会社の人間を知っています。もしお望みなら、紹介してもいいですよ」

「正直なところ、預かっていただくとありがたいんですが。この店と私のアパルトマンのセキュリティは同じようなものです。どのみち本は家に置いておくつもりでしたし」ヒューゴーの頭に、特製の銃の保管所が浮かんだ。自分にとってセキュリティは問題ではないとわかっていた。実際は。「それに金銭面については気にかけていません。たとえ大金だろうと。もしあなたに売ってもらえるなら、喜んでそれなりの手数料をお払いします」

「それは楽しみですな」ケンダルは指先で顎鬚を撫でた。「それに古本屋に押し入る人間はそうそういないでしょうし。うちも一度だけ襲われたことがありましたが、レジの金目当てで、本ではなかった」

「完璧です。棚のどこかありふれた場所に隠しておいてください」

「だったら話は早い」ケンダルは言った。「競売会社の〈クリスティーズ〉の知人と相談してみなくてはなりませんが、しかしオークションは最高の選択だと思いますよ」

「おまかせします」

「わかりました。受領書を用意させてください」一分後、ヒューゴーは受領書を受け取った。本の詳細、日付、ケンダル自身の署名が入っている。「これで間に合うといいのですが。こんなことを言って慰めになるかどうかわかりませんが、私はただ生活のためにこの仕事をしているのではありません、ミスター・マーストン。本を愛する人々が望みどおりの本を手に入れるのを見るのがうれしいんです」と言い、目を輝かせた。「つまり、私が言いたいのは――」

「安心してあなたに本を預けておけるということですね。わかります」ヒューゴーは笑みを浮かべた。「ご協力に感謝します。然るべき手数料を受け取っていただけると、もっと気が楽になるんですが」

ケンダルはしばらく考え、受領書に手を伸ばした。「これに書き加えておきましょう。経費を差し引いて手数料は……百ユーロというのはどうでしょう?」

「もしよかったら、もっと取っていただいてもいいんですよ」

「百ユーロです」ケンダルは飾字体で書き終えた。ヒューゴーを見て、にっこり笑った。「こういった本を扱うこと自体が報酬のようなものです。本当に。アガサ・クリスティーの本も売ってほしいですか?」

「お願いします。オークションにはかけられないと思いますが」

「おそらく」

「ありがとうございます」ふたりは握手をし、ヒューゴーは札入れから名刺を取り出した。「ここに連絡先はすべて載っています」と言い、立ち上がった。「状況を知らせてください」

「そうしましょう。あとミスター・マーストン？」

「はい」

「マックスのことでニュースがあったら、電話で知らせていただけるとありがたいのですが。先ほど言ったように、彼とは親しい仲ではありません。しかし彼が……わかりません。絶滅しかけている人種、と言ったらいいでしょうか。稀《まれ》な人物。私の言いたいこと、おわかりでしょうか？」

「ええ」ヒューゴーは答えた。「そういう男です。彼が見つかったら、電話します」

土曜日の残りの時間はマックスの家を探すことに費やした。トムは依然として電話に出ない。けれどブキニストのひとりがマックスの苗字を教えてくれた。もしくは、苗字だと思えるものを。クローシュ。だが四時間かけてインターネットの無料の検索エンジンや有料のサイトを調べても、何も成果はなかった。

6

日曜日の朝、にぎやかなパレ大通りに面したパリ警視庁《プレフェクテュール・ドゥ・ポリス》にいちばん近いメトロの出口附近にヒューゴーはいた。警視庁に目を当てたまま、大きなロータリーを歩いた。午前半ばは観光客も多い上に、帽子とコートの襟を立てたせいで、すぐには自分と気づかれないのではないかと期待して。

じきにめざす男がメトロの駅からあらわれた。相変わらず分厚いオーバーコートと毛糸のスキー帽姿の痩《や》せた男。ヒューゴーは急いで通りを渡り、警視庁の玄関前の石段のところで追いついた。

「すみません《エクスキュゼ・モワ》、デュラン刑事」と声をかける。

刑事が振り向いた。半分閉じたような目がヒューゴーを認めるのにしばらくかかった。

「ああ、ムッシュ・マーストン。何かご用ですか？」

「捜査の進行具合を教えていただけたら、ありがたいのですが」いわゆる捏造《ねつぞう》／勘違いという言葉を口にする前に、デュランの反応を見ておきたかった。

「たいした進展はありません、残念ながら」デュランは眉根を寄せ、さも考えているような顔つきで視線を落とした。「あの晩、河を捜索しましたが、あなたの供述に一致するような船は見つからなかった。病院でもモルグでも、あなたの主張する被害者の人相に一致する者はいなかった」デュランはそこでヒューゴーを見た。「もちろん、あなたの友人が進んで船に乗ったという目撃者もいることですし」

「その目撃者の名前を教えていただくのは無理でしょうね？」ヒューゴーは穏やかな口調を心がけて尋ねた。

「あいにく、ご希望には添えません」

「いや、できるはずだ」ヒューゴーは言った。「私もあなたと同じ側の人間です。覚えているでしょう？」

「いや《ノン》。失礼《ジュ・メクスキユズ》」デュランは去ろうとしたが、その袖をヒューゴーはつかんだ。

「つまり、捜査は終わったということですか？」

「いいえ《ノン》。あなたの友人や船の特徴は各署に伝えてあります。救急車や霊柩車《れいきゅうしゃ》に身元不詳の人間が乗せられたときは、照合させています。あなたからこれ以上の情報がないかぎり、こちらとしても打つ手はありません」

「捜査の指示を変えることから始めてもいいんじゃないですか。捏造でも勘違いでもないんだから」

デュランの片方の眉が吊り上がった。「誰から聞きました？」

「それがなんだと言うんです？」

刑事が近づいた。むっとするような煙草臭い息を嗅《か》げるまで。怒りの滲《にじ》んだグリーンの瞳の中の小さな金色の斑点《はんてん》が見えるまで。「ムッシュ。あなたがこういった事態に巻き込まれるのに慣れていないこと、刑事のつもりでいることはわかります。しかし、私は自分の仕事をまっとうしている。今後もそれは変わらない。さあ、頼むから腕を放してくれませんか。すぐに」

ヒューゴーの背後から誰かの厳しい声がした。「どういうことだ、これは？」

デュランの体が強張《こわば》り、目に警戒の色が浮かんだ。

つまり、声の主はあんたの上司なんだな。ヒューゴーは振り返り、相手を見た。背が低くでっぷりとした男がいた。何重もの襞《ひだ》になった顎の下で、水玉模様の蝶ネクタイが縮こまって見える。用心深そうな黒い目と言い、禿《は》げあがった卵形の頭と言い、狡猾《こうかつ》なエルキュール・ポアロを思わせる。おまけに口髭も生やしている。もっともこの男の場合は、アガサ・クリスティーの探偵のようにポマードで整えた濃い口髭ではなく、細い線のようなものだったが。

「ちょっと情報を教えてもらおうとしているだけです」ヒューゴーは答えた。「たいしたことじゃありません」

「私はラウル・ガルシア主任警部です」

「ヒューゴー・マーストンです」

「観光客ですかな？」

「アメリカ大使館の外交保安部長です。パリに住んでいます」

ガルシアはうなずき、じっとヒューゴーを見た。その視線がヒューゴーの手に落ちた。まだデュランの袖をつかんだままだった。ガルシアの顔に、マジックの手の内を明かさない奇術師のような笑みが浮かんだ。「なるほど《ビヤン》。初めまして。しかし、おわかりいただけると思いますが、たとえアメリカの同業者でもうちの刑事を捕まえる必要はないのでは？」

ヒューゴーはガルシアの目を見た。それは和解の申し出であり、ヒューゴーが引き下がる頃合いだと告げている。柔らかな口調ではあったが、ガルシアがどちらの味方かは明らかだった。

ヒューゴーはデュランの袖から手を放し、何か言おうと口を開いた。が、ガルシアは横をかすめて通り過ぎ、すばやく手を振って部下の刑事に中に入るよううながした。ヒューゴーは歯を食いしばって彼らを追いかけようとした。が、ガルシアの新たな合図で、二名の制服警官に行く手をはばまれた。争う気はなかった。それにフランスの警察に逮捕されたとなると、上司への釈明が必要になるだろう。

警視庁から立ち去った。今日は露天の古書店はみな休みだと知っていたが、河岸は避けて歩いた。日曜日はキリスト教徒、罪人にとって休息の日だ。ブキニストにとっても。

アパルトマンに戻ると、大使の自宅とオフィスに電話をしてメッセージを残した。大使が影響力を行使して捜査を進展させてくれないかと期待して。二時間経っても、大使からの電話はなかった。

午後の残りの時間は仕事で気を紛らわせた。シフト表の案を練ったり有給休暇の承認をしたりしてから、冷たいスコッチを手に熱い風呂に入った。私情の入り込む余地のない大使館の仕事を終えると、ここ二日間の出来事が少しずつ頭に浮かんできた。悲しみが徐々に広がっていく。マックスの拉致《らち》直後に感じた切迫した気持ちに取って代わり、今ではやるせなさを感じていた。努めてその気持ちを抑え、まだ見込みはあるのだと自分に言い聞かせようとした。望みが薄いことはわかっていたが。もしマックスが無傷で自由な身になっていたら、とっくにヒューゴーの前にあらわれているはずだ。もしそうでないなら……ヒューゴーはバスタブから出た。心痛と温かい湯、酒のせいでエネルギーが消耗していた。まだ早い時間だったがベッドに倒れ込み、切れ切れの眠りを繰り返した。

月曜日の朝早くに目覚めた。ありがたいことに意欲が戻ってきていたので、アメリカ大使館まで二・五キロほどの道のりを歩いた。道中ずっとマックスのことを考えながら自問を続けた。友人を見つける手助けとして自分に何ができる――何をすべき――だろうかと。暗い考えが頭から離れない。人探しは自分の得意分野ではないことを嫌でも思い知らされる。消息不明となった者が見つからないとき、残された手段はただひとつ。彼らを傷つけた者を捕まえることだ。マックスの年齢とニカという男の冷ややかな目つきを考えると、マックスを見つけることが今の自分の優先事項ではなくなってきていることを認めざるを得なかった。

路上の雪は少なくなっている。日曜日が暖かかったし、清掃人が週末のあいだに通りをこすり、掃いたからだ。歩道のあちこちに灰色と化した雪が積まれている。端のほうが溶け、歩道に幾筋もの模様を描いて側溝に流れていった。暖かかった昨日のあとはふたたび気温が下がり、もう少しで氷点に達しそうだ。冷蔵庫のような寒さが、湿った通りをアイス・リンクに変えてしまうのだろうか？

大使館に入るのに横手の通用口を使った。入口で身分証明書を見せ、いちばん空《す》いている金属探知機を通った。これは形式的なものだ。正面玄関には二名の海兵隊員が一年中警護に就いている。

中に入ると、ヒューゴーは静かな廊下を歩いた。閉ざされたドアの向こうから、かすかな話し声やコンピュータのキーボードをたたく音が聞こえてくる。ありがたいことに、人影は見えなかった。なぜ外で休暇を楽しんでいないのか、あるいは大使館員なら休暇の際は帰国するのが常なのになぜアメリカに行っていないのか、特に説明したい気分ではなかった。だが自分のオフィスを使うとなると、秘書と顔を合わせるのは避けられないだろう。

別の時代なら、エマは凜々《りり》しい女性と描写されたにちがいない。そしてそれは誉《ほ》め言葉だったはずだ。ぴんと伸びた背筋やその容貌でさえ、五十代後半という年齢を感じさせない魅力に満ちている。茶色の髪はいつも肩のところで切りそろえられていて、手を抜いていないと人に思わせる程度の化粧をしている。彼女がヒューゴーの下で働くようになって二年になる。が、何ごとも迅速に手際よく処理するということ以外にエマについてはよく知らなかった。ヒューゴーはその気になればあらゆる法の執行機関の現存のツールにアクセスできるし、確かにいろいろ知りうる立場にある。けれどエマが彼のプライバシーを尊重して一線を引いているように、彼もエマのプライバシーを尊重していた。

〈アメリカ大使館外交保安部〉と表示された重厚な木のドアを押しあけて中に入り、顔を上げたエマに微笑みかけた。次に両眉を吊り上げた表情でじっと見つめられるのを待った。自分の予定外の登場について彼女が直接尋ねることはないとわかっているからだ。

「驚かせたね」と言い、ドアを閉めた。

「本当に」エマは雑誌を置いた。《エコノミスト》誌だ。彼女にぬかりはない。

ヒューゴーは会釈で応じた。「私が留守のあいだ、暇だろう？」

「仕事はどっさりありますよ。ただやる気が起きないだけで」エマは彼の目を見た。「大丈夫ですか？」

「概《おおむ》ねは。離婚を取り消すのに大使館のカウンセラーの助言をあてにしてたんだが、うまくいかなかった」

「まあ、ヒューゴー」エマの口元が引き締まる。「お気の毒に」

「ありがとう」そんなに気の毒がるほどのことでもないと教えるために、ヒューゴーは微笑んだ。「おそらく今週の後半には、私を慰めるために若い女性を二、三人調達して家によこしてくれるだろうね？」

エマは顔をしかめて舌打ちしたが、ヒューゴーがわざと不埒《ふらち》なことを口にするのはお決まりになりつつあった。ふたりの原動力の一部であり、彼の微笑み以上に安心材料となっていた。「とんでもない人ですね、ヒューゴー・マーストン」

「ありがとう、がんばるよ。私が知っておくべきことはないかな？」

「あります。あなたがオフィスを離れていた数時間で大使館じゅうの武器が盗まれてしまい、大使はライオンに食べられ、そのすぐあと火星人の襲撃に遭いました」と言い、彼女は肩をすくめた。「あなたがいなくなると、いつもそうですよ」

「なるほど。さて、ライオンやら火星人やらがオフィスにいないなら、仕事をするとしよう」

　エマはふたたび舌打ちをした。ヒューゴーは自分のオフィスに入り、ドアを閉めた。デスクをまわって席につき、コンピュータを立ち上げた。仕事をするつもりはなかった。調査をしたかったのだ。まずは露天の古書店について。マックスと飲むときはいつもこのパリの名物の歴史を聞こうと思っていたのだが、ふたりの会話は別の方向に流れていきがちだった——たいていは本について。機会を逸してしまったことをヒューゴーは悔やんだ。

　最初に調べたサイトは旅行ガイドで、基本的なことがわかった。Bouquinistes《ブキニスト》という言葉は、オランダ語で〝小さな本〟を意味するboeckinに由来するものだという。なるほど。そのサイトによると、最初の売り手は手押し車で売りものの本を運び、橋の欄干《らんかん》に革紐《かわひも》で整理箱をくくりつけていたという。フランス革命後、商売は盛んになっていった。貴族から〝解放された〟蔵書が安い値でセーヌの河岸で売られるようになったのだ。そして一八九一年、ブキニストは河岸に箱を永続的にくくりつけていていいという許可を得る。ある一文に、ヒューゴーは衝撃を受けた。〝今日《こんにち》では、パリに二百五十人いるブキニストの仲間入りをするには、順番を八年間待たなくてはならない〟

ヒューゴーの電話が鳴った。応答はエマにまかせた。しばらくして彼のインターフォンが音を立てた。「ピーター・ケンダルさんからです。休暇中だと話しましたが、あなたから電話をかけてくれと言われたそうです」

「そうだ、ありがとう、エマ。つないでくれるかい？」回線が変わった。「ミスター・ケンダル？　ヒューゴー・マーストンです」

「こんにちは、ミスター・マーストン。ニュースがあります」

「いいニュース？　悪いニュース？」

電話の向こうから笑い声がした。「いいニュースだから電話したんですよ。あなたがお帰りになってから〈クリスティーズ〉の知人と話をしました。本を売るために生まれてきたような男です。本の写真を撮ってEメールで送るよう、彼に頼まれました。本当なら持っていくべきだったんでしょうが、雪で……。とにかく、彼にメールしました。その結果どうなったか、想像もつかないでしょうな」

「初版本だったんですか？」ケンダルの昨日の意見を考えると、それほど驚くことではない。だが、書店主の声は興奮しているように聞こえる。

「ええ、そうです。それに……扉の走り書き。あれはランボーの署名だったんです」ケンダルは咳払いした。「実際、それどころではありません。そのせいで私は混乱してしまって」

「どういうことです？」ヒューゴーは尋ねた。

「見返しの部分にポールと書かれてあるのを見つけました。で、ポールという本の所有者が自分の名を書いたのだろうと思いました。けれど〈クリスティーズ〉の知人は、ランボーが自分の恋人に宛てて書いたのだと確信しています」

「ポール・ヴェルレーヌ」

「そのとおり。なんということでしょう、ミスター・マーストン。ランボーがヴェルレーヌのために署名をした本は三冊あるそうです」

「で、そのうちの一冊だった？」

「そうです」

「信じられない。だとすると、どうなるんですか？」

「つまりですね、ミスター・マーストン。あなたの本の値打ちはものすごいということです」ヒューゴーが無言でいると、ケンダルは控え目に咳をした。「こう言われました。オークションに出すと、およそ十万ドルの値がつくとね。それ以上かもしれません」

ヒューゴーは仰天した。「本当なんですか？」

「そう私は言われました、ミスター・マーストン。あなたが本を手元に置いておきたいなら別ですが」

「いいえ」ヒューゴーは笑いだしそうになった。「本一冊にそれだけの金を払いたいという人がいるとしたら、ミスター・ケンダル、私より彼らのほうがよほどその本を手元に置いておきたいんでしょう」

「そういうことなら、私が自分で〈クリスティーズ〉に本を持っていきましょう。明後日の水曜日にオークションがあります。通常なら事前に競売にかける品を告知するものですが、友人はこう請け合いました。その手の品は、何人かの上得意に電話をかければ、然るべき入札者を招き入れられるとね」

「それほど多くの入札者はいないんじゃないですか、その値段では？」

「十人くらいか、それ以上。そう知人は言っていました。本一冊に無駄な金を払う金持ちがいることにあなたは驚くでしょうよ」

「でしょうね。オーケイ、それがよさそうです。ほかに私がすべきことは何かありますか？」

「よろしかったら競売を担当させるという手書きの、あるいはせめてタイプで打ったものに署名した委任状をファックスで送っていただけるとありがたいのですが。細かいことにうるさく言いたくはないのですが。ミスター・マーストン、しかし……」

「十万ドルは大金ですからね」ヒューゴーは言った。「そちらのファックス番号を教えてください」

十分後、ヒューゴーはこれまでで最高に高価な所有物をパリの裏通りの古本屋に託した。自分がわりと平静でいることが我ながら不思議だったが、本を手にしてからの不運について考えたくなかったので、ブキニストを調べる作業にふたたび没頭した。十万ドルあれば、マックスの捜索にもっと打ち込める、その金の大半は正しくは老人のものなのだから。

ブキニストの歴史についてさらに読んだ。驚いたことに、ブキニストたちは今日《こんにち》でも厳しく統制されているらしい。少なくとも、理論上では。資料によると、ブキニストは最初は本以外のものを売ることを禁じられていた。が、世界中から観光客が押し寄せるようになると団結し、半公式の組合を作った。Le Syndicat Des Bouquinistes de Paris《ル・サンディカ・デ・ブキニスト・ドゥ・パリ》（パリ古書店組合）またはＳＢＰ。二百人以上の組合員が、パリでいちばん観光客でにぎわう地域で商売を始めた。そして彼らが負ってきた歴史の重みにより、政府も規則を緩め、土産物《みやげもの》を売ることも許可した――エッフェル塔の模型や絵葉書の三倍の本を商うという条件で。どうやらＳＢＰは彼らの場所代をきわめて低く抑えていたらしい。申し訳程度に。ヒューゴーは経済学者ではないが、いい取引かどうかは見てわかる。安い場所代、最良の地域、そして入れ代わり立ち代わりやって来る客。ブキニストになるのに八年間待っても不思議はない。と同時に、一般の本屋や土産物屋よりセーヌのブキニストのほうが安い値段をつけられることの説明にもなる。

ドアをノックする音に、ヒューゴーは作業を中断した。大使のテイラーが入ってきたので、立ち上がった。

身長は平均的だが、丸々と太った体に禿《は》げかかった頭のＪ・ブラッドフォード・テイラーと道ですれちがうことがあったなら――その存在に少しでも気づいたらの話だが――銀行員か会計士に見えるだろう。実際ヒューゴーはある夜、ブランデーを飲み交わしながらテイラーに冗談を言ったことがある。大使は大悪党になれるだろう、と――まったくありふれた外見ながら、ひじょうに頭の切れる男だからだ。根っからの外交官である大使は、そのジョークをお世辞と受け取った。

「おはようございます」ヒューゴーは挨拶《あいさつ》をした。

「おはよう。休暇中じゃなかったのか？」ヒューゴーに腰を下ろすよう手で示し、大使も向かい側の椅子にどっかと座った。

「なんとも言えません。ちょっとしたことがあって」

「聞いたよ。きみのメッセージを受け取ってから、何本か電話をかけた」

「ありがとうございます」

「礼はいい、ヒューゴー。たいして役に立てそうにないから」

「どういうことです？」

「何人かと話したんだが、捜査すべきことがあまりないということだった。それで困ってしまってね。いったい何が起きてるんだ？」

ヒューゴーは身を乗り出した。最後の望みである上からの協力が、今まさに潰《つい》えようとしている。「大使、私の目の前で友人が拉致されたんです。ポン・ヌフの露店から銃を持った男に連れ去られて」

「目撃したのか？」

「まさに現場にいました。そのあと警察に通報することしか私にはできませんでした。刑事はきちんと然るべき行動を取りました。しかし実際は……わかりません」ヒューゴーは体を起こした。「説明するのは難しいんですが。刑事は最初から乗り気でなかったし、何人かの目撃者が違う証言をして以来、お手上げだとばかりに捜査を中断してしまって」

ティラーは顎を撫《な》でた。「それは実に妙だな。刑事はなぜそんな真似を？」

「わかりません。でも私は期待していたんです。大使なら探してくださることができるのではないかと」

「残念ながらヒューゴー、これは俗に言う管轄権の問題だからな」大使は片手を上げ、抗議しようとするヒューゴーを制した。「わかっている。この種の話は私たち双方とも大嫌いだ。しかし事実は事実だ。もし警察が捜査に乗り気でないなら、それについてきみも私も打つ手はない。きみが何を考えているかはわかる。だが、よせ。われわれは微妙な会議を控えている。ジンバブエからの友人たちとの。だから今はフランス人をいらいらさせる時期ではない」

「正直言って、大使。今の私はフランスの機嫌など気にしていられないんです」

「私は気にする」と言い、ティラーは立ち上がった。「きみは出発したほうがいい。それがきみの務めだからだ。友人のことはお気の毒だ、ヒューゴー、本当に。だがもし地元の警察が犯罪性はないということで納得しているのなら、私に何ができる？　ほとんどないも同然だ。それを」彼は言い添え、警告するように指を立てた。「私はきみにわかってもらいたい」

「どういう意味です？」

「手を出すなということだよ。休暇中だろうとなかろうと」

7

ヒューゴーがじっと宙を見つめていると、エマがコーヒーのカップを持ってオフィスに入ってきた。

「ヒューゴー、顔色が悪いですよ。大丈夫ですか？」

「ああ、大丈夫だ。ちょっと考え事をしてただけだ。ちょっとした……ニュースを耳にしたところなんで」

「まあ。その表情からすると悪いニュースですね。大使も出ていったとき、そんなお顔だったし」

ヒューゴーは顔を上げた。「いや、大使とは関係ない。大使は用があって。これは別件なんだ。いいニュースでもあるが不可解なニュースでもある、と言っていいかな」

「おっしゃってみたら？　ちょっとした刺激があるとありがたいわ」

「ライオンと火星人だけじゃ満足できないのかい？」コーヒーの礼を言うと、エマは出ていった。ヒューゴーはふたたびコンピュータに向かった。

あのブキニストはなんと名乗っていたっけ？　そうだ、ジャン・シャボーだ。

大使館の外交保安部長としてヒューゴーが交渉した結果、彼自身と保安部の幹部はフランスの対外治安総局《ディレクシオン・ジェネラル・ドゥ・ラ・セキュリテ・エクステリユール》——通称ＤＧＳＥ——のデータベースにアクセスできるようになった。さらにフランスのＦＢＩとも言うべき国内中央情報《ディレクシオン・サントロー・デュ・ランセニュマン・アンテ》局《リユール》——通称ＤＣＲＩ——のデータベースにもアクセスできる。そればかりか、その気になれば、国際刑事警察機構《インターポール》の加盟国を結ぶ〝Ｉ－24／7〟として知られている通信システムを利用することもできる。はかばかしい成果が得られなかったら、そちらも試してみるつもりだ。

最初にＤＣＲＩのシステムにログインした。犯罪防止のための最新世代のソフトウェアで、最小限の項目を打ち込むだけで犯罪や犯罪者について調べることができる。名前、場所、日付、それに手口《モウダス・アパランディ》までも。多少待たされることもあるが、それでも詳細な情報まで得ることができる。最初ヒューゴーはニカという悪党について調べるつもりだった。だが、指がキーボードの上でためらった。ニカのファーストネームはＮｉｃｏｌａｓ？　Ｎｉｃｈｏｌａｓ？　Ｎｉｋｏｌａｓ？　可能性が多すぎる。代わりに検索ボックスに〝ジャン〟と〝ジャボー〟と入れた。

椅子の背にもたれ、ブーツをはいた足をデスクに載せ、エマが淹《い》れてくれた熱いコーヒーをゆっくりと口に運んだ。いつものことながら、最高にうまい。どうして自宅ではこんなにおいしく淹れられないのだろう？　さっぱりわからない。エマに書いてもらった指示に従ってまったく同じ豆とコーヒーメーカーを使っているというのに、彼の淹れるコーヒーときたらものすごく薄いか、苦いか、焦《こ》げた味がするかのどれかなのだから。

もうひと口コーヒーを飲み、コンピュータのディスプレイの左から右に向かって伸びていく太い線を見つめた。九十九パーセントまで行ったところで線は止まり、〝ジャン・シャボー〟という名のフランス人について十二件ヒットした。そのうちパリ在住は三名なので、そこから始めることにした。最初の一件は空振りだった。黒人の男で、刑務所で二年前に殺されている。二番目と三番目のジャン・シャボーも目当ての相手ではなかった。写真をちらっと見ただけでそれはわかった。さらにパリから範囲を広げてトゥールーズ市のシャボーを選んだ。が、違った。次のシャボーはポー市だ。ヒューゴーはツール・ド・フランス（毎年フランスで開かれる自転車レース。三週間で約四千八百キロメートルを走破する）を毎年熱心に見守っているから、ポー市のことは知っている。いつも山岳ステージのスタートかゴール地点に設定される山のひとつ、ピレネー山脈の麓《ふもと》に位置する市だ。

このジャン・シャボーが、探している男だった。間隔の狭い目、薄い唇、間違いない。これまで六件の有罪判決を受けている。どれもが窃盗がらみの犯罪だ。いちばん軽い罪は二十歳のときの万引き。いちばん重い罪は武装強盗で、四年間服役している。ヒューゴーが驚いたのは、シャボーの犯罪がどれもフランス南西部が舞台となっていたことだ。三件はポー市で、二件はビアリッツ町、残る一件はルルド町だ。パリでは一件もない。

これにより、ヒューゴーは答えのない疑問を二件抱えたことになる。

ひとつは、ごく普通のブキニストがなぜ拉致《らち》されたのか？　もうひとつは、ピレネー＝アトランティック県出身の二流の犯罪者がなぜパリの一等地の露店を所有できるようになったのか？　シャボーがマックスを知らないはずがない、ヒューゴーはそう信じていた。少なくとも名前くらいは知っているはずだ。しかしシャボーが口を割らない以上、それについてヒューゴーにできることはたいしてない。今のところは。

次の段階としてすべきことは、マックス自身についてもっと情報を集めることだ。キーボードの上で指がためらう。ヒューゴーの前の空白の検索ボックスで、カーソルが瞬《また》いている。マックスは友人だ。その彼の犯罪歴を調べることはプライバシーの侵害に思え、なかなか踏み出せない。なぜかはわからないが、マックスが遠い昔に置き去りにした若かりし頃の歴史になんらかの汚点があるはずだと感じていた。それを知りたいのかどうか、ヒューゴーは決めかねていた。が、老人を見つけるほかの方法は思いつけなかった。

彼が知っているのはマックスのファーストネームと苗字だけで、苗字はスペルもわからない。〝クローシュ〟という名のスペルをいろいろ試してみた。そしてなんの収穫もないとわかると、次に苗字を変化させてみた。〝C1〟で始まるあらゆる名を十個以上打ち込んだあと、椅子にもたれ、両手を髪に滑らせた。一瞬考え、腕時計を見てから苦笑した。ほかのみんなと違い、トムにとって時間はなんの意味もなさないとわかっていたからだ。友人の番号にかけた。

四回目の呼び出し音のあと、トムの声が聞こえた。「おれはフランスの電話番号をスパイしてるんだ。マーストン博士だろ？」

「よくわかったな、シャーロック」

「黙れ。これだけ長い付き合いなのに、おまえさんときたらおれのことよくわかってないな。なんの用だ？」

「覚えてるか、妙なことが起きたと言ったろ？」

「その妙なことについて、突っ込みを入れるべきなんだろうな」

「何を言われても驚かないさ。とにかく、今ＣＩＡの小道具の近くにいるのか？」

「たまたまね。世界中のポルノにアクセスできる唯一の方法だからな。マレーシアの一級品とか」

「ああ、そうだろうよ」ヒューゴーは言った。「ある人物について情報が必要なんだ。だが手駒があまりない」

「待ってろ」グラスを揺らす音がした。あるいは酒壜《さかびん》か。「そっちのデータベースは試してみたんだろうな？」

「ああ、トム。それくらいのことは思いついたよ」

「よしよし。で、手持ちの情報は？」

「ファーストネームはマックス。苗字はクローシュだと思ってたんだが。その名は実行してみた。それに最初の二文字で始まるほかのあらゆる名前も試したんだが、空振りだった」

「ほかには？」

「生年月日に関するデータはない。六十代後半だとは思うが。ブキニストだ」

「わかった。あとは何かないか?」

さらなる手がかりを求めて、ヒューゴーは記憶をさらってみた。マックスの身元を示すかもしれない記憶がどこか深くに埋もれていないかと。「もし何か思いついたら、知らせる」

「了解」トムが答えた。彼の指がキーボードをたたく音が電話越しに聞こえる。さらに作業をしながらつぶやいているトムの声も。「マックス。そこから考えられるあらゆる名前のバリエーション、パリ在住、古本屋。おそらく組合のメンバーだろう。フランス人なら」

「ああ。ブキニストには組合がある――」

「知ってる」トムがさえぎった。「パリ古書店組合、もう見つけたよ。歳は六十代だと言ったな?」

「そうだ」親しくなったばかりの頃、ヒューゴーはマックスに歳を尋ねたことがある。そのたびごとに違う答えが返ってきたため、多くの言葉を費やされなくてもマックスの意図は理解していた。

「ええと」トムが言った。「それらしいのがふたりいる。けど、おれが思うに……気難しい風貌で付け鼻みたいな鼻の男じゃないか?」

「マックスを見つけたって?」ヒューゴーは背を起こした。「私もコンピュータの前にいる。写真を送ってくれないか?」

「もう送ったよ。その男かい?」

ヒューゴーはEメールのアカウントを開いてトムのメールの添付ファイルをクリックした。

「あんたは天才だ、トム。マックスだよ。そっちにある情報を全部送ってくれないか？」

「実のところ、それは認められてない。おれはCIAを引退させられたが、馘《くび》にされるような真似はできない。だが、おれが話すことをおまえさんがメモすることはできる」

「言ってくれ」

「マクシミリアン・イヴァン・コッヘ。ドイツ人かオランダ人じゃないかな。住まいはコンドルセ通りだ。知ってる場所か？」

コッヘか。くそっ。ヒューゴーは立ち上がった。「待っててくれ」と言い、壁の大きな地図に向かった。コンドルセ通りはパリ北駅——北方面やイギリスに向かう路線のターミナル駅——の真西に位置していた。通りのすぐ上は、有名なキャバレー〈ムーラン・ルージュ〉や、セックス・ショップが軒を連ねるピガール地区だ。その界隈《かいわい》を拠点にしている街娼——男女を問わず——も多く、観光客の集まるモンマルトル地区に続く曲がりくねった横道で商売に励んでいる。「ピガールの近くだ」ヒューゴーはトムに伝えた。「ほかには？」

「これによると、彼は一九三八年生まれ。つまり七十歳以上ってことになる」トムはもぐもぐ言いながら、クリックを繰り返した。「思ったとおりだ。またしても。おまえさんの友人のマックスはドイツ出身だった。母親はハンガリー出身で、父親はドイツ出身。両方ともユダヤ人で、ドルトムントに住んでいた。一家は一九四二年まで数年間そこで暮らしてた。ナチの悪党どもに急襲されるまで。一家は逮捕され、南フランスのル・ヴェルネの強制収容所に送られた」

「その収容所のことは聞いたことがある」ヒューゴーは言った。「いったいどこからこの情報が出てきたんだ?」

「それは言えない。けど、なぜ誰かが彼のファイルを保管してたのか、一分もしないうちにわかるだろうよ」

「わかった。続けてくれ」

「了解。一家はル・ヴェルネの収容所に二年間いた。家族そろって無事に。だが一九四四年の七月、彼らは列車に乗せられて東方のダッハウ強制収容所に連れていかれた」トムの口調が変わった。厭世的《えんせいてき》で軽薄な友人でさえ、その時期の歴史の重みを感じているのだとヒューゴーにはわかった。「これによると、一家で生き残ったのはマックスだけで、一九四五年にダッハウから解放された。フランスの大佐夫妻の養子になり、パリ郊外で育てられた」マックスから外国訛《なま》りを感じなかったのはそのせいだったのだ。「ところが、またクソ悲運に見舞われた」トムが続ける。「マックスが十二歳のとき、一九五〇年の五月、養父母が交通事故で死んだ。一家でブルターニュに旅行していた最中の出来事で、生き残ったのはマックスだけだった」

ヒューゴーは頭を振った。マックスについて自分の知らないことがこんなにあったとは。

「続けてくれ。なんであんたたちが彼のファイルを保管しているか、知りたいとこだが」

トムは含み笑いをした。「厳密にはわれわれのファイルではないが。ここからが面白いところだ。一九六三年、マックスは弁護士のセルジュ・クラルスフェルトと妻のベアテとの結婚式に参列した。その名前にピンと来ないか？」

「来るよ。しかし、誰だか思い出せない」

「夫妻はフランスでもっとも有名なナチ・ハンターだ」

「だからファイルが存在するのか」

「そのとおり。先に行くぞ。マックスはクラルスフェルト夫妻とともに、一九六〇年代ずっとナチどもを追いかけていた。自分の家族を殺したことの責任を取らせるという意味も含めて。これによると、フランス当局は、一九七一年にクラルスフェルト夫妻が元ゲシュタポのクルト・リシュカを拉致した件にマックスも関与していたのではないかと疑っていたらしい。証拠はないがね。夫妻が拉致の容疑で逮捕されると、彼らを釈放しろというキャンペーンがおこなわれた。マックスはその主導者だった。キャンペーンはあっという間に広がり、たくさんの連中が加わった。で、夫妻は釈放されると、仕事に戻った。そしてクラウス・バルビーやジャン・ルゲなどのナチを捕まえたが、マックスはそれにも手を貸した」

「すばらしい仕事だ」ヒューゴーは言った。

「ああ。だがルゲは裁判にかけられることなく釈放された。ファイルによると、マックスはその後、気力を失ったらしい」

「ルゲとは何者だ？」ヒューゴーは尋ねた。

「ヴィシー政権下の警察官僚だった男だ。第二次世界大戦でフランスが占領されていた時代、もっとも強力なナチの協力者だった。一九八六年、ルゲは一連の罪状で二度目の告発をされるが、裁判の前に釈放されたんだ。またしても」

「信じがたいな」ヒューゴーは言った。「知らなかった」

「このマックスという男とは親しいのか？」トムが尋ねた。「彼がトラブルに巻き込まれてる？」

「ああ。ほぼ間違いない」

「ほかに役立てることはないか？」

「今のところはない。だが、状況が変わったら連絡する」

ふたりは電話を終えた。ヒューゴーは両肘をデスクについて座り、冷めてしまったコーヒーを見つめた。

めったに人に驚かされたことはない。法の執行者として二十数年間働くうちにそうなっていた。それに行動訓練や実戦での経験により、ヒューゴーはいつの間にかたいていの人間の妙な行動を予見できるようになっていた。または多彩な歴史を持つ人物を見抜くことも。だが今回は違った。老人はなんという歴史を背負っていたのだろう。どういうわけか、気づいたらヒューゴーは喜んでいた。いわば、彼らは似たような仕事をしていたのだ。悪い連中を捕まえるという仕事を。ヒューゴーは友人の役に立てず、みすみす目の前で拉致されるのを許してしまった。だからこそ、マックスの行方を突き止めたかった。だが老人の注目せずにはいられない過去によって、なんとしても彼を見つけ出したいという決意がさらに強まった。

もちろんマックスにカウボーイ・ブーツの借りがあることは、言うまでもなく。

8

その夜、ヒューゴーはセーヌ河左岸を歩いた。午後八時も近いとあって、石壁に取り付けられている緑の金属の箱は閉じられ、しっかり錠がおろされていた。ブキニストたちの姿も見当たらない。どんよりとした冷たい空気の中を歩きながら、歩道に張っている黒い氷に足を滑らせてしまった。マックスの住まいに行った帰り道だった。トムと話して一時間後にはタクシーで現地に着いていた。マックスのアパルトマンにも、建物のほかの四つのアパルトマンにも、誰もいなかった。持参した道具で錠をこじあけることもできたのだが、その種の秘密の行為に及ぶには時間が早すぎ、周囲の人通りが多すぎた。正面玄関を通り抜けるちゃんとした方法を考えて戻ってくるべきだと思い、しぶしぶアパルトマンをあとにした。そうして今はマックスの店を避け、狭いヌヴェール通りを歩いていた。馬鹿げたことだとわかっていたが、店をもう一度目にする覚悟ができていない気がしたのだ。犯罪現場のように思えたからだ。それに答えよりも疑問だらけの状態で店に戻ったら、金属の箱もいまわしいものに思えて、二度とそこから手がかりを得られないかもしれない。

ドフィーヌ通りに入るためにふたたび左に曲がった。自分のアパルトマンに向かうつもりだった。が、まだ夜という雰囲気ではない。気分がざわついているし、人の中にいたかった。たとえ酒場にひとりでいることになろうとも。狭い通りに軒を連ねる小さな店のウィンドウをのぞきながら、ゆっくり歩いた。およそ客が入りそうにないひと間のブティック。この区《アロンディスマン》にはそんな店が何十軒もある。どうやって賃貸料を払っているのか、ヒューゴーはしばしば不思議に思っていた。

アンドレ・マゼ通りのカフェに空席がひとつあった。ひさしに設置された暖房器具の下のテーブルだ。月曜の夜にしては人出が多い。が、テラス席で雑踏の中に身を置くことが今の彼にはありがたかった。スコッチを注文した。ウェイターが戻ってくると、札入れを開いて十ユーロ札を出した。隣の小さなテーブルについている女がヒューゴーの札入れをじっと見ている。女はさりげなさをつくろおうとしているが、テーブルの間隔が狭いため、ふたりの席は数センチしか離れていない。さらに――正直に言って――女の存在には嫌でも気づかされていた。彼女がカフェに入ってきた瞬間に。スコッチをちびちびやりながら、機会があるたびに女をもっとじっくり見た。ヒューゴーより何歳か若い。三十代半ばだろう。明るい茶色の髪は短く、ボブヘアに近かった。お洒落《しゃれ》で美人だが、見知らぬ男から声をかけられるのを拒むような厳しさが表情にあらわれている。

ヒューゴーはグラスを置いた。女と目が合った。謝ろうとすると、女に先を越された。

「ごめんなさい、ムッシュ」と言い、女はヒューゴーの札入れを顎で示した。「バッジが目に入って。警察の方？」

「いや《ノン》。厳密には違う」金が問題ではなかったのか。「アメリカ大使館で外交保安部の仕事をしています」

「なるほど《ビヤン》。だからフランス語が流暢《りゅうちょう》なのね」もう一度ヒューゴーの札入れに目をやり、女は英語に切り替えた。「そんなに大金を持ち歩かないほうがいいと思うけど」と、笑顔でたしなめた。

ヒューゴーはスーツの下のふくらみをたたいて笑みを返した。「アメリカ大使館ですよ、お忘れなく」

「ああ、わかった。あなたはアメリカ人で銃を持ってる。もしかしたら、あなたのお財布を軽くするお手伝いをしてあげられるかもしれない」

「失礼?」アメリカだろうがフランスだろうが、ある種の商売女たち、それも魅力的な者ほど路上よりは酒場やレストラン、カフェで仕事をするということはヒューゴーも知っている。これまで誘いをかけられたことはなかったが、果たしてそれが今起きているのかどうか。

「一杯おごっていただけないかしら?」と言い、女は手を差し出した。「クラウディア・ルーよ」もう一方の手をバッグに入れ、身分証明書を取り出した。「ジャーナリストなの」

「失礼、もちろん、そんなつもりは……ヒューゴー・マーストンです」あわてて付け加えた。

「あなたがどう思ったかはわかってる、ムッシュ・マーストン。それに対して光栄に思うべきか、唖然《あぜん》とすべきか、自分でもよくわからないわ」彼女の目からはどちらの感情も読み取れなかったが、わずかに吊り上がった口元から面白がっているのがわかった。

「申し訳ない」ヒューゴーは言った。「唖然とすべきは私のほうだ、きみでなく」ウェイターの視線をとらえ、彼が近づいてくると、クラウディアに顔を向けた。「ご希望は？」

彼女は直接ウェイターに告げた。「ウィスキーをお願い《アン・ウイスキー・スィル・ヴ・プレ》」さらに片手を上げてウェイターを引き止めた。「お食事はすませたの、ムッシュ・マーストン？」

「実はまだなんです」

クラウディアはふたたびウェイターに向き直った。「じゃあ《アロール》、オムレツをふたつ《ドゥ・ゾムレット》。セップ《ヴ・ザヴェ・》茸はまだある？《レ・セップ・トゥジュール》」

「はい《ウィ》、マダム。オムレツをふたつにセップ茸《ドゥ・ゾムレット・アヴェク・セップ》ですね？」

「ええ《ウィ》」クラウディアはヒューゴーに微笑みかけた。「既婚者ね、そうでしょ？」それは質問ではなく、断定だった。

「どうしてそんなことを？」ヒューゴーは尋ねた。

「顔に書いてある。自分に代わって女に注文してもらうのに慣れていないって」

ヒューゴーはうなずいた。「それは本当だ」彼の南部一の美女であるクリスティーンにレストランで注文をまかせたら、決まる前にふたりとも餓死してしまうことだろう。「でも、結婚はしていない。今はもう」

ヒューゴーが話すのを彼女はじっと見守っている。その目を見つめ返さずにはいられなかった。申し分のないハシバミ色の目。仮面のようにまとっていた厳しい表情もかなり和らいでいる。首に巻いたスカーフの太いストライプと目の色が完璧に調和している。意図的に合わせたのだろうか？　おそらく目利きの友人か恋人から贈られたのだろう。

「今はもう？」彼女は言った。「だったらこれはお祝い会ね、それとも残念会、違う？　どっちにしても、ディナーにワインも頼まない？」

「いいね」ヒューゴーは言った。「ところで、きみは何を頼んだんだ？　オムレッはわかるが、〝セップ茸《だけ》〟とは？」

「マッシュルームの一種よ。それも最高の。イタリア人はポルチーニって呼ぶけど、ボルドー周辺で育つものは別物だって断言できる。ずっとおいしいの。旬は少し過ぎてるけど、シェフによっては充分な量を確保してある。わたしたち、ツイてたみたいよ。食べたことない？」

「自分の知るかぎりでは、ないな」セップ茸が運ばれてくると、彼女の言うとおりだとわかった。肉は入っていないのに味わい豊かで、なおかつ軽い。どこにでもあるポルタベッラのようなほかのマッシュルームより、はるかにうまい。バターとニンニクで調理されているようだ。ヒューゴーは今になって自分がいかに空腹だったか思い出した。ウェイターがパンのお代わりの入ったバスケットを持ってきた。

「ところで、どういう種類のジャーナリスト？」食べながらヒューゴーは尋ねた。

「新聞よ。《ル・モンド》紙の警察担当記者。強盗、レイプ、殺人、あらゆる事件を扱ってる。ドラッグもね。それがわたしの目下の関心事なの。警官たちも最近はドラッグを扱うことが増えてきているから、わたしの書く機会も増えてるってわけ」クラウディアはにっこり笑い、パンを半分にちぎった。「欧州連合《EU》全体の問題よ。旅行者や貿易のために国境を撤廃して、その分何が増えたと思う？」

「なるほどね」

「本当よ、売人たちはそう考えてるわ。警察はドラッグ対策特別本部をスタートさせた。その情報を得るために、わたしはあちこちにおべっか《キス・キュ》を使ってるところ。独占ニュースをひとつかふたつ、手に入れるためにね」彼女はフランス語と英語をちゃんぽんで話し、〝尻《バット》〟の代わりに〝尻《キュ》〟というフランス語の俗語を使った。ヒューゴーはにやりとした。彼女の口から静かな声で言われると、俗語もエレガントに聞こえてくる。

「わかった」ヒューゴーはふたつのグラスにさらにワインを注いだ。「で、強盗や殺人よりドラッグに興味があるわけだ？」

「たいていは。背景が深いから。殺人にしろ強盗にしろ、起きたらそれでおしまい。ここで起きる殺人はテレビでやってるようなものじゃない。ほとんどの場合は、瞬間的で無意味なものよ。でもドラッグには陰謀がある。ドラマがある。ドラッグは現実の人々に影響を与える。それだけじゃない。死体を見るのにはうんざりなのよ」

「それはわかる」ヒューゴーはFBI時代の話を少し打ち明けた。ヒューストン支局でプロファイラー（犯人像割り出しの専門家）として働いていたときの話だ。殺人現場に出向き、なぜ殺人者は犠牲者の両目をくり抜いたのかを冷静に見極めなくてはならなかった。子どもが犠牲となることがあまりに多かった。仕事は順調だった。だが彼にとっての手柄とは、事件のあとで悪党を逮捕することを意味する。犯行を阻止するのではなく。そして彼の手柄は犠牲者の上に成り立つ。だから――と彼はクラウディアに話した――現場から離れてよその土地に行く機会を与えられたとき、それに飛びついたのだということを。最初の妻のエリーのことは口にする必要はなかった。

「でも仕事が恋しいんじゃない、違う？」またも首を傾げて彼女はヒューゴーを見た。

「おそらく。多少はね」と言い、彼もクラウディアを見返した。「で、きみは警視庁の人間と親しいのかい？」

彼女はまつげを大げさに瞬《また》かせた。「どう思う？」

ヒューゴーは笑った。もちろん、答えはイエスだろう。「よかった。アメリカの法の執行者にも親切にしてくれるかな？」

「親切の種類によるわね」彼女はオムレツの最後のひと切れをフォークで口に運び、噛《か》んだ。「それに、わたしになんの得があるかどうかにも」

ヒューゴーはそっと笑った。「きみはここにいる法の執行者にも親切にしてくれると思う。たとえきみの得になることが何もなくとも」

優美な両眉が吊り上げられた。「それは、なぜ？」

「ただの推測だよ。ディナーを私がおごるっていうのはどうだい？」

そのとおり、支払いは彼がした。そのあとふたりはヒューゴーのアパルトマンに行き、暖房のそばでブランデーを飲んだ。クラウディアは話すよりも熱心な聞き手にまわった。口にしたのは自分の〝つつましいルーツ〟に関してだけ。健康上の問題を抱えたために老いてから信心深くなった父親の話や、母親不在のまま育った話。そして短い結婚生活を送ったこと。けれど満足のいく別れ方をしたのか手ひどい痛手を被《こうむ》ったのかまでは言わなかった。それからテキサスについてあれこれ質問をした。互いのバックグラウンドについて充分に情報を交換してから少し話したあと、ふたりはベッドに行った。

クラウディアの愛の営みは巧みで激しかった。酒の香りのする甘い息。想像どおりに引き締まった体。ヒューゴーは自分のテクニックがなまっているように感じた。実際そうだったからだ。彼女は――そのつもりはないだろうが――さながらダンスのインストラクターのごとく、才能はあるが腕の落ちた生徒を導いた。なぜかヒューゴーは自分が受け身でいることが気にならなかった。なぜならそれはクラウディアが自分の欲求を満たしつつあるということだからだ。そしてそれが彼の望みでもあった。

クラウディアは夜のうちに帰った。彼が寝ていると思ったらしいが、ヒューゴーは彼女のシルエットが部屋を横切って服を集め、それを着るのを見ていた。彼女はベッドの脇で一瞬足を止め、それから出ていった。電話番号もEメールのアドレスも残さずに。

元FBIとジャーナリストなのだから、その気になれば互いを見つけられるだろう。

目覚めたとき、ひとりでいることがありがたかった。飲みすぎたことは考えないようにしていたが、コーヒーを淹《い》れているときに思い出してしまった。よけいなことまでしゃべったかによかった。そうは言っても、このアパルトマンで女の声を聞いたのは久しぶりだから、と思うと、心が落ち着かなかった。無駄話で思い出を水増ししたりせずに別れたほうがはるかによかった。そうは言っても、このアパルトマンで女の声を聞いたのは久しぶりだから、無駄話も我慢できたのかもしれない。

その日は火曜日だった。九時近くにアパルトマンから出た。その日にすべきことは三つあった。まずは食べ物とコーヒーにありつくこと。次はクラウディアとランチかディナーを一緒にして、頼みごとをすること。そして最後は、コンドルセ通りのマックスのアパルトマンの中に入ること。けれど最優先事項は食べ物とコーヒーだ。

週末は観光客で平日は通勤者で常ににぎわうサン・ジェルマン大通りを、ぶらぶら歩いた。朝のラッシュアワーも終わり、オフィスや店から人がどっと繰り出すランチタイムまでまだ間がある。一日でいちばん静かな時間帯だった。サン・ジェルマン・デ・プレ教会近くの屋台でレモン汁と砂糖のかかったクレープを買い、前世代の画家や作家が集った有名なカフェの〈ドゥ・マゴ〉と〈カフェ・ド・フロール〉の前を通り過ぎた。セーヌ河に向かって北西に歩きつづけ、ベルシャス通りに出た。そこで右に曲がり、〈カフェ・リュベ〉に入った。コーヒーの味はほかのカフェと変わりないが、数ユーロ安い。すぐコーヒーが出されたので、すばやく飲んだ。本日の仕事に早く取りかかりたかったからだ。あと数口で飲み干すというところで電話を取り出した。二度目の呼び出し音でエマが出た。

「《ル・モンド》紙にいる記者の電話番号を探してもらえるかな？　クラウディア・ルーという名だ」

「お安いご用です。でもあなたのために、まだ休暇中だということを思い出させたほうがいいでしょうか？」

「まさか」

「わかりました。ペンはありますか？」

「ああ。でも、つないでもらえないか？」

「では相手の方が出たら、電話を切ります」エマは愛想よく言った。「あなたのかわいい指で番号を押すのがそんなにも大変なら」

「大変なんだ」

「わかりました。でもその方にかけるあいだ、待っていてくださいよ。不便を我慢できるならの話ですが」ヒューゴーが返事をする前に回線は途絶え、そのまたっぷり一分は待たされた。エマがふたたび電話口に出た。「つながりましたよ、陛下。何か用があったら連絡してください」

クラウディアの声から、彼女が笑みを浮かべていることがわかった。「こんにちは《ボンジュール》。帰るとき、あなたを起こさなかったのならよかったけど」

「いや」ヒューゴーは誠実に答えた。「そんなことはない」

「よかった。あと、あなたが気を悪くしていなかったらよかったけど」

「私は小さい男じゃないからね、クラウディア、大丈夫だ」

「今夜、ディナーをご一緒できる？」ヒューゴーが言う前に、先を越された。

「ああ」そこで間を置いた。「きみの親切に甘えていいかな？」

「もちろんよ《メ・ウィ》、用件は？」

「友人がいるんだ、ブキニストの。その彼が姿を消してしまって、見つける手助けがいる」

「姿を消した？」

自分でもよくわからなかったが、拉致《らち》のことは話したくなかった。おそらく阻止できなかったからだろう。警察が自分を信じようとしなかったからだろう。何かもっと大きなことが起きている、そうヒューゴーは確信していた。が、それが何かわかるまで情報は小分けにするつもりだった。

「そうなんだ。少なくとも一時的に。あとで彼のアパルトマンに調べに行ってみようと思ってるんだが……それについては今夜話す」

「賛成《ダコール》。その人の名前と住所を教えて。わたしにできることをしてみるわ。会社にお抱えの調査員がいるの。彼らはあらゆる情報源につながっている。警察が使っているのと同じものに」

「ありがとう《メルスィ》」彼女に情報を与え、万が一の場合を考えて肉体的な特徴も教えた。「DCRIのデータベースはもう調べた。でも新しい情報は何もなかった」

「そうでしょうね。行方不明者を探すなら、わたしたちのデータベースのほうが有効よ。簡単に調べられるわ」そこで彼女は間を置いた。「ところで今夜の件だけれど、早い時間がいいわ。何か買っていってあなたの家で料理する。七時でいい？」

「すばらしい」ヒューゴーは電話を切り、コーヒーの受け皿にウェイターへのチップを置いた。そうして帽子を手に取った。三つの仕事のうちふたつは終了した。旧友の家を訪れる番だ。

9

コンドルセ通りのマックスのアパルトマンは、最上階の四階にある。最近塗り直したらしい正面の黒いドアが唯一の出入口のようだ。ヒューゴーは昨日に続いて鉄製の手すりのついた花崗岩《かこうがん》の石段を六段上り、いちばん上のブザーを押した。頭を傾げて耳を澄ましたが、呼び返すブザーの音も物音も聞こえない。もう一度、押してみた。またしても反応なし。そこで下の階のブザーを次々押した。誰かが中に入れてくれるのではないかと期待して。が、こちらも無反応だった。ポケットを探り、FBI時代から使っている道具の入った小袋を取り出した。と、玄関のドアがあいて老婦人があらわれた。片手に空《から》の買い物袋を持ち、もう一方の手で杖をついている。老婦人を驚かせないよう、ヒューゴーは石段に退いた。

「こんにちは《ボンジュール》、マダム」と言い、帽子を脱いで軽く会釈をした。

「ムッシュ、こんにちは《ボンジュール》」

「すみませんが《エクスキュゼ・モア》、友人をさがしてるんです《ジュ・シェルシェ・アンナミ》。マックス・コッへです」

「ええ《ウイ》、ムッシュ。その方ならここに住んでいますよ。いちばん上の階に」

ヒューゴーは微笑んだ。「はい。ブザーを押してみましたが、返事がないんです。最近、彼を見かけましたか？」

「ええ《ウィ》」老婦人は鉄製の手すりを片手でつかんで石段を下りていった。「先週、見たばかりよ。それも最近のうちでしょ？　私はあまり外に出ないので」

「こんなに寒くては大変ですものね」ヒューゴーはにこやかに言った。「実のところ、昨日か一昨日、彼を見かけたか声を聞いたかと思っていたのですが」努めてさりげなく口にしたが、老婦人は何かを感じ取ったらしい。

「声を聞いたかですって？　おかしな質問ね、ムッシュ。あの人は大丈夫なの？」

「それを知りたいと思っているんです」

「そう。さっきも言ったように、今週は見かけていませんよ。声も聞いていないわ」老婦人はヒューゴーを見て首を傾げた。「あなた、訛《なま》りがあるわ。パリの人じゃないわね」

「アメリカ人です」

老婦人の顔に笑みがよぎった。「本当に《ヴレマン》！　アメリカ人は大好き《ジャドール・レザメリカン》よ。戦争が終わって解放されるあいだ、若い大佐ととってもロマンチックな関係にあったの」老婦人は片目をつぶってみせた。「少なくとも自分で大佐だって言っていたから、わざわざ確かめようとは思わなかったけれど」

「きっと大佐だったんでしょう」

「ふん！」老婦人は手を振った。「そんなことは問題じゃないわ」石段を下りきると、少し休んだ。「訛りと言えば、思い出したわ。何日か前に犬の吠え声が聞こえたから表に出ようとしたの。ちょうど男の人が出ていくところで、私のためにドアを押さえてくれた」

「その男は訛りがあったんですか？」

「ええ。たぶんイタリア人かスペイン人じゃないかしら。私がお礼を言ったときも、とても礼儀正しかった」

「その男がマックスに会いに行ったと？」

「だからこの話をしたのよ。私は一階に住んでいてね。二階は空家で、三階に住んでいるカップルは三カ月前からアフリカに行っているの。布教の仕事をなさっているから。ご存じでしょうけれど」

「それは知りませんでした。ひじょうに高潔だ」

老婦人はまたも手を振った。「いいえ《ノン》、ムッシュ。あのふたりはどこかのカルトに属しているのよ。悪いことじゃないけれど、でも……」と言い、肩をすくめた。

「わかります。それで、その男が来たのはいつでしたか？」

老婦人は眉根を寄せた。「すんなり思い出せないときがたまにあって。でもたぶん、土曜日だった気がする。ひょっとしたら日曜日だったかしら。寝たかったのに騒音に邪魔されたから、夜の九時頃だったと思うけれど。でもムッシュ・コッへの姿は見なかったわ」老婦人はゆっくりとヒューゴーを通り過ぎ、玄関のドアに顎をしゃくった。「鍵はかけてないわ。よろしかったら、中に入ってノックしてみたらいかが？ さようなら《オ・ルヴォワール》、ムッシュ。もし彼に会ったら、あなたがいらしたことを話してもいいかしら？」

「もちろんですとも。私の名は《ジュ・マペル》ヒューゴー・マーストンと言います。彼には〝大きなアメリカ人〟で通じますよ。いろいろありがとうございます」

「大きなアメリカ人《ル・グランタメリカン》」老婦人は口元に笑みをたたえ、背筋を伸ばした。「お会いできてうれしいわ、ムッシュ。思い出させてくれて、ありがとう」

老婦人は足を引きずりながら通りを歩きだしたが、ヒューゴーはまだひとつ訊きたいことがあった。「マダム。その男がどんな感じだったか覚えてらっしゃいますか？　訛りのある男です」

「ええ《ウイ》、もちろんよ。外国人みたいだったわ、ムッシュ。背が低くて痩《や》せていて、肌は浅黒かった。ネズミみたいな顔だった。あと、ずっと顎をさすっていましたっけ」老婦人は前に向き直ろうとして、もう一度振り向いた。「ああ、私の大佐《メ・コロネル》、彼のことを考えてからどれくらい経つかしら」切なそうな笑みを浮かべ、歩いていった。

シャボーだ。あの悪党は嘘をついた。マックスを知っていたばかりか、アパルトマンまで訪ねていたとは。

人気《ひとけ》のない通りの左右を見てから石段を駆け上がり、建物の中に入った。右手には老婦人のアパルトマンのドアがある。前方には階段があり、上に行けとヒューゴーを誘っている。階段に敷かれている細長い絨毯《じゅうたん》は、色褪《いろあ》せて汚れていた。一段上るたびにキーキー音がする。建物内に誰もいないとわかっているが、できるだけ静かに上った。本能的に腋《わき》の下の銃に手をやる。必要だからというよりむしろ単に安心できるからだ。二階まで上って入居者のいないアパルトマンの前を通り過ぎた。さらに三階に行くと、また別のアパルトマンのドアが正面にあった。アフリカに行っているカップルの住まいだ。ほとんど足を止めずに廊下のへりを曲がって階段を上りつづけた。

階段吹き抜けのいちばん上まで行くと、マックスのドアがあった。ヒューゴーは立ち止まって息を整えた。思っていた以上に息が荒く、鼓動も早くなっているのが気に入らない。前に進み、ドアをノックした。沈黙。周囲に目をやると、膝までの高さもない小さな木のテーブルが踊り場にあった。植物や置物が載っているわけでもなく、埃《ほこり》がうっすらと積もっている。

ヒューゴーは頭を振り、口元をほころばせた。どう見ても無用の長物だが、無意味に置かれているわけではないと、長年の経験から学んでいた。小さなテーブルに近づいて持ち上げ、逆さにしてじっくり眺めた。それから横に傾けた。めざすものが見つかった。縁の下に鍵がテープで留められている。テープをはがし、鍵をマックスのドアの鍵穴に差し込んだ。一秒後、鍵がまわって錠があいた。

ドアが音もなく開き、ヒューゴーはマックスの居間に入って周囲を見た。部屋は広々としていた。左手にコンドルセ通りを見下ろせる窓が三つあり、明るかった。黒っぽく重厚な家具がそこかしこに置かれている。どれも安物だが、生涯使えそうだ。そして至るところに本がある。

誰かほかの人間がヒューゴーに先んじてここに来たのは間違いない。家具はまっすぐのままだが、床は物が散乱している。ほとんどは本だ。床にある何冊かは、瀕死の鳥が翼を大きく広げているように表紙が開いたままだ。その横の床や家具の上にも、乱雑に放り投げられた本が重なっている。ヒューゴーの正面の長いソファにうず高く積まれた本はバランスを崩し、何冊か革の座面から落ちそうになっている。

ソファのそばの窓辺にある袖付き安楽椅子は斜めに傾《かし》いでいて、そこの座面も含めて何カ所かは本が置かれていなかった。その椅子の両側にある一対の丸いサイドテーブルには五、六冊本が積まれ、床にこぼれ落ちているものもある。ヒューゴーのまっすぐ左手には大型衣装簞笥《だんす》があり、ドアが開いている。ヒューゴーは居間をさらに進んだ。大きな窓には意図的に近づかないようにして、簞笥《たんす》の中をのぞいた。

マックスは簞笥に安手のパイン材の板を渡して本を載せていたようだが、棚はほとんど空《から》っぽで、中身はヒューゴーの足元に散らばっている。それを見下ろした。かつては天候から本を守っていたビニールの覆《おお》いが、彼のブーツの下でくしゃくしゃになっている。その周囲には、表紙が曲げられたりページが引き裂かれたりした本がある。空っぽの覆いは、遺体を運ぶのに間に合わなくて遺棄された遺体袋を思わせる。

そのビニールの覆いを見て、ヒューゴーはあることに気づいた。衣装簞笥にしまい込まれていた本は、マックスにとって価値のある本だったのだろう。膝をついて本の中を移動した。ランボーの別の本も、『戦争論』もない。

マックスの家に初めてこうしていると、犯罪現場にいるときの懐かしい高揚感が戻ってくる。何年ぶりかで感覚と調子が蘇《よみがえ》ってきた。情報に注意を向けて理解し、目にしたものを筋の通ったストーリーにまとめる。部屋を縦横に歩く。できるかぎり手を触れないようにして、目ですべてを読み取る。そんなふうに隈《くま》なく調べ終える頃、あることがわかった。誰かがマックスの住まいを手早く静かに家探ししたということだ。だが争った形跡はどこにもない。

正面の隅にある半分開いたドアに向かった。その先に短い廊下があり、その右手に小さなキッチン、左手にバスルームがある。廊下の突き当たりはマックスの寝室で、ドアは開いている。必然性および習慣から今度も足音を忍ばせて歩き、侵入された跡がないかキッチンとバスルームをのぞいた。形跡はなかった。

マックスの寝室の戸口で、足を止めた。

寝室は個人にとって最大の聖域だ。考え事をし、眠り、愛を交わす場所だ。そこに招かれざる客として入ることにためらいを覚えたのだ。これまで現場で寝室に入るときは最大の敬意を払ってきた――そうであったと思いたい。遺体の多くは寝室で発見されていた。テキサス州オースティンの殺人者は、相手の寝込みを襲って斧《おの》でめった切りにした。犠牲者の数は五、六人に及ぶ。ヒューゴーはそこから千六百キロほど離れたオハイオ州シンシナティで犯人を捕まえた。駅構内奥の使用されていない有蓋《ゆうがい》列車の中でうたた寝をしていたのだ。ヒューゴーが寝室で発見した中には、子どもたちの遺体もあった。原形をとどめていないものもあった。

寝室の中に入った。戸口の正面に置かれたクイーンサイズのベッドは、毛布がめくり上げられていた。ベッドの足元に木製の小型トランクがあり、蓋《ふた》があいていた。ヒューゴーは緊張しながらトランクに向かった。が、中は空《から》っぽだった。中身を漁《あさ》られたあとのトランクの前に毛布が乱暴に落とされている。左手にあるクロゼットに顔を向けた。そちらに向かって歩くと床が軋《きし》んだ。それに呼応するようにドアも軋んだ。電球から垂れている紐《ひも》を引っ張った。まぶしい明かりの中で、茶色の革のスーツケースがふたつ見えたが、どちらも蓋があいていて中は空だった。その横に大きなダッフルバッグがある。緑のキャンバス地の切り替え布が太い糸で縫《ぬ》い合わせられているもので、軍用品らしかった。これも中身は空だ。クロゼットに吊るされているシャツやジャケットに両手を滑らせ、上の棚にある五、六本のズボンに目をやった。

廊下から小さなカチッという音が聞こえた。明かりを消し、とっさに上着の下に手を突っ込んだ。また物音がする。家に入るときドアを閉めただろうか？　錠は下ろした？

ヒューゴーはゆっくりとクロゼットから離れ、見つからないように壁際に近づいた。そこなら床もあまり軋まない。そうして寝室の開いたドアの陰に向かうと、ドアと脇柱の隙間から外をのぞいた。廊下の細長い一画が見える。しばらく観察したが、なんの気配もない。銃把に指を巻きつけた。

「誰かいるのか？」と、呼びかけた。もし誰かの不意をつくなら、どこか安全な場所からでなくてはいけない。ここなら安全だ。が、なんの反応もない。

ドアをまわってすばやく廊下に出て、キッチンからバスルームに視線を走らせた。壁際に体を寄せてそっと移動していると、バスルームから物音がした。軽くこするような音。ヒューゴーは銃をホルスターから滑らせ、低く穏やかな声で話しかけた。「私はアメリカ大使館の人間だ。武装している。その場を動かず、何者か名乗れ」

心臓が早鐘を打つ。バスルームから聞こえるドスンという音に、銃を握る手に力を込めた。銃を持ち上げ、ドアに向ける。

何かがぶつかる小さな音とともに、ドアがさっと開いた。黒い猫が廊下に出てきて、彼を見上げた。ニャオーと鳴くと口を舐《な》め、滑るように居間に入っていった。ヒューゴーは息を吐いた。知らないうちに息を止めていたらしい。銃をホルスターに戻す。猫よりも犬のほうが彼の好みなのだが。

バスルームに入った。シンプルな一脚の洗面台にバスタブ。シャワーはない。バスタブの横に受け皿がふたつあるが、どちらも空だった。ヒューゴーは膝をついて受け皿を触《さわ》った。乾いている。マックスが猫にミルクか水をやってからかなり経つということだ。立ち上がり、洗面台の上のキャビネットをあけた。剃刀《かみそり》、シェービングブラシ、小さなクリームの容器が棚に並んでいる。その横のプラスチックの広口コップには、歯ブラシと練り歯磨きが入っている。

結論はもはや火を見るよりも明らかになりつつある。その穏当でない結論に異議を唱え、自分の気持ちを変えさせてくれるようなものがないか期待してキッチンを調べた。腰までの高さの冷蔵庫には、開封されたパテのカップ、大きなチーズの塊り、正体不明の食べ残しの入ったプラスチック容器が数個、白ワインのサンセールの未開封のボトル、半《ハーフ》サイズのミルク箱。それを取り出し、においを嗅《か》いだ。もう少しで吐きそうになった。ミルクを捨てようと流しに行ったが、法の執行者であるヒューゴーの本能がすべてを保存するよう告げた。で、箱を戻した。箱のカートン紙に指紋をつけてしまったことに腹の中で毒づいた。

キッチンの残りの部分を見渡すうちに、布巾《ふきん》の下からパンの塊りが突き出ていることに気づいた。パンを手に取り、カウンターに打ちつけた。岩のように硬かった。ヒューゴーは顔をしかめ、居間に引き返した。マックスの安楽椅子の背の上に猫が載っていた。

ヒューゴーは自分が何を期待していたかわかった。これだけあれこれ目にしたにもかかわらず、マックスは自発的に留守にしているのだと思いたかったのだ——連れ去られたのは意に反していたにしても。その期待も今では馬鹿げて思える。古いパンに腐ったミルク。マックスが少なくとも何日か留守にしているのは明らかだ。それにクロゼットに残されたままのスーツケースや衣服からも、旅行に出かけたのではないとわかる。

しかし、どうしたらいい？　警察を呼ぶのは気が進まなかった。「もしもし、ヒューゴー・マーストンと言います。よそのアパルトマンに忍び込んだら、昨日か一昨日誰かが先に侵入していたと報告したいんです」無理だ。

電話できる相手はひとりだけいる。携帯電話を取り出し、エマにかけた。

「やあ、私だ」彼は言った。

「こんにちは、大丈夫ですか？　声が緊張しているようですが」

「大丈夫だ」どうしてエマにはいつもわかってしまうのだろう？　人の心を読み取る術にかけては彼女にかなわない。「もう一度、例の記者につないでもらえないかな？　クラウディア・ルーに」

ため息が聞こえた。エマが何を考えているかわかる——大丈夫だなんて、私は信じませんよ。でも何が起きているか打ち明けるつもりがないなら、無理強いはしません。「どこかこのあたりに電話番号を書いておいたはずなんですが。ありました。そのままお待ちください。つなぎますから」

二十秒後、カチリという音が二度聞こえ、クラウディアの声が聞こえてきた。

「もしもし《アロ》、ヒューゴー？」

「クラウディア、きみが今日忙しいのはわかってる。煩《わずら》わせてすまない」

「大丈夫？」

「ああ。聞いてくれ、今マックスのアパルトマンにいる」

「彼もそこにいるの？　彼を見つけたの？」

「いや。見つけたのは彼の猫だ」

「猫？　話が見えない」

「私も同じだ。中に入ったところ——」

「彼のアパルトマンに押し入ったの？」

「クラウディア、大丈夫《サ・ヴァ》。鍵を持ってたんだ」

「鍵ね。いつから？」

「そんなことはどうでもいい。聞いてくれ、私より先に誰かがここに来て彼の本を調べていた。だが彼の私物はそのままある。パンを買いにちょっと外に出たみたいに。クラウディア、きみにはまだ一部始終を話していなかった。マックスは拉致《らち》されたんだ。私はそれをこの目で目撃した」

「なんですって？　なんで――」

「わかってる、わかってるさ。あとで全部話す。だが問題は、こうなんだ。拉致した相手が彼を解放し、街から離れていろと命令したのではないかと私は期待していた。だが彼の私物はここにある。服もスーツケースも。それにパンは硬くなっていたし、ミルクは腐ってた。マックスは戻ってないんだ」

「なんてこと《メルド》、お気の毒に。ひどい話だわ。なぜ誰かが彼のアパルトマンに押し入ったの？」

「はっきりわからない。そっちは何か見つけ出せた？」

「ああ、ヒューゴー。ごめんなさい。時間がなかったの。前にも言った新しいドラッグの対策本部の人たちと今までずっとミーティングをしていたから。でも今夜あなたの家に行くまでにやっておく。約束するわ」

「ありがとう」ヒューゴーは失望を呑み込んだ。マックスが拉致されても管轄の刑事たちは気にかけていない。パリで男が数日間アパルトマンから消えたところで、いちばん下っ端の制服警官でさえ屁とも思わないだろう。クラウディアが頼まれたことに取りかかっていなかったからといって驚いてはいけない。「問題ない」彼は言った。「ただここに来たから電話しようと思いついたんだから。今夜会おう。いいね？　道は覚えてる？」

クラウディアは笑った。「迷子になったら、警官に尋ねるわ」

「私はもう一度ここを見ておきたい。そのあと家に帰る」

「承知《ビャン》したわ。そうだ、ヒューゴー。彼に食事をあげてくれる？」

「誰に？」

「猫よ。帰る前に餌をあげておいて。万が一のために」

10

その夜の七時、クラウディアは両手に買い物袋を提げてあらわれ、ヒューゴーの両頰に短くキスをした。彼が袋を受け取ると、彼女はあとについてキッチンに入った。ふたりで中身を取り出した。

「カタツムリは好き？」クラウディアが尋ねた。

「もちろん《メ・ウィ》。ニンニクを賽《さい》の目に切るんじゃなくて押しつぶして、しかもニンニクがパンと同じくらいフレッシュなものなら」

「だったら、あなたはラッキーね。ワインでもあけて、わたしが料理するのを見てて」

クラウディアはここに来る前に家に寄って着替えてきたにちがいない。タイトなジーンズは取材向きの格好とはいえないからだ。たとえジャーナリストにしても。黒く艶《つや》やかでシンプルなデザインのトップスは、裾がうしろ身頃にかけて斜めになっている。キッチンで働く彼女の流れるような動きを見ているうちに、ヒューゴーの欲求が高まってきた。だが彼が求めているのは彼女だ。食べ物ではなく。クラウディアの背後に近づくと、胴に両腕をまわした。彼女は笑った。「わかってる。フレッシュなのはパンとニンニクだけじゃないってことを」

「そっちは何分か待っても大丈夫だ」

すでに熱くなっているフライパンにクラウディアはバターとカタツムリを落とし、火を弱くした。胴にまわされた腕の中でくるりと向きを変え、唇をヒューゴーの耳元に押しつけた。

「わたしも同じ気持ちよ」とささやく。

ヒューゴーは彼女を抱き上げ、キスをしながら寝室に運んだ。カタツムリは本物のシェフが調理するより長く、弱火にかけられたまま放っておかれることになった。

服を引っかけただけの格好でようやくキッチンで食事にありついたときは、ふたりとも猛烈に腹を空かせていた。ほとんど口はきかず、けれどしょっちゅう微笑み合っては、カタツムリの大きさを比較しながらむさぼり食べ、パンをちぎった。バゲットは見る見るうちに小さくなっていった。

ヒューゴーは立ち上がり、二本目のワインの封をあけた。クラウディアの口から小さなゲップが洩れた。「失礼《パルドン》」自分のグラスを差し出し、彼女は言った。「この一本を飲み干す前に、あなたのお友だちのマックスの話をしておかないと」

マックス。それまで彼のことは口にしなかったが、夜のあいだずっと老人はヒューゴーと一緒にいた。ヒューゴーの感情を揺さぶり、心の中で虚《むな》しく反響しつづけていた。クラウディアが家に来たとき、どんな情報をつかんだか真っ先に訊きたかった。けれど、自分が彼女を利用していると思われたくないと、愚かにも考えてしまった。それにもしかしたら、彼女の存在のほうに気を取られていたのかもしれない。だが今は、耳をそばだてていた。

「何か見つかった?」

「いいえ。答えはそれだけ。何も見つけられなかった。病院、モルグ、留置所も調べてみたわ」クラウディアは肩をすくめた。「マックス・コッへはいなかった。何がどうなっているのか、教えてくれない?」

ワインを注ぐと、ヒューゴーはマックスの拉致について話しはじめた。現場の警官の妙な反応のことも。クラウディアは目を大きく見開いたまま身じろぎもせず、老人の歴史や、ふたりが親しくなった経緯に聞き入っている。

「何もかもが……まともじゃない。あなたは何が起きてると思ってるの?」クラウディアは言った。「彼が拉致されたのは過去と関係があるのかしら?」

「さあね」

「ランボーの本については? ただ彼から買っただけだとあなたは言ってたけど」

「そうだ。一時間もかからな——」ヒューゴーは口をつぐんだ。頭がフル回転を始めた。いや、そんなはずない。本が?

「あなたが知っていることを全部知ってるわけじゃないけれど。でも本に関係があるって可能性もあるんじゃない?」

「初めはそう考えたこともある。だが、ナンセンスだと思ったんだ。一冊の本のために拉致されるなんて。それに、もし相手の狙いがその本だったとしても、マックスの手にはなかった。私が持ってたからだ。その本を返してくれとマックスが私に頼めばそれでよかった、違うか？」

「たぶんね。もしかしたらマックスはこう思ったんじゃないかしら。何も知らないふりをしていたら自分のことも放っておいてくれるかもしれないって。本について変わったことはなかった？　もしくは彼がそれを売るときの様子で？」

「いや、なかったと思う」ヒューゴーは首を振り、顔を上げた。「私にわかっているのは……マックスは本の実際の価値について知らなかったってことだけだ」

「ほかの誰かは知っていたのかもしれない。それが連中の狙いだったということは？」

「本が？」

「そうよ、高価な一冊。もっとずっと価値のないもののために人は殺されてるのよ。でもあなたが言うように、拉致されたときマックスは本を持っていなかった。あなたが持ってた」クラウディアはグラスを置き、片手を彼の手に添えた。「それはつまり、マックスを拉致した相手は彼が本を持っていないことを知っているってことよ。彼のアパルトマンを家探しした今は、特に。でも、あなたがその本を買ったことを突き止めるかもしれない」

「ああ、ちょうどそのことが頭に浮かんだところだ」

「ヒーローごっこはよしてね、ヒューゴー。あなたは危険にさらされているかもしれないのよ」

「かもしれない。いいかい、ここは私の管轄外だ。公的には。きみの警察の友人の誰かが行方不明者のファイルを開いて、あのブキニストのシャボーに話を訊きに行ってくれるだろうか？」

「明日、頼んでみる。絶対に」彼女は言った。「でもどうして警察はそんなふうに捜査を打ち切ろうとするのかしら？」

「何も起きなかったと証言してる連中を見つけたからさ。二、三人のパリジャン対ひとりのアメリカ人」ヒューゴーは頭を振った。「わからないな、もしかしたら警察は私が酔っ払ってたと思ったのかもしれない」

「そうなの？」

ヒューゴーは首を振った。

「ごめんなさい。本のことだけど。もしマックスの失踪に本が関係あるのだとしたら、それを取り戻してもいいんじゃない？　できる？」

「本。くそっ。ああ、そうしたい」ヒューゴーはテーブルをたたいた。そのことを思いつかなかった自分に苛立っていた。「もし誰かがマックスを捕えていて、そいつらの望みが本だけだとしたら、簡単に交換するんだが」

「もし誰かに追われたら、本を差し出してちょうだい。腋《わき》の下に銃を持っているよりもずっと賢明よ」

「両方を持ってちゃいけない理由はないのかい？」ヒューゴーは立ち上がり、彼女の額にキスをした。計画が定まったことで気分がよくなっていた。「きみがミルフィーユをこっそり冷蔵庫にしまうのを、しっかりこの目で見た。デザートの準備はできてる？」

「いつでも。あなたが本屋に電話をかけているあいだに用意しておくわ」

またしてもクラウディアは夜に出ていった。今回はヒューゴーの耳元にささやいてキスをした。彼を起こしてしまうかどうかは気にしていないようだった。午前二時。彼女がドアを閉めたとき、ヒューゴーは仰向けになっていた。何かが心に引っかかっている。彼がするはずだった何かが。

本だ。古書店主のケンダルと連絡が取れなかった。名刺には店の電話番号しか載っていなかった。ヒューゴーはメッセージを残し、そのことを頭から締め出そうとした。本が実際はマックスの拉致にどう関与しているのかわからない。が、朝になってもう一度ケンダルに電話をかけたら、売るのを中止してもらえるよう伝えられるだろう。念のために。

午前五時まで寝返りを打っていたが、あきらめ、ベッドから起き上がった。コーヒーの準備をして書斎に向かった。ケンダルの店にもう一度電話をした。イギリス人も早起きではないかと期待して。六回目の呼び出し音のあと、店の留守番電話が作動した。ヒューゴーはもう一度メッセージを残した。本をオークションから引き揚げ、自分に代わって手元に置いといてくれと。それから競売会社〈クリスティーズ〉の電話番号を調べ、それをディスプレイに残しておいてからキッチンに行ってコーヒーを注いだ。競売会社が開くのを待つしかない。留守番電話が目的を果たしてくれるとは信じていなかった。

八時に〈クリスティーズ〉に電話をかけた。受付係に自分の要求を説明したあと、フランス文学専門の若い競売人に電話をつないでもらった。

「ポール・グッドソンです。ご用件は？」

「こちらはヒューゴー・マーストンです。おたくの受付係の話によると、私の所有している本が今朝《けさ》オークションにかけられるということですが」

「わかりました。どうしたらよろしいのでしょう？」

「本をオークションから引き揚げたいんです」

「引き――」

「そうです」ヒューゴーは言った。「ただちに」

「承知しました。やってみます」男がため息をついた。自分がいかに多忙かをヒューゴーにわからせようとしているのは明らかだ。自分の本を売る決心ができていない所有者たちのせいで多忙なのだと。「オークションはあと一時間で始まります。委任状を送っていただく必要があります。品目の詳細とあなたとの関係を証明し、署名なさったものを」

「おいおい、品目は本だ。それに私と本のあいだに関係なんぞない。私がそのいまいましい本の所有者だ」ヒューゴーは深々と息を吸った。「いいかい、私はアメリカ大使館の外交保安部長だ。そしてきみに本をオークションから引き揚げてもらいたいんだ」

「これは国務省に関係のあることなんですか？」了見の狭い男は自信が揺らいできたらしい。

「きみの知るかぎりでは、そうだ。このまま待っているから仕事をしてきてくれ」

ヒューゴーは自分の名前と書名を男に告げ、待った。たっぷり五分間は待たされたあとで受話器が持ち上げられる音が聞こえた。

「サー、戻りました」

「見つかったか?」

「イエスであり、ノーでもあります」

「どういうことだ?」食いしばった歯の隙間からヒューゴーは言った。

「ええ、本はオークションに出品されています」若者の声が緊張しているのがヒューゴーにもわかった。「問題はですね、ミスター・マーストン、あなたは出品者としてリストに載っていないんです」

もちろん、そうだ。ケンダルに販売を一任したのだから。

「いいかい、ピーター・ケンダルが私の代理で本を売りに出すことになってる。彼はここパリの書店主だ。そのことは知ってるはずだ。いいから彼に尋ねてくれ。それより、彼がそこにいるなら電話口に出してくれ」

「サー、ここにはまだどなたも見えていません。それにミスター・ケンダルのことは存じています。だから彼の許可なしには本を引き揚げられないんです。私どもは彼とは何度も仕事をしていますから」

「オークションはいつ始まる?」

「一時間以内です。ミスター・ケンダルと連絡を取るなら急いだほうがいいですよ。高価な品は早々にオークションにかけますから。私どもの裕福な顧客は待たされるのを好みませんので」

もちろん、そうだろうとも。「折り返し、かける」ヒューゴーは電話を切り、もう一度ケンダルにかけた。新たなメッセージを残し、Eメールを送った。ケンダルがスマートフォンのブラックベリーを持っていると期待するのは、無理な相談だろうか。

ヒューゴーは続く一時間半、コンピュータと電話のそばをうろうろしていた。コーヒーを飲み、トーストした古いバゲットを食べやすくするためにブラックチェリーのジャムの塊りを載せたものを噛《か》みくだきながら。書斎に入るたびに意志の力で電話を鳴らそうとした。そしてもう少しで十時というときにベルが鳴った。ケンダルに理由は伝えず、オークションの競り売り台から本を引き揚げるよう競売会社に電話をしてくれと頼んだ。ケンダルはすぐ返事をよこさなかったことを詫《わ》びた。うっかりヒューゴーのオフィスに電話してしまったのだという。セールをキャンセルしたらすぐ連絡すると約束してケンダルは電話を切った。

それから十五分後、ケンダルから電話がかかってきた。弁解がましく彼は言った。

「本当に申し訳ない、ミスター・マーストン。本はすでに売れてしまいました」

「くそっ」ヒューゴーはさらにきつく歯を食いしばった。「誰が買ったんです?」

「尋ねましたが、教えてはもらえません。バイヤーは匿名《とくめい》を望んでいるようです。そしてその権利がある。大金を払ったとなると、特に」

ちくしょう。ヒューゴーはすばやく考えた。「バイヤーがまだそこにいるかわかりますか？　私に相手と話をさせてもらえさえすれば……」

「そうでした」ケンダルが言った。「すみません、伝えておくべきでした。バイヤーは電話でオークションに参加したんです。裕福な顧客になるほどその傾向があります」

「だったら相手の電話番号を教えてもらうというのは無理でしょうか？」

「ええ、無理だと思います」ケンダルはため息をついた。「申し訳ない、ミスター・マーストン、本当に。もしやむにやまれぬ事情がおありなら、連絡をつけてもらうよう会場の誰かに頼んでみますが？」

　ヒューゴーは自分の理由が説得力のあるものとはあまり思えなかった。それに、あいだに人を介在させたくなかった。そこでケンダルに、彼がヒューゴーの代理で本をオークションに出品したことを説明するファックスを〈クリスティーズ〉に送ってほしいと頼んだ。ケンダルはもう一度詫《わ》び、すぐにファックスを送ると言った。

　十五分待ってからヒューゴーは〈クリスティーズ〉に電話をかけ、ポール・グッドソンを呼び出した。

「先ほどのヒューゴー・マーストンです。ピーター・ケンダルからファックスが届いたと思うが」

「はい。私の目の前にあります」

「よかった。匿名のバイヤーのことはケンダルから説明してもらった」

「ええ。バイヤーに関するどんな情報も私どもが洩らせないということも、ミスター・ケンダルからご説明いただいたと思いますが」

「そう来ると思った。きみの立場じゃそう言うしかないとしたら、上司につないでもらえないだろうか？　きみをどうこう言うつもりはないが、私はただ個人情報に関する方針をほんの少し曲げてもらいたいだけなんだ。それができるのはきみの上司じゃないかと思ってね」

「電話をつなぐことはできます」グッドソンは言った。「問題は、方針ではないんです。プライバシーの厳守は、バイヤーが入札に参加するうえでの必須条項なんです。オークションの契約書にもそのように織り込まれています。そしてご存じのように、契約書はすでにサインされています。申し訳ありません、ミスター・マーストン。でもたとえ神に説得されようとも、この顧客を失うような真似をすることはできません。裁判所の命令書を取ることができますか？　そのときは私どもも名前を明かさざるを得ませんが」

判事から命令書を取るために必要とされる書類仕事のことが、ヒューゴーの頭に浮かんだ。一介のアメリカ人が国際的な企業に機密情報を漏洩するよう要請する。そしてことによったら裕福なフランス市民に、合法的に購入した品を手放させることになるかもしれない。それもこれもヒューゴー・マーストンともアメリカ大使館ともなんの関係もない犯罪――それが成立するとして――のために。見込みはない。「その件は調べてみる」彼は言った。「ところで頼みを聞いてもらえるかな？」

「おっしゃってください、ミスター・マーストン」

「きみらが尊重している顧客とやらにメッセージがある。私が本を取り戻さなかったら、男がひとり死ぬかもしれないと伝えてくれ」

「本気でおっしゃってるんですか？　私には――」

「ああ、本気だ。正直な話、その理由も方法もわからないんだが。だから本が必要なんだ。顧客には一ペニー残らず返すと言ってくれ」

「それで思い出しました。本がいくらで売れたかお知りになりたいですか？」

ヒューゴーは自分が売値を考えてもいなかったことを思い出した。「ああ」

「五十三万ユーロです。アメリカ・ドルでは百万ドルのほぼ四分の三です」

「ああ」ヒューゴーは低い声で告げた。「そうだな」

「何人もの競り手が価格を吊り上げました。正直言って私どもも三十万ユーロ以上行くとは予想していなかったんですが。グッド・ニュース、そう思いませんか？」

11

イギリスの小説家、エリック・アンブラーはパリについてこう書いている。〝鋼板印画のように気味悪いほど堅苦しい〟と。それを書いたときのアンブラーは、水曜のこうした早朝に、ヒューゴーのアパルトマンのような窓辺に座っていたのかもしれない。鋼板印画。なぜなら建物や通りが一様に灰色で、それが屋根の上一面に低く垂れ込める雲によってさらにどんよりとして見えるからだ。街は艶《つや》を失い、色彩を抜き取られてしまったかのようだ。さらにヒューゴーにとって薄気味悪いのは、やっと重要な手がかり――おそらくは頼みの綱――を見つけたと思ったのに、それがどこの誰とも知れないバイヤーの手の中に消えてしまったからだ。自分に腹が立ってならない。そもそもなぜ本を売ろうとしたのか。証拠となるかもしれない品にこれほど不注意だったことが過去に――一度でも――あっただろうか？

自分をなだめ、ふたたび心を集中させた。今回の一連の出来事になんらかの形でバイヤーが関係しているのだろうかという考えが、ちらりと頭をかすめた。だが、その線をさらに追い求めることは不可能だ。どんなに理屈をつけてみても。だから考えるだけ無駄だった。とりあえず、今のところは。

クラウディアに電話をかけたが、彼女が出る前に切ってしまった。二分後、電話の呼び出し音が鳴り、ヒューゴーはにやりとした。クラウディアの携帯電話にはもちろんヒューゴーの番号が登録されている。現代世界は簡単に心変わりできないようになっている。

「わたしが恋しいの？」

「もちろん《メ・ウィ》。マックスも恋しい」

「知らなかったわ、彼のことをそんなふうに思っていたなんて」

「黙れ」ヒューゴーは笑わずにはいられなかった。「そんなことを言ったら膝に載せてお尻をたたくぞ」

「まあ、ヒューゴー」彼女が笑っているのが声からわかった。「わたしのお尻なら充分あなたの膝に収まると思うけど」

「教えてくれ、わが犯罪記者さん。われらが新しきブキニストについてどんなことがわかった？」

「まだ何もないわ。友人の刑事に電話して、制服警官を何人か派遣してくれるよう説得したんだけど」

「ありがとう」ヒューゴーは人にものを頼むのが得意だった試しがない。「いつ折り返し連絡がくるかわかるかな？」

「いいえ《ノン》。でもまだ十一時になったばかりよ」

「そうか。早起きしすぎたからな」本がすでに売れてしまったことを話し、いくらで売れたかを教えると、電話の向こうから短く息を呑む音が聞こえた。

「もしかしたら本が原因かもしれない」クラウディアが言った。「中身を見てみた？」

「何かが隠されていたという意味？」一瞬、ヒューゴーは考えた。アガサ・クリスティーの本の中には名刺があったが、ランボーの本はケンダルの店で開いたきりだった。「いいや。でも大きな本ではないから、もし何か隠されているとしても小さなものだろうな」

「あぶり出しインクとか、そういうもの？」

「馬鹿だな。あぶり出しインクなら、私の目にも見えるはずがない。紙片とかアンダーラインの引かれた文字とか、そういうつもりで言ったんだ」

「オークションで本を買った人は、中に何かがあるのを前もって知っていたのかしら？」

「どうやって？　バイヤーは電話で買ったんだぞ」

「オークションがおこなわれる前に、誰かがその人に代わって見たかもしれない」

「ありうるな」ヒューゴーは言った。「見たこともないものに払うにしては大金だから」

「でもあなたも中を調べず買ったくちじゃない」

「私は五十万ユーロも払わなかったが」

「たしかにね」

「なあ、ランチに抜け出せないか？　それともディナーは？　物欲しげに言うつもりはないんだが、きみの料理が気に入ったんだ」

「まあ、無理よ」彼女の声は急によそよそしくなった。「もう予定があるの。今日の午後、制服警官たちが戻ったら、こっちから電話する。明日会いましょう、約束するわ」

ヒューゴーは電話を切った。愚かなティーンエイジャーになった気がする。こんな些細《ささい》な拒絶でがっかりするなど想像したこともなかったが、実際に落胆していた。ふたりはほとんど互いを知らない。彼女にほかの計画があってなぜいけない？　たとえほかの恋人たちがいたとしても？　自分にはほかに恋人がいないから？　ヒューゴーは自嘲気味に思った。もし世界の住人のセックス・ライフがヒューゴー並みだったら、この世に子どもはほとんどいなくなってしまうだろう。

腕時計を見た。マックスを見つけるために今すぐできることは何もない。が、ぶらぶらしているわけにもいかない。職場に行くのは、なしだ。大使館に行ってエマに表情を読まれたくなかった……何を？　がっかりしていることを？　苛立っていることを？　どんな感情であれ、それをエマに気づかれることなくデスクにたどり着くことはできないだろう。彼女に見透かされるのは避けられない。今日はそのことで論じ合う気分ではなかった。それに今は休暇中なのだから。

ランチで気持ちを切り替えることにした。エルキュール・ポアロの言う〝小さな灰色の脳細胞〟の変化をうながすために。前夜のカタツムリのニンニクの味がまだ残っている。口の中をさっぱりさせるにはサラダがうってつけだろう。ジャコブ通りを歩きながら雲の垂れ込める空を見上げた。雨がぱらついてきそうな気配だ。が、気にしなかった。帽子にコート、それにところどころにある戸口。雨をしのぐには充分だ。

六区をあてもなく歩いた。狭い通りや、こぢんまりして居心地のよさそうなブティックに飽きることがない。頭上の窓台に置かれた花箱からこぼれんばかりの赤いゼラニウムが、ホテルの石のファサードをにぎやかにしている。その二つ星ホテルは、あまり裕福でないアメリカ人や週末旅行のイギリス人たちのように、パリの中心地にいられるなら部屋が狭くても気にしない、もしくはそういう部屋をあてがわれているのも知らない客たちのためのものだ。セーヌ河に差しかかる頃には食事のことを忘れていた。マックスの店のあるコンティ通りを渡った。信号機のそばで立ち止まった。ほんの数十センチ先をひっきりなしに行き交う車も気に留めずに。彼の視線の先に、開いた緑の箱の前をうろちょろしている細身の男がいる。商品を整えながらときおり顔を上げ、客になりそうな相手を見つけようとしている。そんなシャボーの行動の何かがヒューゴーを苛立たせた。まるで何年も前からそこにいるような顔をしているところ、そこがずっと自分の持ち場であったかのようなところが。

だが、そうではない。そこはマックスの居場所だ。

店に行って男を揺さぶり、真実を訊き出したかった。マックスのことでシャボーが嘘をついたのはわかっている。その理由を知りたかった。だが、もっといい方法があることも知っている。二十年に及ぶFBIでの訓練と経験がヒューゴーに教えていた。向こう見ずな行動は捜査にとって死を告げる鐘だと。証拠を見落として台なしにしがち、あるいは汚染しがちだと。目撃者を遠ざからせてしまうことになると。それにもしマックスの件が捜査対象になるとしたら——ことによると法廷までいくかもしれない——それをぶち壊すような真似はしたくない。自分のためにならない。マックスのためにも。

それでも何かしなくては。

携帯電話を取り出し、自分のオフィスにかけた。すぐにエマが出た。

「やあ、エマ。ちょっとした調査をしたくないかな？」

「いいですとも。何が起きているのか打ち明けたくありませんか？」

「どういう意味だ？」

「ご存じでしょうが、わたしは詮索《せんさく》好きな質《たち》ではありません。けれど、我慢できないときもあります」

「わかったよ、エマ。好奇心は知性のある証拠だ」

「おせっかいな証拠でもあります」

ヒューゴーは微苦笑を浮かべた。「で？」

「そうですね、クリスティーンとの関係は明らかに悪化しています。でもこちらのジャーナリストとの関係は？　書店主の電話は？　そして今度は調査？　およそ私の知っている休暇らしくありません。それに、あなたはどこにいるんです？　車の音のせいで声が聞き取りづらいんですが」

「すまない。まわりがうるさいんだ」ヒューゴーは小さな横道に引っ込んで郵便局——以前は気づかなかったが——のそばで立ち止まった。真昼の騒音はたちまち消えた。「よくなったかな？　いいかい、私は何も企んでやしない。でも、もしそういう事態になったら知らせるから」

「感謝します、ヒューゴー。それで完璧に筋が通ります」ヒューゴーのプライバシーをエマがしぶしぶ尊重していることと辛辣《しんらつ》な物言いの二点は、彼女の最高の長所だ。

「わかってくれると思っていたよ。さて知りたいのは、電話番号と、もし可能なら連絡相手の名前だ。パリ古書店組合《サンディカ・デ・ブキニスト・ドゥ・パリ》の」

「パリ古書店組合ですって？　そんなものがあったなんて知りませんでした」

「私もだよ」

「ちょっと待っていただけますか。サンディカ・デ……ありました。セシリア・ロジェという人が組合長のようです。いいえ、待ってください。ブルーノ・グラヴァです。一年前に引き継いだらしいです」

「ありがとう」ヒューゴーは言った。「場所はどこだ？」

エマから教えられた住所は十七区のノレ通りだった。「いちばん近いメトロの駅はプラス・ド・クリシーです」彼女は言った。「ヒューゴー、今からいらっしゃるつもりですか？」

「ああ、なぜ？」

「理由はありません。気をつけてくださいと、あなたに言いたくてたまらなくなるときがあるんです。その理由がわかったことはありませんが」

「前世で私の母親だったから？」

「もしわたしがあなたのお母様だったら、ヒューゴー、わたしは聖人に生まれ変わっていますよ。秘書ではなく」

「でも、きみは聖人だ。知らなかった？」

「黙ってください。ほかに何かわたしにご用はありませんか？」

「いや、ないが。でもたぶん明日も電話をするはめになりそうだ。野暮用で」

「でしょうね」とエマが言い、電話は終わった。

ヒューゴーはコンティ通りに戻った。ジャン・シャボーの店に目をやると、制服警官がふたり彼に話しかけている。ありがとう、クラウディア。通りを急いで渡って立ち聞きしたい、口をはさみたくてしょうがない衝動を抑え込んだ。代わりに東に向きを変え、河の緩やかなうねりに沿って歩いた。アンヴァリッド廃兵院のメトロ駅に向かった。もし記憶が正しければ、その駅から直通でプラス・ド・クリシーまで行けるはずだ。それに三十分も歩けば、なんらかの計画を思いつけそうだった。

プラス・ド・クリシー駅から出たあと、せわしないモンマルトル地区のすぐ西にある十七区に流れてくる人や車とは逆行して、ビオ通りを北西に進んだ。隣接する区域と比べると、十七区はパリの中でも本当のフランスらしい地域のひとつだ。ピガール広場や、サクレ・クール寺院とセーヌの両岸の区を行き来する観光客が訪れても、その本質はわからないだろう。一九七〇年代以降はビジネスの中心地となったが、パリのこの地域まで足を延ばしてバティニョールの村（十五世紀以来パリ郊外の小村として芸術家や政治家が集まった）のよさを認めるのは、人一倍熱心な歴史学者くらいだろう。一八七〇年代の画家、エドゥアール・マネと彼のバティニョール《グループ・デ・バティニョル》の仲間たちは、人気のカフェや地元の公園をカンバスにとらえたものだ。
歩くうちに、何台かの車のワイパーが動いていることに目を留めたが、帽子とコートのおかげで雨が降っていることに気づかなかった。進行方向の左手に小さな公園が見えた。そこに向かって通りを渡った。

公園の腰までの高さの門を押しあけた。門は軋《きし》みながらひとりでに背後で閉まった。金属の掛け金の閉まる音に、近くのベンチでチェスをしていたふたりのアラブ人がちらりと目を向けた。が、すぐにゲームに戻った――ヒューゴーには目もくれずに。縦長に続く茶色い芝地のあいだの砂利道を進んだ。芝地を縁取る植物は枯れているが、パリの冬のせいで土に還らずに残骸《ざんがい》と化したままでいる。

芝地の先には砂利で覆《おお》われた大きな四角い広場があり、五、六人の男たちがいた。ペタンク（目標球に金属球を投げつけ、どれくらい近づけたかを競うフランス起源のゲーム）をしている者と、それを見物している――立ったままあるいは座って――者がいる。緑色の小屋の中では、信じられないほど赤い鼻をしたいちばん年嵩《としかさ》の猫背の小男がコーヒーを淹《い》れている。ドアの横のテーブルには錫《すず》のカップが並んでいる。フランスの絵葉書に登場しそうな格好の男もいる。青いベレー帽にぶかぶかのキャンバスパンツ姿のその男は、両の手のひらを上に向けて雨の降り具合を見ている。たいした降りでもないと思ったらしく、男はゲームに戻った。自分の番を待つ男たちは公園の古びたベンチに一列に腰かけ、誰かが球を転がすたびにくっくっと咽喉《のど》を鳴らしたり、いいぞと言うようにうなずいたりしている。木の枝に並んだ鳩のようだ。ヒューゴーが近づくと、立ち昇る煙に迎えられた。フィルターのない煙草の刺激的できついにおいがする。五区の酒場やクラブで煙る細い煙草のつんとくる、まといつくようなにおいよりも、ヒューゴーにはずっと心地よかった。

ヒューゴーもしばらくゲームを見物した。男たちの話し方や着ているものから、彼らについて何か判断できることはないかと考えながら。が、自分自身の思い上がりに笑ってしまい、数分で放棄した。彼に判断できるのは、男たちは満足しているということと、ゆくゆくは晴れてくれるのを期待しているというくらいのことだった。

公園を抜けると、より大きなダム通りとの交差点に出た。斜め向かいに――祖母なら対角線と言うだろう――ノレ通りがある。パリに千あるほかの通り同様、店舗の上に三、四軒のアパルトマンが縦に連なる、商店と住居を兼ねた建物が通り沿いに並んでいる。けれどたまに見かける重厚な木のドアの向こうには、それより数多くの、そしてもっと高価なアパルトマンが中庭を囲むようにして立ち並んでいる。路上にはほとんど人気《ひとけ》がなかった――昼どきであることや午後の凍てつくような強風のせいだろう。

二十三番地を探した。パン屋と、プロヴァンスの手作りのリネン類を売る小さな店とのあいだにあった。その店のショーウィンドウの前で立ち止まって中をのぞき、努めてクラウディアのことや、彼女が好みそうなデザインのナプキンも頭から締め出そうとした。どのナプキンも購買意欲をそそりそうだった。

めざすドアは暗赤色で、脇の煉瓦《れんが》の壁にねじで留められている真鍮《しんちゅう》の銘板に〈パリ古書《サンディカ・デ・ブキ》店組合《ニスト・ドゥ・パリ》〉と表示されていた。流れるような達筆で書かれた紙が貼ってあり、ドアベルが壊れているので勝手に入ってくれと来訪者に告げていた。

そのとおりにした。

中に入ると、パリ古書店組合のオフィスに続く長い階段があった。ヒューゴーは帽子を脱いで階段を上った。厚いカーペットに足音が吸い込まれていく。最上段まで上るとカーペットは終わり、軋《きし》む床板が待っていた。古いが磨き込まれており、少し滑りやすかった。パリ古書店組合の閉ざされたふたつのドアを見張るように、彼の左手に無人のデスクがある。ヒューゴーはデスクに近づいた。ベルを探しながら、話し声やタイプの音がしないかと耳を澄ました。電話の呼び出し音が聞こえ、左側のドアがあけられた。太って背が低く、蜂の巣のような髪型をした中年女が手紙の束を手にせかせか出てきた。ヒューゴーの存在に気づかない様子だったが、手紙をデスクに落とすと顔も上げずに女は言った。「はい《ウィ》、なんでしょう《ムッシ》か《ユ》？」

ヒューゴーは名乗ると、いきなり片言のフランス語でしゃべりだした。「私はジャーナリスト、アメリカ人です。ブキニストについて記事を書きたいんです」

たいそうな計画ではなかったが、これまでの経験からすると、疑いを呼ぶことなく質問できるのは警官とジャーナリストしかいなかった。そして警官のふりをするわけにはいかない。

「予約が必要です。ムッシュ・グラヴァに訊いてください」相変わらず目を合わせようとせずに女は言った。

「ムッシュ・グラヴァですね、はい。問題は、私がパリにいるのは今日と明日だけだということです。ベルギーに行くんです。チョコレートとビールのことで」と言い、ヒューゴーは肩をすくめた。アメリカ人らしく。どうしたらいい、というように。

「ちょっとお待ちください《アン・モマン・スィル・ヴ・プレ》」女が答えた。チョコレートもビールも、アメリカ人もどうでもいいと言いたげに。肩越しに振り返り、出てきたばかりのドアを見やった。次にデスクの電話に目を落としてからヒューゴーを見た。そうして立ち上がってドアに向かうと、ためらいがちにノックをし、返事を聞こうと耳を澄ました。ヒューゴーには聞こえなかったが彼女は返事が聞こえたらしく、部屋に入ってうしろ手にドアを閉めた。嫌な犬にあとを追われてでもいるかのように。もしくは嫌な来客に。一分後、女はドアを大きくあけて手で押さえ、ヒューゴーに入るよう命じた。

中に入ると、ふたつの点で驚かされた。もっともそのうちのひとつに関しては、驚いた自分をたしなめたが。それはデスクの向こうにいる男だった。禿《は》げた頭に痩《や》せた体。訪問者の一から十までを見て取ろうというように大きな目でじっとヒューゴーを見つめているが、その表情からは何も読み取れない。ブルーノ・グラヴァは、シャボーをひっぱたいた男だったのだ。

もうひとつの驚きは、オフィスそれ自体だった。ドアの正面の壁際に金属のファイリング・キャビネットが三つ並んでいて、それぞれの引き出しにきちんとタイプされたラベルが貼られている。グラヴァのデスクはヒューゴーの左手にあったが、整然そのものだった。記録簿が開かれており、ヒューゴーが近づくと、グラヴァは開いたページのあいだにペンを置いた。外科医のように慎重な手つきで。部屋にはコンピュータも電話さえもない。壁に三枚の印刷物がある。二枚はふたつのファイリング・キャビネットの隙間のちょうど真ん中に、もう一枚はデスクの背後――ヒューゴーの見たところ、真うしろに貼られていた。戸口の右手の書棚は本でいっぱいだったが、ぎゅうぎゅうに詰め込まれているわけではない。ちょっと目をやっただけで、本が種類別に整理されているのがヒューゴーにもわかった。

グラヴァは立ち上がると、心持ち目を細めた。どこかで見た顔だと思い出そうとしているらしい。ヒューゴーは歩道でのグラヴァとのにらみ合いを思い浮かべた。対決場面を頭の中で巻き戻し、ジャーナリストだという作り話に矛盾するようなことは何もなかったと思い出した。自分が主導権を握ることで、相手に肩透かしをくらわそうと決めた。

「ポン・ヌフのそばの露天の古書店で」と言い、デスクに身をかがめて手を差し出した。「何日か前にお会いしたと思います。ヒューゴー・マーストンです」

「ああ、思い出した」グラヴァはおもむろにうなずいた。「あんたは質問をしていた」部屋の中は暖かかったが、グラヴァは手袋をしている。弁解するように言った。「私は癌《がん》の治療を受けている最中でね。感染症に注意しないといけないので」

「それはお気の毒に」ヒューゴーは言った。禿げていることも眉毛がないことも、それで説明がつく。「おたくの秘書に告げたように、私はジャーナリストです。マックスというブキニストが露店で働いていると教えられ、取材することになっていたんです」

「本当に？《ア・ウィ》 なんの件で？」グラヴァはゆっくり話した。低くざらついた声。動作と同じく慎重な言葉遣いだった。

「露天の古書店のことで。その歴史や、ブキニストとして仕事をするのはどういうものか、観光客をどう思うか」

「ところで《アロール》、おかけなさい、ムッシュ・マーストン、どうぞ」グラヴァは自分の向かい側にある二脚の揃いの椅子のひとつを手で示し、自分も座った。「観光客の落とす金がブキニストの場所代になる。そんな観光客のことを連中がどう感じていると思う？」

「それはそうですが」ヒューゴーは言った。「しかし、観光客を好きになる必要もない」

「アメリカ人を嫌いだと取材に答えるほどどうちのブキニストたちが愚かだと思ってるのかね？」

「いえ、それは誤解です。私の記事の焦点はそんなことじゃありません」

「あんたはどこの記者なんだ？ 身分証明書は？」

「私はフリーランスなんです。実を言うと、どこかの航空会社に記事を売り込みたいと思っているところなんです。最高のギャラをはずんでくれますから」

「で、身分証明書は？」

「あいにく」ヒューゴーは肩をすくめた。「報道機関に所属していないと身分証はもらえません。われわれフリーランスは腕一本で勝負しないと」

「実際は」グラヴァは椅子の中で姿勢を変えた。

「私から何を訊き出したいんだ？」

ヒューゴーは来る途中に煙草屋《タバ》で買った手帳とペンを取り出した。「常々疑問に思っていたんです。ブキニストがどのようにして自分の店を持てるのかを」

「たとえばムッシュ・シャボーのように？」

「ムッシュ……？」ヒューゴーは愚か者のふりをした。誰にも負けないほどお得意の手だ。

だがグラヴァには、はかり知れないところがある。彼なら優秀な訊問官を育てられるだろう。

自分の手の内は見せないが、おそらく多くを知っているであろうことは想像にかたくない。

「たいしたことはない」グラヴァは手を振った。「ブキニストは昔から存在している。一世紀以上も前から。店の譲渡にはさまざまな方法がある、ムッシュ・マーストン。父から息子の場合もあれば、友人同士の場合もある」

「パリ古書店組合が介入する場合も？」

「そうだ。私たちはさまざまな意味で組合員の援助をしている。譲渡も私たちの仕事の一部だ」

「パリ古書店組合はほかに何をしているんです？」

「いろいろだ」グラヴァは初めてヒューゴーから目をそらし、一列に並んだペンをチェックした。完璧に見えるが、満足できなかったらしい。ペンをまっすぐに直し、ふたたび顔を上げた。「私たちの組織はロビー活動をしている。もし政府が組合員たちに圧力をかけようとしたら、私たちが代理を務める。最近のシステムに頼りたくない者のために追加で医療手当ても出してやっている」

「そのために組合員は手数料を払っているんですか？」

「どの組合もそうだ、もちろん」グラヴァは笑みを浮かべたが、目の表情はそのままだった。

「ジャーナリストだって組合があるだろう」

「そう聞いています」ヒューゴーは言った。「アメリカ以外では」

「以外？　アメリカは面白い国だな。いつか行ってみるべきだ」

「ぜひ」ヒューゴーは咳払いをした。言葉を慎重に選ばないといけないことがわかった。なぜだかすでに疑いを招いてしまっているからだ。その事実だけでも、多くのことを物語っている。グラヴァが何をしているかはわからないまでも、彼本人については。緻密《ちみつ》で疑り深く、気性の激しさから――もしくはなんらかの権力のおかげで――人前で男をひっぱたいても非難を怖れずにいられる男だということが。ヒューゴーがペテン師として追い出されようがかまわないが、マックスの居場所がわかるまでは誰も敵にまわしたくなかった。「ブキニストはみんなパリ古書店組合の組合員なんですか？」

「そうだ。英語で言うところの〝クローズドショップ（組合員以外の者は雇わない事業所）〟だ。ところで、あんたのフランス語は流暢《りゅうちょう》だな。アメリカ人にしては」

「ありがとうございます」ヒューゴーは皮肉を無視した。「お尋ねしたいんですが、ムッシュ・シャボーは私の取材に応じてくれると思いますか？　古書店組合の背景にもひじょうに興味がありますが、組合員の毎日の活動についても知りたいので」

「私を最初に訪ねてきたのは賢明だったな、ムッシュ。あんたと話すブキニストはほとんど、いやひとりもいないだろう。私の……私たちの許可なしには。理解していただきたいのだが、警察や、政府のさまざまな部署の役人が些細《ささい》な違反を求めてうろついている。あの地域は不動産価値があるから、私たちが実に安値で手に入れたことに憤慨している役人も中にはいそうだ。そうした連中にとっては、伝統より金が重要なんだ。嘆かわしい」

「そうですね。でもあなたの許可があれば、ムッシュ・シャボーに取材できるんですね？」

一瞬、ふたりの目が合った。互いの考えと意図を読もうとして。最初に口を開いたのはグラヴァだった。

「いや。ブキニストは自分たちに関するささやかな謎を保っていたほうがいいと思う。違うかね？」うすら笑い。「あんたは自分の書きたいことを自由に書ける立場にあるが、うちの組合員を煩《わずら》わせないでもらえるとありがたい、ムッシュ」

取材終了の合図。けれどヒューゴーは立ち上がるそぶりも見せなかった。「でしたら、最後の質問です、ムッシュ・グラヴァ。ムッシュ・シャボーは正確にはどのようにしてあの店の所有者となったのでしょう？」

またしても慎重な間。「なんであの男に興味を持つ？」

ヒューゴーは肩をすくめた。「彼に話しかけたとき、本についてあまり知識がないようでした。まだ若そうだし、パリ古書店組合の序列の一番手とも、尊重されているとも思えない」そう、あんたが彼をひっぱたくのを見たから。「それなのに、パリの一等地にあるはずの店のひとつを突如として持つようになった」

「突如として？」グラヴァは立ち上がった。「どうして突如としてなどと言うんだ？」

「そのようなことをシャボーが言ったからです」ヒューゴーは手帳をぱらぱらと閉じた。自分がメモを取っているかどうか、グラヴァが注意して見ていたことは充分にわかっている。だからメモを取っていた。「正確になんと言っていたかは覚えていませんが、ただそんな印象を受けました」

「率直に言うが、ムッシュ・マーストン、あの男は愚か者だ。しかし、たとえ愚かでも生活していかなくてはならない、違うかな？」

「もちろんです」ヒューゴーが帽子に手を伸ばすと、グラヴァは体を支えるようにデスクにもたれ、足を引きずりながら正面にまわった。

「私が思うに、あいつのお粗末な頭とあんたの上手だが不完全なフランス語のせいで誤解が生じたんだろう」グラヴァは杖を取り、戸口に向かった。ドアをあけ、待った。「もちろん、それが取材を断わるもうひとつの理由だ。あんたが記事で間違ったことを伝えたら、誰のためにもならんだろう、ムッシュ・マーストン。幸運《ボン・シャンス》を祈るよ」

ヒューゴーは戸口で足を止め、グラヴァと向き合った。男の息からむっとするような煙草のにおいが嗅《か》げるほど近くに。おかしなことに、この部屋に灰皿があることに気づかなかった。国家間の空間争い。グラヴァが悪いほうの足に重心を移した。そのことにヒューゴーは満足を覚えた。

「マックス・コッへがどこにいるかご存じですか、ムッシュ・グラヴァ？」

「マックス・コッへ？」グラヴァは表情ひとつ変えない。「聞き覚えのない名だな。組合員は何百人もいるから、全員を知っているわけじゃない」

「だったら彼を調べてもいいんじゃないですか？　ジャン・シャボーはマックスの店を経営しているんですから」

「さよなら《オ・ルヴォワール》、ムッシュ・マーストン。そして、アメリカでよく言うように、〝用心しろよ〟」

12

たいしたカフェはなかった。というよりもまったく見当たらない。知る人ぞ知る店をのぞいては。セーヌ河から一ブロックと離れていない狭い通り沿いに歴史を感じさせる板看板があり、塗料のはげかかった黒い文字で〈シェ・ママン〉と記されている。看板の下の入口からは、一見《いちげん》の客を歓迎するような雰囲気は感じられない。午後五時。この時間なら、空いているテーブルを見つけられるだろう。いくばくかの安らぎも。さらにノレ通りで口の中に残った苦い味を洗い流してもらえそうだ。

ヒューゴーは肩でドアを押して入った。店内は狭く、そこかしこから煙草の煙が立ち昇り、その向こうではくたびれた顔の男たちが、コーヒーやビール、ショットグラスの中の琥珀色《こはくいろ》の液体を無表情に見つめている。石の床の傷跡や常連客たちのがっしりした肘のせいで、十数卓あるテーブルはどれもぐらついている。誰もたいして動いているわけではないのだが。頭上の低い天井に、黒っぽい梁《はり》が何本も渡っている。壁の漆喰《しっくい》は百年、あるいはそれ以上、煙草や葉巻の煙に燻《いぶ》されて黄ばんでいる。

うしろ手にドアを閉めて周囲に目をやった。バーカウンターのうしろに店の主人がいる。

単純にママンとして知られている女だ。背が低く、ずんぐりした体型で、ビールとワインしか提供したがらない。が、たまにウィスキーを出すこともある――法外な請求をされるのを客が気にしなければの話だが。年齢は六十代、ひょっとしたら七十代かもしれないが、いつもカウンターのうしろにいる。どんなに混雑していても煙が立ちこめていても、彼女は目につく。毎週微妙に色合いの変わる明るいオレンジ色の髪で脚を引きずりながら、動きまわっている。よく笑うが、決して長くは笑わない――カウンターの煙に肺を傷つけられていたのだ。だからおどけた言行のあとは、耳障りな空咳《からぜき》と決まっている。客たちは聞こえないふりをしているが。最近は新鮮な酸素の容器をカウンターのうしろの必ず手の届く位置に置いておくようにしている。チェーン・スモーカーで、いつも指のあいだに火のついた煙草を挟んでいる。

けれど彼女の淹《い》れるコーヒーは熱く濃く、パリのどんな店よりも早く安く提供される。それに顔見知りになれば、たいていの場合、何か強い酒も自由に頼める。ぬくもり、もしくは雨宿りが必要なブキニストたちのための店だ。あと、近所の通りを掃《は》いて観光客向けのゴミ容器を空《から》にする仕事をしている男たち――たまに女もいるが――のための店でもある。ヒューゴーはここ二年間、少なくとも月に一度はこの店を訪れている。コーヒーと雰囲気を味わいに。

彼がこの店とママンを知るきっかけとなったのは、マックスだ。親しくなって数カ月後に連れてきてもらったのだ。ヒューゴーは誰よりも熱心な本のコレクターというわけではなかった。法の執行機関で二十年間――そのほとんどはFBIだが――過ごしたため、道端で買い物をするときは疑ってかかっていたし、鑑識眼もあった。最初にマックスと会ったのはイギリスから短期間パリを訪れたときのことだった。偶然彼の店を見つけて十八世紀後期の連続殺人犯たちに関する本を買った。パリで暮らすようになってふたたびマックスと縁ができた。そしてすぐに彼がブキニストとしては珍しい部類の男だと知った。商売で金を儲《もう》けることよりも、目利きの客の手の中に逸品を押し込むまさにその行為に喜びを覚える男なのだ。たいていは話をしにマックスの店に立ち寄り、そのついでにふと思いついて何かを購入するという場合が多かった。代金は次に寄ったときに払うということもしばしばあった。

あるとき、マックスからエリック・アンブラーの初版本一式を贈られたことがあった。ヒューゴーのお気に入りのイギリスのスパイ小説家だ。ある夏の朝、派手なしぐさとともにそれを渡されたが、老人が何カ月もかけて同業者のあいだから一冊ずつそれらの本を集めていたと知ったのは、ずっとあとになってからだった。

老人にはいつも何かしら思わせぶりなところがあった。金に執着していないこともそうだが、彼自身のことに話が及ぶと両手を振って受け流したり、たまに遠い目をしたと思ったらすぐに自分の世界に引きこもってしまったり、といったようなところが。ふたりは友人だった。いい友人だとヒューゴーは思っていた。だがマックスの中で何かがくすぶっているように見えたのは、老人自身が常にそういう態度を示してきたからだ。無理に引き出されたものではなく。彼の過去を知った今となっては、その理由もわかる。

「アメリカ人《ラメリカン》」ヒューゴーが店にあらわれると、ママンはいつもそう言う。一年前までは不信感がこめられていたが、近頃では彼の存在を認めていると知らせるためだけに発せられる。

「ママン」ヒューゴーは会釈し、ウィスキーを一杯頼んだ。必要になったらあとでサンドイッチも頼んで一緒に食べることにしよう。だが今のところは、咽喉《のど》がひりつくようなママンの値段だけ高級な安ウィスキーがぴたりとくる。カウンターについて一杯目のグラスを音を立てて置くと、ママンにうなずいてお代わりを頼んだ。二杯目のグラスが来ると、手でくるんだ。ママンが足を引きずりながら近づいてきてコーヒーの入ったカップを彼の前に滑らせると、お礼に微笑んだ。ウィスキーをちびちびやっていると、ふたりの男が寒そうに両手をこすりながらカウンターにやって来たので、腰を上げて場所を譲った。

店の奥にテーブルを見つけた。そこについて座り、マックスの拉致《らち》のあらましを頭の中でひとコマずつ巻き戻した。現実に起きた男の拉致——殺人もありうる——の苦痛を和らげるために、努めて練習場の訓練だと思い込もうとした。旧友を救うために自分にできることはもうほとんどないとわかっていた。だが、何かを思いつきたかった。あるいはみすみす拉致させてしまった自分を非難せずにはいられなかった。最低でも二メートル・ルールに従うべきだった。捜査官と敵のあいだの最短の距離で、それだけあればナイフを持った男が危険になる前に武器を抜ける。自分はそのルールを忘れていたか、少なくとも守ることを忘れていたのだ。駆け引きから遠ざかりすぎていたから。

コーヒーをのぞき込み、黒い液体の上をゆっくり立ち昇っていく湯気を見つめていると、背後から新聞を乱暴にテーブルに置く音がして、声をかけられた。

「しけた顔するな。おれに一杯おごってくれれば慰めてやるぞ」

ヒューゴーは椅子の中で体を回転させた。笑みが顔に広がっていく。「トム！　いったいここで何してるんだ？」

「観光旅行さ」トムはにやりと笑い返し、カウンターのあたりを見やった。「いい場所を知ってるんだな」

「そうかい？　いったいどうやって私がここにいるのを見つけたんだ？」

「これだけは言わせてくれ。おまえさんは秘書に雌ライオンを雇ってるのか？」

「見た目は強そうじゃないがね」この店についてエマに話したことがあった。その理由を思い出すことすらできないほど遠い昔に。だがエマは、ヒューゴーがマックスとここに来たことを知っている。だから今ここにいるのでは、と推測したにちがいない。

ヒューゴーは友人を力強く抱きしめたい衝動を抑え込んだ。〈シェ・ママン〉で男たちはうなずき合うか、握手を交わしてから席につく。抱擁《ほうよう》が見られるのは深夜を過ぎてから。オレンジ色の髪のレディの強い酒を言い訳にできるようになってからだ。

ヒューゴーは向かい側の席に座るよう手で示し、腰を下ろすトムをもう一度盗み見した。年齢とともにヒューゴー自身の見かけも変わったが、定期的なウェイト・トレーニングとたまに走るおかげで体幹部の筋力や体力は確実に維持されている。一方のトムは、でっぷりと肥っていた。かつては痩《や》せて引き締まった体型だったのに、根っからの運動嫌いと美食好み

――さらにアルコール――のせいで、見る影もない。それを口にするほどヒューゴーも愚かではないが、友人があえぎながら椅子に座るのを見たり、鼻から洩れる空気の音を聞いたりするのは耐えられなかった。薄くなってきた髪について感想を述べても罰は当たらないだろうが、友人のむさ苦しさと涙ぐんで充血した目がなぜだかヒューゴーを悲しくさせ、口をつぐませた。

「これでよし」椅子に体を落ち着けると、トムはもう一度周囲に目をやった。「ウェイトレスの姿が見当たらないが」

「そりゃそうさ」ヒューゴーは笑った。「それに、こんな奥から注文しようなんて思うなよ。何を飲む？」

「おまえさんと同じものを。たんと頼むよ」

ヒューゴーはカウンターに行き、ビールを二本とダブルのウィスキーを二杯持ってきた。すぐあとからママン自身がやって来て、コーヒーのカップをトムの前のテーブルに置いた。

「店のおごりだよ」と言ってママンは片目をつぶった。

彼女が大儀そうに足を引きずってカウンターに戻る姿をふたりして目で追いながら、ヒューゴーはトムの向う脛《ずね》を足で突いた。「ママンがこんなことするなんて、初めてだ」と言った。「何か話があるのか？」

「内幕は暴露しない。絶対に口にしない」

ヒューゴーは椅子の背にもたれ、ウィスキーのグラスを指でいじった。笑みを浮かべ、言った。「あんたがここにいるなんて信じられないよ、トム。会えてうれしい」

「電話じゃすっかりしょげてて、切羽詰《せっぱ》まってるようだったからな。マルセイユに用もあったし」得意げな笑みを浮かべ、続けた。「それにパリで遊ぶのはいつだって楽しい」

「まだ遊びたいのか？　それを聞いて胸騒ぎがするのはなぜなんだ？」

「おまえさんには関係ないさ。そっちはどうなんだ、まだシャーロック・ホームズの真似事をやってるのか？　以前は、おれがご婦人がたの前でそれをさせようとすると、嫌がるふりをしていたくせに」

「ふり？」確かにホームズごっこをするようトムに仕向けられるのを嫌がっていたが、それほどではなかった。真似事、それは本当だ。が、たいていはヒューゴーが自分の観察眼を鍛えた結果だった。シャーロック・ホームズからアイデアを得たというのも本当だ。ホームズはごく普通に相手を観察しただけで、どこにいたのか、どこに行こうとしているのかをぴたりと推理して人々を驚かせることができる。

「おい、こうして会うのは久しぶりじゃないか。おれ自身のことについて何か言ってくれよ」

ヒューゴーはぐるりと目をまわした。「あとでな。それよりもっと面白いことをまずは話したいんだ」

「その男はどうやらなんでも仕切りたがるタイプらしいな」トムはウィスキーを飲み干し、

ビールを半分あけ、コーヒーに口をつけていた。「そいつのオフィス、そいつの見かけや話し方などあれこれ聞いた感じからすると。まあ、おれの知ってる中で人前で誰かをひっぱたくやつっていったらおまえさんぐらいしかいないが」

「言ってくれるね」

「いいか、ヒューゴー。おまえさんはただからかわれただけってこともありうる。そいつはまったく何も知らず、ただ小うるさいアメリカ人記者が嫌だっただけかもしれない。だとしたら非難するにあたらない」

「たぶん。しかしあの男が仕切り屋だってことは確かだ。偏執症的と言ってもいいくらいに。ただ、何か隠していそうな感じはした。いや、訂正しよう。明らかに何かを隠している」

「それが偏執症の定義だよ、ヒューゴー。そういう輩《やから》は隠す必要がないときでもクソを隠す。それがクソだと知らないときでさえも」

「ああ、わかってる」ヒューゴーは自分のコーヒーに口をつけた。ほとんど冷めていた。

「で、手助けのために、いったいおれは何をすりゃいい？」

「誰が本を買ったか突き止められるか？　取り戻せる？」

「相棒、バイヤーを見つけることはできる。お望みなら、そいつを車の事故で消すこともできる。モナコのどこかで」

ヒューゴーは友人を見つめた。トムの言ったことは冗談半分にすぎないとわかっている。いや、半分以上は本気かもしれない。「合法的にやろう。バイヤーは金を取り戻せる。そして本が今回の件に無関係だとわかったら、割引料金で買う優先権を与えてやる」

「親切な男だな、おまえさんは。バイヤーが本を手放したがらなかったら？」

「あんたの分別と説得力にまかせるさ」ヒューゴーは言った。

「わかってるじゃないか」

「合法的にと言ったのを忘れるな、いいな？」

「ああ、ちゃんと覚えてるよ。ほかに何か？」

「ひとつある。このブルーノ・グラヴァについて何か探り出せるか？」

「正直なところ、ヒューゴー。そいつに何かあるなら、DCRIやDGSEのデータベースに載ってるだろうよ。調べてみるが、おれの利用できる機関は今のところCIAにFBI、インターポールだけだ」トムは嘲《あざけ》るように鼻を鳴らした。「情報を共有することや自由に閲覧することに関して、どの組織も大歓迎してるからな。要するに、おれたちが情報を集め、組織がそれを活用するってことだ。おれに言わせりゃナンセンスだがね。もちろん、そんなこと誰も言わないが」

「当然だ」ヒューゴーはコーヒーを飲み干した。「さて、講義が終わったのなら出るとしようか。朝のうちにやるべき仕事があるんだ」

「仕事？」トムはビールのグラスを掲げた。「仕事なんてクソくらえだ」

「わかったぞ、あんたは別の思惑があるんだな」

「え？」

「今夜、〈ムーラン・ルージュ〉に連れてってもらいたいんだろう？」

トムはうれしそうにテーブルをたたいた。「そうこなくっちゃ！ 続けろ、推理してみろ」

「昔なじみのよしみで言うが、私は少々腕がなまってる。でも、こいつは簡単だ。まず、あんたがハイテクおタクだという事実から始めよう。つまりニュースはオンラインで仕入れるってことだ。それなのに、この店に来たとき新聞を持ってた。くしゃくしゃになってたから、読み終えたということがわかる。しかし、ここでは読んでいなかった。明らかに、空港か列車の駅で仕入れたんだろう」

「空港だ。ビジネス・クラスのラウンジじゃ、タダだからな」

「そしてまだ新聞を持っているということは、何か目を惹《ひ》く記事があり、新聞を手放したくなかったからだ。そうでなかったら、どう考えても、この店に来る前にとっくに新聞を捨ててたはずだから」

「そこまではすばらしい」

「あんたという男を知っているから、目を惹いたのは酒に関することか、すらりと長い脚のどっちかのはずだ。酒は除外していいだろう。酒に関する記事だったら、何時間も新聞を持っている気にならないだろうから。とすると、残るは脚ということになる。そこらのストリップ・クラブは大新聞に広告は載せない。だから、もっと高級で観光客をターゲットにしてるような店だろう。そこから〈ムーラン・ルージュ〉を思いついたのさ」

「恐れ入ったよ」

「まだ終わっちゃいない。あんたはいつでも好きなときにそこに行ける。それなのになんで今日の新聞なんだ？　それで話はもっと簡単になる。あんたが低俗な輩《やから》だってことも私は知ってる。そこから察するに、今夜のクーポン券か値引きの広告が載ってたんじゃないか？明日の夜かもしれないが」

「ちぇっ、おまえさんがいなくてさびしかったよ」トムは満面に笑みをたたえ、全面広告の載っているページを開いた。ページの半分近くがダンサーの長い素足に占められている。

「彼女の名前はミミという。クソいまいましいほどすばらしい。過去のどんなスターにも負けてない。今夜彼女のショーがあって、チケットを一枚買うと連れはタダになるんだ。行くしかないだろ？」

「美人だな。けど、わかってるだろうが、チケットを買ったからって彼女と寝る権利を手にできるわけじゃないぞ」

「親愛なる友よ」トムは指を振った。「それを決めるのは彼女だと思うがね。おまえさんではなく。だろ？」

ヒューゴーは立ち上がり、友人の頭をたたいた。「会えてうれしいよ、トム。ダンサーはいないが、酒なら家にある。来るかい？」

13

翌日の午後の早い時間、ヒューゴーは自分用のサンドイッチを作り、三杯目のコーヒー――トムには一杯目――を淹《い》れるためにコーヒーメーカーのスイッチを入れた。深夜零時をとうに過ぎても水をがぶ飲みしながらウィスキーのグラスを重ね、トムに戦争の話を聞かせていたため、正午を告げる鐘が鳴るまでふたりはぐっすり寝入ったままだった。

コーヒーを待つあいだ、トムはシャワーを浴びに行った。寝室として彼に提供した書斎でヒューゴーがコンピュータを立ち上げ、ログインしていると、ドアベルの音がした。インターフォンのモニターを見た。クラウディアだろうか？　彼の残したメッセージに折り返し電話をかけるよりは立ち寄ることにしたのか？　だがモニターに映っているのは若い男だった。フィギュアスケートのモホーク・ターンでもするかのように戸口で体をもぞもぞさせている。胸にバッジの付いた青いパーカー、両サイドに黒い線の入った青いナイロンのズボン。デリバリー・ボーイだ。管理人のディミトリオスが持ち場にいなくて中に入れないらしい。ヒューゴーはインターフォンの受話器を取り、遠隔操作で錠をあけた。一分後、アパルトマンのドアをあけて若者から封筒を受け取った。礼を言ってチップを渡し、室内に戻った。

封筒には何も記されていなかった。クリーム色がかった白い封筒は布のような手触《てざわ》りで、かなり高級なものだ。薄さからすると、中身は手紙以外考えられない。薄いほど安全だということをヒューゴーは知っている。デスクに行ってペーパーナイフを探した。華麗な木のナイフは、ナミビアの派遣団の代表からのプレゼントだ。ヒューゴーが指揮を執った警護の規模と効率のよさが気に入られ、贈られたのだ。封筒の角にペーパーナイフを滑り込ませ、鎌のように動かして開いた。予想は当たり、中身は一枚の便箋《びんせん》だった。それを取り出し、読むために腰を下ろした。

英語で書かれている。優雅な斜めの筆跡。文字の太さや便箋の裏にへこみがないことから、万年筆で書かれたものだとわかる。もちろん、高級な品だろう。便箋には銀色の文字と盾形の紋章の浮き彫りが施されていて——驚いたことに、オーヴェルニュ伯爵ジェラール・ド・ルションからの手紙だった。内容はこうだ。

ムッシュ・マーストン

突然の手紙をどうぞお許しください。いつもならなんの前触れもなしにご迷惑をおかけするようなことは決してしないのですが。けれど、もしご都合がつくようでしたら、私や数名の友人たちと過ごすために一、二時間ほど割《さ》いていただけますと、ひじょうにうれしく存じます。急な招待の埋め合わせとしてはささやかなものですが、七時に迎えの車を差し向けます。どうぞディナー用に正装でお越しください。

お会いできるのを楽しみにしております。

これは招待状というよりは呼び出し状だとヒューゴーは思った。なぜ自分が？　見当もつかない。大使館での公的な催しの中に伯爵の称号を持つ者がいたかどうか思い出そうとしたが、無理だった。名前も背景も知らない人物とたくさん会っている。アメリカ人のご機嫌を取りたがる者も多い。この伯爵もそうしたひとりかもしれない。

コンピュータの前に戻り、招待主の名を検索エンジンにかけたが、最初のページには、フランス貴族に関するいくつかの書物へのリンク以外、何も見当たらなかった。クリックして次のページに進むと、〝G・ド・ルション〟への言及が見つかった。探している人物かもしれないと記事を読んだところ、オーヴェルニュ伯は顧客だと紹介されている。リンク先をクリックすると、擦《す》り切れた革装丁の本の写真があらわれた。ピエール・ヴァソンの経営する古書店のウェブサイトだ。国じゅうの〝古本と古道具《リーヴル・アンシャン・エ・ドウカズィオン》〟の売り手と結びついている、おそらくもっとも高価な品を扱う店だ。ヒューゴーも何度か訪れたことがある。買うというよりは立ち読みに行ったようなものだが。そういう価格の店なのだ。ランボーの本がぱっと頭に浮かんだ。つながりはあまりに明らかだ。疑うまでもない。これもまた偶然の一致ということはありえない。

ヒューゴーは子どもの頃から本が大好きだった。けれどその本が悩みの種となろうとしているとは。

エマに電話をかけてルションの背景をもっと探ってもらおうかと考えたが、彼女は絶対に疑惑の滲《にじ》み出た声で応じるはずだ。それと向き合いたくなかった。代わりにクラウディアの番号にかけた。またしても応答なし。電話を切ったとき、自分が少々愚かになった気がした。あまりに熱を上げすぎて彼女を追いまわすようなことだけは絶対にしたくなかった。

デート・ゲームか。ちくしょう。

それにあの一文、〝ディナー用に正装〟。ヒューゴーの出身地ではジーンズにカウボーイ・ブーツが正装だが、大使館用語ではブラック・タイを意味する。しかしあの贅沢《ぜいたく》な便箋から察するにタキシードも必要だろうか。だが彼はぴかぴかの黒い靴を持っていないし、こんな急な知らせで買いに走るのも嫌だった。だからカウボーイ・ブーツで行くことになるだろう。

シャワーを終えたトムがあらわれたのでヒューゴーは席を立った。友人とはすでに嫌というほど顔を合わせている。五分後コーヒーを渡し、トムに手紙を読ませた。

「おれがデートの相手？」トムが尋ねる。

「飲みすぎや卑語が歓迎されるような場所じゃない。封筒の体裁からすると」

「まあいいさ。どっちにしろ、昨日おまえさんから聞いた話でやることがあるから。この男について真っ先に調べてもらいたいかい？」

「いや」ヒューゴーは言った。「奇襲をかけるつもりで行く」

七時十分前に迎えの車が到着した。黒のメルセデス。グレイのスーツ姿のお抱え運転手は六十代のすらりとした男で、きちんと整えられた白い口髭をたくわえていた。運転手は後部座席のドアをヒューゴーのためにあけ、かすかに会釈をし、黙って車を出発させた。慎重だが独断的なそのやり方から、かつては警官もしくは軍人だったのではないかとヒューゴーは思った。車は西に向かった。セーヌ河沿いを滑るように進みながら。夜霧に包まれてゆったりと流れる河が視界に入っては消えていく。

数キロ走ったあと車は北に曲がった。強制収容犠牲者記念碑の前を通ったとき、ヒューゴーは自分の行く先に確信が持てた。パリでも屈指の高級住宅街、ヌイイ・シュル・セーヌに向かっているのだ。郊外の一等地としての高い評価を失うほど中心地から離れてはいないが、よくありがちな観光客の増減による一時的な悪影響を被《こうむ》るほど近くもない。その地域に住まう一族や家屋のいくつかは数百年も続いている。事情が許せば、さらに数百年歴史を重ねていけるだろう。

車は速度をゆるめ、アルジャンソン大通りに入った。あらゆる意味で大きな通りで、シャトー大通りと交差する形になっている。広々としているが静かで、矢のようにまっすぐ延びている。往来に対する最初の防衛策として完璧なまでの一定間隔で植えられたプラタナスが、通りや石畳の広い歩道に影を落としている。並木の奥には灌木《かんぼく》や低木が延々《えんえん》と続いていて、その背後に控える高級住宅街に彩りとプライバシーを与えている。一分後、車はふたたび速度を落とし、一軒の屋敷のドライブウェイの砂利を踏みしだきながら走っていた。石造りの城のミニチュア版といった趣《おもむき》の家で、建物の両端に三階建ての四角い塔がある。ヒューゴーの右手の建物の角は、堀のような池に囲まれている。防犯灯の下では水が濃い緑色に見える。ヒューゴーは屋敷に目を見張った。この界隈《かいわい》においてもたいそうな屋敷だった。附近の家のドライブウェイに門がないことは嫌でも目についていた。パリに赴任して以来、人々のセキュリティ意識が低いことには気づいていた。彼の見たところ、フランス人は予防手段というものを信じていないようだ――その態度に慣れるには時間がかかるが、同時にどこかほっとさせられるものでもあった。

ドライブウェイには、ほかに二台の車が停まっていた。どちらもこの家に似つかわしい車だ。年代物だがぴかぴかのレンジローヴァー、同じく一九九〇年代以前の傷ひとつないベントレー。客は自分ひとりなのだろうか？　ヒューゴーは訝《いぶか》ったが、思い直した。ほかの客もお抱え運転手がいる可能性が高い。運転手たちはどこかで煙草を吸っているか、主人たちについて愚痴《ぐち》をこぼしているのだろう。ヒューゴーの運転手はなめらかな身のこなしで車を降りると、後部座席のドアをあけた。ヒューゴーも車を降り、フランス語で礼を言った。そうして振り返り、惚《ほ》れ惚れと屋敷を見つめた。暗がりの中で、窓という窓に下ろされたカーテンが金色に輝いている。煙突のひとつから薪《まき》のにおいがした。

「こちらです、ムッシュ」運転手が言った。正面玄関に向かってふたりは進んだ。三段ある石段の奥に重厚な木の両開きのドアがある。運転手とヒューゴーが近づくと、ドアの片方がさっと開いた。中からこぼれてきた明かりを背に、誰かの影が浮かび上がる。

女のシルエット。それがクラウディアだとわかり、足が止まった。運転手は戸惑い、ためらっている。ハイヒールの音を立てながらクラウディアが石段を下りてきた。体にぴたりとしたシンプルなドレスを着ている。黒のベルベット製のようだ。ダイヤモンドのネックレスからぶら下がっているエメラルドが胸元に見える。

「ジャン、ありがとう《メルスィ》」彼女は運転手に呼びかけた。「しばらく休んでいていいわ。ムッシュ・マーストンがお帰りになるときにまた呼ぶから」

休んでいていいわ？ 彼女はここの住人なのか？ ジャーナリストにしてはすばらしい住まいだ。背後からメルセデスのドアの閉まる重々しい音が聞こえ、ヒューゴーは振り向いた。車はドライブウェイをまわって通りに消えていった。

「ここみたいにあんな車ばかりのドライブウェイはありえないな」ヒューゴーは言った。

クラウディアが近づいてこようとしたが、ハイヒールが砂利に当たってよろけた。ヒューゴーは片腕を差し出した。「嫌な靴」彼女は言った。

「いったいどういうことか、話してくれないか？」と言い、ヒューゴーは彼女に目をやった。石段に向かいながらクラウディアは唇を噛《か》んだまま何も答えなかった。ヒューゴーは彼女に向き直った。「クラウディア、この招待は本当はきみからなのか？」

ようやくクラウディアは彼を見て、ため息をついた。「ずっと言うつもりでいた。でも、いいチャンスがなかなかなかったから」

「教えてくれ、ここはきみの家なのか？」ヒューゴーは片腕を屋敷に振った。「私たちは出会ってまだ数日しか経っていない。きみに秘密があってもおかしくないさ」

「わかってるわ、ヒューゴー。今夜のことは、わたしが考えたことじゃない。それは信じて。あなたのことを父に話したの。そうしたら……」彼女が見つめた。そのとき室内から足音が近づいてきた。ヒューゴーはとっさにあとずさった。

戸口に男のシルエットが浮かび上がる。男は一瞬足を止めたが、軽やかに石段を下りてくると、ヒューゴーに手を差し出した。真っ白な歯と手入れの行き届いた白髪《しらが》まじりの髪。男が石段を下りきったとき、ヒューゴーは彼の背が高いこと、ほっそりと引き締まった体をしていることに気づいた。おそらく年齢は六十代だろう。六十五歳くらいかもしれない。夜の正装ではなく淡い黄色のセーターに青のズボン、水色のスカーフを巻いて金のピンで留めている。ヒューゴーは男の手を握った。

「ジェラール・ド・ルションです」男はにっこりと笑った。

「初めまして《アンシャンテ》」ヒューゴーは挨拶した。

「ようこそ。どうぞ中へ。私の友人たちに会っていただきたい」ルションの英語はほとんど訛《なま》りがない。おそらく何年も家庭教師についていたのだろう。その後はイギリス海峡の向こうでのバカンスや、同じく貴族階級の人々との社交やおそらくはビジネスを通じての賜物《たまもの》なのだろう。

ルションは石段を勢いよく二段上り、足を止めた。「ムッシュ・マーストン。こんな格好で申し訳ない。ディナーのために着替える機会がなかったもので。よろしかったら私が着替えるあいだ、二階でお付き合い願えるかな？」

ヒューゴーはクラウディアを見た。かすかにうなずいたように見えた。光による錯覚かもしれないが。「いいですよ」と答えた。「招待していただき感謝しています」

「とんでもない！」ルションは手を振って謝意を退けた。「私はパーティを開くのが大好きでね。クラウディアはそうでもないが。でも娘はわかっている。私が――アメリカではなんと言っていたかな？　そう、〝パーティ・アニマル〟だということを。感謝するのはこちらのほうだ。こんな急な誘いなのに、いらしていただいて」

ルションは横に立ち、クラウディアとヒューゴーを先にサロンに入れた。部屋は円形で、板石が敷かれている。中央にあるチーク材とおぼしき丸いテーブル以外に家具はなかった。テーブルに置かれているセラミックの花瓶は、野の花でいっぱいだった。田園風景を描いた四枚の絵画が壁から見下ろしている。ヒューゴーのすぐ右手にある小さなドアの向こうはクロゼットで、今は客用のクロークとして使われているようだ。ルションはヒューゴーの帽子とコートを預かってクロゼットに入った。

「執事はいないの？」ヒューゴーがクラウディアにささやくと、強張《こわば》った笑みが返ってきた。アーチ形の通路の向こうがメインルームらしい。だがルションは左に曲がって曲線状の木の階段を上っていった。ヒューゴーも招待主のあとについて階上まで行った。広く長い廊下を歩いていくと、ルション言うところの化粧室に着いた。古めかしいオーク材のドアをルションが指さした。蝶番《ちょうつがい》からドア板の端までまっすぐに鉄の細い板が伸びている。

「きみに私の小さな塔をご覧いただきたい」ルシヨンは言った。「私の聖域、プライベートな空間のようなものでね、瞑想《めいそう》をしたりエクササイズをしたりするのに使っている。中にいるときは誰にも邪魔はさせない。入っていいのはジャンだけだ」と言い、にっこり笑った。

「わが家の唯一のルールです」

「そうですか」ほかになんと言えばいいか、ヒューゴーはわからなかった。それにこの話がどこに向かっているのかも。

「あとでお見せしよう。客人たちをあまり長く待たせるわけにはいかないから。どうぞ、おかけなさい」木綿更紗《さらさ》の小ぶりな肘掛け椅子をルシヨンが手で示した。ヒューゴーの目には座り心地よりも装飾のための椅子に見えたが、とにかく腰を下ろした。ルシヨンはピンを取ってスカーフをはずすとセーターも脱ぎ、両方を鏡台に落とした。鏡のついたクロゼットをあけ、二着のタキシードのジャケットをじっくり眺めた。「私は白いモーニングが特に好きでね。最近ではあまり着ている人を見かけないが、なぜだろう?」

「ムッシュ」ヒューゴーは上流階級の装いの習慣についてあまり知識はなかったし、興味もなかった。それに上流階級の人々が服を脱いでいるのを見ていたいとも思わなかった。「自分がなぜ招待されたのか、少々途方に暮れているのですが」

ルシヨンは留め具をはずし、ズボンを蹴るようにして脱いだ。深紫色のシルクのボクサーショーツの下からほっそりした白い脚が伸びている。ルシヨンはヒューゴーに向き直った。

「きみらアメリカ人は直截《ちょくせつ》にものを言うことで知られている。私たちは——イギリス人はさらにそうだが、パラグラフ単位で話をしがちだ。一文で言えたり言ったりすべきようなことでも。私がざっくばらんに腹を割って話しても、気にしないでいただけるかな？」

「実のところ、そのほうがありがたいです」ズボンもはいていただけるとありがたいのだが、とヒューゴーは胸につぶやいた。

「結構《ビャン》。ふたりで話し合って完全に理解し合うことが必要だと思ったもので」ルシヨンはクロゼットに向き直り、黒のタキシードを取り出した。「きみは行動科学者だそうだが？　プロファイラー？」

「過去はそうでした。ＦＢＩ時代に」

「ということは、人の心を読み解くのはお手のものというわけだ」

「それは誤解です」ヒューゴーは答えた。「私の得意分野は犯罪現場を読み解くことです」

ルシヨンは振り返り、ヒューゴーの目を見た。「だったら私がゲイだと知ったら、驚くだろうか？」

「今夜はずっと」と言い、ヒューゴーは笑みを浮かべた。「驚かされっぱなしです。今さら何を聞いても驚きません」

ルシヨンは含み笑いをした。「ムッシュ・マーストン。娘はセクシーで魅力的で知性もある。娘が生まれてからこれまでずっと私は彼女を導き、手を貸してきた。娘が基本的に必要とするものは与えてやってきた。ここまではわかっていただけるかな？」

「と思います」

「私が言いたいのは、ムッシュ・マーストン？　娘に近づけたいと思う人物についてはひじょうに神経を使っているということだ。彼女にボーイフレンド、またはガールフレンドがいようと気にしない。しかし娘がその中の誰かを愛するとなると、そうも言ってはいられない」と言い、ヒューゴーを見た。「だから、誰かが娘を愛そうとすると、あらゆる手を使って思いとどまらせてきた」

ヒューゴーは片方の眉を吊り上げた。「パリは愛の街だと思っていましたが」

「とんでもない《メ・ノン》」ルシヨンは軽くいなした。「恋愛のための街というほうがもっと正確だろう」

「いずれにしても」ヒューゴーは両脚を伸ばした。「クラウディアと知り合ってまだ一週間にもなりません。愛うんぬんの段階ではない。信じてください」

「結構」ルシヨンは糊《のり》の効いた白いシャツを手早く着た。「ご理解いただきたいが、私の過保護な気遣いは単なる親馬鹿のそれとは違う。クラウディアは、私の見たところ、とりわけ心が傷つきやすい」

「どういう意味です？」ヒューゴーは尋ねた。

「娘が以前結婚していたことはご存じでしょう、ええ？」

「話は聞いています」

「それがどのように終わったか、娘は話しただろうか？」

「私には関係ないことですから」

「そうかもしれない。でも、とにかく私の口から話しておこう」ルションは冷静な目でヒューゴーを見た。「ふたりはとても愛し合っていた。夫は警官だった。若くして刑事となり、ハンサムで聡明で、出世街道を走っていた。撃たれるまでは。犯人は、クラウディアが今記事にしているような連中と同じ輩《やから》だ。結婚して二年にもなっていなかった。私の知るかぎり、娘はそれ以来誰ともデートしていない。娘の口から誰かの名が出たのは、きみが初めてだった。それだけは言える」

「ちっとも知りませんでした、それが私に関係あるのかどうか、いまだによくわかりませんが」

ルションは微笑んだ。「それを知った今となっても、成人した娘の人生に登場する男たちを私が調べるのは妙だとお思いかな?」

「私は父親ではありませんから、ムッシュ・ド・ルション。父親にならなかった理由のひとつは、私の仕事にあります。自分が目にするもの、自分のすること、そして自分が相手にする連中に。私が子どもを持たなかったのは世の中のあり方のせいです。あなたがお嬢さんに対して過保護であっても非難する気にはなれません」ヒューゴーは言った。「それに先ほども言いましたが、私たちは知り合って一週間にもなっていない。だから今の段階で愛がうんぬんといったことを心配なさる必要はありません」

「結婚の経験は?」

「あります。二回」

「そうだろうな、きみはアメリカ人だから。あちらでは結婚は都合のいい服みたいなものだ。それを着てしばらくは楽しむが、擦《す》り切れて着心地が悪くなったら捨ててしまう」

ヒューゴーは歯を食いしばったが、平静な口調を守った。「最初の妻は事故で亡くなりました。二番目の妻は、ここに住んで私との結婚生活を続けるほどフランスが好きになれなかったのです」

ルシヨンは振り返り、ヒューゴーを見た。「申し訳ない《ジュ・メクスキュズ》。頭から最低だと決めてかかるべきではなかった。許していただきたい」

ヒューゴーはうなずいた。「先ほども言ったように、あなたは父親です。保護主義者だからといって非難はしません。たとえ彼女が成人した女性であっても」

「私にはまだ子どもだがね」ルシヨンは笑みを浮かべた。振り向いてシャツのボタンを留める作業に戻った。「娘は私のことを話さなかったかな？　ルシヨンの家の者だということは？」

「いいえ。それに実を言うと、どっちにしろ、その名を聞いても私にはあまりピンと来なかったでしょう」

「私の立場からすると、名前が問題を引き起こすことも少なくはない。私たちは慎重でないといけない。なぜなら人によっては、名前とか爵位とか、そういったものに惹《ひ》きつけられるものだから」

「そうでしょうね」

「無礼に聞こえたら申し訳ない。しかし娘が結婚する相手は……まあ、とにかくフランス人だと思っていたもので」

「どんな男なんです？」答えをわかっていながらヒューゴーは訊いた。社交界の人間のエリート意識を垣間見るのも面白かった。この段階でルシヨンの頭に結婚の二文字がよぎったことにもかすかな衝撃を感じていた。なぜなら自分もクラウディアも相手を独占するような話題を持ち出したことはなかったからだ。結婚など言うに及ばず。そのことを話し合うか助言をもらうために、彼女は父親のところに行ったのだろうか？

「貴族。ある種のクラスに属している」ルシヨンは顔をしかめた。「少なくとも、家名を聞いてピンと来る誰か。こんな話が面白いとでも？」

ヒューゴーは笑いたいのをこらえた。「失礼、いや本当に。でもあなたから古風そのものの結婚観をお聞きするとは。おわかりでしょうが、皮肉めいた気がしたもので。それに正直言って、少々先制攻撃をしかけられた気もします」

「たぶん。しかしそうした事柄は、やはり私には重要なのでね」

「クラウディアにも重要なんでしょうか？」

「そうであることを願っている。そう思っていた」ルシヨンはふたたびヒューゴーに向き直った。「きみが話題にしたから訊くが、ゲイの男にどうして娘がいるのか不思議には思わないのか？」

「もう一度言いますが、ほとんど私には関係のないことです」

「まあ、そうだろう。しかしきみには知っておいていただきたい。クラウディアは私の血と肉を分けた娘だ。異性愛の男に子どもが作れるなら、ゲイの男にもできる。ゲイでいるには異性愛も試みなくてはいけないと教えられたなら、特に」ヒューゴーが無言でいると、ルシヨンが尋ねた。「今後も娘と会いつづけるおつもりか？」

「普通ならこう言うところです。あなたには関係ないと。でも私たちが今の話を共有したからには……」彼は肩をすくめた。「もし彼女が望めば。もちろん」

「もちろん？　娘は喜ぶだろう」

「でもあなたは失望なさっている」

「今はわからない。おそらく娘は私がきみを質問攻めにしたと知ったら失望するだろうな」ルシヨンは指を振った。「まったく困ったことになる」

「それはあなたとお嬢さんの問題です」と言い、ヒューゴーは立ち上がった。「さて、まだざっくばらんな話が続くなら、一杯やりたいのですが」

ルシヨンはカフスボタンの入った箱をふたつ手に取り、選んだ。「私はホストとして失格ですな、ムッシュ・マーストン。このような無礼な振る舞いをしていては大使館に噂が広まってしまう。失礼した、もっと早くお勧めするべきだった」

「かまいませんよ。自分で下に行けますから」

「私もすぐに行く、ムッシュ。きっと有益な夜をともに過ごせるだろう」

ヒューゴーはうなずいた。有益な？　ルシヨンの目の表情が語っていた。ふたりの会話をなんとしてでも続ける気でいることを。

14

立って入れそうなほど大きな暖炉の横にクラウディアはいた。シャンパンのグラスを手に、心配そうな表情を浮かべている。ヒューゴーを見ると、近づいてきた。「ヒューゴー、ごめんなさい。怒ってる？」

「まだわからない」眉根を寄せて彼は答えた。「でも、ものすごく咽喉《のど》が渇いた」

　クラウディアは彼の肩越しに目をやってわずかに頭を下げ、ウェイターを呼んだ。「シャンパンでいい？」と尋ねた。

「スコッチを」ヒューゴーはウェイターを見て、フランス語で話した。「たっぷりと頼む。今夜は自分で運転して帰らなくていいから」

「承知しました《ウイ》、ムッシュ」ウェイターはにっこり笑った。「ラフロイグの十五年物とタリスカーの二十一年物がありますが」

「どちらもそそられるね。どっちでもいいから早く頼む。ストレートで」

「すぐお持ちします、ムッシュ」

　ウェイターはふたりに背を向けると、頭を下げたままスラローム滑走のように部屋を突っ切っていった。ほかの客の誰とも目を合わせなければ邪魔されずにすむからだ。いい仕事ぶりだ、フランス人がチップを払わないのは残念だ、とヒューゴーは胸につぶやいた。クラウディアに向き直った。

「ところでミズ・ルション。私に打ち明けるつもりはあったのかな?」むっとしているというよりは面白がっているような軽い口調だった。

「もちろんよ、ヒューゴー」クラウディアは彼の目を見ようとしなかった。「すぐに打ち明けるべきだったわね。ごめんなさい。あなたが混乱しているかどうか教えて」

「つつましい家の出だから、こんなことは予想外だった」と言い、部屋を手で示した。ほとんどが中年以上の年代の男女が四十名ほどいて、飲み物とナプキンを手にして立っている。ヒューゴーには見分けもつかないさまざまなオードブル――たいていはパイ生地で包まれている――の並んだコーナーで優雅に食べている者もいる。男はみな蝶ネクタイで、ほとんどがタキシード姿だったが、モーニングを着ている者もちらほら見かける。女は、裕福な女たちの例に洩れず、体にぴったりとしたドレスに宝石をじゃらじゃらつけた姿でくつろいでいる。だがここにいるのは単なる金持ち連中ではない。金持ちで、なおかつ上流階級に属する人々だ。ふたりの周囲で会話がさざめいている。ヒューゴーはクラウディアが自分と距離を置いていることに気づいた。ルションの友人たちは彼がゲイだと知っていて、その秘密を守っているのかもしれない。が、ヒューゴーが察するに、それでもルションの娘とアメリカ人については噂話をしたくてうずうずしているようだった。

「信じられないかもしれないけれど、ここにいる一部の人にとってはこの家もつつましいものなのよ」彼の心を読んだかのようにクラウディアが言った。「あなたも彼らのことを気に入ると思う」

「そうかもしれない。もっときみのお父上には興味あるが。私にささやかな演説を聞かせたかったのなら、うちのアパルトマンに寄ってくれてもよかったのに」

「それは父のスタイルじゃないわ」クラウディアは微笑んで首を振った。「そう、父も悪い人じゃない。でも父は自分を印象づけるのが好きなの。自分の存在の重要性をあなたにわからせたかったんだと思う」

「影響力の強さ、という意味かい？」

「それもある。ねえ、ヒューゴー。父はただ私を守っているだけなの」

「それは、きみが自分で自分を守れないから？」

「わたしの父なのよ。そういう方程式は現実的じゃないわ」クラウディアは真剣な表情で彼を見た。「そのことについて話がしたい。あとですぐに」

「いいとも。そうしよう」ヒューゴーの飲み物が銀のトレイに載って届いた。それを取って礼を言い、半分ほど飲んだ。思ったほど咽喉《のど》がひりひりしない。上等なウィスキーの困った点だ。「ところできみの警察の友人たちは今日何か見つけてくれたかな？」

「わたしの……？　ああ、そのこと」クラウディアはがっかりしたようだった。「それについて今話したいの？」

「もちろん」ヒューゴーは言った。「無難な話題に思えないかい、ええ？」

「わかった」クラウディアはかすかに微笑んだ。「警官たちはシャボーと話した。断固たる態度でしばらく彼を問いつめたそうよ」と言い、首を振った。「残念ながら、シャボーの答えはあなたに話したことと同じだったらしい。自分はマックスを知らない、と」

「なぜシャボーがあの店の主《あるじ》になったのか、警官たちは尋ねてくれたのか？」

「わからないけど、尋ねたと思う。シャボーがなんと答えたかは聞いていない。何か答えたのかどうかも。残念だけど、でも警察も努力はしてくれたのよ」

ヒューゴーは眉根を寄せて飲み物を見つめた。ちゃんとした答えが欲しいなら自分でやれということだ。明日やってみよう。

「ところで」と言い、人でにぎわう部屋を顎で示した。「どういうふうにしたらいい？　きみの友人たちと会うべきなのかな？」あまり心はそそられないが。自分がここにいる人々とほとんど共通点がないことはわかっている。おそらく彼らの誰ひとりとして生活のために働いたりなどしていないだろう。五十代のわりには若々しい女をヒューゴーは観察した。そっくり同じような女とシャンパンのグラスを触れ合わせ、互いの鼻がくっつくほど顔を寄せて仕入れたてのゴシップに興じている。黒や白のタキシード姿の男たち。きらびやかな女たち。そしてそんな彼らのために立ち止まっては動物園の飼育係のように食べ物や水を与えている、白い上着姿の若いウェイターたち。ヒューゴーは閉所恐怖症を引き起こしそうだった。

だがまったく興味がないとは言えない。ルシヨンと娘の関係への好奇心。客人たちへの好奇心。クラウディアによると、彼らはいい人たちらしい。いまいましいが、たぶんそうなのだろう。

堂々としたカップルが近づいてきた。男は長身で筋骨たくましく、黒髪をオールバックにしている。その独断的な笑みはこう語っている。自分はみんなから会いたいと思われる人物なのだと。一方、かつては美しかったと思われる彼の妻は、美容整形によって軽く顔の皮膚を引っ張っているらしい。けれどブルーの目は澄んでいて、夫よりもっと心のこもった笑みを浮かべていた。おそらく左手の薬指で輝いている石のせいだろう。クラウディアが紹介役を務めた。

「こちらはヒューゴー・マーストン。アメリカ大使館の外交保安部長よ。ヒューゴー、アランとマリーのメルシエ夫妻よ」

ヒューゴーはふたりと握手した。「初めまして《アンシャンテ》」

クラウディアはヒューゴーに向き直り、フランス語で話した。「メルシエ夫妻はわたしの古い友人なの。家系のどこかをたどると、マリーとわたしは従妹《いとこ》らしいわ。どこまで遡《さかのぼ》ればいいかはわからないけれど」

「たいていのヨーロッパ人に当てはまることじゃないか、ええ？」ヒューゴーは言った。

夫妻は穏やかに笑った。「ところで《アロール》、ヒューゴー」アラン・メルシエが言った。「クラウディアとはどうやって知り合ったんだ？」

いい質問だ。

「実を言うと」クラウディアはアランに身をかがめた。夫妻は興味津々《しんしん》といった様子で頭を傾げた。「実はね、わたし見ちゃったの。彼があなたの奥さんとファックしているところを」

フランス人カップルは楽しそうに鼻を鳴らした。マリーはヒューゴーの腕に手を置くと、ふざけてぎゅっと握り、夫を見た。「もしそれが本当だったなら、アラン、わたしが自慢しないわけないでしょ？」妻がそんなことをするはずないと自信を持っている男のように、アランは寛大な笑みを浮かべた。この輪の中で、それが彼の役割なのだ。躊躇《ちゆうちょ》しつつもヒューゴーは夫妻に親しみを覚え、彼らの悪意のない冗談を楽しんだ。

部屋の反対側で銅鑼《どら》の音がして、客人たちは両開きのドアの向こうのダイニングルームに移動を始めた。人々が流れるように動いている中、ヒューゴーは恰幅《かっぷく》のいいカップルを通すために横にどいたので、クラウディアやメルシエ夫妻と離れてしまった。

ダイニングルームには座席表が用意されていた。客たちは自分の席を見つけようと、ぶつかり合いながら動きまわっている。ヒューゴーが自分の名前を探していると、誰かに手を取られた。赤毛の若い女。年齢はせいぜい二十五歳といったところだろう。ブルーの大きな目で、彼の驚いた表情を無邪気に見つめている。が、やがてその顔に意味ありげな笑みが広がっていった。

「わたしたち隣同士のようよ、ムッシュ・マーストン」女は英語で話した。その訛《なま》りからすると、アラバマ州のどこか南の出身らしい。「わたしはジェニー・ライ」

「初めまして」ヒューゴーはとっさにクラウディアを探した。「ヒューゴーと呼んでください。どうして私のことを？」

「訊いたから」愚かな質問とでもいうように、女は答えた。

「それはそうだ」ヒューゴーはにこやかに言った。「席がどこか、さっぱりわからない。きみについていこう」あとをついていくのは楽しかった。たとえ彼女のドレスが、そこにいるほかの女たちのドレスほど体にぴったりとしていなくても。彼女の腰の揺らし方は微妙だった。周囲の男どもの視線を集めるほどではなかったが、ヒューゴーが見ていることを承知しているということは、充分に伝わってきた。ふたりはテーブルの上座をまわった。そこではクラウディアが立って父親を待っていた。彼女の当惑している様子に気づいてヒューゴーは驚いた。クラウディアはジェニーからヒューゴーに視線を移し、片方の眉を吊り上げた。ヒューゴーはにやりとして肩をすくめ、彼女の前を通り過ぎた。訊かないでくれ。

ジェニーのために椅子を支えてやり、それからふたりは座った。大使の発案で、大使館の要職にある者全員が集められ、退屈なエチケット講座を受けさせられたことがあった。ヒューゴーは不意にそのことに感謝したくなった。十数個のフォークやナイフ、スプーンらしきもの、それに加えて四種類のグラス。テキサスのヒューゴーならすぐに困惑し、苛立ち、面白がっていたことだろう。しかし外交保安部長であるヒューゴーはそれぞれのグラスの用途を知っている。スプーンのような形をしたフォークが、なぜナイフのあいだに置かれているのかも。新しい隣人は彼ほど自信がないらしい。彼女がすばやくテーブルを見まわし、食事のために席につくほかの客たちを観察しているのがヒューゴーにはわかった。誰が何を手にするか？　ナプキンを広げるのは今？　もっとあと？　自分で水を注ぐの？　ヒューゴーは共感を覚えた。

「英語で話せてよかったよ」と言い、にっこりした。「ここに以前来たことは？」ジェニーは言った。「いいえ」大きなブルーの目がぱっと輝いた。「お腹いっぱいで食事を終えられるのか、それとも間違ったフォークやナイフを選んで餓死するのか、いったいどっちかしら」

　ヒューゴーは笑った。「きみの言いたいことはわかる。私はいつもこう教わった。外側から順番に使っていけばいいとね」

「そうなの？」ジェニーは彼を見て、またも意味ありげな笑い方をした。「いいことを聞いたみたい」

　ふたりの背後に、白ワインと赤ワインの両方を持った給仕の若い女があらわれた。「マドモアゼル？」女が訊いた。

「いいわ」ジェニーがヒューゴーにささやいた。「どっちのグラスを使うべきか、彼女に教えてもらう」ジェニーが身をかがめたので、むき出しの腕がヒューゴーの上着をかすめた。彼女は肩越しに振り返り、給仕人に告げた。「白ワインをお願い《ブランシュ・スイル・ヴ・プレ》」

　ジェニーの香水が鼻孔をくすぐる。なんの香水か思い出そうとしたが、できなかった。甘い花の香り。彼女の振る舞いにはおよそ似つかわしくない。ヒューゴーは顔に水を浴びせたかった。クラウディアの手を握り、ここから逃げ出したかった。

並べられた銀食器に視線をさまよわせた。一、二、三……たいらげるのは六皿だ。椅子の背に誰かの手を感じて、ヒューゴーは体をねじった。八十歳くらいの男がいた。長身で恰幅《かっぷく》がよく、巨大な口髭をたくわえている。男はヒューゴーの隣の椅子を引きずった。ヒューゴーは立ち上がって椅子を引いてやり、男に手を貸して席につかせてやった。

「ありがとう《メルスィ》」老人が言った。どういたしまして、とヒューゴーが答えると、老人は自分の耳を指さして悲しそうに微笑んで、〝スール〟と口を動かした。耳が聞こえない、という意味だ。ヒューゴーは笑みを浮かべ、うなずいた。そうしてジェニーに向き直った。「ところで、きみの仕事は？」

「伯爵のところで働いているの」

「何をして……？」

「本よ。ヨーロッパ文学の修士号を持っていて、〈サザビー〉の黴《かび》臭い古本を売る部門に二年間いたの。伯爵が」ジェニーはテーブルの上座に親指を向けた。「好んで大金をはたきそうな類の本をね」

「なるほど」ヒューゴーはまた新たな本とのつながりに気づいた。「面白そうだな。伯爵は最近本を買った？　オークションで？」

「わたしは知らないけど。でも、ときどき伯爵は直接自分で買うこともある。わたし抜きで。もっとも、めったにないことだけれど。どうして？」

「単なる好奇心さ」けれど彼女には好奇心を持ってほしくなかった。「申し訳ない。話の腰を折るつもりはなかったんだが。きみの口ぶりだと面白そうな仕事だね」

「ええ、たいていは。あちこち旅しなくてはならないんだけど、でもそれも楽しいわ。お給料はたっぷりいただけるし、興味深い人たちに会えるし。あなたのお仕事は？」

「アメリカ大使館で働いている」ヒューゴーはテーブルに沿って目をやった。クラウディアがこちらを見ている。「外交保安部で」

ジェニーはワイングラスの縁に指を滑らせ、首を傾げた。「アメリカ大使館？　銃を携帯しているの？」

「ここに？」ヒューゴーは笑った。「ここはまったく安全だと思うが、違うかい？」

「手錠は？」

不意にテーブルの周囲が静まり返ったため、答えなくてもすんだ。みんなが口をつぐんだきっかけをヒューゴーは見過ごしていたらしい。ルションが立ち上がっていた。その顔にはくつろいだ笑みが浮かんでいる。

「紳士淑女の方々。娘とシェフと私からの歓迎を受け取ってください。なかなかこうしてお会いする機会がないうえに、失礼ながら、みなさんひとりずつと座ってお話することもできません。申し上げたかったことがあるのですが……」そこで間を置いて下を向き、磨《みが》かれたナイフに指を這《は》わせ、それを引っくり返した。口をあけ、顔を上げた。その顔に驚きの表情が浮かんでいることにヒューゴーは気づいた。ルションは客たち全員を見た。探るように。

だが娘に手を取られ、そちらを向いた。ふたりは笑みを交わした。クラウディアは椅子から腰を浮かせて父を席につかせ、水のグラスを手に握らせた。そうして立ち上がり、笑みを浮かべて言った。「父はいつも食前に感謝の祈りを捧げています。お願いします」テーブルを囲むみんなが頭を垂れると、クラウディアは早口で祈りを唱えた。そのすぐあと、ふたたびテーブルはにぎやかになった。スイッチが入れられ、変わったことは何も起こらなかったかのように。

ディナーのあいだ、ジェニーはヒューゴーにまとわりついていた。意味深長なことを口にしたり、じっと見つめたり、といったティーンエイジャーもどきの見え見えの手口で。ヒューゴーは気にしなかった——なんといってもジェニーはすこぶるつきの美女なのだから。それにクラウディアがふたりのほうをじっと見つめる回数がどんどん増していったのも気に入っていた。彼女の顔からはたいしたことは読み取れなかった——苛立っているようでもあり、面白がっているようにも見えた。

食事そのものは二時間続いた。ヒューゴーはこれまでのフランス料理の経験から自分の胃袋の具合はわかっていたので、パンには手を出さなかった。一方のジェニーはヒューゴーほどには自分のペースがつかめず、ウズラ、焼き菓子、チーズと最後の三皿が進むにつれて寡《か》黙《もく》になっていった。食事が終わると、テレパシーが通じ合ったかのように、男たちは立ち上がって退出し、メインルームを通り抜けてルションの図書室に移動した。テーブルには葉巻の箱が三つ、その両脇にポートワインとブランデーのデカンタが用意されている。

さらに飲もうかとヒューゴーが迷っていると、ルションが彼の肘《ひじ》に触れた。「ポートワインがお奨《すす》めだ。クロフトの一九六三年物。これ以上のものはなかなかお目にかかれない」ルションは手を伸ばしてグラスを取ると、ルビー色の液体で満たしてヒューゴーに渡した。

「どうぞ」

それに気さくに応じてヒューゴーはワインを口に運び、口の中でそっと転がした。これまで味わってきたポートワインとは、驚くほど味わいが違う。ベルベットのような舌触り、さらにこれ以上はない芳香とフルーツの豊かな味わいが舌の上に広がっていく。「造詣《ぞうけい》が深いわけではありませんが」ひと口飲み込むと彼は言った、「正直言って、これほどおいしいポートを飲んだのは初めてです」

ルションは心からうれしそうだった。両手を打ちつけ、白い歯をのぞかせた。「私も一杯いただこう。これの在庫はあまりないんだ。五、六ケースといったところかな。次は一九七〇年物となるが、これは賢明にもたくさん在庫がある。もちろん、本当に楽しみにしているのは七七年物と九四年物だがね」そう言ってルションは天を仰いだ。これら特別の当たり年のワインが熟するのを神が待っているかのように。「ディナーはお楽しみいただけたかな？」

「ええ、とても」

「ジェニーとは会ったね？　彼女と同席で楽しんでいただけたと思うが？」

「ありがとうございます」ヒューゴーはもうひと口飲んだ。「思うに彼女との……今夜の最後にも同席が待っているのでしょうか？」

「ムッシュ・マーストン、どうしてそんなことを？」ルシヨンのショックを受けたようなその表情には、身に覚えのあることを物語っている。その手の表情には、ヒューゴーはこれまでいやというほどお目にかかってきた。

「そうですね」ヒューゴーは主人の気分を害するつもりのないことを伝えるために、笑った。「まず、席の配置のことがあります。私と彼女を隣同士にしたのはまったくの偶然だと思っていました。同伴者のいない客同士として。しかし私の反対側の席には耳の聞こえない紳士がいました。そちらに気を取られる必要がないので、嫌でもジェニーの魅力に抗《あらが》えなくなる」

「それに彼女は魅力的だ」ルシヨンが言った。

「ええ。魅力的だし美人だ。おまけに知的でもあります。もし彼女が本当に誰かに惹《ひ》かれたのなら、あんなに媚《こび》を売ったりはしないでしょう」ヒューゴーは手を振り、葉巻の誘いを断わった。「けれど彼女がそうするよう頼まれたなら、ひょっとしたらそのために金をもらっていたかもしれませんが、とにかくその場合、自分の態度が単なる友情のためのものだという誤解は避けなくてはいけない。だから彼女はやりすぎた。そのため、皮肉なことに、魅力を損なうこととなったのです」

「つまり私が玄人《くろうと》の女性を雇ったとおっしゃりたいのかな、ムッシュ・マーストン？」ルシヨンの口ぶりは、自分の計略が暴かれたことを気にするよりも面白がっているようだった。

「おそらくは」

「しかし客の中に見知らぬ者がいたら、ほかの客人たちが説明を求めるはずだ」ルションはヒューゴーに身をかがめた。「彼らは噂話が好きだから」

「たいていの人はそうでしょう」ヒューゴーはポートワインをさらに飲んだ。どうして前にこの酒をわざわざ探し出そうとしなかったのだろうか？　「今回のことは私のためというよりは、お嬢さんのために仕組まれたのでしょう」

「一石二鳥というわけだ。もっともジェラシーは強力な作用をもたらす、違うかな？」

「確かに」金や爵位がありながら――ひょっとしたら金や爵位があるがゆえに――ルションは自分が策略家であり支配したがる男だということを示そうとしている。「私がジェニー嬢にノーと言ったらどうなったのかと思っているところです」

「そのときは、次回はもっと若い女を差し向けることになるだろう」

「それでもノーと言ったら？」

「そのたびごとに相手は若くなっていく。それでも功を奏さない場合、いつでも少年を用意できる。私の見たところ、人は自分の友人知人の好みが偏《かたよ》っていることをわかっていないが、偏愛があるのは間違いない」

「おそらく、ムッシュ」ヒューゴーはポートワインを飲み干した。「ご自身の基準で人を判断すべきではないでしょう」グラスをテーブルに置き、手を差し出した。「おいしい食事をありがとうございました。明日は早朝から用があるので、これで失礼させていただきます」

ヒューゴーは返事を待たなかった。礼を逸しないでいられるかどうか、不意に自信がなくなってきたのだ。それにアメリカ大使館の幹部がフランスの貴族の発言を封じるような真似をする必要はない。どんなに挑発されていようとも。

ヒューゴーは図書室を出てメインルームに目をやった。暖炉の炎が白い壁に影を投げかけている。女たちの一群が目に入った。立っている者もいれば座っている者もいる。たらふく食べたあとなので会話も控え目だった。依然として噂話に花を咲かせているが、主な題材は尽きてしまったようだ。クラウディアを探して部屋に入ろうかと思ったが、それは招待主であるルシヨンの意に反するだろうし、間違いなく噂を煽《あお》ることになるだろう。

サロンに入るとまっすぐクロゼットに向かい、帽子とコートを取った。玄関のドアへと歩いた。誰にも帰る姿を見られたくなかった。が、丸いテーブルの脇で足を止めた。どうやって運転手に連絡したらいいのだろう？　問題ない。そのためにタクシーというものがあるのだ。いずれ、一台見つけられるだろう。捕まえられなかったら、いつものようにエマに連絡して手配してもらえばいい。あるいはクラウディアに連絡するか。そっと玄関のドアをあけて手早く閉め、石段を駆け下りた。夜気の冷たさに驚いたが、自分の顔を火照《ほて》らせている押し殺した怒りとの対比が心地よかった。

砂利の敷かれたドライブウェイを歩いてアルジャンソン大通りに向かいながら、顔を上げた。銀色の月は細く、夜の微風に昼間の雲は跡形もなく消えていた。周囲の家々はカーテンが閉められ、暗かった。あたりを覆《おお》う木立が街灯の光を和らげ、星を見ることができた。

アルジャンソン大通りに出て百メートルも行かないうちに、黒いメルセデスがかたわらに停まった。窓が下ろされ、ジャンの顔が見えた。「ムッシュのお宅までお送りしましょうか？」

ヒューゴーはためらった。が、それも一瞬だった。「ああ、ジャン、ありがとう《メルスィ》」

ジャンはさっと車から降りて後部座席のドアをあけた。ヒューゴーはもう一度礼を言い、中に乗ろうとした。ジャンを差し向けたのはクラウディアだろうかと不意に思った。もしかしたら彼女も乗っている？　けれどシートに腰を下ろすと、誰もいなかった。胃に激痛が走ったのは安堵《あんど》からなのか、失望からなのか、わからなかった。

15

パリの金曜日にしては早起きした。長い夜のあいだに下りた霜で街はきらきら光っている。二日間上空に居座り、最後は通りや建物、木々を覆《おお》って絡みついていた雲も、夜明けとともに消えていった。澄みきった青い空の下、街はガラスのように輝いている。寝ているトムをそのままにしてアパルトマンを出て、身の引き締まるような寒さの中に踏み出した。かすかな薪《まき》の煙のにおいを嗅《か》ぐと、昨夜の夜会がお伽噺《とぎばなし》のように思えてくる。真夜中の鐘の音が拭《ぬぐ》い去った、ありそうもない奇々怪々なファンタジー。朝の明るい光を浴びていると、さらに現実ではなかったように思える。

今日の計画はマックスの近所の店のブキニストを探すことだ。たとえ前回訪れたときにはいなくても、彼女がすでに店を開いていて自分を待っているかのような切迫した気持ちでいた。空腹だったがカフェに入る時間も惜しい。そこでパン屋に寄ってクロワッサンとコーヒーをテイクアウトした。店を出るとき、目の前を布のキャップをかぶった男が急ぎ足で通り過ぎようとしていたため、危うく彼に熱いコーヒーをこぼしそうになった。謝ろうとしたが、男は肩を丸めたまま足を止めずに行ってしまった。

ヒューゴーは歩きつづけた。角を曲がってボナパルト通りに入り、ワインショップのショーウィンドウをちらりとのぞいた。ルションはいけすかない男かもしれないが、あのポートワインは確かにうまかった。またにしよう、ヒューゴーは思った。さらに歩いて通りを北上した。セーヌ河が見えてくると左に曲がり、自分と露店とのあいだのにぎやかな通りを歩いた。シャボーに見とがめられたくなかったので、うつむいたままでいた。ちらりと見ると、小柄なイタチ男は開店の準備に忙しく、客が来るかどうか周囲を見る余裕はないようだった。

通りを百メートルほど進んだところで車の切れ目を待った。そうして小走りで横断して右に曲がり、歩道に入った。ヒューゴーのめざす相手――マックスからランボーの詩集を買った日に嫌がらせを受けていた女のブキニスト――も店開きの準備をしていた。

女を驚かせたくなかったので、足取りをゆるめて店に近づいた。習慣どおり帽子を脱いで挨拶《あいさつ》をした。女は本の束と格闘しているところだった。毛糸の手袋をはめている手では、本を包むビニールカバーがつかみづらそうだ。ヒューゴーを見ると、女は親しげに「ボンジュール」と挨拶を返した。体の中で唯一むき出しの、風で荒れた顔が寒さで赤らんでいる。切れた血管が十字模様を描く鼻や涙ぐんで充血した目から、女が強い酒を嗜《たしな》むことがわかる。ヒューゴーのカシミアのコートや明らかにアメリカ製とわかるブーツをあからさまに値踏みしている様子から、彼の懐《ふところ》具合に惹《ひ》かれていることもわかった。

「マダム」とヒューゴーは声をかけ、絵葉書の束をめくって二枚抜き取った。身なりのよいカップルのセピア色の写真で、一枚はふたりがエッフェル塔の前で手を握っている写真、もう一枚はセーヌ河沿いのどこかで佇《たたず》んでいる写真だ。女は二ユーロを請求したが、ヒューゴーは五ユーロ渡して釣りはいらないと手を振った。女の目がすっと細くなる。チップには理由があるとわかったのだ。絵葉書をポケットに入れると、ヒューゴーは正攻法で行こうと決めた。「友人を探してるんです。ブキニストの。名前はマックス・コッヘ」

「マックス？」恐怖とも用心とも取れるような表情が彼女の顔をよぎった。「友人？　そうあんたは言ったのかい？」

「そうです。彼とは長い付き合いだ。私はアメリカ大使館で働いていて、彼からたくさん本を買った」

「ああ、前にあんたがマックスと話してるのを見たことがある」女はうしろを向いて本を何冊かまっすぐに直した。ヒューゴーは彼女に考える間を与えた。「この一週間、あの人を見てないね」と女は言い、肩越しに顔を向けた。「ある日、そこにいたと思ったら次の……」

そこで肩をすくめた。

「先週もここで働いてましたか？」

「ああ《ウイ》、ずっとね」

「いや《ノン》、おたくの店は何日か閉まっていた」ヒューゴーはつと歩み寄った。「けれど、あなたはここにいて彼の身に起きたことを見ていた」

女はじっとヒューゴーを見た。涙ぐんだ目で彼の顔をじろじろ眺めた。質問を考えているかのように。が、首を振って店に向き直った。

「警察に話しましたね。マックスが何人かの人間と一緒に自分から船に乗ったと」それは推測だった。事件の日、女が働いていたことは知っている。彼女が自分の店に戻っていたなら事件を見逃すはずはない。「でも、あなたは実際に何があったのかを目にしている、違いますか？」

「いいや《ノン》」

「あたしゃ、何も見てないよ」肩越しにヒューゴーを見て言うと、口調を和らげて続けた。「あたしは婆さんなんだよ、ムッシュ。年寄りでくたびれてる。記憶も目とおんなじくらい悪いときてる。いや、もっと悪いかもしれない。申し訳ないね」

「たとえ老齢でもマックスが連れ去られた場面は見たはずだ」ヒューゴーはうながした。

「お願いだ、見たままのことを教えてください」

悲しげな笑み。返ってきたのはそれだけだった。

「了解《ダコール》、わかった」ヒューゴーも口調を和らげた。「ところで、私はヒューゴー・マーストン。あなたの名前は？」ふたたび女の目がすっと細くなる。何かを怖れているらしい。ヒューゴーはポケットから身分証明書と国務省のぴかぴかのバッジを取り出し、彼女を安心させようとした。

「てっきりあんたは……」女は手袋をはずしてひびだらけの手を差し出し、驚くほど力強くヒューゴーの手を握った。「あたしはフランソワーズ・ブノワだよ」

「ブキニストたちに何か起きているのですか、マダム・ブノワ？」

ブノワは通りをきょろきょろ見た。風に追いたてられるようにぱらぱらと歩道を転がっていく凍った葉のほかは、何も見当たらなかった。「あたしは自分のすべきことをしてるだけだ。あんたもそうしたほうがいいよ」

「マックスは私の友人だった。だから彼の行方を気にしないわけにはいかないんです」

「あんたの友人」ブノワはつぶやくように言った。ようやくそのことを信じたようだった。体をまっすぐにしてヒューゴーに向き直ると、もう一度通りを見渡した。「人に言っちゃいけないことかもしれないけど、あたしたちは自分の店に対して金を提示されてるんだ」

「誰が？　ブキニスト全員が？」

「ああ《ウィ》」

「誰から？」

「さあね。知らないよ」ブノワは金属の棚に本を並べる作業に戻り、話しながら頭をひねって通り沿いを横目で見た。「一カ月前、ブルーノ・グラヴァってパリ古書店組合の組合長がメンバー全員を集めて会合を開いたんだ。ほとんどが出席した。グラヴァはこう言った。パリの商工会議所《シャンブル・ドゥ・コメルス・エ・インデュストリ》と観光協会《オフィス・デュ・トゥーリスム》がセーヌ河を化粧直し《アン・ラヴァルマン》したがってるとね」改修のことだ。「どういうことかわかるだろ、ムッシュ・マーストン。一年前、政府が変わった。つまり、すばらしいアイデアを持つ新しいお役人たちを迎えたってわけだ。ムッシュ・グラヴァが言うには、やつに店を譲るってサインしたら退職手当がもらえるってことだった」

「で、グラヴァは譲渡された店で何をしようとしてたんだろうか？」

「商工会議所や観光協会と一緒に店を新しくして、新しいブキニストを雇うってあの男は言ってた」

「〝あの男は言ってた〟」ヒューゴーは繰り返した。「あなたはグラヴァを信じてないらしい」

それに対するブノワの笑いはむしろけたたましく、二メートル近く離れていても息がかかるほどだった。アルコール特有の甘いにおいを消すために、彼女はミントキャンディーをしゃぶっていた。「あのイタチのようなシャボーに会ったかい？　観光客を惹《ひ》きつけるっていうのがグラヴァの考えなら、パリはセーヌ河に呑まれて流されちまったほうがいい。あの男は絵葉書のどっちが表か裏かもわかりゃしない。本については言うまでもないさ」そこでふたたび通りの左右を見た。「何が起きてるかなんて、あたしゃ知らないよ、ムッシュ。でもパリにとっていい結果にならないってことはわかる」

「しかし、あなたがたを強制的にどかすことはできない、そうでしょう？」

「できない？」ブノワは鼻を鳴らした。

「もしあなたが力ずくでどかされることを怖れているなら、どうして手を切らないんです？」

ブノワはふたたびけたたましく笑うと、木の折りたたみ椅子の下に手を入れた。茶色の紙袋に包まれた空《から》に近いボトルを取り出し、それを振った。ウォッカだ。「こいつが見えるかい？　あんたがたんまり金をくれると、それはまっすぐあたしの肝臓行きになる。少なくとも働いてるあいだは、飲まなきゃいられないのさ。ゆっくり死んでくために。まだ生きてるあいだに金がなくなっちまったら、どうしたらいい？　生活のためにほかに何ができる？」

わかった、とヒューゴーは思った。「どうしてグラヴァはブキニスト全員を入れ替えようとしているんだろうか？」

「自分の仲間に商売をやらせて、分け前をふんだくるつもりなんだろうよ。ほかにどんな理由がある？」

理由、まさに。友人や知人にその種の協定を結ばせることはたやすいだろう。それを書面にきちんと残せば、法にもかなっている。反抗的な何百人ものブキニストから無理に取り立てるより、確かにずっとたやすいし、合法的だ。だがブキニスト全員を入れ替えるのは高くつくし、面倒の種だ。たとえ大半のブキニストが喜んで金を受け取って、寒さから撤退するとしても。マダム・ブノワのような残りの者たちについてはどうなる？　そしてマックスは？

「あなたが先週口論していたあの男は何者なんだ？」

「あいつかい？」女は吐き出すように言った。「あんちくしょう《サロー》め。あいつはグラヴァのキャプテン《カピテーヌ》のひとりさ」

「キャプテン？」

「グラヴァはあいつらをそう呼んでる。三人か四人いて、あたしたちを見張ってるのさ。本よりたくさん絵葉書を売ってないかどうか。あたしらの店があんまり散らかってるときは注意したりするために。やつらはシャボーのように、ブキニストの伝統なんてさらさら知っちゃいない。知ろうともしない。シャボーと同じだよ。けど腕っぷしは強いし、強面《こわもて》だし」

「その男はなぜあなたに嫌がらせをしてたんだ？」

「なぜ？　そりゃ、あたしがまだここにいるからさ。あたしはあいつらと面倒は起こさないし、言われたことに従おうとしてる。でもそれじゃ充分じゃないんだよ、ムッシュ。なぜなら平日の終わりにあたしがまだここにいるから」

「なるほど」ヒューゴーはもう一度手を差し出した。「そのキャプテンの中にニカという男はいないかな？」

「やつらの名前なんぞ知っちゃいないよ」

「私のように背が高く、岩を彫ったような顔をしてる男のことを言ってるんだが」

「たぶん。やつらが来るのを見たら、あたしは向きを変えて別の道に入るようにしてるんだ、ムッシュ。だから〝たぶん〟としか言えない」

「わかった。時間を割《さ》いていただいてありがとう、マダム・ブノワ」ヒューゴーは背を向けて去ろうとした。

「ムッシュ・モートン」

「マーストンです」ヒューゴーはやんわりと訂正した。「でもヒューゴーでいい」

「わかった《ウィ》よ、ヒューゴー。あんたは――」巨大なハンカチでブノワは洟《はな》をかんだ。「セシとは話したかい？」

「セシ？」

「このあいだまでパリ古書店組合の組合長だった女だ」

「グラヴァの前に《ウィ》？」

「ああ。あたしの考えじゃ、彼女が真っ先にどかされたんだと思う。性格がいいし、頭もいい。もし何かが起きてるんなら、セシなら知ってるかもしれない」

「かもしれない？」充分だ。「どこに行けば彼女に会える？」

ブノワは眉根を寄せ、首を振った。「あんたのバッジがあれば、彼女を見つける手助けになるんじゃないかい？」

「せめて苗字だけでも教えてもらえないかな」ブノワの表情を見てヒューゴーは察した。ブキニストにとってセシの苗字などないも同然、あるいは風変わりな苗字かのどちらかなのだろう。ふたたび帽子をかぶって微笑んだ。「ご心配なく。きっと見つけるから」


店から離れて河沿いにゆっくりと歩いた。ときおり足を止めては深みをのぞき込んだが、ヒューゴーの下方をそっと動いている水面は鋼《はがね》のような色に覆《おお》われていて中を見通せず、河底の神秘は守られたままだ。河は答えを与えてくれそうにはなかった。慰めさえも。今日のところは。

歩きながら、ヒューゴーは偶然の一致について考えていた。彼にとって人生は、あまりにも混沌《こんとん》としていて成り行きまかせのものだ。そんな人生に偶然の一致がたまたま起こるのもしかたないと思っていた。別の言い方をすれば、日曜ごとに教会に通うクリスティーンにかつて説明したように、彼は運命というものを信じていない。運命も信仰も、自分の人生を自分で支配したくない者のためのもの——あるいは、支配できない者のためのものだ。混沌状態の世界を受け入れるよりも、運命やたくさんの神を信じるほうが、はるかにたやすい。神や運命を支持するということは、自分の未来を誰かほかの者の手に委《ゆだ》ねる、彼らに責任を負わせるということだ。物事が思うようにいかなくても、責めを負わせる都合のいい存在がいるということだ。当然ながらクリスティーンは、そんな彼の異端の考えに反論した。ブルーの目に怒りをたぎらせて。けれどヒューゴーは常々疑っていた。クリスティーンの怒りは、彼の言い分を正しいと認めてしまいそうな不安を隠すためだったのではないだろうか？　彼女はなるほどヒューゴーの考えを変えることはできなかった。しかし、人々が神や運命のせいにする奇妙な出来事——旧友とひょっこり再会したとか、車が道路から急にそれて間一髪のところで男の子が助かったとか——は、偶然の一致やめぐり合わせにほかならない。偶然の一致やめぐり合わせはありうる。もしそれらを認めないのだとしたら、意味が存在しないものに意味を求めているということになる。

このことからすると、マックスが何十万ドルもする本をヒューゴーに売った直後に姿を消したのは、偶然以外の何ものでもないはずだ。

それでも、神や未知のものに対するヒューゴーの世界観とは矛盾する曖昧《あいまい》な第六感がカチカチ音を立て、彼をせっつく。めぐり合わせや偶然の出来事は忘れ、これら行き当たりばったりの出来事を結びつけて意味のあるものにしろと。

ヒューゴーは頭を振った。自分で自分を無用の混乱に陥れていることに腹が立った。向きを変えて通りを渡り、来た道を引き返して家に向かった。南に進路を変え、マックスの店を通り越し――ヒューゴーは今でもそれはマックスの店だと思っている――ゲネゴー通りに入った。歩きながら、エマに電話をかけた。

「ランチをおごろうか？」彼は尋ねた。

「持参してきています」

「明日まで取っとけばいい」

「土曜日は残ったものは食べません。何を企んでいるか打ち明けてくださる気はあります？もしそうなら、あとデザートをおごってくださるなら、お相伴《しょうばん》にあずかりますが」

「ああ。だから電話したんだ」そこで躊躇《ちゅうちょ》した。エマはまたしてもそれを聞き逃さなかった。

「何が必要なんです、ヒューゴー？」

「ほんのちょっとした頼みだ。セシという女性の苗字と住所を知りたい。グラヴァの前にパリ古書店組合の組合長だった人物だ」

エマはそっと鼻を鳴らした。「その女性の名は以前お伝えしました。もう一度調べてランチのときに結果をお教えします。どこに行けばいいですか？」

大使館の近くがよかった。「〈ブラッスリー・トゥールドゥー〉。一週間前にそこで食べた。

一時に会おう」

腕時計を見た。時間はたっぷりあるからアパルトマンに戻ってシャワーを浴び、トムを捕まえられるだろう。

歩いているときにいつも最上の考えが浮かぶ。リュクサンブール公園を抜けていく曲がりくねった道が最適だと決めた。

セーヴル通りに沿って歩くうちに、道の反対側に新顔のブティックができていることに気づいた。店先は深紅のペンキに塗り替えられ、大きなショーウィンドウには帽子がたくさん飾られている。この店も数カ月しか持たないだろうと思いながら、駐車中の二台の車のあいだをそっと抜け、駆け足で通りを渡った。青いルノーがガタガタと近づいてきた。警報というよりはむしろ苛立たしげにクラクションが鳴らされた。小さな音だったが、効果はあった。ヒューゴーは安全な歩道に向かって最後の一歩を跳んだ。着地すると、そばにいた男にぶつからないように優雅に一回転した。ウィンドウをのぞいていたその男は、クラクションの音であらかじめヒューゴーに気づいていた。

一瞬、ふたりの目が合った。ヒューゴーはみぞおちに穴があくような感覚がした。布のキャップをかぶったその男がうつむいてフランス語で文句を言いながら足早に去っていっても、ヒューゴーはまだ歩道に立ちつくしていた。男の背中を見つめ、自分の勘を試そうとした。もし勘が当たっていたら、ふたつのことが起きるはずだった。そのとおりになった。男はブロックの端まで行くと、急に右の横町に入った。ポケットから携帯電話を取り出し、番号を押しながらヒューゴーの視界から消えていった。

　これは偶然の一致などではない。ヒューゴーは自分自身の電話機を取り出し、クラウディアにかけた。

「ヒューゴー！」安堵《あんど》に満ちた声が聞こえた。「よかった。ずっと心配してたんだけど、電話する勇気がなかった。わたしのことすごく怒ってるんじゃないかと思って」

「私はディナーのお相手のせいできみに嫌われたと思ってた」

　彼女は笑った。電話越しに穏やかな声が伝わる。「まさか《ノン》、ヒューゴー。あなたがひとりで家に帰ったって知っているもの。ねえ、会えない？　このことについて話し合ったほうがいいと思う」

「もちろん。だが今はだめだ。聞いてくれ、何かが起きてる。なんらかの答えが欲しいんだ」

「わかった。なんなの？」

「きみのお父さんが私を尾行させているか知りたい」

「なんですって？」クラウディアの声から、本気で驚いているのがわかった。「まさか、そんなはずないわ。馬鹿げてる、ヒューゴー、どうして父が？」

「教えてくれ」

「ヒューゴー、待って。あなたは尾行されてるって言いたいの？　今？」

「そうだ。今朝《けさ》早く、もう少しで男とぶつかるところだった。そいつは布のキャップをかぶ

って て、ずっと私の視線を避けていた。そのときはべつになんとも思わなかった。けど、たった今、またそいつと出くわした」

「だからって――」

「きみの言いたいことはわかる。尾行なんてそうそうあることじゃない。ただし一時間前に会ったとき、そいつが急いでいたことを別にすれば。最初にその男を見た場所から一ブロックしか離れていない場所で、たった今出くわしたんだ。男は今度は急いでいる風ではなかった。一時間で進んだのは二ブロックだ。さらに二度とも私からこそこそ去っていった。間違いない、クラウディア」

「ほかの説明もつくかもしれないじゃない。偶然の一致？　もしかしたらその人は近くで約束があって急いでいた。そして今度は別の場所に急いでいる」

「私に気づいたとたん、そいつはブロックの端まで行って右に曲がった。その前に携帯電話を手にしてた。私に見つかったことを誰かに知らせていたんだ。ああ、そうだ。男が曲がった道はレカミア通りだ」

「知らない道だわ」

「そこは歩行者専用で車は入れないし、行き止まりになってる」つまり、男は近辺の住人ではないということだ。さもなければ、そのことを知っているはずだ。ということは、男はいずれこの道に戻ってくるだろう。

「ヒューゴー、その男の人と対決するつもりじゃないでしょうね？」

「そいつはいい」軽い口調で答えた。「いいことを教えてくれてありがとう」

「いいえ、ヒューゴー。冗談じゃない。相手は武器を持ってるかもしれないのよ」

「だったらおあいこだ」

「ここはパリなのよ、ヒューゴー。開拓時代のアメリカ西部じゃなくて。銃撃戦なんてとんでもない。厄介《メルド》よ」

ヒューゴーは帽子店の中に入り、女主人の苛立たしげな一瞥《いちべつ》を無視した。マネキンのうしろに隠れて窓の外を観察しながら、女主人とクラウディアの両方に向けて言った。「心配いらない。面倒を起こす気はないから」努めて軽い口調だったが、どう受け取られたか、自信はなかった。

「ねえ、ランチに会えない？」クラウディアが言った。

「すまない、先約があるんだ」誤解されたくなかったので、言い添えた。「秘書のエマと。ちょっと情報を仕入れてもらってあるから」

「わかった。ディナーは？」

「一杯やろう。たぶんディナーも大丈夫だ」

ふたりは七時にビシュ、マザリーヌ、ドフィーヌの三つの通りの交差点で会うことになった。そこにはカフェが二軒あるし、近くにもう一軒ある。

電話を切ってしばらくすると、布のキャップをかぶった男が角にあらわれた。煙草に火をつけながら通りの左右を見渡している。オーケイ。素人《しろうと》野郎。おまえがどこに行くか教えてくれ。ヒューゴーはさらに店の奥に進んで周囲に目をやった。頭がふたつある針金のマネキンの一方の頭に、灰色のホンブルク帽がかぶせてある。流行の先端のマネキンに伝統的な帽子。いかにもパリらしい。帽子を手に取った。サイズはぴたりと合う。彼の中折れ帽とよく似ているが、外見を変えるには充分だ。中年の女主人の脱色したブロンドの乱れ髪には、どんな帽子も似合わないだろうが。女主人がヒューゴーに近づいた。

「こいつはぴったりだ」札入れから紙幣を取り出すと、笑みを浮かべて渡した。「ちょっと急いでるんだ」

「わかりました《ダコール》。袋《アン・サック》は、ムッシュ？」

「頼む《ウイ》」袋をもらうと、自分の黒い帽子を中に入れた。新しい帽子をかぶり、コートを脱いで表裏を逆にすると、それを着た。リバーシブル用に作られたものではないが、くすんだ色のウールの裏地は遠目には目的を果たしてくれるだろう。「ありがとう《メルスィ》」と言い、もう一度窓の向こうを見て大股に店を出ると、尾行者の方向に向かった。角まで行くと、男が電話で話しながら歩道を足早に歩いているのが見えた。ヒューゴーは彼を尾《つ》けて、やすやすと二ブロック進んだ。別の歩行者や郵便箱、街灯をちょっとした隠れ蓑《みの》に使いながら、男のすぐうしろについて。もし男が振り向いても、人の往来しか見えないだろう。そして見慣れないコートと帽子姿の男がときおり目に入るだけだ。顔は隠れている。

　セーヴル通りに沿って男を尾行し、南に向かった。もしそのあたりの住人でないのなら、メトロを使うだろう。だが男はセーヴル・バビロヌ駅の入口を通り過ぎ、次にヴァノー駅の前も通り過ぎた。ヒューゴーは自分の歩調をチェックした。男に興味を持つあまり、少々近づきすぎていた。

ヒューゴーはヴァノー駅の入口で少し足を止め、地図を調べた。頭にあることがひらめいたからだ。地図で自分たちが歩いている通りを見つけ、その先にある次の駅がどこかわかった。その駅から北を指でたどった。疑惑は確信となった。自分たちのあいだには共通点があるらしい、と男の背中を見ながら思った。あと二ブロック歩いて直通電車を待つほうが賢明だ。乗り換えるために十分か十五分、地下で待つよりは。ヒューゴーは確信した。男は次のメトロの駅をめざしているはずだ。デュロック駅を。そこならはるばるプラス・ド・クリシー駅まで行ける。パリ古書店組合のオフィスにいちばん近い駅に。

エマとのランチをキャンセルしようと携帯電話に手を伸ばした。が、ポケットから取り出すより早く着信音が鳴った。エマからだ。「やあ。私を見捨てる気じゃないだろうね？」

「イエスとノーです。ランチはテイラー大使のせいで中止です」

「なぜ？」前方の男を見つめたまま、ふたたび歩きだした。「私が休暇中だということを大使は知らないのか？」

「あなたがアメリカにいないことはご存じです。もし、そういう意味でおっしゃったのなら」

「そうじゃないが。きみのことだから、私のために厄介な問題は処理してくれたと思うが」

「そうしました」エマは答えた。「そういったことはお手のものですから。でもその結果、わたしは一介の秘書で、あの方はある種の外交官だということがわかりました」

「ちょっと前まではランチを逃すってことは、きみの皮肉を聞くチャンスを逃すことかと思ってたんだが」

穏やかな笑い声が耳に響く。「わたしはどこで皮肉を身につけたんでしょうね」

「すばらしい。聞いてくれ。こっちは今、手が離せないんだが。で、何が起きてるんだ？」

「大使は用件の内容をおっしゃいませんでした。秘書と大使の立場についてはご存じですよね？　大使はすぐにあなたにお会いしたいそうです」

「すぐに？」

「そう言っておられました」

これがほかの相手なら、ヒューゴーは待たせておくだろう。特にこの状況では。だがティラー大使は単なる上司というだけでなく、ヒューゴーの尊敬する男でもある。大使が休暇中のヒューゴーを呼び出したとしたら、それなりの理由があるにちがいない。それを無視することはできない。たとえ無視することを選んだとしても、どんな言い訳ができる？　すみません、大使。私は自分を尾行していたとおぼしき男を尾けていたんです。なぜ尾行されたのかはわかりませんが、私が不法侵入したアパルトマンのブキニストに関係があるかもしれません。あなたから調査を止められたブキニストに。

「わかった」ヒューゴーは言った。「三十分かそこらかかるが、そちらに出向くと伝えてくれ」

「承知しました」

「ありがとう」ヒューゴーは足取りをゆるめ、キャップをかぶった男がデュロック駅への階段を駆け下りていくのを見つめた。自分の推論が間違っていなかったことに満足を覚えた。電話を切ろうとして、あることを思いついた。「そうだ、エマ。私の代わりにセシを見つけてもらえたかな？」

「見つけましたとも。情報はすべてプリントアウトしておきましょう。それほど多くはありませんから、最初にここに立ち寄ってください。あとヒューゴー？　わたしとのランチを見捨てたのですから、ペストリーを買ってきてくださいな。デザートにふさわしいものを」

ヒューゴーが返事をする前に電話が切られた。ヒューゴーは笑みを浮かべた。くるりと背を向け、来た道を引き返した。自分の居場所を教えるためにトムに電話をした。お菓子屋を見逃さないよう注意しながら。

16

ＦＢＩの捜査官時代にヒューゴーが出くわした殺害事件の大半は、子どもや低所得者絡みのものだった。子どもは大人よりか弱いし、標的にされやすいのは合点がいく。またヒューゴーの経験によると、金持ち連中はもっぱらＦＢＩの注意を惹《ひ》かない方法で殺し合うものだった。

だがかつてフィラデルフィアで開催された会議に出席したときのことだ。ペンシルヴェニア郊外の奥まった場所にある豪邸に出動を要請された。そこの所有者である裕福な男が書斎で殺されたのだ。道すがら、ヒューゴーは同僚と軽いジョークを交わした。執事が鉛のパイプで殴《なぐ》り殺したのではないかと。だがいざ書斎に入ってみると、そんなジョークどころではなかった。

犠牲者は自分の椅子にまっすぐ座っていた。もしまだ頭が肩の上に残っていたのなら、ヒューゴーたちにまっすぐ視線を向けていたことだろう。鑑識班のひとりが、頭を見つけた。飲み物をしまっておくための球形の容器の中に入れられていた。発見者が蓋《ふた》を持ち上げたとき、年配の犠牲者とそっくり同じ驚愕の表情を浮かべるように計算されて。かなり賢いやり方だ、とヒューゴーは思ったものだ。もうひとつ頭に浮かんだのは、凝った装飾の施された書斎が永遠に台なしにされてしまったということだった。死んだ男の首からほとばしった血で、壁や天井はぐっしょり濡れていた。その惨状から察するに、殺人者はできるだけ血を飛び散らせようと遺体を前後に揺らしたのだろう。命――さらに美しい部屋――をゴミ同然に貶《おとし》めるために。

ティラー大使と会うたびにこの事件のことを思い出すのは、大使のオフィスと犠牲者の書斎との類似点が多いからだ。ずらりと並んだ書棚。大きくて重い本を上の棚から取るときのための螺旋《らせん》状の脚立。石造りの暖炉の前の重厚なマホガニーのデスク。向かい合う形で置かれた揃いの革のカウチ。これ見よがしに飾られている何枚もの大きな油絵――武器を手に馬にまたがった男たちが野ウサギやキツネ、さらに別の男どもを追いかけているという構図まで共通している。同じインテリアデザイナーが両者の部屋を手がけたのではないか、機会があれば知りたいと思っていた。けれど尋ねてみるほど興味があるわけではなかったし、類似点が気になるのは大使のオフィスにいるときだけだった。

エマと話した一時間後に大使館に着いた。彼女のオフィスに立ち寄ってペストリーを渡し、プリントアウトした紙を二枚受け取った。一枚目はセシリア・ジョセフィーヌ・ロジェの住所と本人について、二枚目は彼女がパリ古書店組合の組合長だった在任期間中に起きたことの短い情報だった。読みたいのは山々だったが、ざっと目を通しただけで、急いで廊下を引き返してエレベーターに乗らなくてはいけなかった。大使の秘書の前を手を振ってすっと通り過ぎ、オフィスの堂々としたドアを押しあけた。挨拶《あいさつ》しようと大使に向かって歩きだした。が、ほかの人間がいることに気づいて足を止めた。

もしこれもまた偶然の一致なら、もうたくさんだ。

「ヒューゴー、どうぞこちらに」テイラー大使が言った。「休暇の邪魔をして申し訳ない」

そこで客人を手で示した。「ジェラール・ド・ルシヨンのことは存じ上げているはずだ」

カップと受け皿を持ってルシヨンが立ち上がった。その顔に浮かぶ笑みがヒューゴーは気にくわなかった。努めて自分の驚きを顔に出さないようにし、大使と、続いてルシヨンと握手を交わした。「ええ、昨夜お会いしていますから」

「そうらしいな」大使が言った。「お座りください、ふたりとも」まずは大使が、続いてルシヨンとヒューゴーが対になったカウチに腰を下ろした。「ヒューゴー、きみがいわば休暇中だということは承知しているが、ジェラールが何か気がかりなことがあるらしく、直接きみに話したかったんだ」

「かまいませんよ。何があったんです？」

「パリ古書店組合のことを知ってるか？」大使が尋ねる。

「ええ、知っています」

「その組織とそれを代表する人々は、パリの名物のようなものだ」大使は言った。「ここにおられるジェラールは古書店組合と仕事上のつながりが強く、ときとして彼らと政府の折衝役も務めている。健康管理や労働環境、政府が制限を定めている商品といったものに関する論争の」

「組合に折衝役が必要なんですか?」ヒューゴーは訊いた。「それが古書店組合の仕事じゃないんですか?」

「そう思うだろうが」大使はむっつりと答えた。「しかし先頭に立つ者次第で、如才ない代弁者が必要になる場合もある。これだけは言っておくが、あいだに人を立てることで、思いがけない効果があらわれるものだ。ジェラールは長いあいだ、その役割をうまく果たしてきた」

「ご存じのように、私は本のコレクターだ。ムッシュ・マーストン」ルシヨンが言った。「たくさんの本をブキニストから手に入れている。だから彼らがハッピーなら、私もハッピーというわけだ。さらに政府には知り合いが多くいるから、力を貸せるときはそうする」

「なるほど」

「とにかく」大使が続けた。「ジェラールの話では、われわれの大使館の誰か、きみのスタッフの誰かが、古書店組合の長であるブルーノ・グラヴァを悩ませているということだ。そして失踪したブキニストについて噂を流しているらしい」

「噂?」ヒューゴーは尋ねた。グラヴァに自分の名前をそのまま教えたことが腹立たしかった。

「警察の調書もなければ、友人や家族からの届け出もない」ルシヨンは両手を大きく広げた。「誰かが行方不明だという報告はどこからも上がっていない。それにこの種の噂は……」声が尻すぼみになり、救いを求めるように大使を見やった。「私のスタッフの誰かではありません。それは私です」と言い、テイラー大使に向き直った。「大使、ブキニストがひとり拉致《らち》されたとき、私は現場にいたんです」

「先ほど申し上げたように」ルシヨンが繰り返した。「警察の調書はないし、そのブキニストにせよほかの誰にせよ、友人や家族から失踪届は出ていない」

「拉致された男は私の友人でした。私は現場にいて、目撃したんです。拉致したのが誰であれ、そいつは目撃者に金をつかませるか脅すかして、何もなかったと証言させた。私はただ何が起きたのか突き止めようとしている、それだけです」

「その男の家には行ったのかね？」と大使。

「ええ。彼は家にいませんでした。近所の者も姿を見かけていないそうです」

「ふむ。だったら本か食品でも買いに出たんだろう」ルシヨンが言った。「私も近所の住人をここ何週間も見かけていない」

「彼はアパルトマンに住んでいるんです。屋敷ではなく」ヒューゴーはぴしゃりと言い返した。「それに最後に調べたとき、彼には自分の必需品を買いに走ってくれるような使用人はいませんでした」

「わかった。もういい、ヒューゴー」大使が言った。「仮にきみの言い分どおりその男が行方不明だとしても、彼がアメリカ市民でないかぎり、私たちが口を出すべき事件ではない。

きみには管轄権がない。これはパリ警視庁の仕事だ。彼らだけの」大使は椅子の中で体を動かし、口調を和らげた。「ヒューゴー、私たちのここでの仕事は、大使館の任務は、われらがフランスの盟友たちとよき絆を育《はぐく》み、それを維持することにある。こんなことは言うまでもないだろうが。アメリカの観光客にとってブキニストたちは象徴的な存在だ。ブキニストたちのためにも、われわれは揉《も》め事を引き起こすべきではない。われわれは自分たちの仕事に精を出さなくてはいけない。ブキニストたちにも彼らの仕事に精を出させなくては」

「わかりました」ヒューゴーは舌を噛《か》んだ。ルシヨンの面前で交わしたい会話ではなかった。

「だったら、よろしい」大使はルシヨンに向き直った。「ほかに何かありますか、ジェラール？」

「いいえ《ノン》、感謝します《メルスィ・ボークー》」ルシヨンは立ち上がると大使に小さく会釈をし、ヒューゴーにうなずいた。「時間を割《さ》いていただいてありがとう」

ルシヨンが出ていくとヒューゴーは立ち上がった。が、大使はドアを閉めて言った。「ちょっと待ちたまえ。われわれの話はまだ終わっていない」ヒューゴーはカウチに深く身を沈めた。「嗅《か》ぎまわってるのがきみだと知っていたら」大使は言った。「別の処理のしかたがあったんだが。ルシヨンは有力者だ。だから小言を言う必要があった。それも真剣に。この件についてはすでに話したと思うが。きみが私の指示にずっと従っていなかったと思っていいんだね？」

「はい」

「そうだと思ってた。実際に何があったのか、教えてくれ」

ヒューゴーはためらった。「彼の名前はマックスです。マックス・コッヘ。何年も前から彼とは知り合いです、大使。むっつりとした老人ですが、自分の仕事を愛しています。先週、彼からある本を買いました。あとでそれがとほうもなく価値がある本だとわかりました。私がその本を買った直後、彼は拉致されたんです。私の目の前で。けれど警察は調書を作成しなかった。なぜならそばにいた人たちが——彼らが誰かはわかりませんが——マックスは自分の意志で相手についていったと証言したからです。そんなの馬鹿げている。駄法螺《だぼら》もいいとこです。とにかく、私は彼の店に戻り、新たにマックスの店を経営している男と話しました。彼にマックスのことを尋ねようとしたところ、その男はマックスなど知らないと言い張ったあげく、だんまりを決め込みました。だから私はマックスのアパルトマンに行き——」

「それは聞いた。家は無人だった」

「そうです」ヒューゴーは笑みを浮かべた。「でも私は彼のアパルトマンに行きました」ヒューゴーはゆっくりと話した。意図をはっきりさせるために。

「言いたいことはわかる。で？」

「マックスは何日も家をあけていました。でもほかの誰かがいた」

「確かなのか」

ヒューゴーはうなずいた。「あんなに部屋を荒らす者はいませんよ。マックスは明らかにそういう人間ではない。抵抗して争った跡はありませんでしたが、歯ブラシはそのままでした。スーツケースは空《から》でしたし、クロゼットの服も揃っていました」

「冷蔵庫は？」テイラーが何年も前にＣＩＡの局員だったことをヒューゴーは思い出した。

「腐ったものでいっぱいでした」

「ふむ。よくないな。近くに家族はいないのか？　あるいはどこかに？」

「私の知るかぎりでは」

「何か考えはあるのか？」

「本と関係があるのではといったくらいで、たいしてありません。ただマックスはかつてナチ・ハンターでした。だからその線からなんとか彼にたどり着くことができるのではと思っています」

「ナチ・ハンター？　聞き捨てならないな」

「ええ。でも問題は、それでは筋が通らないということです。それにマックスの失踪を気にしている者が誰もいないらしいという点です」

「きみはそう言うがね」大使はカウチの背にもたれ、考えに耽《ふけ》った。「ここに私の立場がある。つまり前にも言ったことだが、われわれは行方不明のフランス人のために大騒ぎを引き起こすことはできない。その一方で、きみは休暇中だ。だから私が以前口にしたことは忘れてくれ。きみが自分の時間をどう使おうが、きみの勝手だ。大使館に悪影響を及ぼさないかぎりは」

「ありがとうございます、大使。目立たないようにやります」

「そうかい？」大使はそっけなく言った。「きみのそういう面は見たことないが」

「足音を忍ばせて歩くのは楽じゃありません。カウボーイ・ブーツをはいているとなると」

「知ったことか」大使は立ち上がった。「話し合いは終わりという合図だ。「あと、ヒューゴー？ 目立たないようにやるということは、バッジをひけらかすことはできないということだぞ」

「了解しています」

「銃もなしだ」

ヒューゴーは片方の眉を吊りあげた。「大使も私のズボンを脱がせたいんですか？」

「遠慮しとくよ」ティラーは言った。「だがきみがルションやその仲間を怒らせたら、私はきみを叱るつもりだ。どうだい？」

17

大使館を出る頃には暗くなっていた。午後はずっと書類に目を通したり、管理上の仕事をしたり、山ほどある雑用をしたりして時間をつぶした。自宅で、もしくはカフェかどこかでトムと数時間過ごしたいと思っていたのだが、彼との短い電話で、そのプランは帳消しとなった。

「すまん。予定があるんだ」

「私にメモを書くつもりか、あんたに課した宿題について？」

「いんや。人と会うのさ、馬糞《ホース》のことで」

「私に会いにパリに来たんだと思っていたが」

「すねるなよ。おまえさんのための情報をどこで入手してると思ってるんだ？」

「さあな、トム。あんたはちっとも教えてくれないから」

「夕食を一緒にどうだい？」

「クラウディアと会うことになってるんだが、あんたも来いよ。彼女を紹介したい」

「ちぇっ、彼女はなんの答えも持ってないじゃないか」

か？」

「それはそうだが、彼女はあんたがしないことをいろいろやってくれてる。あとで話せるか？」

「それはつまり、おまえさんが運に見放されて彼女を家に連れてこられなかったらってことだな？」

「うまいこと言うね。明日、あんたとおれとでピレネーまで行かなくちゃと思ってる。馬糞《ホース》のことで女性に会いに。正確には下衆野郎《ホーススズ・アス》のことで」

「ふむ」間を置いてトムは言った。「オーケイ。そういうことなら、この研究課題を今夜すませとかないと。つまり、ベッドタイムより前には戻れないってことだ。おまえさんたちは楽しんでくれ」

ヒューゴーはポン・ヌフの上でふと足を止め、細長く延びるセーヌ河の黒い水面を見つめた。それからクラウディアと会うために六区の狭い通りを歩きつづけた。またしても寒々しい散歩。街の建物や木々からつららのように下がっているけばけばしいクリスマスのライトのせいで、どういうわけか、よけいに寒々しく感じる。

交差点にはクラウディアより早く着いた。二軒のカフェの空いているほうの店を選んだ。何機かある屋外ヒーターの近くのテラス席を見つけた。ここやほかのパリジャンのカフェが、テラス席の前や両脇にプラスチックの壁を置くようになったことに、ヒューゴーは気づいていた。冷たい夜気から客たちを保護するためだ。クラウディアが来るまで注文を待つ気分ではなかった。スコッチを半分ほど飲んだところで、マザリーヌ通りを歩いてくる彼女を見つけた。立ち上がって手を振ると、彼女も振り返した。

　クラウディアは小さなテーブルの向かい側ではなく、彼の隣の席に体を滑り込ませ、両頬に軽くキスをした。「わたしも夜が更けていくのを見るのが好き」と言い、通りに顎をしゃくった。

「ジャーナリストや警官で、自分の背中を公衆にさらしたがる人間に会ったことないな」ヒューゴーがウェイターに目で合図をすると、クラウディアはワインを頼んだ。「今日の午後、きみのお父さんと会ったよ」

「え？　どうして？」彼女の目が一瞬、いたずらっぽく光った。「あなたを尾行していた謎の男は父だったの？」

「いや」ヒューゴーは笑みを浮かべた。「きみのお父さんが自分でそんなことするはずないさ。大使館で会ったんだ。伯爵がＳＢＰと深い仲だとは知らなかった」

「誰とですって？」

「パリ古書店組合《SBP》のことさ」

「まあ。わたしもそんなこと知らなかった」

「本当に？」ヒューゴーは酒を口に運んだ。

　クラウディアは非難するような目を向けた。「本当よ。ところでなぜ父は大使館にいたの？」

「どうやら私がマックスのことを訊きまわっているのがお気に召さないらしい。そのせいでブキニストたちが動揺すると、商売に差し障りがあるらしい」

彼女はため息をついた。「父はあちこちのパイにたくさん指を突っ込んでるの。だからわたしには意外じゃないわ。手を引くつもり？　それが父の狙いだと思うけど」

「まさに。でも、こっちも手を引くつもりはない。きみが私のために調べてくれていることを、お父さんは知ってるのかい？」

「いいえ。仕事のことはいつも父に話さないから。わたしの名前が新聞に載ると父は喜ぶわ。でもわたしの仕事について父が知っているのは、それくらいよ」

しばらくふたりは黙ったままでいた。オリーブの入った小鉢を持ったウェイターが脇を通り過ぎていった。「ところで、きみの仕事について教えてくれないか。きみが記事を書こうとしているその新しい部署だか部門だかについて。どんな具合なんだ？」

「いいわよ、実はね」彼女はうなずき、考え込んだ。「警察はふつうジャーナリストを巻き込んだり、情報をあまり洩らしたりはしたがらない。でも、わたしもこの仕事に就いてしばらく経つから、信頼されているんだと思う。それに、対ドラッグ運動は常にPRキャンペーンを伴うから、たぶん彼らもわたしを利用するつもりなんじゃないかな。実を言うと、アメリカの法の執行者と知り合ったと何人かの警官に話したの。いつか彼らもあなたの協力を必要とするかもしれない」

「ほう《ウィ》？」

「ええ。顧問の資格で。去年くらいからパリにどっとドラッグが流れ込んできたの。特に二種類——クラックとメタンフェタミンがね」

「金のない常用者用のドラッグだ」ヒューゴーは言った。

「ええ。それに気を悪くしないでもらいたいんだけれど、アメリカ人の使うドラッグだとわたしたちは考えてる」

彼は笑みを浮かべた。「ハリウッドのおかげだな」

「ええ。警察はメタンフェタミンはここで作られていると思っている、もしくは疑っている。クラックもね。コカインとしてパリに持ち込まれ、ここで生成されていると。警察がこれまで押収した船荷はみな——と言ってもごく少量だけど——純粋なコカインだった。街角に出まわるには高品質すぎる」

「で、その新しい対策班はどうすることになってるんだ?」

「そうね、これまではドラッグが街へ流入するのを阻止するチャンスがあまりなかった。経路が多すぎるのよ。道路に鉄道、河もあるし。こうした経路を全部監視したり取り締まったりするとなると、貿易や観光事業が立ちいかなくなる。まったく不可能なのよ」クラウディアはワインを口に運んだ。「それに警察はこう考えてる。悪い連中が国境を越えられるほど利口《りこう》なら、パリに持ち込むこともできるとね」

「で、もしここで生成されているとしたら、街への経路を断ったところで、どのみち助けにはならない」

「そういうこと」彼女はうなずいた。

「つまり警察は、ドラッグが生成されている場所を突き止めることに専念しているってことか？」

「間接的にはイエスね。市内のドラッグの流通を追う計画なの」

「いい考えとは思えないな」ヒューゴーは首を振った。「結局、網にかかるのはジャンキーの山だけってことになりそうだ。下っ端の売人も多少は捕まえられるかもしれないが。私たちもアメリカでその手法を試みたことがある。私自身、いくつかの特別対策班にいた。で、どうなったかというと、刑務所を満杯にしただけだった。でかい魚は泳ぎつづけてたよ」

「それはあなたたちの結果でしょ？　こっちの警察は少し違う攻め方をするつもりよ」

「どんな？」

「道端で常用者やケチな売人を捕まえるつもりはない。連中を利用してドラッグの流れを遡《さかのぼ》っていく計画なの」

「私も何年も前からその手法を主張している」ヒューゴーは言った。「だが、それにつぎ込まれる人員と経費が膨大だ」

「そこでわたしの出番だと思うの。世間の関心が高まれば、警察も経費をつぎ込めるでしょ？　いずれにしても、しばらくのあいだだけれど」

「なるほど。その手法を機能させるには、もうひとつ問題がある。街頭の売人たちにとって、元締め以上に警官が怖い存在にならないといけないということだ」

「それは簡単にはいかないでしょうね」

ヒューゴーは彼女の表情に気づいた。「どういう意味だ？」

「アントン・ドブレスクについて聞いたことある？　その名前に心当たりは？」

ヒューゴーは考えた。「ニュースで耳にしたかもしれないが、覚えてないな……」

「ルーマニア人よ。ラスプーチン（ロシア帝政末期に暗躍した怪僧）みたいな風貌だった。毛むくじゃらで狂気を宿した目。ブカレストとティミショアラでもっとも危険なドラッグの売人だった。その地で彼はひと財産作り、フランスに拠点を移した。国境がなくなるとすぐに。パリに腰を落ち着け、とりわけ凶悪な組織犯罪グループを率いた」

「その男がドラッグを仕切ってるのか？」

「いいえ、彼は死んだ。惨殺されたの、パリの別の組織犯罪グループに。北アフリカ人のグループで、ほとんどがアルジェリア人。〝黒い足《レ・ピエ・ノワール》〟と名乗ってるわ」

「黒い足《ブラック・フィート》？　聞いたことないな」

「そう聞いても意外じゃないわ。彼らはふだんは特に目立たないようにしているから。ピエ・ノワールというグループ名は、アルジェリアにいたフランス人やほかのヨーロッパ人居住者たちの呼び名〝ピエ・ノワール〟にちなんだものよ。居住者たちは全員黒い靴をはいてたんじゃないかな。とにかく彼らとドブレスクは進んでパリを分割し、収益を分け合っていた。しばらくのあいだは。けれどドブレスクは貪欲になっていった。フランス人の犯罪組織の縄張りで自分の売人たちに仕事をさせた。そうして殺してはいけない人たちを殺していった」

「北アフリカのギャングを？」

「いいえ、警官たちを。さっき言ったように、ドブレスクの組織の人間はレ・ピエ・ノワールと一種の同盟関係にあった。そして組織犯罪の暴力沙汰はしばらく静まっていた。けれどドブレスクがレ・ピエ・ノワールの縄張りに出張って警官を殺すようになっていくと」彼女は首を振った。「誰だってわかってることなのに。そんなことをすべきじゃないって。絶対に。でもドブレスクは例外だった。わかってなかったのか、気にもかけなかったのか。とにかく、私はこう思ってる。ドブレスクが暴走を始めるということが、レ・ピエ・ノワールにはわかったんじゃないかしら。自分たちの資金源を彼が脅かしているということが。だから一度思い知らせてやろうと決めた。それも徹底的に」

「火事があったんじゃなかったっけ？」ヒューゴーはようやくヘッドラインを思い出した。

「何があったのか、新聞には書かれていなかった。詳細については」

「そのとおり。警察とメディアは決して一体ではなかったから。最初はね。だからわたしたちはあとからあれこれ継ぎ合わせて記事を書かなくちゃならなかった。ああいった火事のあとでは楽じゃなかったわ。それに当局は堅く口を閉ざしていたし」

「何が起きたときみは考えてるんだ？」彼は尋ねた。

「せいぜいわたしたちに言えるのは、レ・ピエ・ノワールがドブレスクの男たちを何人か人質に取って、とにかくドブレスク本人も捕らえたということだけ。遺体の位置や状態からすると、北アフリカ人たちはルーマニア人たちを切り刻んだらしい。もしかしたら、ドブレスクはそれを見るよう強いられていたかもしれない。それについて確かめようがないけれど。

火事が起こる前に銃撃戦があったと報告されている。何人かのルーマニア人は撃たれていたけれど、切り刻まれてはいなかった。だからわたしたちはこう考えてる。人質がどこに捕らわれているかをドブレスクの部下たちが突き止めて、救助に駆けつけたんじゃないかと」

「きみはずっと〝切り刻む〟と言っているけど、もしかして……？」

「文字どおり、切り刻まれていたのよ。何年か前、レ・ピエ・ノワールのメンバーでタレ込み屋だった男が樽に詰められてセーヌ河に浮かんでいた。腕、手、脚、足首から先、全部切り取られて。わたしたち、そして警察は当時、〝黒い足《ピエ・ノワール》〟という名にちなんだ悪ふざけなのかと思った。とにかく、日頃の彼らは凶悪ではないわ。日常的には」

「連中を怒らせないことだな」ヒューゴーはスコッチを口に運んだ。「救助に駆けつけたときみは言っていたが」とうながした。

「ええ、大きな銃撃戦があり、誰かが火をつけた。警官が証拠品に目を通す頃には現場は納骨堂と化していた。遺体や、遺体の破片がそこらじゅうに散らばってて。ほとんど全部が身元を確認できないくらい焼けていた」

「でも警察はドブレスクのことは確認した？」

「ええ。警察は身元を確認した。それも優秀な警部が何人もDNAや歯科記録を照合してのことだから、間違いないわ。とにかく、ルーマニア人たちは永遠に消え去った。そのことはこのささやかな公開処刑のポイントだとわたしは確信している」

「そしてドブレスク亡きあと、指揮を執る者が返り咲くことはなかった」

「そう。要点はこういうことよ。今パリでドラッグを仕切っているのは誰なのか、警察は充分な手がかりをつかんでいるけど、それを証明するのが厄介なの。あのささやかな大虐殺や、切り落とされた手や足という前例のせいで、人々は彼らを怒らせるのを怖れているから」

「そうだろうな。利用できるような敵対ギャングがいないのなら、警察は底辺から上に向かってひとりずつ当たり、事実を積み上げていくしかない。で、きみはストーリーの冒頭からかかわっていたいのか」

「そのとおり《エグザクトウマン》」クラウディアは言い、メニューを取った。「でもドラッグや殺人はうんざり。お腹が空いてるの。ピザを一緒に食べない？」

「それはきみなりの言い方なのか？　もう少しここにいて、私たちのことを話したい？」

「食事のあいだはいたいという、わたしなりの言い方よ」

「だったら、そうしよう」

「よかった。選ぶのはまかせて」彼女は小さな声でつぶやきながら、ふたりで分けられるよう二種類のピザを選んだ。ウェイターが来ると、ピザのほかに赤ワインのカラフを頼んだ。

そうしてしばらく黙ったまま、夜の街をそぞろ歩く人々を見物していた。通りの反対側にあるカフェは——彼らのいる店と同じように——満員になったり空いたりを定期的に繰り返している。会社員たちは車をよけながら、ごった返す狭い通りを歩いている。バックパックや肩に提げたバッグからは焼きたてのバゲットが突き出ている。カフェの前を通り過ぎる人々の多くは、店内をのぞき込む。時間があればそこにいたいのに、と言いたげな顔で。

「そうだ、ヒューゴー」クラウディアが言った。「あなたに言うのをすっかり忘れてた」ウェイターがピザを持ってきたので、そこで口をつぐんだ。ウェイターは小さなテーブルになんとか隙間を見つけて、皿とワインを並べた。ウェイターが去ると、彼女は続けた。「忘れていたなんて、信じられない」

「何を？」

「水上警察が今日、河から遺体を引き揚げたの。ブキニストよ」

「なんだって？」ヒューゴーは胃のあたりが締めつけられるのを感じた。だがもしマックスだったら、彼女はこんな言い方はしないだろう。「誰なんだ？　何があった？」

「今の時点では警察は事故として処理している。彼女は酒飲みとしてかなり知られていたんですって。だから体を温めるために少し飲みすぎて、河岸で方向転換しようとして落ちてしまったんだろうと」

「彼女？」ヒューゴーはさらに胃が締めつけられる気がした。「酒飲み？」

「ええ」クラウディアは言った。「かなり厚いウールの服をたくさん着込んでいたから、落ちたら浮かんだままでいるのは困難だったにちがいないわ。水から這《は》い出るのは言うまでもなく。なんとも痛ましい」

ヒューゴーは椅子の背にもたれた。「彼女の名前はわかる？」と静かに尋ねた。

「いいえ」クラウディアは首を振った。「警察から聞いたけど、忘れてしまった。ごめんなさい」

「フランソワーズ・ブノワじゃなかった?」

「そう、そうよ」と言い、クラウディアは驚いた。「その人を知ってるの?」

「ああ。確かに知っていた」

自分に正直に接してくれた最初の人物だ、ヒューゴーはそう言いたかった。マックスのことを気にかけていた唯一の人物で、意見を述べて自分を正しい方向に導いてくれた人物だ、と。ヒューゴーはブノワの斑《まだら》の顔を思い出した。涙ぐんだ目を、甘ったるい息を。彼女は健康ではなかったかもしれないし、長生きできなかったかもしれないが、こんなことが起きていいはずない。刺すような後悔とともに彼は悟った。もし、どうにかしてマックスがまだ生きていてフランソワーズ・ブノワの死を知ったら、老人は打ちのめされることだろう。

18

　翌朝、ヒューゴーは早く起きた。鞄《かばん》の中身をもう一度確かめ、モンパルナス駅に行くために呼んでおいたタクシーを待った。昨夜のディナーのあとクラウディアを自宅に送るタクシーを呼んだ際に、今朝《けさ》の手筈《てはず》も整えておいたのだ。

　ヒューゴーとクラウディアはようやく自分たちの状況について話をした。たいした内容ではなかったが。クラウディアは、ヒューゴーが父親に怒りを抱いていないと知って驚いた。そして理由を知りたがった。ヒューゴーはできるかぎりの説明をした。悪党どもを追いつづけた人生の教訓として、この世で本当の悪党と呼べるのは、実際にはほんのわずかしかいないということを彼は学んでいた。大半の善良な人々の行動は善か悪か、さらにそのどちらとも言えないものに分類される。クラウディアの父親は将来性を秤《はかり》にかけて、娘を守ろうとしたにすぎない。またクラウディアが自分の〝つつましい素性〟について嘘をついた件は、罪のない嘘であり、無理もないことだ、ということをコーヒーを飲みながら話した。あえて口にしなかったが、本音は、彼はクラウディアとの結婚を期待していなかったし、その可能性も考えないようにしていた。誤解が解けて別れるとき、クラウディアは彼の寛大さに驚いたが、うれしかったと口にした。十一時少し前に彼女は自分のタクシーに乗ったが、去り際にふたりは心のこもった抱擁《ほうよう》を交わした。クラウディアの胸のつかえが取れたことを感じさせる抱擁だった。アパルトマンに行ってもよかったのだが、その夜は新しい始まりだということがヒューゴーもわかっていた。急ぐ必要はないことも。

約束どおり、帰宅したときトムはまだ戻っていなかった。ヒューゴーは彼に電話をかけて朝にタクシーを予約してあることを話し、もしトムが間に合わないようだったら無理しなくていいと告げた。午前七時過ぎにタクシーが来たとき、トムのいる気配はなく、またなんの伝言もなかった。

そのタクシーに乗って駅に向かう道すがら、エマが彼のためにプリントアウトしてくれた二枚の用紙に目を通した。セシリア・ジョセフィーヌ・ロジェなる女性はピエルという小さな村に住んでいる。フランスのピレネー＝アトランティック県にあるポー市から三十二キロほど南に位置するその村は、バスク地方に属し、ピレネー山脈の草地にある。スペインの国境からもそれほど離れていない。

何年か前、二週間ほどその地方に滞在したことがある。フランスとスペインの警察の対テロリスト戦術を学ぶためだ。両警察とも一九六〇年代の後半から、バスク地方の分離主義者のグループ〈祖国バスクと自由《ETA》〉と静かだが血なまぐさい抗争を繰り広げていた。ヒューゴーの記憶にあるその地方は、それまで目にしたことのないほど美しい田園地帯だった。フランス政府に公園用地として保護されている発展途上の細長い土地が延々《えんえん》と続いていた。観光客にはあまり知られておらず、実際に訪れる者となるとごく少数だった。県警察の主任刑事の話によると、イギリス人はリヴィエラの太陽と砂を好み、アメリカ人はプロヴァンスの洗練された魅力に夢中になり、日本人はめったにパリの外には出ないということだった。

一台のオートバイがタクシーの窓の横を猛スピードで通り過ぎていき、ヒューゴーはびっくりした。気が散らされてプリントアウトの用紙を置いた。フランソワーズ・ブノワについてのニュースは、思っていた以上に衝撃的なものだった。彼のレーダー網から死というものが消えてかなり経つ。それがこんなふうにふたたびレーダー網に映ると、自分の職業の暗い面を嫌でも思い出してしまう……マックスの身に起きているかもしれないことについても、さらに不快な想像をせざるを得なくなる。

ブノワの死は事故にすぎないという考えをクラウディアはそのまま受け入れたが、こうも言っていた――すでに彼にはわかっていることだったが。つまり溺死《できし》を捜査する刑事たちは、仮定ではなく、証拠に基づいて行動しなくてはいけない、と。ヒューゴー自身は両面を見ようとした。ブノワの早朝の息を嗅《か》いだことがあるし、彼女の厚着も目にしている。それにパリのど真ん中、しかも真っ昼間に実際に殺人を犯そうという者がいるだろうか？　あいにく、そういう輩《やから》がいることをヒューゴーは知っている。どれかの橋の下にいるあいだにすばやく押す。水位は低いから、河岸沿いの遊歩道からブノワは見えないだろう。河に滑り落ちるのにどれくらいかかる？　数秒だ。ほんの数秒だ。

モンパルナス駅の前でタクシーから降りた。人の流れに逆らいながら進んでいき、発着掲示板でどのプラットフォームに行けばいいかを確かめた。テープに吹き込まれた安全を呼びかけるうつろなアナウンスが、周囲で反響している。列車番号と目的地の掲示が、数秒ごとにチッチッという音とともに入れ替わる。彼の乗る列車は三番線で待っていた。切符を買って乗車するまで三十分ある。だが、経験を積んだたいていの旅行者の例に洩れず、駅のカフェのどれかで五時間の乗車に備えて朝食とランチを買うことにした——食堂車のコーヒーはまずまずの味だが、見た目も感触も味もゴムのようなサンドイッチのために鉄道会社によけいな金を払ったことが何度もあったからだ。

一等車の切符を買ったおかげで、空いているコンパートメントに座ることができた。やがてほかの乗客がいないことがわかった。列車がごみごみした郊外を離れて速度を上げるにつれ、床下から響いてくる車輪の鈍い音がしだいにコンパートメントに満ちていき、ときおりすれちがう列車の轟音やかすかな鳴き声のような警笛の音もかき消されていった。穏やかな揺れや、新しい小説——戦前の奸計《かんけい》に富んだもの——に、外の世界はあっという間に頭から締め出された。本を読みふけるうちに一九三七年のベルリンに心が飛び、ユダヤ人を逃がすために偽のパスポートを作ってナチに抵抗していたイギリス人の女性書店主の勇敢な行為を目の当たりにしている気分になっていた。知らぬ間に時間と田園地帯が過ぎていった。

ポー駅からビエルまでのドライブは、ヒューゴーの予想どおり快適なものだった。二日間の予定で車を借りたが、レンタカー会社には長引くかもしれないと言っておいた。「冬ですからね」と担当者は言った。「お好きなだけどうぞ」

ヒーターの温度を最大にして窓は下ろし、駅から走り出た。雪をかぶった木立が道路沿いに続いているが、歩道に雪はなく、乾いていた。車を借りるために表に出たときに、列車内がいかにむっとしていたかわかった。今のところは、からりとした冷たい空気がありがたかった。

ゆっくりと車を走らせたが、湾曲した道を行くうちにじきにジュランソン町を通り過ぎ、ガンに入った。その小さな町を抜けると、まっすぐに延びた道路に行き当たった。プラタナスの並木の向こうには空地が広がり、農家が点在している。鼻が凍えそうになり、ようやく窓を閉める気になった。が、上部を二、三センチほどあけておいたため空気が流れ込んできて、頭頂部の髪が乱れた。

二十分後、カステという村に差しかかると速度を落とし、ビエルに曲がる道を探した。低木の列が途切れたところで、小さな道を見つけた。その先に、セシリア・ロジェが現在暮らす村がある。山の低い斜面に沿って、石造りの家の集落が広がっている。巨人がのしのしと山頂に向かって歩きながら撒《ま》き散らしたかのように。

村に入る前に方角を確かめようと車を狭い道路の脇に寄せ、何もない草地に続くゲート脇の待避所に停車した。万が一のことを考え、ほかの車が通れるくらいの空間は残しておいた。エマから渡された用紙の二枚目に目を通した。ミズ・ロジェがビエルに所有している家をリストアップしてある。四軒あるようだ。

そのうち三軒は民宿《ジト》で、春から夏にかけて観光客に貸し出されるが、冬は通常空家になっている。ヒューゴーもこれまで週末旅行で民宿を何度か借りている。たいていは基本的な設備だけで、オーブン、冷蔵庫、いくつものベッド、共用のバスルームがひとつかふたつあるくらいだ。ハイキングや魚釣りのバケーションには申し分なく、おまけに安い。

四軒目の家にセシは暮らしている。寝室が五つある農家で、石の壁に囲まれている。〈隠れ家《ル・ニ》〉。小塔がふたつある家にしては変わった名前だ、とヒューゴーは思った。たとえ小さな塔にしても。年に九ヵ月、そこはベッドと朝食を供する宿となる。十二月から三ヵ月間は、山歩きは無理か、少なくとも快適でないため、休館している。

四軒の家。ここまではるばる来る道中ずっと心に引っかかっていた疑問は素朴なものだった。ブキニストがどうやって四軒もの家を一度に買うだけの金を持っていたのか？　たぶんフランソワーズ・ブノワは正しかったのだろう。パリ古書店組合のしかめ面の組合長が、マダム・ロジェが組合を辞《や》める代わりに、ピエルに居を構えられるだけの金を与えたのだろう。しかしそれにしても、ものすごい金だ。あるいはひょっとしたら、彼女は前々からその計画を立てていて金を蓄えていたのかもしれないが。

レンタカー会社でもらったもっと詳細な地元の地図で農家の位置を確かめ、それから道路に戻ったが、車を脇に寄せてトラクターを先に通した。村の中心まで行くと、第二次世界大戦の記念碑の横に小さな駐車場があった。そこから彼女の民宿が見える。一泊用の鞄を肩から提げ、開いている門扉に向かった。短いドライブウェイを歩いていくと玄関に着いた。顔を上げると、煙突から渦を巻きながら立ち昇っていく煙が見える。ドアベルは見当たらない。強くノックをして、待った。ややあって足音が聞こえ、ドアがあけられた。

「こんにちは《ボンジュール》。ムッシュ・マーストン？」

「ええ《ウィ》、こんにちは《ボンジュール》」ヒューゴーは笑みを浮かべ、手を差し出した。セシは六十代前半。突き出た顎をしているが、その容姿から、若かりし頃は美しかったであろうことがうかがえる。白髪まじりの髪は青いスカーフできっちりとくるまれ、蠟《ろう》引き防水性の色褪《いろあ》せたジャケットを着て、ツイードのスカートをはいている。このかつてブキニストだった女と、酒浸りで防寒のために厚着をしていたフランソワーズ・ブノワとは大きな隔たりがある。

彼女は握手をすると、中に入るよう手でうながした。石を敷きつめたロビーに足を踏み入れると、暖かな空気に迎えられた。そこからまっすぐ大きな居間が見渡せる。暖炉の火格子の中で炎が音を立てて燃えていた。居間の家具やカーテンはどれも居心地のいいデザインだった。厚いベルベットのカーテン、二脚の大きなカウチや暖炉のそばにいくつか置かれた袖付き安楽椅子にはウールのラグが掛けられている。

「十一月はあまりお客さんはいないんです」セシは言った。「というより、冬は休業状態も同然です」

「その前に来られてよかった」ヒューゴーは言った。「すてきな家ですね、マダム・ロジエ」

「ありがとう《メルスィ》、セシと呼んでくださいな。みんなからそう呼ばれていますから」セシは居間にヒューゴーを案内し、一脚の安楽椅子に座るよう勧めた。「フランス語がとてもお上手ね。でも、もしかしたらアメリカの方？」

「そうです。誉めていただいてありがとう。パリに長く住んでいるもので」

「パリ、懐《なつ》かしいわ」セシはにっこり笑った。「ここはとてもひっそりしてると思えるでしょうね。人間よりも乳牛を多く見かける日もあるくらいですもの。もし携帯電話をお持ちなら、かけても無駄よ。この村は電波が届いていないから。ルヴィかカステに行けば使えるけれど」彼女は肩をすくめた。「でも、だからここにいらしたんでしょ？　平和と静けさを求めて」

「ハイキングも」そして答えも。

「滞在中、お天気が持つといいけど。ランチはもう召し上がった？　もし空腹ならキッチンにいっぱいあるわ」

「列車で食べてきました。でも、ありがとうございます」

「何か飲み物はいかが？」

「お茶はありませんよね？」

「イギリス人のお客さんもよくお迎えするから」彼女は笑った。「紅茶、緑茶、カモミールもあるわ」

「紅茶を。イギリス式にミルクと砂糖もお願いします」

セシも一緒にお茶を飲んでほしかった。彼女には、ちゃんとしたお茶会の女主人の役割が似合っている。けれどヒューゴーが望んだのは、そういう形式的なものではない。話し相手が欲しかったのだ。あれこれ尋ねるのではなく、雑談の中から答えを引き出したかった。訊問にはタイミングとテクニックが何より大事だ。映画のタフガイ的な振る舞いはタブーで、それがものを言うのはティーンエイジャーだけ——ときとして彼らにも通じないこともある。

FBI時代の終盤、クワンティコのアカデミーで、訊問と自白について教えていたことがある。訓練生たちの興味を惹《ひ》きつけるため、さらにそこで学んだテクニックが実社会でいかに効果的かを教えるために、エピソードをいろいろ披露したものだ。最初の授業のときに話すエピソードは決まっていた。彼が引き出した中で最高の、もっとも自慢にしている自白——子どもを狙った殺人犯、チャールズ・ウィルフォードと対したときの話だ。ウィルフォードは背が低くずんぐりした男で、ヒューストン市のすぐそばで九歳の少女を誘拐した。が、警察は少女を探すために家宅捜索をするだけの証拠を集めることができなかった。ヒューゴーはこうした事件を以前にも経験していたので、少女は生きてはいないだろうとわかっていた。だがウィルフォードをそのまま逃がすつもりはまったくなかった。そこで彼を座らせ、ただ話をした。大半の容疑者同様、ウィルフォードも弁護士を呼ばなかったが、ひと晩じゅうきちんと座ったままヒューゴーと話を続けた。親しくなるにつれ率直な返事をすることもあったが、いつもそうするわけではなかった。が、ヒューゴーが横に座って彼の手を取り、強い欲望と殺人は永遠に繰り返されるものだと説明すると、ウィルフォードは取り乱して自白した。ヒューゴーのハンカチで涙をぬぐったあと、ウィルフォードは警察を自分の車庫に案内した。箱の山のうしろから、シートにくるまれた少女の遺体が見つかった。

セシ・ロジェはもちろんウィルフォードではないが、マックスを見つけたいなら――赤々と燃える炎やお茶にもかかわらず――まさに事実上の訊問をする必要がある。最大のジレンマは、奸計《かんけい》によって情報を手に入れるか、それとも正攻法でいくかだ。ヒューゴーの通常の好みからすると、気持ちは後者に傾いている。それに正直に言うほうが――ありがたくない正直さであっても――奸計よりもマダム・ロジェには似つかわしいという気持ちが強かった。

「今夜は雪になりそうだわ」湯気の立つカップを手に、彼女があらわれた。「予想がはずれるといいけど。ハイキング向きとは言えませんものね」

「ありがとうございます」ヒューゴーはカップを受け取って口に運んだ。「一日か二日、田《いな》舎《か》にいられたら満足ですよ。ハイキングに行けようと行けまいと」と言い、彼女のコートに顎をしゃくった。「どこかに出かけるつもりだったんですか？　邪魔はしたくありませんが」

「いいえ。シドニーというラブラドール犬を飼っていてね。午後は毎日散歩に連れていけってうるさくて」暖炉に向かうと、ぐらついている薪《まき》をブーツで蹴ってもとに戻した。「今日はもうひとりお客さんが見えます。実はもうすぐ着くはずなんだけど。その方がいらしたらシドを散歩に連れていくわ。あなたを置いていってもかまわなければ」

「お気になさらずに」ヒューゴーは咳払いをした。「その客が来る前に、打ち明けなくてはならないことがあります、マダム・ロジェ……セシ」

「打ち明ける？」彼女は不意に不安そうな顔でヒューゴーを見た。「どういうことかしら？」

ヒューゴーは椅子の背にゆったりもたれ、足首のところで脚を交差させた。たいした話ではなく自分を怖れることはない、とボディランゲージで伝えるために。「どう説明するのがいちばんいいか、わからないんですが」と言い、顔を上げた。「マックス・コッヘをご存じですか？」

ロジェは身じろぎもしなかった。「マックス・コッヘという人なら知っています」

「ブキニストです」

「ええ《ウィ》」彼女はゆっくりとうなずいた。「なぜ？」

「私は彼の友人だからです。何年も彼から本を買っています」セシはその先の話を待っている。「マダム、マックスが行方不明なんです」

「行方不明？　どういう意味？」

ヒューゴーは話した。マックスが歩道から連れ去られたこと。ランボーの詩集のことを。グラヴァと会ったことやフランソワーズ・ブノワのことも。話が進むと、セシは暖炉からヒューゴーの横の安楽椅子に移動した。彼の顔に目を当てたまま。だが彼女の表情からは何も読み取れなかった。話が終わる頃にはお茶も冷え、暖炉の火も小さくなっていたが、それに気づいたのはヒューゴーだけだった。セシは自分の両手をたっぷり一分間は見つめ、それから顔を上げた。「マックスのことはよく知ってたわ」

「知っていた？」

「何年も前、彼が店を手に入れるのに力を貸したの。彼は何かに取り憑《つ》かれていた。そのことはご存じ？」

「どういうことです？」

「そうね」彼女は言いよどんだ。「マックスの過去については？」

「彼がナチ・ハンターだったことなら知っています」

「そう」彼女はうなずいた。「もっとも、マックスはそのことにうんざりしていたけれど。ナチスを捕まえるという考えにではなく、旅することやストレスにうんざりしていたの。わたしが思うに、司法制度に失望させられたことが一度か二度あるんじゃないかしら。いずれにしても、マックスはパリに来たときに焦点を変えたんだと思う。ナチの協力者だった人々に興味を持ち、やがてそれに取り憑かれるようになった。協力者を調べて見つけるグループのメンバーだったから」

「それは知らなかった」ヒューゴーは言った。「ナチの協力者たちを見つけたとき、マックスたちはどうしたんです？」

「たいしたことはしなかったでしょう。要するに協力者の大半は、発見された頃にはもうかなり老齢の男や女になっていたから。彼らに与えられる罰は、ナチの協力者だったことを公表されるという不名誉くらいのものだった」

「つまり、それがマックスとその仲間がしたことなんですね？　協力者を公《おおやけ》にすることが？」

「ええ。実のところ、彼の仲間は何年かするうちに飽き飽きしてきたんじゃないかと思う。さっきも言ったように、協力者たちは老齢になっていたし、彼らの若い身内の中には、情報が公にされることを快く思わない者もいた。でもマックスは違った。さっきも言ったように、彼にとって協力者を探すことは妄執のようになっていった」彼女は悲しげに笑った。「なぜ彼がブキニストになったか、わかるかしら？」

「いいえ」ヒューゴーは答えた。「そのことを話題にしたことは一度もありませんでしたから」

「そうね、あなたのお歳じゃ覚えてないでしょうけど、でも理解はできるんじゃないかしら。戦時中は情報が鍵を握っていた。どちらの側にとっても。軍事用物資のある場所とか、ユダヤ人を国から逃がすために使われている経路とか、誰がレジスタンスだとか。けれど情報を有益なものにするには共有しなくてはならなかった。情報を伝達しなくてはならなかった。ゲシュタポは情報を引き出す術に長《た》けていた。ご存じでしょうけど」

ヒューゴーは顔をしかめた。「連中の評判は知ってますよ」

「ええ。ゲシュタポはそういうことにとても優れていたから、レジスタンスは集めた情報を守る方法を考えなくてはならなかった。情報がまさに伝達されようとしているそのときでさえ、守らなくてはならなかった」

「どういう意味です？」

「情報はさまざまな方法でこっそり持ち込まれた。伝達人は中身を知らなかった。その方法のひとつは本だったの」

「正確にはどうやって?」

「いろんなやり方があるわ。一般的には、マイクロ写真やメモを本の見返しの下のほうに貼りつけていた。あぶり出しインクを使って言葉や文字を強調することもあった。レジスタンスはたいていこうした方法を使っていたんじゃないかしら」

「で、彼らがやりとりしていた情報の中身は軍需物資のありかやドイツ軍の動向だけじゃなく、ナチの協力者についてのものもあったんですね」

「そのとおりよ。思うに――いいえ、わたしにはわかる。本を充分に調べることさえできたらもっと協力者について突き止められる、マックスはそう信じていた。だから彼はブキニストになったのよ。古い本をできるだけたくさん調べるには、それがいちばんいい方法だと思ったから」

あのどんよりとした寒い午後、マックスがカール・フォン・クラウゼヴィッツの『戦争論』を手放そうとしなかった姿をヒューゴーは思い浮かべた。その理由が今わかった。「気の毒なマックス」ヒューゴーは言った。「言葉がない」椅子の背にもたれ、頭を振った。何も考えられなかった。

「気の毒がらないで。そのせいでマックスは不幸な男になったんじゃないのだから。彼を知っているなら、わかるでしょ? マックスにとっては生き甲斐《がい》のようなものだったと言ってもいいんだから」

一分間ほど沈黙が続いたあと、ヒューゴーは顔を上げた。「フランソワーズを知っていましたか？ 警察は彼女の死を事故としていますが」

「ええ、哀れなフランソワーズ。あの人のことは知ってたわ。率直に言って、彼女の死は事故だったと思う。しょっちゅう自分の店をほっぽって、河岸に一杯やりに行っていたし。自分じゃ誰にもバレていないと思ってたんでしょうけどね。いつか彼女が河に落ちるのは避けられなかったような気がする」彼女は悲しげに微笑んだ。「残念だわ《セ・ドマージュ》」

ドアをノックする音が聞こえた。セシは会話を中断し、席を立った。ヒューゴーは暖炉に向き直り、火を見つめた。まだグラヴァのことを尋ねていなかった。まず今の話の衝撃に対処する時間が彼女には必要だろう。それにこれまでのところ、セシはあまり助けにはなっていないように思える。そうはいっても、なぜ彼女をあてにできる？ すてきな家に無難な仕事。おまけにパリから何百キロも離れている。セーヌ河周辺で起きている厄介な問題と無関係でもなんの不思議もない。

背後から男の声がした。「ご一緒してもよろしいかな？」

ヒューゴーは椅子の中で上体をひねり、トムを見上げてにやりとした。「どうぞ」

「ありがとう」トムは空いている安楽椅子にどさりと腰を下ろした。「おまえさんの伝言は聞いたよ。近くにいたもんでね」

「マルセイユが近くなのか？」

トムはにっと笑った。「なんと記憶力のいい男なんだろう」

水の入った大きなグラスを持ってマダム・ロジェがあらわれ、トムに手渡した。「シドニーを散歩に連れていくわ。一時間で戻りますから。どうぞ、くつろいでいてくださいな。夕食はこちらでなさる？　それとも外で？　田舎料理でよければ、喜んで支度しますが」

「迷惑でなかったら、ここでいただこう」トムが言った。「忘れずに彼の請求書につけといてくださいよ」

「承知《ビヤン》しました。豚肉はお好きかしら？」

ふたりとも好きだと答え、彼女が出ていくのを見送った。トムは部屋を見渡してからヒューゴーに顔を戻した。「で、おれは訊問を聞き逃したのか？」

「ほとんどを。あいにく、彼女はあまり知ってそうにないが」

「だったら状況はそのままか？」

「悲しいことに、そうでもないんだ。別のブキニストが死んだことは確かだ」ヒューゴーはトムに語って聞かせた。セーヌ河の歩道でブノワと話をしたことや彼女の死の詳細について。さらに自分が尾行されていたことや、ルシヨンが口出ししてきたことも。話を終えると、トムに尋ねた。「いい知らせがあると言ってくれ」

「知らせはある」トムにしばらく見つめられ、ヒューゴーは落ち着かなくなってきた。

「さっさと言ってくれ」

「おまえさんにつれない刑事、ダヴィッド・デュランについて調べてみたんだ。聞いた話によると、やつは現場の近くを通りかかっていて、捜査を申し出たんだそうだ」

「なるほど。それで？」

「ちぇっ」トムはため息をつき、片手で顔をさすった。「ここからが本番だ。おまえさんの新しいガールフレンドはデュランとつるんでる」

「なんだって？」ヒューゴーは身を乗り出し、トムをじっと見た。

「ふたりはカフェで会い、フランス人がやるようにいちゃいちゃしてた。二十分後におれが店を出るときも、まだいた」

「何をしてた？」

「カフェだぜ。どう思う？」

「わからないな。あんたはデュランかクラウディアのことを尾《つ》けてたのか？」

「それが大事か？」

「当たり前だろ」

「よし。おれが尾けてたのはクラウディアだ」

「トム、いったいどうして？」

「よく訊いてくれた」トムは急にきまり悪そうな笑みを浮かべた。「白状しろよ、聞きたくてたまらないんだろ？」

確かに。だがヒューゴーは進んで認める気にはなれなかった。「つまり、ふたりはコーヒーを飲んでいた。なんでだ？」

「で、あんたは本を買ったバイヤーのことは見つけたのか？」

「さあ」

「実のところ、見つけ出した。想像がつくかい？」

ふたりの目が合った。ヒューゴーが口を開いた。「ルションが買った、違うか？」

「確かにルションだ。いや、彼ではない。けど、彼のところで働いてる娘だ。名前は忘れちまったが」

ヒューゴーも忘れていた。が、それはどうでもよかった。またしてもルション。クラウディアはそのことを知っているのだろうか？「ルションにはまだ接触してないだろ？」と尋ねた。

「まだだ。ちょっと探ってみたところ、ルションはなかなかの人物だとわかった。おまえさんは用心してかかったほうがいい。調べてよかったよ。厄介な御仁《ごじん》のようだから」

「確かに」

「何か案はあるのか？」

ヒューゴーは暖炉に向けて足を伸ばし、信頼できない刑事とクラウディアが会っていたという考えを押しやった。「マダムが戻ってきたら、グラヴァについて尋ねてみよう」と言った。「あの男に関するさらなる見識を聞けるかどうか。それからうまい田舎料理をいただくとしよう」

19

　彼女は鍋《なべ》ひとつで料理を作った。ローストされた雄豚の脛肉《すねにく》やいくつもの厚い肉片を肉汁と赤ワインでたっぷり二時間は煮込んだ――その間、ヒューゴーとトムは暖炉の前で過ごした。マックスや本について話したが、答えよりも疑問のほうが多くなってしまったため、昔話をしたり、あるいは黙ってじっと火を見つめたりしていた。セシはキッチンと居間を往復して、酒のお代わりや地元産の雌羊のチーズのスライスを運んできた。ふたりが暖炉に新しい薪《まき》をくべるのを忘れていると、代わりにやってくれたりもした。

　ヒューゴーは六時頃、まだ料理中のキッチンにふらりと入り、何か手伝うことはないか尋ねた。丁重に断わられると、そこに突っ立ったまま、鍋に玉葱《たまねぎ》とジャガイモ、丸ごとのニンニクがひとつかみ入れられるのを満足そうに見物した。そうしておいしそうなにおいを体に沁《し》みつけて暖炉の前の椅子に戻った。

　夕食はキッチンの古ぼけたオーク材のテーブルで供された。セシも一緒に席についた。小型の薪ストーブのおかげで暖かかった。セシがワインのボトルとグラスを三つテーブルに置いたので、男たちはお相伴《しょうばん》しないのは失礼だろうと決めた。セシもふたりに劣らず飲んだ。

二本目を飲み干すと、イチゴが層になってクリームで覆《おお》われた丸いケーキが出てきた。夜が迫っていたが彼らは気づかなかった。もし気づいていても、歓迎しただろう。外に出る理由はひとつもないが、中にいる理由ならたっぷりある。

食事を終えると、居間に移動した。セシはワインをもう一本あけようかと申し出たが、ヒューゴーは物思いに耽《ふけ》っていた。そんな彼の雰囲気はほかのふたりにも伝染した。まだ話し足りないとヒューゴーは感じていたのだ。セシも同じ思いでいてくれることを願った。そこでグラヴァについて何を知っているか尋ねた。

セシは眉根を寄せ、しばらく考えた。そうしてグラヴァはどこからともなくあらわれたと話した。パリ古書店組合の組合長を十二年間務めたあとセシは引退も考えたが、充分な蓄えがなかったため、対立候補のいない選挙に出て、さらに四年間任期を務めることにした。だが選挙が近づくにつれ、彼女の耳に不満の声が聞こえるようになった。セシに言わせると、不満というよりは心配の声ということだったが。そんなときにブルーノ・グラヴァが彼女の前にあらわれたのだという。

「彼はそこそこ親切だったし、礼儀正しかった。でも一部の人に見られるような、本当の姿は違うんじゃないかと思わせるところがあった。グラヴァはこう言ってた。一部のブキニストから選挙に出るよう頼まれたとね」

「待ってください。グラヴァ自身はブキニストだったんですか？」ヒューゴーは尋ねた。

「いいえ。そこが奇妙な点だった。組合長はブキニストであることが慣例だったから。わたしが露店をやってたのはほんの数年で、その後は三区にある本屋の経営に加わるようになったけど、でもブキニストだった」

「面白い」トムが言った。「グラヴァの背景について尋ねましたか？　よりによってなんであいつが組合長に向いてるのか？　あるいは組合長になりたいか？」

「もちろん。自分はあちこちに顔がきく、とグラヴァは言ってたわ。ブキニストたちにもっと発言権を与えてやれると。いえ、待って。〝もっと権力が持てるようにしてやる〟って、そういう言い方をしてた」

「グラヴァらしいな」ヒューゴーはつぶやいた。「続けてください」

「彼がそのあと妙な振る舞いをしたことを覚えてる。わたしたち、オフィスのドアをあけたまま話してたんだけど、彼は立ち上がってドアを閉めた。そしてわたしの席に近づくと、半分デスクに身を乗り出した。あの人を見たことがあります？　だったらどんな風貌かわかるでしょう。女のわたしには、おふたり《メッスュー》さん、そりゃもう怖かった」

「わかります」ヒューゴーは言った。「彼に脅されたんですか？」

「いいえ。脅されたとは言えないと思う」セシは穏やかに笑った。「あの顔、あの見かけだけで充分怖かったけど。脅かすような言葉は――今思い出してみても――吐かなかった。でもああやってドアを閉めたあと、ものすごくゆっくりとわたしのデスクに近づいてきて……」と言うとヒューゴーを見て、ぶるっと体を震わせた。「あの人が足を引きずって歩くところを見たことがあるなら、わかるはず。とにかく、彼はお金を提供すると申し出た。よく通る声で。でも、冷ややかな声だった。おかしな話かもしれないけど、あの人からお金をやると言われたとき、強盗にお金をせびられているような気にさせられた。有無を言わせぬ、そんな感じだった」彼女は手で居間を示した。「で、これがそのお金で手に入れたもの」

「あと民宿《ジト》も何軒か」とヒューゴー。

「ええ。そりゃもう大金だったから」

「でも不思議に思わなかった？　なんでだろうと？」トムが尋ねた。「あるいは実際に警察に行くとか？」

「で、なんて言うの？　おっかない男に大金をやると言われたと？　〝もらっとけ！〟と言われるに決まってる。〝もらっとけ、馬鹿な女だな！〟とね。だからわたしはそうした」

しばらく三人とも押し黙っていた。ヒューゴーが口を開いた。「知ってましたか？　グラヴァは、ほかのブキニストにも金をやるから商売を辞《や》めろと迫っていた」

「いえ」彼女は顔を上げた。「なんでそんなことをするの？」

「わかりません」ヒューゴーは言った。「あなたに金を提供したのと同じ理由でしょう。その理由がなんであれ」

「そうだ、ここにファイルがあるんだった」彼女は言った。「ファイルなんて時代遅れかもしれないけど、でも見てちょうだい。わたしがパリを離れたとき、誰が店を持ってたかわかるわ。ひょっとしたら、誰がどんな理由で店をたたんだかもわかるんじゃない？」

「まさにそれがわれわれのすべきことです」ヒューゴーは言った。

「おれなら簡単にやってのけられる」トムが口を出した。「名前と連絡先がわかったら、電話をかけまくればいい」

「取ってくるわ」セシは立ち上がり、居間の反対側にある重厚なデスクに向かった。ファイル用の引き出しをあけ、数分かけて中を探った。そうして五、六枚の用紙が入ったマニラ紙のフォルダーを手に戻ってくると、それをトムに渡した。「ブキニストのリストでしかないけど、役には立つでしょう」

「ありがとう《メルスィ》」トムは言った。「明日の朝いちばんで取りかかるとしよう。さて、あと一本だけテーブルワイン《ヴァン・ドゥ・ターブル》の小壜《こびん》をいただくってのはどうだい？」

セシはにっこり笑い、キッチンに向かった。ヒューゴーは友人に目をやった。座ったままだらしなく手足を投げ出し、目には疲れが滲《にじ》み出ている。あんたとまた一緒に仕事ができてうれしいよ、トム。

セシが戻ってきた。ワインと一緒に水差しもあったのでヒューゴーはほっとした。三人ともワインより水を飲んだ。家のどこかで大型箱時計が十時を告げる音がした。ヒューゴーはそろそろ寝ようと立ち上がった。と、家の電話が鳴った。セシは電話に出ると、ヒューゴーを見た。「ええ《ウイ》。彼はここにいます《イレ・ラ》。あなたによ。女の人から」

トムが椅子の中でもぞもぞ体を動かし、ぼやいた。「夜のこんな時間に？　おれのためにわざわざ調達してくれなくてもよかったのに。これから寝ようってときに」

ヒューゴーは受話器を取った。「もしもし？」

「ヒューゴー、わたしよ。クラウディア」緊張した声。

「クラウディア、大丈夫か？」

「ええ、わたしは大丈夫。何時間もかけてあなたの居場所を探したのよ」

「すまない。ここは携帯が通じないんだ」

「だと思った。どこに滞在するか聞いてなかったから大使館に電話して、あなたの秘書の家の電話番号を訊かなくちゃならなかった。で、彼女にあなたの居場所を教えてもらったの」

気の毒なエマ。「何があったんだ？」

「ヒューゴー、本当に残念だわ」クラウディアが自分を落ち着かせようとして息を吸う音が伝わってきた。「警察の知り合いから電話があったの。河で別のブキニストの遺体が発見されたそうよ。本当に残念だけど、ヒューゴー。マックスだった――彼は死んでしまった」

20

ヒューゴーはひんやりとした石の壁に頭を押しつけ、目を閉じた。「正確な場所はどこだ、クラウディア？」

「今日の午後、サン・ジェルマン島の先端で観光客に発見されたの。かなり長いあいだ、水に浸かっていたみたい。それがどれくらいの期間か、またはどれくらいの距離を流されてきたのか、警察もはっきりつかめていない。だからマックスが水に落ちた地点はどこか断定できないでいる。どうやって入ったのかも。お気の毒に」

「本当にマックスなのか？」これまではずっとヒューゴーがその質問を受ける側だった。同じ絶望感が自分の声に滲んでいるのがわかった。

「ええ。それは間違いない」

「わかった。ここを探してくれて感謝する」思いもかけない話ではなかった。実際、ヒューゴーは驚いていなかった。人があんな形で連れ去られた以上、ぴんぴんした状態でひょっこりと舞い戻ってくるはずがない。だが、いまいましいことに、ヒューゴーは願っていた。心の底から願っていたのだ。「教えてくれ。警察はこの件を事故で片づけるつもりはないだろうな?」

「ええ。島の先端を封鎖したわ。でもそこで何かが見つかるとは誰も期待していない。そこが殺害現場ではないことは、ほぼ間違いないから。殺人だったら、の話だけど。朝には検屍がおこなわれる。そのあとならもっと情報がつかめるわ」

「そうだろうとも。この件の指揮を執るのは誰か、知ってる?」

「いいえ。でも突き止められるから、あとで知らせる。明日、そこに電話したほうがいい?」

「いや。私がそっちに戻る」トムに目をやると、立ち上がっていた。ヒューゴーの表情を読もうとしてじっと見ている。「ここに協力者がいる。友人のトムだ。だから明日パリに戻るよ」

「わかった。戻ったら連絡くれるわよね?」

「もちろん」ヒューゴーはためらった。クラウディアに尋ねたいことがふたつある。だが、そのうちのひとつ、デュランについての件はあとでいい。「クラウディア、きみのお父さんがマックスの本を買ったことを知ってたか? マックスが私に売ったランボーの本を?」

はっと息を呑む音が聞こえた。クラウディアは知らなかったのだとそれでわかった。あるいはとんでもない嘘つきなのか。その可能性も捨てられない。「いいえ。父からは聞いてないわ」

「お父さんが話さないのは、何か理由があるんだろうか?」

「いいえ、そんなことないと思う。父はしょっちゅう本の売買をしているけど、それについて口にしたことはない。ずっと欲しくてたまらなかった本を見つけたときは別だけど。でも、その本については何も聞いてないわ」

「わかった」

「ヒューゴー、この件に本が絡んでいるなんてもう考えてないわよね？　今後は殺人捜査になるかもしれない。だからあなたが何を知ってるのか、何を考えてるのか、わたしも知っておきたい」ふたりとも同じことを考えていた。先に口を開いたのは彼女だった。「父が関係しているかもしれないと考えてるの？」

「正直言って、わからないんだ、クラウディア。偶然の一致が多すぎる。あまりにたくさん。でもその中のいくつかは説明がつく」ルシヨンがランボーの本を買ったことについて考えた。ゲイで、本の収集家なら、値段をつけるのも難しい『地獄の季節』を大事にしたがる理由はいくらでもあるだろう。著者自身の署名があるとなれば、特に。「いいかい、明日電話する。あとクラウディア？」

「何？」

「このことを知らせてくれて感謝している。本当に」

「当然のことをしたまでよ、ヒューゴー」クラウディアは当惑しているようだった。が、口調を和らげて続けた。「彼が亡くなって残念だわ。心からそう思う」

「ありがとう。さあ、眠る時間だ。パリに戻ったら話そう」

電話を終え、受話器をセシに返した。トムと同様、彼女もヒューゴーの一語一句を聞いていたらしく、涙で目が光っている。

「マックスは死んだのね、でしょ?《ウイ》」と、ささやくように言った。

「そうです《ウイ》」ヒューゴーは答えた。「彼は死にました《イレ・モール》」

セシは受話器を胸に抱きしめて目を閉じた。「あそこで何が起きているの? グラヴァのせい?」

「わかりません」ヒューゴーは言った。「本当にわからないんです」

「やつのことはおれにやらせろ」トムがうなるように言った。「すぐに吐かせてやる」

セシは悲しそうな笑みをトムに向け、首を振った。「もしわたしの聞き違いでなかったのならいいけれど、暴力はもううんざりよ」彼女はデスクに行って受話器を架台に戻すと、客たちに顔を向けた。「おやすみなさい、みなさん《メザミ》。好きなだけ寝てくださいな。シドニーを外に出すためわたしはいつも夜明け前に起きるから、おふたりが起きたら朝食を作るわ」

男たちは彼女におやすみの挨拶《あいさつ》をしてもしばらくそこにいて、それぞれ暖炉の両側に突っ立ったままでいた。

「友人のことは気の毒だったな、ヒューゴー」

「ありがとう。少なくとも警察は事故とは見ていないようだ」

「そこが出発点だ」トムはうなずいた。「当然、おまえさんはこれで新しい問題をそっくり抱えちまったわけだが。わかってるか、ええ?」

「どういうことだ？」

「おたくの大使からすでに言われてるんだろ？　目立たないようにしろと。警察が公式に捜査してるのに、おまえさんがあちこち突ついて尋ねまわったりしたら、あっという間に大使の耳に入るぞ」

「いい意見だ」ヒューゴーはトムを見上げ、にやりとした。「誰にも気づかれずに活動することに慣れている誰かを知ってればいいってことだな」

「ちぇっ。もしそれがおれのことなら、もう寝ないと。おまえさんが起きたとき、おれも起こしてくれ。コーヒーを忘れず用意しといてくれよ。さもないと、そのケツを蹴とばすぞ」

翌朝、ヒューゴーはポー駅に電話をした。その日が日曜だということを忘れていた。列車の時刻を尋ねたところ、ボルドー行きのいちばん早い列車は午後二時発ということだった。つまりパリに戻るのは夕方以降ということになる。

朝のうちにトムに行動の計画のあらましを説明した。セシも協力したがったが、関わらないでいたほうが彼女にとって最良で安全だと、ふたりがかりで説得した。が、セシが納得しなかったので、彼女の助けが必要になったら力を貸してもらうと約束した。それでも彼女が頑として首を縦《たて》に振らなかったため、できるだけ多くのブキニストに電話をして、彼らの現在の居場所を確認してもらうことにした。「納得したわけじゃないわよ」引き受けたあとでさえ、セシはそう言っていた。

「あとトム、パリに戻ったら、ふたりでルションを訪ねて例の本を見せてもらおうと考えてるんだ」

「いいねえ」トムが言った。「本を見せてもらえたらの話だが」

「断わる理由は彼にないさ。もし断わられたら、あんたに忍者の格好をして煙突からもぐり込んでもらうさ」

「忍者の衣装に体が入るか自信はないがね。煙突は言うまでもなく」

ヒューゴーはにやりとした。「あんたに言っておくべき本がまだある。今度のことは全部その本に関係があるかもしれない」

「ほう、すばらしい。またしても謎めいた本か。誰の本だ？　アガサ・クソ・クリスティーか？」

「ご名答と言いたいとこだが、違う。クラウゼヴィッツという男が書いた本だ」

「軍人か？　おまえさんはその本も売ったのか？」

「そこが問題でね。その本がどこにあるのか、さっぱりわからない」けれどマックスの持っていた『戦争論』のことが頭から離れない。その本がなんであれ、何かしらの答えを与えてくれるかもしれない。

21

午後八時になろうかという頃、列車はモンパルナス駅に到着した。道中ヒューゴーはずっと苛立っていた。クラウディアに連絡がつかないため、マックスの検屍の結果がわからなかったからだ。おまけにトムは食堂車の食事について不満たらたらだった。

車中、ふたりで『戦争論』について真剣に話し合ったが、なんの結論も導き出せないでいた。その本に価値があるのだとしたら、マックスを拉致《らち》した相手が本も持っているのだろうか？　ヒューゴーは拉致の場面を回想し、マックスが連れ去られたときに本が店にあったかどうか思い出そうとした。それともマックスが持っていた？　けれどヒューゴーはじっくり本を見ていたわけではなかった。だから、どう頭をひねっても思い出せなかった。たとえ思い出したとしても、その本と拉致事件、もしくはブノワが――おそらくマックスも――殺された件とのつながりについては、ヒューゴーもトムもわからなかった。店を手放したブキニストたちとのつながりについては、言うまでもなく。となると、マックスのアパルトマンを家探ししていた相手は、『戦争論』以外の何かを探していたという可能性もある。

「『戦争論』は的はずれってことか？」トムが尋ねた。

「かもしれない。見当違いのようだ。あんたの意見は？」

「同じだよ。でもおまえさんの考えが変わったら、教えてくれ」

「ああ」ふたりはしばらく黙って座っていた。ヒューゴーは尻切れトンボで終わってしまったトムとの会話を思い出した。締めくくる必要がある。「デュランのことだが」

「つまりクラウディアのことだろ？」

「すばらしい。ほかに私に伝えておくことはないか？」

トムは眉根を寄せた。「こっちが聞きたいくらいだ」

「どういうことだ？」

「こういうことだよ。なんらかのクソが関係しているらしい。けど、どう絡んでるかはわからない」ヒューゴーが答えないでいると、トムは続けた。「おまえさんは本を手に入れ、それが高価だってことがわかった。その本を売ったブキニストは拉致された。本を収集してるおっさんがいて、おまえさんはそのおっさんの娘と深い仲にある」

「あんたは偶然の一致が気にくわないんだな」

「そんなことはないさ。おまえさんがついに女と一発やったせいで判断力を失い、偶然の一致でないものもそうだと言い張るんでないかぎりは」

「もしかしたらクラウディアがカフェまで私を尾《つ》けてきて、釣り針を垂らしたって言いたいのか？」

トムはにやっと笑った。「さあな。けど、おまえさんの頭にそういう考えが浮かんだとわかっただけで、おれは満足さ」

「心配いらない。私は起きたことの一部始終を考え直してるとこなんだ。さて、彼女とデュランとのデートについてもっと教えてくれないか」

「付け加えることは何もないよ。おれが話したとおりだ。ふたりはコーヒーを飲み、彼女は色っぽい目をしてた。いいかい、彼女はシロかもしれないし、クロかもしれない。けど、おれが目撃したときの彼女の行動は、ジャーナリスト連中ならするようなことだった。だから、びくびくしなさんなって。ふたりがテーブルの下で金とかドラッグとか手榴弾をやりとりするのを見たわけじゃないし。ましてやテーブルの下で足をすりすりさせてたわけでもない。心配いらないよ」

「私も同感だ。けど、あんたの考えが変わったら、教えてくれ」

「そうする。きっとな」

ヒューゴーは座席の背にもたれ、トムが肥った体を絞り出すようにしてコンパートメントから出ていき、ビールやゴムのようなサンドイッチのお代わりを求めて食堂車に行くのを見守った。

タクシーはバイクと駐車中のルノーのあいだを滑るように進み、ヒューゴーのアパルトマンの建物の前で停まった。ルノーは通りに半分はみだしていた。こうしたまずい駐車のしかたを見ると、トムは我慢ならなくなる。ヒューゴーは彼に街頭の正義をふりかざさないように注意をした。近くで煙草をふかしているふたりの男が警察を呼んだらどうするんだと言って。トムは鼻を鳴らした。人に気づかれずにタイヤを切り裂けるわけがないと暗にほのめかされ、むっとしたのだ。が、おとなしくヒューゴーのあとについて黒と白のタイル貼りの玄関ホールに入った。管理人のデスクにディミトリオスの姿はなかった。日曜の夜なのだからしかたないだろう。

トムは一泊用の鞄を抱え、ヒューゴーは中身の詰まったダッフルバッグを運びながら、ともに重い足取りで階段を上った。

「クソ・エレベーターを取りつけさせろよ、なあ?」トムはあえぎながら言った。最初の踊り場で足を止め、息を整えた。「階段とはね。まったく、クソ石器時代じゃあるまいし」

ヒューゴーはにやりと笑って上りつづけた。彼が五階の自分のアパルトマンに着く頃、トムはまだ三階の踊り場にいた。自分の鞄に腰を下ろして肩で息をしながら毒づいていた。ヒューゴーはドアノブにかけた手を止めた。アドレナリンが体を駆けめぐる。

施錠されていない。

鍵をかけ忘れた? まさか。息を殺し、ドアに耳を押し当てた。それから階段の手すりまで行き、トムに手を振った。唇に指を当て、次にドアを指さす。

トムが立ち上がり、口の動きで尋ねる。銃は? ヒューゴーは首を振った。大使の要請に従ってビエルに行く前に銃はしまっておいたのだ。トムが一挺持っていることはわかった。手振りでヒューゴーにじっとしていろと伝えると、トムは靴を脱いだ。荷物を踊り場に残したまま、そっと階段を上ってくる。そうしてひと息ついて準備ができたことをトムがうなずいて伝えると、ヒューゴーは小声でカウントダウンを始めた。

ヒューゴーがドアノブをまわすと、トムが最初に室内に滑り込んだ。短い廊下と、居間の視界に入るものに向けてさっと銃を動かす。ふたりはそろそろと前進し、居間全体を見渡せるところまで行った。誰もいない。右手にあるヒューゴーの書斎からどすんと音がした。ふたりは背中を壁につけ、居間を少しずつ進んだ。ヒューゴーは背後の寝室から誰があらわれても目に入るように、横向きに歩いた。

ふたりは書斎のドアの両脇で立ち止まった。わずかに開いたドアの隙間からヒューゴーは中をのぞいた。そうして首を振り、自分の耳を指さした。誰も見えないが、物音がする。トムはうなずき、最初に動いた。ドアを蹴りあけ、侵入者を突き止めようと体を回転させた。ヒューゴーもあとに続いた。武器がないと裸になったような気分だった。

ヒューゴーが戸口を通った瞬間、トムの体が倒れた。ヒューゴーは彼のもとに向かった。が、不意に肩に激しい痛みを感じ、両膝をついた。トムはベッドのそばに仰向けに横たわり、向う脛《ずね》をつかんでいる。彼の頭の横で誰かの片足がさっと動き、トムの銃を部屋の反対側に蹴とばした。ヒューゴーは体勢を戻そうと立ち上がった。が、ふたたび背中に痛みが走った。いったいなんなんだ？　トムの横にくずおれ、顔を上げた。

男がふたり、彼らを見下ろしている。ひとりは短い材木——棍棒《こんぼう》を持っている。相棒のほうは、もっと長く細い棒を握っていた。棍棒を持った男がトムの銃を拾いに行った。

「誰だ？」ヒューゴーは知りたかった。フランソワーズ・ブノワを困らせていた男の姿が頭をよぎる。あいつだ。あの男にちがいない。

「黙れ」棍棒を持った男はラグビー選手のような体格をしていた。がっしりした筋肉の塊りが脂肪の層に埋もれ、戦うには二十キロほど体重が余分そうだった。顎は無精鬚《ぶしょうひげ》に覆《おお》われ、左右の間隔が狭い丸い目は、男のかっとなりやすい性質を物語っている。「どっちがヒューゴー・マーストンだ？」

「クソど素人《しろうと》め」トムがあえぎながら言った。「下衆《げす》野郎に向う脛を殴《なぐ》られた。クソいまいましい床に膝をついて、おれたちを待ち伏せしてたにちがいない。くそったれが」彼は脚をさすったが、脛骨《けいこつ》は無事だとヒューゴーにはわかっていた。もし折られていたら、いくらトムでもいまだに悲鳴を上げていることだろう。

「黙れと言っただろ」ラグビー選手がトムに銃を向けた。「おまえがマーストンか？」

相棒が寝室の戸口に向かった。ほかに誰か入ってこないか確かめているのだろう。男は背が低くずんぐりした体型で、色の濃い黒人だった。何度も殴られたことがあるらしく、鼻が潰れて広がっている。ラグビー選手もどきの男のように荒々しい怒りは感じられないが、用心深く狡猾《こうかつ》そうな目をしている。ヒューゴーは男の武器を見た。長さは五、六十センチといったところで、先端に小さな丸いものがふたつ付いている。牛追いの電気棒だ。

「こいつがマーストンだ」黒人がヒューゴーを指さした。

「どうしてわかる？」

「別の部屋にあった写真を見た」

黒人がヒューゴーに近づくと、トムは体を横に回転させた。「なんだか吐きそうだ」と言って四つん這《ば》いになると、オエッとえずきだした。銃を持った男があとずさった。トムは男を近づかせようとしているにちがいない、とヒューゴーは思った。遠ざけるのではなく。いったいどういうことだ？　結構。だったら、こっちから始めてやれ。

ヒューゴーは体重を両腕に移動させ、黒人がトムに目をやるのを待った。その機会が訪れるや、前に滑っていき、片足の踵《かかと》を黒人の膝の内側にめり込ませた。叫び声とともに黒人の片脚ががくっと崩れ、そのまま床に倒れた。ヒューゴーは黒人の顔に蹴りを入れると体を反転させ、トムがうまくやってのけたか様子を見ようとした。

凍りついた。

ラグビー選手がトムの胸に銃を向け、突っ立っている。ふたりの距離は一・五メートルほど。危機一髪だ。が、トムは立ち上がると笑みを浮かべ、肩越しにヒューゴーを振り返った。「こいつらはクソど素人だと言っただろ？」と言い、男に向かった。

「止まれ、どあほう。あと一歩でも近づいたら死ぬぞ」

トムは足を止めた。「あるいは、おれがあと四歩進んでおまえが死ぬかだ」

「やってみろ」男はにやりとした。「おれが撃つより速く動けると思うなら」

「トム」ヒューゴーは英語で言った。「ちょっと待て。私たちはこいつらの目的を知らない。話し合えるかもしれない」

「馬鹿言うな」トムは銃を持った男に向き直り、フランス語で話した。「そいつをこっちに渡せ、醜男《ぶおとこ》の下衆野郎」

トムがさらに一歩前に出た。ヒューゴーは心臓が止まりそうになった。男の指が引き金を絞ろうとしている。

「トム、よせ！」

その声を無視してトムはさらに近づく。彼の胸を狙う銃との距離は五、六十センチ。その後の展開はスローモーションを見ているようだった。トムが最後の数歩を踏み出す。男はほんの一瞬躊躇《ちゅうちょ》したが、引き金を絞った。一回、二回。

なんの音もしない。

トムが手を伸ばす。銃をつかんで持ち上げ、外側にひねり、男の手からもぎ取る。あっという間に、男の顎の無精髭に銃口が押しつけられた。

「CIAの最新のハイテクノロジーを披露してやったぜ、ぼんくらめ」トムは冗談を言い、男の股間を膝で蹴った。「自分の指紋をべたべた残したくないだろうが？」うめいている男にとどめの一撃を加えると、トムはヒューゴーを見た。「言っただろ？　こいつらはクソど素人《しろうと》だと」

が、黒人の男は素人ではなかった。ヒューゴーは友人が至近距離で胸を撃たれると思っていたため、自分自身の襲撃者から注意がそれていた。男が武器を取り戻したことに気づかなかった。男に振り返った瞬間、電気棒で太腿《ふともも》を突かれた。両脚が萎《な》え、体がうしろにのけぞる。その拍子にトムにぶつかり、ふたりしてバランスを崩して倒れそうになった。黒人の男はもう一度電気棒でふたりを強打すると向きを変え、戸口に向かった。

「くそっ」トムが言った。

ヒューゴーは尻を上げて追いかけようとした。が、脚が思うように動かずデスクに横ざまに倒れ込んだ。トムが躊躇しているのを見て、体をふたつ折りにしているラグビー選手とヒューゴーをふたりきりで置いていきたくないのだとわかった。「こっちは大丈夫だ」と言った。「やつを捕まえに行け」

トムはもう一度ラグビー選手を蹴り、男を跳び越えた。床に足をついたとき殴られた向う脛が痛んでひるんだようだが、そのまま進んだ。悪態をつきながら、精一杯の速さで部屋を突っ切ろうとしている。ヒューゴーは体をデスクにもたせかけ、脚を試そうと曲げてみた。感覚が戻ったようだ。ゆっくりと起き上がり、体重を脚にかけた。大丈夫だった。

「ちくしょう」トムが戸口にあらわれた。「逃げられちまった。すまん。最近は追いかけっこが苦手で」

「かまわない。こいつがいるから」

ラグビー選手がふたりを見上げた。見るからに憎々しげな表情で。電気棒か棍棒、あるいはその両方を武器にする気でいるのだろう。だがヒューゴーは、トムの銃に頼りたくなかった。

「こいつをどうして欲しい？」トムが尋ねた。

「とっとと、こいつを問いつめようぜ」

「馬鹿言うな、ヒューゴー」床の男から目を離さずにトムは言った。「そんな真似はさせられない、トム。

「だめだ」

「すぐに吐かせてみせる」

「それを私は心配してるんだよ」ヒューゴーは言った。「そんな真似はさせられない、トム。あいにくだが」

「パンか何か買いに、ちょっとひとっ走りしてきたらどうだ？」

「腹は空いてない」ヒューゴーは首を振った。「残念だが、トム。型どおりにやらなければならないんだ。警察に電話して、こっちに来る途中こいつの相棒を探してくれと頼むんだ」窓をあけ、通りの左右を見渡した。「あのルノーが消えてる」と言い、捕虜を見た。「青いルノーで来たのか？」

男は床に唾《つば》を吐いて文句を言った。

トムはデスクに向かって17に電話をかけた。緊急番号だ。デスクの端に腰を下ろして銃口を男の股間に向け、通信係と話をした。ヒューゴーは居間に行き、携帯電話でクラウディアにかけた。彼女が出ると、何が起きたかを伝えた。クラウディアは口をはさまずに耳を傾けた。すばやくジャーナリストのモードに切り替わったのだとヒューゴーにはわかった。「大丈夫？」といった形式的な挨拶《あいさつ》は省き、何が起きたのか知ることを優先させたのだ。

「何か盗られた？」彼女が訊く。

「まだ調べてないが、それはないと思う」

「連中の狙いが何かはわからないのね？」

「ああ。察するに、ただ室内を嗅《か》ぎまわって滅茶苦茶にするつもりだったんじゃないか。警告するために」

「どうしてそう思うの？」

「まず、やつらは殺傷力のある武器を持ってなかった。次に、連中が優勢だった五秒間、どちらが私か男のひとりが知りたがった。メッセージを伝えにきたんじゃないかな」

「誰からのメッセージか知りたいわね」

「ああ」ヒューゴーは笑った。「トムはそれを訊きたくてうずうずしている」

「させればいいのに」怒ったような口調で彼女は言う。

「いや。そうするなと言ってある。きみの警官の友人たちが好きなだけ訊問してくれるだろうさ。くそっ、警察が望めばトムを貸してやりたいくらいだ」

「場合によっては、わたしからそう伝えておくわ」彼女は笑った。「いまいましいわ《メルド》、ヒューゴー。こんなことになって残念。何がどうなっているのか、さっぱりわからない。あなたが無事でよかった」

「それを言うなら、私たちふたりだ」トムと、彼が訪ねてきてくれたことに感謝を。「マックスのことで新しいニュースはないかい？」

「それを今ここで話したい？　そっちに行ってじかに話したいわ」

「実を言うと、クラウディア。警察にこのゴタゴタを片づけてもらったら、トムと一杯やることになるだろう。今聞いておいたほうがいい」

「いいわ、わかった」彼女は間を置いた。「今朝《けさ》、検屍がおこなわれた。あなたは信じられないでしょうけど、でも、伝えられた結果はこうだった。マックスは過剰摂取で亡くなったと」

「過剰摂取？　なんの？」

「コカイン」

「馬鹿げてる、クラウディア。マックスはコカインなんてやってなかった」

「どうしてわかるの、ヒューゴー？」それは分別のある質問だった。ヒューゴーに本当のところはわからない。が、同時に苛立ちも覚えた。

「いいかい」彼は言った。「これまで仕事をしてきてずっとドラッグ常用者を見てきた。きみも仕事で見てきているはずだ。私たちふたりともジャンキーをすぐ見分けられる。友人を見分けるよりもすばやく。マックスはジャンキーなんかではなかった」あることを思いついて口にした。「警察が今日彼のアパルトマンを調べたかどうか、知ってるかい？」

「ええ、したはずよ」

「で、コカインを見つけた？」

「それはわからない、ヒューゴー。わたしにはいいコネがあるけど、それでも一介の記者にすぎないのよ」

「しかし、もし警察がマックスの家でドラッグを発見していたら、きみに話すだろう。違うかい？　必ず言うはずだ」

「そうかもしれないし、違うかもしれない。たくさん発見したときだけ言うかもしれない」

「でも、きみなら私に代わって質問できるだろう？」

「ええ、そうね」

「オーケイ」ジャコブ通りからサイレンの音が近づいてくる。「行かないと。警官たちが到着するから」

「わたし、本当にそっちに行かなくていい？」

「ああ、本当だ、クラウディア。ありがとう。供述を終える頃には、私たちはスコッチのことしか考えられなくなっているだろうよ」

「了解《ビヤン》」彼女は言った。「もし警官と何かトラブルになったら、すぐに知らせて。それよりもわたしが警察に電話して、あなたが何者か教えておくわ」

「ありがとう。そうしてもらえるとありがたい」別の電話からかかってきた音がした。キャッチ機能はないから留守番伝言サービスにつながるはずだ。クラウディアとの通話を終えると、メッセージを聞いた。

「もしもし、ヒューゴー。セシよ。今日三十人に電話をかけた。かけようとしたと言うべきかしら。みんな日曜は電話を取らないみたいだから。何人かの、ええと三人のブキニストと話したわ。彼らはみなグラヴァと古書店組合からお金をもらって店を手放した。でもなぜグラヴァがお金を払ったのかは知らないみたい。彼らはふたつ返事でお金を受け取った。そして、ヒューゴー、別のブキニストの兄弟と話したんだけど。ピエールという古顔で、ずっと昔から知っているブキニストよ。兄弟の話では、ピエールが五日前から行方不明なんですって。誰か別の人間が今はピエールの店で商売をしているそうよ。ピエールがいなくなったことを警察に届けたんだけど、ろくに相手をしてもらえなかったって言ってた。そうしてマックスのニュースを見て、ぞっとしたんですって。ヒューゴー、その兄弟は知りたがっているの。ピエールもセーヌ河に浮かんでいるんじゃないかって」

22

警察はアパルトマンに一時間ほどいて、写真を撮り、供述を取り、コーヒーを飲んでいった。警官を迎えるためにヒューゴーは玄関のドアをあけっぱなしにしておいたのだが、この事件に派遣されてきた刑事を見てがっかりした。が、ラウル・ガルシア主任警部本人は、初対面のような顔でヒューゴーと握手をした。ガルシアの蝶ネクタイがまた違う柄だとヒューゴーは気づいた。今回は赤い水玉模様だ。

ガルシアはアパルトマン内を歩きまわってあらゆるものを自分の目で確かめ、記憶に焼きつけていった。その間、鑑識の者には現場をいっさい触《さわ》らせなかった。そうしてひととおり見終えると、鑑識班の邪魔にならないように部屋の隅に行き、証拠品の指紋採取や写真撮影がきちんとおこなわれているかをヒューゴーやトムとともに見守った。アメリカ人ふたりはスコッチを飲んでいてガルシアにも勧めたが、彼はそれを断わり、コーヒーを飲んだ。ブラックで、砂糖をひとつ。

ヒューゴーは、緑の制服姿の鑑識官が玄関のドアに粉を振りかけるのを見ていた。ドアが施錠されていないことを発見してからすべてがあっという間の出来事だったため、どうやって連中が中に入ったのか考える暇もなかった。

「トム、ちょっと来てくれ」と言い、飲み物を置いた。トムもそれにならった。「失礼します、主任警部」

ガルシアは片方の眉を吊り上げた。

「ある人物について確かめたいことがあるので」ヒューゴーは言った。

「警官をひとり一緒に行かせましょうか？」ガルシアは尋ねた。質問というよりは断定に近い口調だった。

「いいえ、結構です」ヒューゴーは笑みを浮かべた。「みなさん忙しいし、こっちの件はすぐにはすみそうにないので」

何も触れないように気をつけながら、廊下にいる鑑識官の横を通り過ぎた。

「どうしたんだ？」トムが訊く。

「どうやって連中が中に入ったか、考えてるんだ」

トムは階段のてっぺんで足を止め、悲しげな顔で下を見た。「これを下りていったら、また上らなきゃいけないんだな？」

「いいかい」最初の踊り場まで半分ほど下りかけていたヒューゴーは足を止め、振り向いた。「やつらはドアを蹴破ったわけじゃない。それに私はちゃんと鍵をかけていった」

「それは確かなのか？」

答えは言わずもがなだ。ヒューゴーとトムはアパルトマン内にいるときでもドアは施錠しておく。数日間留守にするときは言うまでもない。それは習性のようなものだった。「連中は鍵を使ったにちがいない」

その意味をトムは理解したようだった。「おまえさんが鍵を置きっぱなしにするはずない。となると、やつらは誰かほかの人間から鍵を奪ったことになる。管理人とか」

「そのとおり。私たちが戻ってきたとき、管理人は持ち場にいなかった。だから彼を探しに行こう」

「人を探すことにかけちゃ、警察だってすこぶる有能なのに」トムは階段を下りながらぼやいた。

「有能だが、手早くはない」ヒューゴーは四階分を駆け下り、ロビーで立ち止まった。時刻は午後十一時近く。ディミトリオスにせよ誰にせよ、人がいる時間帯ではない。管理人用デスクのうしろに目をやったが、特に変わった点はない。

デスクの背後にあるドアの向こうには貯蔵庫や温水器がある。ヒューゴーはデスクをまわっていき、ドアノブに手をかけた。施錠されていない。トムがやって来るのを待ってドアを押しあけた。ふたり一緒に中に入ると、ヒューゴーは電灯のスイッチを手で探った。明かりをつけ、コンクリートの床に軽く靴音を響かせながらさらに奥へと進む。周囲には修理するための古い家具——壊れた安楽椅子や逆さになったテーブルなどが積まれていた。右手の壁際にはペンキの缶が並んでいる。左手の壁際には、道具の載った四メートル近くの長さの作業台がある。部屋は換気が悪く、油と埃《ほこり》のにおいがした。

ディミトリオスの気配はない。

前方にもうひとつドアが見える。ボイラー室に通じるドアだ。ヒューゴーが先に中に入り、まっすぐ進んだ。すでに明かりはつけたままになっていた。ふたつのボイラーのあいだにディミトリオスがいた。縛られ、猿ぐつわを噛《か》ませられ、床に転がっている。怯《おび》えた目をしていたが、ふたりが近づいてくるのを見て、その目に安堵《あんど》が広がっていった。頬は涙で濡れている。

ヒューゴーとトムは彼の横に膝をつき、体を起こしてやった。口を覆《おお》っていたテープをヒューゴーがはがすと、ディミトリオスは布を吐き出した。叫べないように口に詰められていたのだ。それから首をまわして深々と息をついた。トムは自分のブーツに手を伸ばして折りたたみナイフを引き抜くと、それを開いた。老人の両手は背中にまわされ、縛られていた。そのロープを切り、次に両脚を縛っていたロープを切った。ディミトリオスはしばらくじっとしたまま両の手首と腕をさすり、静かにすすり泣いた。

「大丈夫《サ・ヴァ》か、ディミトリオス？」ヒューゴーは優しく声をかけた。

「ええ《ウィ》」老人は涙で濡れた大きな目をヒューゴーに向けた。「申し訳ありません、ムッシュ・マーストン。お詫《わ》びします。あいつらに鍵を奪われたんです。無理やり。あなたがご無事で本当によかった。情けなくてしかたありません」

「気にしないでくれ、ディミトリオス、頼むよ。何事もなかったんだから」ヒューゴーはトムとふたりで老人を立たせ、両腕をそれぞれ自分たちの肩にかけさせた。「病院に連れていこう」

「その必要はありません、ムッシュ」

「いや、ある」ヒューゴーは言った。「あの男どもが来た時間を覚えているか？」

「八時頃だと思います。帰ろうとしていたところですから」

ディミトリオスをソファに座らせるためロビーに行くと、ガルシア主任警部がいた。刑事としての勘から、ふたりを追って一階まで来たのだ。ガルシアは無線で救急車を要請するとペンと手帳を取り出し、管理人から供述を取った。

「これでひとつの疑問に対する答えが出たようだ」ヒューゴーが言った。

「どういう意味だ？」

「私たちは連中の不意をついたよな？　つまり、やつらは私たちが戻ってくると思ってなかったんだ」

「そうだ」トムが言う。「おれたちがビエルに行って戻ってくるのを連中は尾行してなかったってことだな」

「いや、そうじゃない」ヒューゴーは言った。「私たちが戻ってくるのを尾《つ》けてなかっただけだ」

「なるほど。そう聞いてもべつに驚かないよ。やつらは以前におまえさんを尾行したとき優秀な腕前を披露してたもんな」トムはにやりとした。「昨日駅まで尾行されてたとはね。すばらしい。大馬鹿野郎め」

「ああ」ヒューゴーは頭を振った。「私もまだまだだな」

「でも、膝へのキックはなかなかだったぜ」

「ありがとよ」ヒューゴーはトムを見て、ガルシアに聞こえない場所まで連れていった。

「あんたの銃についてだが。わかってるだろうが、あんたは銃を持ってないことになってる。いいな？」

「銃だって？」トムは両方の眉をわざとらしく吊り上げ、無邪気そのものの顔で言った。

「銃ってなんのことだ？　なんの話か、さっぱりわからないな」

「上等だ。礼を言うよ。そういった余分な厄介事がなくても、大使からさんざん言われそうな気がするから」

「おまえさんはまだまだかもしれないが、ヒューゴー、おれは違うからな」

「ああ」ヒューゴーはうなずいた。「あんたはこういったゴタゴタが大好きだからな、だろ？」

「前にも言ったが、昔に戻ったみたいな気がするよ。さてと、上階《うえ》に行って飲みかけの酒をやっつけないか？」

ディミトリオスが病院に搬送されると、ガルシア主任警部はアパルトマンに戻ってきた。鑑識の作業も終わりに近づいている。

「逃げたほうの侵入者については情報がありません」ガルシアが言った。「警官たちに捜索させていますが、期待はできません。いずれにしても今夜のところは」

「捕まえた男はしゃべったかい？」トムが尋ねる。

「いいえ。やつはまだ表の車の中です。ここでの仕事が終わったら、署に連行します。容疑者を一定の手順で扱い、じわじわと追いつめていくのが私のやり方です。容疑者を大物扱いするんです。そうするとやつらは、思っていた以上に厄介な状況に追い込まれていると思うようになる」

「あの男はもうすでに首までクソに浸かってると思うがね」トムが言った。

「ええ。でも私が座って彼と話をする頃には、こう思っていることでしょう。自分はフランス――そしておたくたちの国――の大統領を暗殺しようとした疑いをかけられているのだと」

「ありがとう、主任警部」一緒に戸口に向かう途中で、ヒューゴーは足を止めた。「以前、私の友人のマックスのことであなたと話したことがありましたね。拉致《らち》されたブキニストです」

「覚えていますとも。あなたのムッシュ・グラヴァへの疑惑についても」

ヒューゴーはうなずいた。「警察はどう動いているんです？」

ガルシアは値踏みするような目で一瞬彼を見た。「必要なことはすべて。しなくてはいけないことはすべて。今のところ申し上げられるのはこれだけです」

満足はできなかったが、暗礁に乗り上げているのだと理解した。ガルシアをアパルトマンの玄関まで送り、ドアを二重に施錠した。それから暖炉の前の革の安楽椅子に向かい、椅子の背に体をもたせかけた。くたびれていたが、なぜか寝る気にはなれない。これまで捜査にあたった犯罪のどれもが押し込みより質の悪いものだった。が、自分が被害者になったのは初めての経験だ。トムがふたりのグラスにふたたびスコッチを満たしているあいだ、ヒューゴーは部屋の中を歩いて家具に触れ、窓を確かめた。居間に戻るとガスの火をつけ、ふたりそれぞれ椅子に腰を下ろした。

「とんでもない一日だったな」トムが言う。

「この手のことに私はもう歳を取りすぎてる」

「おいおい、これがおまえさんの若さの源だったじゃないか」

「あんたと一緒にするな」

「なあ」トムは咳払いをした。「ちょっと訊いてもいいか？」

「どうぞ」

「おまえさんのクラウディアについてもう一度考えてたんだ」トムが口火を切った。

「私もだよ」

「わかってる。彼女が一枚嚙《か》んでると言うつもりはないが、ただまったく無関係だとも思えないんだ」

「私はそう思わない、トム。まったくな。でも、聞く気はある。たとえほんの少しにせよ」

「オーケイ。おまえさんがピレネーに行ってることを彼女は知ってたか？」

「ああ」

「だったら、おまえさんは尾行されてなかったかもしれない」

「彼女が話したというのか？」ヒューゴーは首を振った。ありえない。というよりも、信じたくなかった。「私たちが予定より早く帰ってくることも彼女は知ってた。もし彼女がこの件になんらかの形で関わってるとしたら、そのこともやつらに話したはずだ。そうしたら、ここで連中と鉢合わせすることもなかった」

「それもそうだな。ところで明日の予定はどうなってる？」

ヒューゴーは片手で顔を拭《ぬぐ》った。「まずは、ゆっくり寝ることだな。あとはセシに電話をしないといけないし、大使館に説明に行き、被害者を演じなくてはならない」

「グラヴァを訪れるっていうのは？」

「真面目に言ってるのか？」ヒューゴーは立ち上がった。「だめだ、トム。もしあの男がルションに泣きついたら、今度こそ本当にお目玉をくらってしまう」トムを見ると、目を爛々《らんらん》とさせている。「よせ、トム。私の意志に反して汚い活動はしてほしくない。今はまだ」

「おまえさんは大使に報告しに行くんだろ？」

「ああ。あんたも一緒に来るんだ」

「おれはただここで時間をつぶすつもりだ」

「いや、だめだ」

トムは立ち上がり、グラスを持ってキッチンに行き、次に書斎に向かった。「ゆっくり寝ろよ、色男」

ヒューゴーは思わず笑った。「おやすみ、トム」

トムは手を振って書斎に入り、ドアを閉めた。ヒューゴーはそれから五分ほど火を見つめていたが、立ち上がって寝室に行き、ベッドに横たわった。一分で服を脱ぐぞ。そう思った次の瞬間、たなびく霧のような睡魔に包まれていた。

翌朝ヒューゴーが八時に起きると、トムの姿はなかった。コーヒーメーカーの上にメモがあった。


土産物《みやげもの》を買いに行く。おまえさんに土産を持ってくる――T。


土産。

ヒューゴーは走り書きされたメモを見ながら、この気まぐれな友人との絆をもっと深めたいと痛切に感じた。クワンティコで、そしてロサンジェルスでともに過ごした日々を思い返した。当時の彼らのあいだにはなんの秘密もなかった。それだけは言える。CIAの局員としてあちこちを転々とするうちに、トムは自分を閉ざすようになっていった。ヒューゴーに対してだけでなく、誰に対しても。昔の屈託《くったく》のないトムはもういない。今の彼を見ていると、ジョークの内容や酒の飲み方、女遊びへの企て、どれもがしっくりこない。トムはまるで昔の自分探しをしているかのようだ。かつては第二の皮膚のように自然にまとっていた人格を探しまわっているように見える。今の彼は記憶を消された男みたいだ。自分にぴたりと合うコート、自分のものであるコートを見つけるためにさまざまなコートを試着している、そんな印象を受ける。

友人が助けを必要としているのか、それとも自由を必要としているのか、ヒューゴーにはわからなかった。人の心に関するヒューゴーの専門的経験は、第三者の行動を調査分析するためのものだ。友人ではなく。そのことにヒューゴーは罪悪感を覚えていた。自分ではトムの役に立ちたいと思っているのだが、実際にトムがそれを必要としているのかどうか自信が持てないでいる。たとえば今も、トムがマックスを殺した者を見つけるために動いているのか、CIAの極秘の任務を遂行しているのか、見当もつかない。あるいはひょっとしたら、実際にパリの土産物を買いに行っているだけなのかもしれないが。

23

二杯目のコーヒーを飲んで大使館まで歩いていく力をかき集めると、ヒューゴーはセシに電話をかけようとした。呼び出し音が響くだけだった。たぶんシドニーの散歩に出かけているのだろう。次にエマに電話をした。少なくともメッセージを残すことはできた。基本的な事柄を告げ、自分は大丈夫だと伝えたあと、話があるから会いに行くと大使に知らせておいてくれと頼んだ。十分後、もう一度セシに電話をしようとしていると、携帯電話の着信音が鳴った。

「こちらガルシア主任警部です、ムッシュ・マーストン」

「おはようございます、主任警部。何かニュースでも？」

「少しですが。おたくの喧嘩好きの友人は口を割ってくれようとしません。その権利はありますがね。けれど彼の身元を突きとめました。もっと正確に言えば、何をしているかも。ドラッグの三流の売人です。しばらく服役したら、またその世界に舞い戻っていくでしょう。間違いありません」

「誰の下で働いているかわかりますか？」

「そこまでは。彼の仲間や、過去に誰に雇われていたかはわかっていますが、現在の親玉が誰かはわかりません。もちろん、誰かいるとしての話ですが」

「単なる押し込みだと思ってるんですか？」

「そうとは言いきれません。あなたも同感だと思いますが」

「ええ」

「あなたが話してらした例の詩人の本。連中の狙いはその本だったと思いますか？」

「その可能性はあります」ヒューゴーは言った。もしそうなら、連中をよこしたのはルシヨンではない。本はすでに彼が持っているのだから。だがおそらく、そんな単純なことではないのだろう。クラウゼヴィッツの本に関しては、いまだに疑問が消えていない。ヒューゴーはすでに自分に言い聞かせていた。マックスを拉致《らち》した相手が本も盗ったのだと。マックスからじかに、あるいは彼のアパルトマンから。違うかもしれないが。

「ところで、例の男が唯一口にしたことによると、あなたの友人が銃を持っていたというんです。航空会社の乗客名簿を調べましたが、入国時に友人が銃を申請したという記録はないんですがねえ。あなたのご意見は？」

「主任警部、それはとても由々《ゆゆ》しき問題じゃないですか」

「そのとおり。もちろん凶悪なドラッグの売人の言うことですからね、鵜《う》呑《の》みにはできません。ただお耳に入れておいたほうがいいのではと思ったもので」

「友人に言っておきますよ。彼も私たちと同意見だということを確認しておきます」

「そう願います」ヒューゴーはセシから聞いた話を思い出した。「もうひとり行方不明者が出たかもしれませんよ、主任警部」

「どういうことです？」

「ゆうべ遅く電話がありまして。パリ古書店組合の前組合長だったセシリア・ロジェからのメッセージによると、どうやら別のブキニストの姿が消えたらしい」

「名前はわかりますか？」

「ファーストネームだけです。もっと調べて、できるだけ早く知らせます」

「ありがとうございます《メルスィ》。この情報を知らせてくれたご婦人の名前をもう一度教えていただけますか？」

「セシリア・ロジェです」

「わかりました。気を悪くしないでいただきたいんですが、ムッシュ・マーストン。でも彼女に伝えていただけますか、この次何か重要な情報があったら私に連絡をくれるようにと」

「承知しました」縄張り争いを始める気か、とヒューゴーは思った。「彼女と連絡が取れ次第、伝えておきます。ムッシュ・グラヴァと話す予定はあるんですか、主任警部？」

「いえ《ノン》、そのつもりはありません。彼が関与していると信じる根拠がありませんから。ブキニストたちの死、またはおたくへの押し込みとを結びつける明確なつながりがないもので」

「一週間にブキニストふたり。そこに関連性はないんですか？」

「もしかしたら両者ともマイクロソフトのコンピュータを使っていたのかもしれない、ムッシュ。ビル・ゲイツを聴取したほうがいいですか？」

「それがあなたの推論なんですか？　勘弁してくださいよ、主任警部」

「あなた、もしくはほかの誰かに、彼らの死に関連性があるということを証明してもらえないかぎり、不幸な偶然の一致としか考えようがありません」

「偶然の一致？」ヒューゴーは二の句が告げなかった。偶然の一致どころではないことはわかっている。いずれガルシアを納得させるものを見つけるつもりだった。「結構。責任者はあなたですからね、主任警部」

「ありがとうございます。ところで予定をうかがい、あなたと友人に署までお越しいただきたいのですが。顔写真を見て、その中に侵入者がいるか、確かめてほしいんです。いつならご都合がつきますか？」

「今日の午後は？」

「結構です。早いに越したことはありませんからね。もし私がいなくても、名乗っていただければいいように手はずを整えておきますから」

もう一度セシに電話をした。彼女が出ないことがわかると、不安がよぎった。もっともパリからでは何もできないが。そこで大使館に向けて出発した。天気がよいにもかかわらず、ずっとうつむいたままでいた。シャボーにしろ誰にしろ、フランソワーズ・ブノワの店にいる人物を見たくなかった。歩行者用の狭い橋、ポン・デザールの上でちょっと足を止めた。

足の下のどんよりと暗いうねりが新たな、そしてありがたくない脅威を運んでいるように思えた。

「ヒューゴー、どうぞ」ティラー大使が声をかけた。「きみのメッセージは受け取った。大丈夫かい？」

「大丈夫です。ありがとうございます、大使」

「で、いったい何があったんだ？」

トムの銃のことは省いてヒューゴーは話した。大使は椅子の中で頭を振った。

「きみはその件がマックス・コッへと関係があると思ってるのか？」

「はい。主任警部も行き当たりばったりの押し込みだとは考えていません。もっとも、ブルーノ・グラヴァをわずらわせる気はないようですが」

「それがどうした？　私だってきみにグラヴァを悩ますようなことはしてほしくない。警察がそうする分にはまったくかまわないが」

「大使の友人のルションがグラヴァを困らせたくないのも同じ理由でしょう。政治的な理由というやつです」

大使は顎を撫《な》でた。「この件は依然としてわれわれの管轄外だ。きみの力になりたいんだがね、ヒューゴー。どうにかしてきみが正式に関われるように提言したいのだが。しかし、どうやったらいい？」

「ひとつだけ道があります」ヒューゴーは言った。「アメリカでは殺人のほとんどは地元の事件として扱われますよね？　州あるいは郡警察の管轄として」

「続けたまえ」

「しかし近頃では、助けが必要なときはＦＢＩに要請することもしばしばあります」

大使は話が呑み込めてきたようだ。「つまり警察が連続殺人事件を抱えていて、プロファイリングが役立つかもしれないと考える」

「そうです。パリ警視庁にも独自のプロファイラーがいるかもしれません。私は知りませんが」

「おそらくは。しかしきみはＦＢＩアカデミーで教えていた。経験は豊富だ。気に入った。いい考えだ。私に売り込んでほしいのだな。援助を申し出る、それ以上の他意はないということで？」

「もしそうしてくださるのなら、大使。感謝します」

「やってみよう。もちろん、確約はできないが。それにもし警視庁に断わられたら、きみは相変わらず門外漢でいる。いいね？」

「了解しました。でも、もしふたたび襲われるようなことがあったら、無抵抗の被害者でいるつもりはありませんよ」

「わかっている」大使は一瞬、目を輝かせた。「ところで私の情報源によると、強盗はなんの供述もしていないが、治療を要請しているらしい。彼の、その、性器に対して」

「それはいわゆる城の原則（アメリカの刑法上の原則。住宅を城に見立て、侵入者に対しての防衛行為は侵入者の死という結果に終わっても罪に問われない）というやつですよ」ヒューゴーはにやりとした。「私の城に押し入ったら、兵士たちが相手の一物を押しつぶす、そういうことです」

帰る途中、エマのオフィスに立ち寄った。彼女の顔に安堵《あんど》の表情が広がった。心配していたことを気取らせるようなそぶりはまったく見せなかったが。「ヒューゴー、休暇中のときくらいトラブルから遠ざかっていられないんですか？」

「私のせいじゃないさ」彼は言った。「被害に遭ったのは私だということを、みんな忘れたままだ。あべこべだよ」

「たとえそうでも、手を出さずに警察に電話しようという頭はなかったんですか？」

「実のところ」誠実に打ち明けた。「そういう考えはまったく浮かばなかった」

「やっぱりね」

ポケットの中で携帯電話が鳴った。

「クラウディア」電話機を開いて言った。「どうした？」

「ちょっとでいいから、会ってコーヒーでも飲める？」

「いいとも。どこにいる？」

「もしあなたが大使館にいるなら、そこから三ブロックのところよ。〈カフェ・ブルー〉は知ってる？　サン＝トノレ通りに面してる？」

「新しい場所だね、ああ」

「そこで会いましょう」

「クラウディア、どうかしたのか？　動揺してるみたいだが」

「大丈夫。ちょっと疲れただけ」

「十分間待ってくれ。そこに行くから」


ヒューゴーがかねがね思っていたのは、フォーブール・サン＝トノレ通りはパリで唯一クリスティーンが来たがり、滞在したがるような場所ということだ。パリの建築規格のせいで狭くて面白味のない通りだが、それにもかかわらず、世界でも指折りのショッピング街でもある。有名なブランドはすべて路面店を構えているし、ヒューゴーが聞いたことのない何十ものデザイナーの店もひしめき合っている。ブティックは最高級の服しか売らないし、宝飾店は入るのに気おくれするほど敷居が高そうだ。通りに面している何軒かのホテルは小ぢんまりとしているが居心地はよく、ぱっと見にはわからないが最高の優雅さを備え、パリ内のもっと豪華なホテルよりサービスも洗練されている。

そんな周囲に〈カフェ・ブルー〉はすんなり溶け込んでいる。歩道沿いに一列並んでいるテラス席の前をヒューゴーは何度も通りかかったことがあるが、席が空いても三十秒と経たずに次の客に占められる。ここのウェイターたちは、近くのブティックで湯水のように金を使う口やかましい客を相手にしていることを承知しているから、動きはきびきびとしていて小気味いい……コーヒーが冷めていたり運ぶのが遅かったりしたら、丁重に苦情を言われてしまうからだ。

クラウディアはうまいこと入口近くのテーブルと椅子を二脚確保していた。ヒューゴーは彼女の頬にキスをして、椅子に体を滑り込ませた。その際、人波からはみ出てきたふくよかなイタリア女と一時的に境界線争いになった。

「プライバシーもあったもんじゃないな」ヒューゴーは顔をしかめた。

クラウディアは微笑んだが、疲れて見えた。「こんな場所に引っ張り出してごめんなさい」

「かまわないさ。元気だった？」

ウェイターがあらわれた。ヒューゴーはカフェクレームを頼んだ。クラウディアも同じものを注文した。

「進行中のことで少し知らせておきたいことがあったの。でも約束して。誰にも言わないと」

「トムにも？」

「だめ、ヒューゴー。彼にも言わないで。今はまだ」と言い、ヒューゴーの目をじっと見た。

「約束できる？」

「わかった。何があったんだ？」

「ねえ、覚えてる？　ドブレスクとレ・ピエ・ノワールが街を二分していた話をしたでしょ？」

「覚えてる」

「レ・ピエ・ノワールに新たなパートナーができた、とわたしたちは考えてる」

「わたしたち？」

「オーケイ、警察よ。彼らはこの情報に関してわたしをとても信用してくれているの。だからあなたも他言はしないで」

「ああ、わかった。パートナーと言っていたが——誰と？」

「警察も確証はないの。はっきりとは。でも新たなルーマニア人グループという可能性がある。あるいはブルガリア人か。この両者が組んでヨーロッパで仕事をしていることが多いから。ロンドンやマドリードでは、この二カ国の犯罪同盟に手を焼いているわ」

「知らなかったな」ヒューゴーは正直に答えた。

「それにマドリードについて言えば、背後に〈祖国バスクと自由《ETA》〉がいるかもしれないという見解もあるのよ」

「スペインの分離主義者？　もう組織はなくなったと思っていたが」

「それが復活したのよ」クラウディアは言った。「ただ問題は、彼らがパリで復活したのかどうかということ」

「その見込みは薄そうに思えるが、一方でＥＴＡはコロンビア革命軍《FARC》や民族解放軍《ELN》といったいくつかのテロリスト・グループにとっては手本のような存在でもある。ドラッグを売って自分たちの活動資金にするといった点で」

「そのとおりよ。候補が多すぎる」クラウディアはウェイターからカップをふたつ受け取ると、ひとつをヒューゴーの前に置いた。角砂糖の紙をはがして自分のカップに入れ、かきまぜた。「前にも言ったように、ヨーロッパの国境をなくしたことはビジネス、観光業、犯罪者に驚くほどの効果をもたらした。みんなが享受できる新たな市場というわけ」

「そうしたことが全部、マックスやほかのブキニストたちと関係があると思ってるのかい?」

「実際にはノーよ」

「だったらなぜそんな話をする? わからないな」

「ヒューゴー、わたしはあなたのことを心配してるの」クラウディアはスプーンを取ってもう一度コーヒーをかきまぜた。「そんな権利はないけど、でも心配なの。ゆうべ起きたことを考えると……わからない。最近あまりにも死や破壊行為を目の当たりにしすぎたせいかもしれない」

「それでも理解できないな、悪いが」

「マックスの身に起きたことの捜査は警察にまかせてほしい、そう頼んでいるの。手を引いて、ヒューゴー。あなたが捜査に長《た》けていること、というか長けていたことは知ってる。でもそれは警察も同じよ」

「〝長けていた〟というのはどういう意味だ?」

「あなたはもう捜査官じゃないのよ。どうしてそうなりたがるの?」クラウディアはスプーンを置いてカップを両手で包んだ。「ゲームじゃないのよ、わかってるでしょ？　もし例のルーマニア人やブルガリア人が、もしくは連中が誰にせよ、あなたが嗅《か》ぎまわっていると思ったら、あなたのアパルトマンに差し向けるのは棒を持った間抜けどころじゃないのよ、ヒューゴー」

「それで思い出した。ガルシアから聞いた話をきみに言ったっけ？　やつらのひとりはドラッグの売人だった」

「ますます手を引いてほしくなったわ。あの連中はビジネスを立ち上げるつもりでいる。凶悪で冷酷なやつらよ」

「わかってる」ヒューゴーは彼女の腕に手を置いてぎゅっと握った。「きみのお父さんからご主人のことを聞いた。何があったのかを。心から気の毒に思う、クラウディア。きみから話してもらいたかったが」

彼女の顔に弱々しい笑みが浮かんだ。「そのことは努めて考えないようにしているの」顔から笑みが消えた。「それに、もう二度と起きてほしくない」

「それは私も同じだ。だが、なぜ私がやつらのビジネスを嗅ぎまわっていると思われるんだ？」

「なぜなら、それがアメリカ人のすることだから。あなたたちは世界を救いたがっている。世界を自分たちの思うような形にしたがっている。だからアメリカ人は、よその人間のビジネスに鼻を突っ込む。その最たる例がドラッグ・ビジネスよ。暗黒街は存在するわ、ヒューゴー。でも、映画で描かれているようなものとは違う。あなたはアメリカ映画のアクション・ヒーローじゃないのよ。ドアを蹴破って悪党どもを痛い目に遭わせるようなものとは違う。あなたが質問をするだけでも目立ってしまう、違う《ノン》？　アメリカ大使館の人間、それも元FBIの捜査官？　もちろん目立つわ。彼らはこう考えるでしょう。あなたがブキニストの事件を隠れ蓑《みの》にしてドラッグ・ビジネスの捜査をしているんじゃないかと」

ヒューゴーは椅子の背にもたれた。そんなふうに考えたことはなかったが、彼女の言うことにも一理ある。「みんなから手を引けとずっと言われっぱなしだ、クラウディア。大使、きみのお父さん、ガルシア主任警部。そして今度はきみだ。マックスを殺した相手はまだ捕まっていない。きみのドラッグ戦争とやらは私にはどうでもいいことだ。本当に。だが、友人が死んだ。セーヌ河に捨てられた。それなのに私の知るかぎり、警察はマックスを殺した犯人よりも私の動向のほうを気にかけている」

「そんなことはないわ」

「ない？　教えてくれ。デュランという刑事についてきみは何を知ってる？」

彼女の眉が吊り上がった。「ダヴィッド・デュラン？」

「そうだ」

「なぜ、そんなことを訊くの？」クラウディアはヒューゴーの顔から目をそらした。彼の顔を見られないとでもいうように。

「クラウディア。初動捜査を打ち切った刑事は彼だ。そしてきみは彼と会いつづけている」

「どうしてそれを知ってるの？」

「そんなことはどうでもいい」

「わたしを尾行してるの？」

「いや。質問をかわすのはよしてくれ。私はただデュランがどういう人間か知りたいんだ」

「そして、なぜわたしが彼と会っているのかも。そうよね？」

「私を責めるのか？」彼女の声に滲《にじ》む怒りが気になったが、訊かないわけにはいかない。

「わたしは記者よ。たくさんの警官と話をする。それだけよ、ヒューゴー。今の話とは」そこで手を振った。「なんの関係もない」彼女の携帯電話が鳴った。クラウディアは電話機を取り出し、ディスプレイを見た。「ちょっと失礼《エクスキュゼ・モワ・アン・モマン》、電話に出ないと」と言って立ち上がり、電話で話しながらテーブルの列に沿って歩いていった。列の端まで行くと二度うなずき、電話を切った。電話機をポケットに入れ、ヒューゴーのほうに戻ってきた。

その背後の通りから、ふたり乗りのバイクが近づいてきた。運転手と後部座席の者はともに黒革のジャケットにカウボーイのような革ズボン姿だ。ミラーシールドのついたヘルメットをかぶっているので、顔は見えない。バイクはカフェの五十メートルほど向こうからゆっくりやって来る。空席を探しているのだろうか？　ヒューゴーは最初そう思った。

「行かないと」席に戻るとクラウディアが言った。「特殊対策班に会議の招集がかかった。わたしも同席していいって言われたの。行かなくちゃ」

ヒューゴーも立ち上がった。ふたり分のコーヒー代を払おうとポケットに手を入れた。コインを数えてテーブルに置いていると、バイクがゆっくり迫ってきた。通りの真ん中から彼らに向かって。後部座席の男が革のジャケットに手を入れた。自分の姿勢を直しているように見えた。

何が起きているか、ヒューゴーが気づいたときは遅かった。

クラウディアは彼を通すために縁石に寄っていて、自分の携帯電話をバッグにしまおうとしてファスナーをいじっている。ヒューゴーは彼女の名を叫んだ。クラウディアが顔を上げた。彼の口調に驚いて、その目が丸くなる。

ヒューゴーは前に突進した。と、後部座席の男がジャケットの内側から小さく黒い何かを取り出した。男はクラウディアに体を向けた。両腕で彼女の肩をつかむと自分の体重をかけ、クラウディアを車道まで引きずった。ヒューゴーの背後から人々の悲鳴が響く。カップや皿の割れる音とともに、カフェの客たちがぱっと散っていく。ヒューゴーが車道に着いたそのとき、紛れもない銃声が響き、クラウディアの体がよろめいた。ヒューゴーは道路に転がりながらクラウディアに覆《おお》いかぶさろうとした。が、彼女は悲鳴を上げ、体を起こして逃げようとした。

さらに二発の銃弾が空気を切り裂いた。クラウディアはまたも悲鳴を上げ、倒れた。

ヒューゴーは顔を上げた。運転手がスロットルグリップをまわしている。後輪から摩擦による煙が上がっている。ヒューゴーは自分の銃に手を伸ばした。が、排気の轟音とゴムの軋《きし》む音とともにタイヤは路面を進み、バイクは縁石から飛ぶように去っていった。後部座席の男を乗せたまま、駐車している二台の車のあいだを尻を振りながら通り抜け、交通の流れに乗っていった。ヒューゴーは撃つのをあきらめた。

銃をしまい、クラウディアのもとへ這っていった。両膝と片肘がずきずき痛んだが、ヒューゴーは心痛しか感じなかった。クラウディアは歩道にうつぶせに倒れていた。体の下から縁石に向かって血が細長く流れている。

彼女の首からスカーフをはずした。そっと体を仰向《あおむ》けにし、銃創を確かめた。傷は二ヵ所あった。ひとつは左肩の上を銃弾がかすった傷。もうひとつの左の前腕の傷のほうが深かった。頭皮に手を滑らせてみると、かなり大きなこぶができている。だから気を失っているのだ。ヒューゴーはスカーフを前腕の傷口に押し当て、血を止めようとした。

「クラウディア、聞こえるか？」必死に尋ねた。

彼女はうめきながら体を動かそうとした。苦痛でゆがんだ唇でささやいた。「ヒューゴー……」

「がんばれ、大丈夫だから。わかったな？」本気でそう言った。傷はそれほど深刻なものではなかったが、彼女を襲った者に対する怒りではらわたが煮えくり返っている。彼女の頭の横に自分の頭を近づけた。「本当だ、クラウディア。傷は大丈夫だから」

遠くからサイレンの音が響いてくる。背後のカフェから少しずつ人が出てきて、おそるおそる彼らに近づく。

ひとりの女が人垣をかきわけてやって来ると、ヒューゴーの横に膝をついた。そうして何か言ったが、彼には聞き取れなかった。ぽかんとした顔でいると、女は自分を指さして英語で告げた。「ドクター」

ヒューゴーはうなずき、女がクラウディアの脈拍や呼吸を確かめるあいだじっとしていた。女は自分の白いスカーフをはずし、出血している肩に押し当てた。たちまちスカーフが赤く染まる。ヒューゴーはクラウディアの顔を見た。さっきまで青白かったが、今ではすっかり血の気が失せている。皮膚は半透明で唇は灰色だ。女は手首の脈を取った。自分を見ているヒューゴーと顔を合わせると、眉根を寄せた。

サイレンの音がさらに大きくなった。ヒューゴーは通りを見やった。フォーブル・サン＝トノレ通りの車が一台また一台と縁石側に寄る。警察車両とすぐあとに続く救急車に道を譲るためだ。

ほんの数分前までバイクがいた場所に二台が停止し、童顔の救急救命士が救急車から飛び下り、駆け寄ってきた。ヒューゴーが脇にどくと救急救命士はクラウディアのシャツの袖を切り裂きだした。それがすむと、肩の傷にすばやく大きなガーゼを当てて包帯を巻いた。出血がゆっくりになったように見えたが、もし肩の擦過傷《さっかしょう》についてヒューゴーが間違っていて銃弾がまだそこにあったら、動脈が裂けてじきに彼女は死んでしまう。若者は包帯を再確認し、同僚に向かって満足したようにうなずいた。同僚は点滴を入れ、頸椎《けいつい》装具を装着し終えたところだった。彼らは無言で数を数えながら、うめいているクラウディアをゆっくりとストレッチャーに移すと、それを持ち上げ、救急車の後部にすばやく乗せた。彼女に付き添おうとヒューゴーが救急車に向かうと、見物人のあいだからあらわれた制服警官に止められた。

「家族の方ですか、ムッシュ？」

「いいえ、友人です」

「あなたも傷を？」

「いいえ」

「申し訳ありませんが、ここに残って何があったか教えていただかなくてはなりません」

ヒューゴーは曖昧《あいまい》に人だかりを手で示した。「彼らに訊けばいい。一部始終を見てたんだから」

「彼らからも話を訊きますよ、ムッシュ」警官は言った。

「だったら私はあとで話す」

「いいえ《ノン》。手順に反します」

大使館の身分証明書を取り出そうかと一瞬、真剣に考えたが、思いとどまった。こういった警官とのやりとりは記録に残され、明白にされるにちがいない。大使はこれ以上の釈明を望まないだろう。「いいか」ヒューゴーはカフェを指さした。「私の知っていることはカフェの客も知っている」

「そうは思いませんね、ムッシュ。これまで聞いたところでは、標的はあなただったようですから」

24

トムは友人の肩に手を置いて上体をかがめ、低いコーヒーテーブルに湯気の立つマグカップを載せた。「ほらよ、いつだってこいつが効く」

「紅茶か?」

「イギリス人は料理下手《べた》だが、魔法の薬を知ってる。本当だ、紅茶は魔法の薬だ」ヒューゴーの隣の椅子に腰を下ろし、トムは顔をしかめた。「ただ約束してくれ。クリケットとかいうクソ・スポーツは絶対に見ないと」

「試合から学べることもあるんだぞ。思いやりとか礼儀正しさとか、そういった類のことを」

「そんなこと学ばなくても、おれは知ってるよ」トムはじっとヒューゴーを見た。「本当に大丈夫か?」

「ああ」ヒューゴーは椅子の背にもたれ、暖炉をじっと見つめた。「ただ彼女が心配なだけだ」

「撃たれたり誰かの命を救ったりなんて、そうそうあるわけじゃないからな。だからおまえさんは彼女のことを心配し、そんなおまえさんをおれは心配することになる」

「ありがとう」ヒューゴーは笑みを浮かべた。「でも、心配いらない。私は大丈夫だ。あんたは一日中いったい何をしてたんだ？」

「土産物のショッピングだよ」

「丸一日かけて？」

「いや、一日中というわけじゃない」トムは言った。「白状しよう。古書店組合のオフィスを嗅《か》ぎまわりに行ったんだ。けど、誰とも話しちゃいない」

「誰かを動転させたりは？」

「まさか。そんなことはしちゃいない」トムは紅茶をすすり、カップの縁越しに友人を見やった。「おまえさんとは違うからな。どう見ても」

「どう見ても」ヒューゴーの電話が鳴った。「ああ、ムッシュ・ルションン。お嬢さんはいかがです？」

「疲れているが、快方に向かっている」ルションの声からは動揺が感じられた。彼が体裁をつくろっていない場面にヒューゴーは初めて立ち会った思いだった。「出血はひどかったが、傷自体はそれほどでもなかった。警察から話を聞いた。きみが娘の命を救ってくださったと」

「申し訳ありません。私のせいです。警察の話では標的は私だったそうです」

「わからないな。なぜきみの命が狙われるのだろう？」

「込み入った話なんです」

「ふむ、私には理解しがたいが」

「何もかも理解できないことだらけですよ、ムッシュ・ルション。些末《さまつ》なことは気にせず、クラウディアのことだけ気にかけてやってください」

「私はただ娘を助けようとしてくださったことのお礼を述べたかっただけだ。娘婿《むすめむこ》がああいう連中に殺されたあと……」老人はため息をついた。「娘の命を救ってくださったのだから、どうか私のことはジェラールと呼んでいただきたい」

「わかりました」ヒューゴーは顔を上げた。トムが何か走り書きをしている。〝本〟。「ひとつお願いしてもかまいませんか、ジェラール？　実際にはふたつですが」

「もちろん《メ・ウィ》。なんでもどうぞ」

「ひとつは、病院に連絡して私がクラウディアを見舞えるようにしてください。見舞おうとしたんですが、病室に入れてもらえませんでした。たぶん、彼女は警察の保護下に置かれているのでしょう」

「まかせてくれ」

「感謝します。あとひとつですが、最近『地獄の季節』という本を買いましたね」

沈黙。ややあって、「どうしてそれをご存じなのかな？」

「今は言えません。でもその本を見る必要があるんです」ヒューゴーは賭けてみることにした。「それを売りに出したのは私なんです」

「いや《ノン》、それは誤解だ。私はイギリス人の書店主から購入したのだから」

「ええ、知っています。私はその本をブキニストから買い、書店主に渡したのです。代わりに売ってもらうために。ピーター・ケンダルという男です」

「そう、彼だ。しかし、売った本をどうして見たいんだろうか？」

「それをはっきりわかっていたらいいのですが。聞いてください、その本がお嬢さんの銃撃と関係ある可能性があるんです」

「なんですと？　どういうわけで？」

「それもまだ確信が持てなくて。だから本を見たいのです」ヒューゴーはトムを見た。「はっきり言うと、友人に本を見せていただきたい」

「ご存じのように、あの本はひじょうに高価なものだ」ド・ルションは言った。「しかしここから持ち出すのでないかぎり、きみの友人にお見せするのはやぶさかでない。私にできるせめてものことだ。私は明日の朝、家にいる。その時間帯でよろしければ」

ヒューゴーは礼を述べ、電話を切った。

「クラウディアの容体はどうだ？」トムが尋ねる。

「落ち着いている。出血はしたが、深刻な状態は脱したようだ」

「そいつはいいニュースだ」だがトムは下唇を噛《か》んでじっとヒューゴーを見ている。

「なんだ？」

「おまえさんがあっさり決めつけたからだよ。ルションはやましいところがなく正しく公正な側の人間だと」

「彼に本のことを訊けと言ったのはあんたじゃないか」

「ああ。おれが言ったのはそれだけだ、間抜け野郎。何もかも馬鹿正直に言う必要はなかったんだ」

「おい、トム。あの銃撃にルションが絡んでるなんて思えない」

「ほざけ。昨日の棍棒《こんぼう》と電気棒を持った連中の手際はお粗末だった。だから彼は今日、銃を持った男を差し向けた。おまえさんがカフェで自分の娘と会ってるとも知らずに。だから娘が撃たれて動揺してるのさ」トムは立ち上がり、酒の入っているキャビネットに向かった。

「もしこの件の背後にいるのが彼だとしたら、おれならバイクに乗って引き金を引くピエロになんぞなりたくないがね」

「もし背後に彼がいるとしたら、あんたは本を見に行かないほうがいいかもしれない」

「まさか。だがそっちが扉をあけちまったからには、おれは間抜けになりきって、あちこち調べないほうがいい、だろ？」

「さあな、トム」ヒューゴーは片手で顔をさすった。「あんたの話を聞いて自信が持てなくなってきたよ」

「そういうときは酒だよ。心をなだめるのに紅茶が役立つのは五時までだ。こんなショックのあとじゃウィスキーのほうが効く」

「私の命をつけ狙うやつらがいるかぎり、アルコール依存症になりそうだ」

「おれには負けるがね」トムは言った。「パーティに参加しろよ」

「わかった。注ぐのはちょっとでいい。で、古書店組合で調べたことについて話してくれ」

「いい子だ」トムはたっぷりスコッチを注いでヒューゴーに手渡した。「おれが着いた頃にはランチでオフィスは閉められていた」

「ナイスタイミングだな」

「この上なく。おまえさんはグラヴァのオフィスに入ったことあるんだろ？　強迫性障害だな、おれに言わせれば」

「その点は私も気づいてた。しかし彼の話によると、癌《がん》を患《わずら》っているそうだ。だから黴菌《ばいきん》を寄せつけないでおきたいんだろうよ。清潔そのものだった」ヒューゴーは自分のグラスを掲げた。「こいつをありがとう。しかし、これ以上あんたがもったいをつける気なら、眠くなっちまいそうだ」

「だったら寝に行けよ。やつについて唯一、興味を惹《ひ》かれる点は、個人的な思い出の品や情報の類がオフィスのどこにもなかったとこだ」

「そこに興味を惹かれるのか？」

「もちろんさ。考えてもみろ、ヒューゴー。世界中の誰のオフィスに行っても、女房や子ども、犬の写真とか、あるいはお気に入りの見開きページなんかが飾ってあるはずだ」

「そういうことが今じゃ病院から許されてないんだろうよ」

「あまりにも無菌すぎるって感じだった。医学的な意味で言ったんじゃないぞ」

「彼が何かを隠してると思ってるのか？」

トムは眉根を寄せた。「その反対にちがいない」

「トム、私が叫びだす前に」ヒューゴーは自分のグラスを、次に自分自身を指した。「たっぷり注いでくれないか。撃たれて、疲れて、今度は謎めいた物言い？　勘弁してくれ」

「わかったよ。ひょっとしたら、どうってことないのかもしれんがね。やつは友人もペットもいない。家族もいない変わり者かもしれない。けど、それで思い出したんだよ。以前もそういうやつがいたことを。その男は何かを隠していたんじゃなく、存在していなかったんだ。自分で言い張ってたとおりの人間じゃなかったんだよ。おれが言いたいのは、もしこれが同じ類のことだとしたら、ブルーノ・グラヴァは現実にはいない。なんらかの理由で、自分ででっちあげたキャラクターなんだ。やつの背景を調べたか？」

「ああ。国内中央情報局《DCRI》のデータベースで。何もなかった」

「まったく？」

「まったく。くそ、あんたの言うとおりかもしれない」ヒューゴーはスコッチの残りを飲み干した。「なんの犯罪歴もない。運転免許証も。政府の許可の申請も。出生証明書だけであとは何もなし」

「誰でも歴史があるのにな、ヒューゴー。誰でも政府がたどれる足跡を残しているのに」

「存在していない連中を別にすれば」ヒューゴーはうなずいた。「あとはＣＩＡの作戦担当官とか」

「やつはＣＩＡの人間じゃない。その点は確かだ」

「面白いな。私たちのブルーノ・グラヴァは幽霊らしい」

25

翌朝ヒューゴーが電話をかけると、看護師から八時からでないと面会できないと言われた。けれど彼は早起きをしていたので、七時になるとすぐに病院に出発した。一時間もアパルトマンの中をうろうろしたくなかったからだ。

身を切るような朝の風に、コートの襟を立てて歩いた。朝のその時間帯のがらんとしたパリの脇道を楽しみながら。たまに学生が急いで通り過ぎていく。長いマフラーをぐるぐる巻きにした女学生や、ハンドルに置いた教科書のバランスを取りながら自転車で行く学生。いずれも凍えそうな耳まで毛糸の帽子をすっぽりかぶっている。市立病院《オテル・デュー》までぶらぶら歩くあいだ、コーヒーの香りや暖かな空気を求めて途中休憩した。三十分ほど歩いたところでクロワッサンとコーヒーを買いに立ち寄り、それを食べたり飲んだりしながらサン・ジェルマン大通りを歩いた。道中、時間つぶしにショーウィンドウを眺めたりしながら、刻一刻とパリが息づいていくのを見守った。

シテ島に続く橋を渡りながら、コーヒーのカップをゴミ容器に捨てた。シテ島は面積こそ小さいもののパリ発祥の地で、地理的にも市の中心地だ。ヒューゴーのアパルトマンから、ざっと一・五、六キロほどのところにある。セーヌ河にふたつある自然の中洲《なかす》のひとつで、おそらくパリでいちばん地価の高い区画だ。パリ屈指の名所であるノートルダム大聖堂に行くには、観光客もパリジャンも島に五本架かっている橋のどれかを渡ることになる。

大聖堂の西に市立病院がある。六五一年にパリ司教である聖ランドリーによって建てられたものだ。さらに病院の西には、ヒューゴーのふたつ目の目的地であるパリ警視庁がある。庁内ではガルシア主任警部が写真の束を前に、疑り深そうに眉根を寄せて待っていることだろう。

病室の前にいた警官が脇にどいてヒューゴーを通してくれた。クラウディアはベッドで起き上がって《パリマッチ》誌を読んでいるところだった。ヒューゴーが中に入ると、彼女は顔を上げた。頰の色とその顔に浮かぶ笑みを見て、ヒューゴーはうれしくなった。彼女の左腕は包帯を巻かれ、三角筋で吊るされていた。

「わたしのヒーロー」彼女が言った。「ご褒美《ほうび》をもらいに来たの？」

「ここではそういったことは許可されないと思うがね」

「よかった。そんな元気ないもの」彼は体をかがめて彼女の頰にキスをした。が、クラウディアが頭をそらしたので、ふたりの唇が軽く触れ合った。「冗談は別として、ヒューゴー。あなたは命の恩人だわ」

「実のところ、それはどうだろうか。もし連中の標的が私だったら、私のせいできみを危険に巻き込んだことになる」

「解釈の問題ね」ヒューゴーがベッドの脇に腰を下ろすと、クラウディアが手を重ねた。

「あなたは大丈夫？」

「ああ。このあと警視庁に行って供述することになっている」

「よかった。父もあとで来るそうよ。今では父もあなたを気に入っているみたい」

「まあ私がきみの命を救ったのなら、当然だろう」ヒューゴーはにやりとし、彼女の手を握った。「ところでじきに退院できるの？」

「今日よ。多少は出血したけれど、輸血してもらったから。心配はないわ」

「いい記事になりそうじゃないか」

「ええ」クラウディアは顔をしかめた。「ただし撃たれたのが自分だと、書かせてもらえないのよ」

「それは公平に思えないな」

ふたりの会話は一時間ほど続いた。銃撃のことも話したが、大半は別の話題だった。クラウディアの頭がこくりこくりとなり、瞼《まぶた》が重そうになると、ヒューゴーは額にキスをし、膝に置かれた雑誌を取ってサイドテーブルに置いた。彼女の疲労した体が睡魔に支配されていくのをしばらく見守ったあと、できるだけ静かに病室を出ていった。

警視庁までは歩いてすぐだったが、気持ちのいいものだった。空気は来るときよりも暖かく、そよ吹く風は悩ましいことに秋を思い出させた。あるいはひと足早く春が来たのかと錯覚させるようなものだった。

ガルシアを訪ねることは事前に電話で伝えてあったが、それにもかかわらず、待たされることになるだろうと信じて疑わなかった。ヒューゴーの経験からすると、フランス人の時間の概念は南アメリカのそれと似ている――柔軟性があるということだ。したがって十時の約束をしている場合、十時近くにあらわれるのは当事者のどちらかだけということが当たり前のようになっている。

だから警視庁に入って出迎えられたときは驚き、自分が遅刻したような気にさせられた。若い警官に案内され、国家警察の私服部門が置かれている建物の一画にある、司法警察局のオフィスにまっすぐ向かった。堅いベンチで少し待っていると廊下に面したドアがあき、ガルシア主任警部があらわれた。ふたりは握手を交わした。

「お越しいただきありがとうございます。ムッシュ・マーストン。こちらへ」

今度はガルシアに案内され、カーペットの敷かれた大きな部屋に入った。そこでは秘書たちがそれぞれの持ち場で、ひっそりとタイプをたたいていた。陰気な顔で呼ばれるのを待っている者もいる。ガルシアのあとについて書類でいっぱいのデスクの列をくねくねと進み、部屋の奥の一列に並んだオフィスに向かった。ガルシアが擦《す》りガラスのドアをあけて手で押さえ、中に入るよううながした。

「どうぞ、お掛けください」

ヒューゴーはオフィスに入り、ガルシアのデスクの向かい側に一脚だけある椅子に腰を下ろした。窓からは木々の梢《こずえ》越しにセーヌ河の右岸が見渡せる。「すばらしい眺めですね」

「ええ《ウィ》」ガルシアはデスクをまわり、コンピュータのディスプレイをヒューゴーにも見えるように逆向きにした。「ムッシュ、銃撃のことは聞きました。ご無事で何よりです。お友だちが快復されたことも。テキサスではよくあることかもしれませんが、ここではああいった銃撃事件はめったに起きません。懸命に犯人を捜しているところです」

「ありがとうございます《メルスィ》、主任警部。感謝します。あと断言しておきますが、テキサスの街中でしょっちゅう銃撃沙汰があるという噂は、とんでもなく誇張されています。少なくとも現代では」

「それを聞いて安心しました。さてムッシュ、黒人の顔写真を集めておきました。あなたからうかがった特徴に合致していて、なおかつ別の押し込み事件になんらかの関係のある人物をできるだけ探しました。あとドラッグの経歴のある者も」

「今回のことがドラッグ絡みだと考えているんですか？」

「何に絡んでいるのか、まだわかりません。しかし犯罪者というのは同じパターンの犯行を繰り返す傾向があります。二流の犯罪者は、似たような仲間とつるみがちだ。おたくに押し入った——容疑はなんにせよ——男は、ドラッグの売人でした。だから相棒もそうではないかとにらんでいます」ガルシアは肩をすくめ、未開封の手紙の束を見やった。「集めた中で見つけられなかったら、もっと写真を探しますから」と言い、コンピュータのマウスをよこした。ヒューゴーはディスプレイ上の写真をスクロールしていった。一ページに二十五人。十分後、十ページ目に見つけた。拘留中の写真で、見覚えのある狡猾《こうかつ》そうな顔がこちらをにらみつけている。

「ありました。こいつです」

ガルシアがデスクをまわってきて、ヒューゴーの背後に立った。「写真をクリックしてください。素性を見てみましょう」

ヒューゴーがクリックし、ふたりで容疑者のプロフィールに目を通した。アレックス・ヴァシェ。フランス人。四十一歳。逮捕歴多数。窃盗、詐欺、ドラッグを売った容疑で有罪の判決を受けている。いちばん最近の有罪判決は三年前だ。

「よかった」ガルシアが言った。「これをプリントアウトして部下に渡します。彼らが逮捕してくれるでしょう」

「簡単でしたね」

「話はまだすんでいません、ムッシュ」ガルシアは自分の席に戻って腰を下ろすと、口髭を撫《な》ではじめた。「おたくの大使館から上司に電話がありました。助力を申し出たそうですね。そして私がそれを受け入れることになりそうです」

「ああ、そのことですか。聞いてください、主任警部」ヒューゴーは言いかけた。「私は決して——」

「それ以上おっしゃらなくて結構です、ムッシュ」ガルシアは片手を上げた。「死んだブキニストたちに関するファイルをあなたに見せるよう言われました。もし要請があれば、さらに手を貸すようにとも。なんでもあなたは行動心理分析官としては超一流だそうですね」

ガルシアの口調と表情は、水晶玉占い師からの手伝いを受け入れると言っているようなものだった。が、ヒューゴーはただ笑みを浮かべた。「あなたのお邪魔はしないと約束します。私の発見や意見を鵜呑《うの》みにする必要もありません」

「恐れ入ります。はっきり申し上げておきますが、科学と見せかけてだます当て推量を私は認めていません。目撃者かもしれない人物や実際の被害者を捜査に関わらせることも認めていません。さらにすでに申し上げたように、私は三人のブキニストの死に関連性はないと思っています」

「ふたりでしょ？　マックス・コッヘとフランソワーズ・ブノワの」

「三人です」ガルシアはヒューゴーの前に手帳を広げた。「ピエール・デマレという男が今朝、河から引き揚げられました。ちょうど今、検屍がおこなわれているところですが、溺死《できし》ということになるでしょう」ガルシアは顔を上げた。「待ってください《アタンデ》、デマレはあのブキニストの言っていた人物の名では？　マダム……」

「ロジェです。そう、彼女の言っていた男です」

「なるほど。その方は公式の関係者ではありませんから、デマレの家族に連絡するまで彼女に知らせるのを待っていただけるとありがたいのですが。少なくとも他言しないよう、その方に伝えておいてください」

「もちろんです」ヒューゴーはためらった。「主任警部、一週間以内に不慮の溺死が二件、薬物の過剰摂取が一件。三人の遺体はいずれもセーヌ河一帯から発見された。これが単なる偶然の一致だと本当に考えているのですか？」

「私の考えはどの可能性にも限定されていません」ガルシアは口髭の先端に指を一本当て、身を乗り出した。「けれど〝偶然の一致〟という言葉が存在するのは、それなりの理由があるからですよ。ここはアメリカではありません、ムッシュ。おたくの国のように発砲沙汰も連続殺人もない。となると、人は別の方法で死ぬことになる。そして街に大きな河が流れていたら、河の中から遺体が見つかるという傾向にあります」ガルシアは、ヒューゴーの背後の壁際に押しつけられている長テーブルに手を振った。「検屍報告書のコピーと、それぞれの遺体発見現場で撮った写真をご覧に入れましょう。あと直接関係する捜査の報告書と目撃者の調書も。それらの資料の中から連続殺人だという答えが出たのなら、ムッシュ・マーストン、どうやって答えを導き出したのか、ぜひともご意見を拝聴したい」

ヒューゴーは反論しないことにした。今の彼はファイルを見られる立場にある。それこそ彼が望んでいたことだ。じっくりと時間をかけて調べようと思った。警察がヒューゴーを必要としておらず、ブキニストたちの死の関連性をわざわざ探そうとしないなら、ヒューゴーにとってこれは唯一の、そして最後のチャンスかもしれない。ガルシアに目をやると、手紙の束にふたたび取りかかっていた。

「で、そこにずっと座って私を見張ってるつもりですか？」

「いいえ《ノン》、ムッシュ」ガルシアはペーパーナイフを置いて、黒人の加害者アレックス・ヴァシェのプリントアウトを手に取った。「手紙には目を通したから、本来の警察仕事に戻るとしましょう」と言って立ち上がり、オフィスを出て、そっとドアを閉めた。

ヒューゴーは写真から始めた。文章を読む前に写真を見たがるのは人間の特性だな、と胸につぶやいた。ほとんど成果はなかったが、もともと期待もしていなかった。水浸しの三人の遺体姿をカラー写真で見ると、彼らが生きた人間だったとはなかなか想像できない。

おまけに中のひとりはマックスだ。ヒューゴーは彼の写真をじっと見た。逝《い》ってしまったのだな、古き友よ。こんな姿はあんたじゃない。頭を振り、集中しようと努めた。思い出にかまけていると真実を見失う恐れがある。写真を見終えると、脇にどけた。そうしてふたりの検屍報告書を見た。それぞれ人体の図解が続いている。骨格、臓器。検屍がおこなわれる際に使われる標準的な書式だ。検屍官はボイス・レコーダーに口述しておいたものをあとで書き留めるか、あるいは検屍中に助手に筆記させるかのどちらかだということをヒューゴーは知っている。

フランソワーズ・ブノワから始めることにした。

検屍官の所見によると、打撲傷や切り傷をはじめ、意図的もしくは偶然による暴行の痕跡は見当たらない。ただ——意外ではないが——肝臓が相当傷《いた》んでいるとコメントされている。彼女のほかの生命維持に不可欠な臓器は計量され、それぞれさまざまな標準値と比較されている。すべて正常の範囲内のようだった。太りすぎのアルコール依存症にしては。ヒューゴーは彼女のほかの資料に目を通したが、明らかに殺人を示唆するようなものは見つけられなかった。

ただ……ヒューゴーは椅子の背にもたれ、彼女の所持品のリストをもう一度見た。ふたつのグループに分かれている。衣服も含めて彼女が身に着けていたものと、遺体が発見されたあと警察によって店から回収されたものとに。彼が興味を惹《ひ》かれたのは後者のほうだった。リストによると、キャンバス地のバッグにあったレシートから、彼女が昼頃ウォッカを二本購入したことがわかる。一本は一般的な七百五十ミリリットル壜で、もう一本はもっと小さなパイント壜だ。記述によると、キャンバス地のバッグの底にパイント壜がしまい込まれていた。四分の一ほど減っていたという。大きな壜は見つかっていない。

ガルシアのデスクに行ってメモ帳を一枚破り、ペンも借りた。今気づいた点を書き留め、マックスの検屍報告書に移った。ガルシア主任警部の懐疑的意見に反論できるものが見つかるはずだ、そう思っていた。

それはすぐに見つかった。検屍報告書によると、マックスの胸と背中に激しい打撲傷があったという。生きたまま河に落ちたのなら、船か流木に打たれたという可能性もある。けれどヒューゴーが探しているものは、毒物の報告書に見つかった。

主任警部がほかの多くの警官同様、報告書の中の数字を読みとばしたかもしれないとヒューゴーは思っていた。薬物の血中濃度のマイクログラムは、酸素濃度と薬物の純度をあらわす。だがヒューゴーは犯罪科学研究所にいたことがある。自分が数字そのものを理解できないからといって技術者たちの結論に頼ることには抵抗がある。この報告書によると、マックスは大量のコカイン、それもきわめて純度の高いものを摂取したことになる。街角で手に入るような代物《しろもの》ではない。たとえ弁護士や株式売買人が大金を積もうとも。いや、これは小売りではなく、卸売りでなければ手に入らない。懐《ふところ》の寂しいブキニストが所持するような代物でないのは、明らかだ。

純粋なコカインを手に入れられる誰かが、マックスの頭に銃を突きつけ、致死量のドラッグを摂取させ、さらにおぞましいやり方で彼を殺した。このような純正品によって束《つか》の間の恍惚《こうこつ》感を味わわせたあと、老人を拷問死させたのだ。最初に筋肉が火をつけられたように震え、すぐにそれは痙攣《けいれん》に変わり、それから体全体の自由がきかなくなる。苦痛に苛《さいな》まれながら、老人の体の組織は永遠に機能しなくなっていく。ドラッグは重篤《じゅうとく》な心臓発作を起こさせ、すみやかに命を奪う。あるいは彼の心臓がドラッグに耐えられるほど強かったとしても、肺機能が停止して窒息死する。

ヒューゴーは内側から込み上げる怒りを鎮《しず》め、三つ目のファイルに取りかかった。ピエール・デマレの報告書に関しては、あまり見るべきものはなかった。新たな溺死、おそらくは。けれど写真にざっと目を通したとたん、ヒューゴーは眉根を寄せた。

ガルシアはこれを見ていないのか？

男の額には明らかに大きな打撲傷があるし、顎は血まみれだった。写真の角度からは断言できないが、顎を脱臼《だっきゅう》させられているのかもしれない。検屍報告書――だからそれが必要なのだ——もそれを裏づけてくれるだろう。

ヒューゴーは事件現場の報告書を手に取り、ガルシアのオフィスから出た。周囲を見ると、ひとりの秘書が彼の視線を受け止めてくれた。「ガルシア主任警部が戻ってくるか、わかりますか？」

「ええ《ウィ》、ムッシュ。サンドイッチを買ってから戻ると言っていました」

なるほど、サンドイッチ。本来の警官らしい仕事だ。「ありがとう。待たせてもらいます」

オフィスに戻って腰を下ろすとセシ・ロジェに電話をかけた。もう切ろうかと思ったときに彼女が電話に出た。挨拶《あいさつ》を交わしたあと、ヒューゴーは深々と息を吸った。「セシ、残念なニュースがあります」

「まさか、ピエールのこと？」

「そう《ウィ》です。気の毒だが、セシ、彼は死にました」

「死んだ？　確かなの？」

老人の水浸しの髪、生気のない見開いた目を、ヒューゴーは思い浮かべた。「確かです」

「どうして？」

「それはわかりません。警察は溺死という見解ですが、もう一度説得してもっと注目させられたらと願っています」

「グラヴァだと思う？」

「まだわかりません、セシ。それに答えられたらいいのですが。問題は彼らの仕事以外に、グラヴァとブキニストたちを直接結びつけるものがないのです」

「ええ、ええ、わかるわ」セシは深いため息をついた。そして「そうだ、さらに何人かのブキニストと話をしたわ」

「で？」

「またも同じ。金をやるから店を手放せと言われた。脅されたり暴力を振るわれたりした者はひとりもいなかったけど、みんなわたしと同じように感じてた」

「了解。ありがとう、セシ。いいですか、もうこれ以上電話はしないほうがいいでしょう。話がまわりまわってグラヴァの耳に届いてほしくないから」

「わたしが危険だって言うの？」

「たとえ今回の背後にいるのが彼だとしても」ヒューゴーは言った。「そちらに危険が及ぶとは思えません。あなたは何も知らないし、彼の望みどおりに行動した。けれど監視を怠《おこた》らず、何かあったら警察を呼んでください。もっともビエルにいるかぎり安全だと思いますが」

　ふたりは電話を切った。十五分後、ガルシアが戻ってきた。サンドイッチをふたつ持っているが、ひとつはほとんどたいらげられていた。もう一方を彼はヒューゴーに差し出した。

「すみません《ジュ・メクスキュズ》、ムッシュ・マーストン。先ほどは少々失礼なことを言ってしまって。やることが多すぎるうえに、手が足りないもので。ハムとブリーチーズのサンドイッチです。あなたがアメリカ人にありがちな菜食主義者でないといいのですが」

「いいえ」ヒューゴーは答えた。「テキサス出身ですから」

ガルシアはうめくと、デスクについて座った。そうして食べ残したサンドイッチの包みを開いた。途中で顔を上げ、ヒューゴーを見た。「ブキニストたちの死について、私の意見をはっきりさせておくべきでしょうな。彼らが事故死だと決して確信しているわけではありません。しかし同時にまた、彼らの死に関連性があるという確信も持てないでいる。ご理解いただきたいのですが、上司に主張するには証拠がどっさり要求されます。殺人事件を解決するには多くの人員を割《さ》かなくてはなりませんから」と言って自分のサンドイッチを見つめ、ヒューゴーに視線を戻した。「で、何か見つかりましたか？」

ヒューゴーの見たところ、ガルシアは意識して当たり障りのない意見を維持しようとしているようだ。そしてヒューゴーにいまいましい発見をしてほしくないと思っている。

「実を言うと、見つけたんです」ヒューゴーはフランソワーズ・ブノワのファイルをめくって所持品のリストを取り出した。それをガルシアに渡し、酒の小壜はバッグから見つかったが、大きな壜は行方不明だと説明した。

「ええ《ウィ》」ガルシアはうなずいた。「彼女は河岸で飲んでいた、われわれはそう考えています。大壜は河に落としたにちがいない。見つかりはしないでしょう」と言ってサンドイッチを嚙《か》むと、椅子の背にもたれて耳を傾けた。

「ええ《ウィ》、その《セ・》可能性《ポシーブル》はあります」ヒューゴーは言った。「でも、こんなふうに考えてくれませんか？　彼女は酒壜を二本持っていた。大きいのと小さいのと。なぜ？　私が思うに、自分がアルコール依存症だということを人に知られたくなかったからでしょう、主任警部。だから小壜を買った。そうすれば人に気づかれずに飲めるから。アルコール依存症の典型的な手です。私と話したとき、彼女はミント味のブレスケアを嚙んでいました」

「酒のにおいを隠すために」

「そのとおり《エグザクトゥマン》」ヒューゴーは自説を強調しすぎないよう心した。結局、ブノワはアルコール依存症であることを彼に白状した。ヒューゴー以外にも告白された者がいてもおかしくない。もっとも、それを認めたときのブノワは、秘密を打ち明けるような口調だったが。「彼女が自分の飲酒癖を隠そうとしていた――特に客に――のも、しごくもっともな話です」

ガルシアはまたしてもうめいて、サンドイッチを嚙んでいる。

「私が言いたいのは」ヒューゴーは続けた。「もし彼女が一杯やるために河岸にいたとしたら、小壜を飲んでいたはずだということです。そのために小壜を買ったのだから。調書からも彼女が小壜から飲んでいたことがわかります。察するに大壜は家に持って帰るつもりだったのでしょう」

ガルシアはサンドイッチを飲み込んだ。「だったら大壜はどこにあるんでしょう？」

「さあ。たぶん通りすがりの者が店で見つけ、盗ってしまったのか。答えはわかりませんが、問題はそのことではない。大事なのは、ブノワがなんらかの理由があってセーヌの河岸にいた。が、その理由は酒を飲むためではなかったということです」

「なるほど」ガルシアはおもむろにうなずいた。「ほかには何か？」

「ブノワについてはありません。でもマックス・コッへについてはあります」ヒューゴーは自分が発見したことを復習し、打撲傷から始めた。「この傷は死ぬ直前につけられたにちがいない。死んだあとではなく。船にぶつかったのかもしれない。それは認めましょう。でも、そうではない可能性もある。傷が胸と背中だけという点に注目してください。脚や顔にはついていない」

「殴られたと？」

「私にはそう思えます」

「続けて」

ヒューゴーは薬物報告を示し、コカインの血中濃度が高かったのは、きわめて高純度の品だったからだと説明した。「検屍報告書の残りの部分をご覧になったら、わかっていただけるでしょう。マックスが薬物常用者でなかったことが。鼻腔《びこう》、あるいは内臓——脳も含めて——に悪影響が及ぼされている兆候はなかった。さらに」ヒューゴーは指を一本立てた。「彼の自宅からも店からも、コカインはまったく見つかっていない。彼が常用者だったと考える根拠はまるっきりないのです」

「前回あなたと話したあと、彼のファイルを見直しました」と言い、ガルシアは口を拭《ぬぐ》った。「ドラッグの前歴があるという証拠は、いっさい見つけられませんでした。もっとも、そこに記されている毒物学の数字は正しく理解できませんでしたが。デマレについては？」

「彼についてはなんとも言えません。でもここにある写真だけでも、事故死で片づけるには疑問の余地があることがわかります」と言い、ガルシアのデスクに写真を三枚置いた。「これらの傷をみてください」

「落ちたときの傷でしょうか？」

「水が打撲傷を与えることはありませんよね。だから理論的には地面で転び、それから水に落ちたと考えられますが。どうです？」

「ええ《ウイ》」

「でも、それが実際にはどういうことなのか、考えてください」ヒューゴーは立ち上がり、二脚の椅子をどけた。壁際に戻り、両腕を伸ばしてうつぶせに倒れた。床の上で腕立て伏せをするときのような姿勢だ。ガルシアも椅子から立ち、デスク越しに身を乗り出して見守る。

「私が何か硬いものの上に前のめりに転び、それから水に落ちた？　考えにくい。では横ざまに転んだら？　たぶん体が回転するでしょう。おそらく。けれど顔の前面は傷つかない」

「わかりました。決定的とは言えませんが、しかし面白い」

ヒューゴーは勢いよく立ち上がった。「もう一度写真を見てください。彼の額の打撲傷を。顎もひどいことになってるでしょ？」

「ええ、そうですね」とガルシアは言い、写真を手に取るとじっくり眺めた。「あなたの考えはわかります。もし転んだのなら、顎か額のどちらかを打つ。両方はない」自分に納得させるかのように、ガルシアはデスクの天板に顔をつけた。「同時に両方は傷つきません」

「そのとおり。理論的に可能なのは、彼が続けざまに殴られた場合です。それから致命的な一発をくらった。ほら、頭部に重篤《じゅうとく》な挫傷を負っています。検屍報告書も彼の顎が砕けていることを証明してくれるはずだ」

ガルシア主任警部は両手を広げた。「恐れ入りました。さらに重要なことに、あなたが正しいかもしれないと思えてきました」と言い、人差し指を立てた。「あくまでも、正しい〝かもしれない〟ですぞ」そこでにやりと笑った。「しかし、連続殺人鬼の仕業《しわざ》ではないでしょう？」

「ええ」ヒューゴーも笑みを返した。「従来の意味では違うと思います」

「だったら誰が？」

「私にとって筋が通るのは、グラヴァだけです。彼は自分の配下の人間とブキニストを入れ替えている」

「リベートのために？」

「おそらくは。でもそれよりもっと理由があるように思えてならない。殺人があまりに度を越しているから」ヒューゴーはマックスの毒物学の報告書を取り上げた。「でも、わざわざマックスの死をコカインの過剰摂取に仕立てるのは、どうしてでしょう？」

「三件とも溺死事故にすると、二件よりも疑いを呼ぶから？」ガルシアは肩をすくめてヒューゴーを見た。答えを求めるかのように。

「三人のブキニストが短期間に溺死となるとかなり奇妙だ。それは確かです」ヒューゴーは言った。「そしてもしグラヴァの仕業なら、なぜ彼は純度の高いコカインを手に入れられたのでしょう?」

「それも私にはわかりません。でもグラヴァのところに行き、尋ねてみようと思います」ガルシアはデスクをまわってコートに手を伸ばした。手を止め、ヒューゴーを見た。「一緒にいらっしゃいますか?」

26

「どういうことだ、留守だったとは？」ヒューゴーは尋ねた。ガルシアがフロントデスクに立ち寄って若い警官のひとりと話をしているあいだ、トムに電話をかけていた。

トムはルション邸の前の歩道にいるらしい。「伯爵はおまえさんにこう言ったんだろ？　喜んでおれたちに本を見せると。たいしたことじゃないさ。出直すとするよ」

「彼から電話があったのか？」

「いんや。このクソ宮殿を訪れたら、衛兵《ビーフィーター》が言ったのさ。伯爵は先ほど出かけてまだ戻ってないとね」

「執事だ。衛兵じゃない」

「どっちだっていいさ。彼はいなかった。だからおれは本を見ちゃいない」

「わかった。伯爵に電話してみる」

「おまえさんはどこにいるんだ？」

「警視庁だ。われらが侵入者の身元が割れた。捕まるのは時間の問題だ。うまくいけばだが」

「ああ、うまくいけば。これまでのところフランスの警察に感心させられたことはないからな」

ヒューゴーは顔を上げた。ガルシアが玄関前の石段を下りてくる。トムとガルシアは引き離しておいたほうがいいと胸に刻んだ。「私は今、警察と一緒に動いてる。これからガルシアとグラヴァを突きに行くんだ」

「すばらしい。で、おれはどこで落ち合えばいい?」

「いや」

「馬鹿言うな。なんでだ?」

「私はこれから、グラヴァとガルシアを相手にしなくちゃならない。ふたりのどちらか、あるいは両方をあんたに刺激してほしくないんだ」

「くそったれ。だったら用事がすんだら電話してくれ」

「あんたの予定は?」

「また観光だよ。ルーヴルとオルセー美術館、おまえさんならどっちに行く?」

「オルセーにしろ。ルーヴルは私が案内してやる。久しぶりに行ってみたいから」

電話を切ってガルシアに振り向いた。「失礼しました。どうやって行きます?」

「駐車場に車を置いてあります」ガルシアが言った。「行きましょう。でもその前に言っておくことがあります」

「やつを撃ったりしませんよ」ヒューゴーはうっすらと笑った。

「いいえ、そういうことではありません」ガルシアの表情は真剣で、心配そうでもある。「あなたにお詫《わ》びしたいんです。心から」

「いいですよ、何が言いたいかわかりますから」

「だったら言わせてください」ガルシアはヒューゴーの肩に手を置いた。「あなたの話に耳を傾けていたら。信じていたら。あなたが目撃したことに基づいて行動していたら。そうしたらあなたの友人も救えたかもしれないのに」

「そう言っていただいて、ありがたい。でもあなたはおたくの刑事の話を真に受けるしかなかったでしょう」

「ああ、デュランですね。何もかも打ち明けたいところですが、彼から目を離さないでいるとだけ言っておきましょう。あの男が近いうちに昇進することはないと言ったら、信じていただけますかね」

ヒューゴーは続きを待ったが、ガルシアは目をそらして会話を打ち切った。今聞いたのがマル秘情報なら、由々《ゆゆ》しき内容だ。デュランはただやる気がないだけなのか、無能なのか、それとも法に盾突《たてつ》く側の人間なのか？　クラウディアを気遣わずにはいられなかった。そして彼女とデュランの関係についても。クラウディアは魅力にものを言わせ、口外してはいけないような情報を刑事から引き出しているのだろうか？　彼女は自分が何をしているかわかっているし、どういう人間を相手にしているかも承知している。ヒューゴーとしてはそう思うしかなかった。

ノレ通りまでは車で十五分かかった。道中、前回グラヴァを訪問したときの話をガルシアにした。ジャーナリストのふりをしたことについては、少々きまりが悪かったが。ガルシアはわかったというしるしに、ただ笑みを浮かべてうなずいた。ヒューゴーはさらにマックスから購入した本についても話した。その本がポン・ヌフからケンダルのもとに行き、さらに今はルシヨンの手にあることも。ルシヨンの名を耳にするとガルシアの表情が強張《こわば》ったが、何も口にしなかった。

ヒューゴーの提案で、パリ古書店組合の建物の玄関から離れた場所に車を停めた。奇襲をかけたかったからだ。

オフィスの表の通りは人気《ひとけ》がなく、〈パリ古書店組合〉という銘板の下には、呼び鈴が壊れているとの注意書きがまだ貼られていた。ふたりは足早に階段を上った。てっぺんまで着くと、髪を高く結いあげた秘書が顔を上げ、目を見開いた。

「こんにちは《ボンジュール》。主任警部のガルシアと申します。ムッシュ・グラヴァに会いに来ました」

「主任警部……面会の予定はありました？」彼女はヒューゴーに目を向けた。なぜ警察官にジャーナリストが同行しているのか訝《いぶか》しんでいる様子だった。

「いいえ《ノン》」

「少々お待ちください《アン・モマン・スィル・ヴ・プレ》」秘書は席を立ってグラヴァのオフィスに向かうと、控え目にノックをした。儀礼的なものというよりは許可を求めるしぐさとしか思えなかった。内側から「は《ウ》い《イ》」というくぐもった声がした。秘書は中に入ってドアを閉めた。たっぷり一分間経ってから秘書はふたたびあらわれ、黙ってうなずいた。そうしてドアを押さえてふたりを中に通した。

前回同様、グラヴァは整然そのもののオフィスにでんと座っていた。手袋をはめた手をデスクの上で組み、痩《や》せ衰えた顔にはなんの表情も浮かんでいない。ふたりが入っても立ち上がりもせず、まっすぐヒューゴーを見た。「あんたの質問に答えさせるために警官《アン・フリク》を連れてきたのかね、ムッシュ？」ジョークにしても、彼の目にはユーモアのかけらもなかった。

「彼はジャーナリストではありません」ガルシアが言った。「ムッシュ・マーストンには、きわめて重要な案件について協力していただいているんです」

グラヴァは右手を閉じたり開いたりしながら、黒い目をガルシアに、次にヒューゴーに向けた。「その案件とは？」

「殺人です」ガルシアは言った。「一週間で三人のブキニストが遺体で発見されました。私たちはそれが事故死だとは思っていません」

「三人？」

「そうです」

「その件について私は何も知らないが」

「それを聞いて安心しました」ガルシアは言った。「しかし、あなたはパリ古書店組合の組合長だ。聞いたところでは、この三人に店から手を引かせるために、極端な手を使ったそうですが」

「退職手当が極端な手とは言えないと思うがね、主任警部」

「退職手当、というか買収ですか、ムッシュ？」ヒューゴーが口をはさんだ。

「言葉は選んで使えよ、アメリカ人。私も自分の言葉には気をつける」

ガルシア主任警部は勝手に腰を下ろした。「退職手当を申し出たという記録はありますか？」

「ブキニスト全員に申し出た」

「なぜです？」

「なぜなら現在のシステムは都合がよくないからだ。アルコール依存症の古顔がゴミのような本を観光客に売っている集団だ。私は年寄りのブキニストをもっと若くて活気ある者たちに替えたいんだ。セーヌの両岸をかつてのように繁栄させ、もっと観光客を惹《ひ》きつけたい。もっと価値のある商品を売りたい」

「で、新しいブキニストから分け前をもらうのですか？」ガルシアが尋ねた。

「そんなことはない。誰でもいいからブキニストに訊いてみるがいい。一ユーロだって受け取っていない」

ヒューゴーは書棚の前まで歩いていき、振り返った。「今いるブキニストのリストを持っていますか？」

グラヴァが彼を凝視した。ガルシアに質問されるのが気にくわないのと同じくらい、ヒューゴーに質問されるのを嫌悪しているのは間違いなかった。グラヴァは左手首をさすりながら、おもむろに答えた。「ああ。それを見たいんだな？」

癌の痛みがこたえるのだろう。そう思ってヒューゴーが見ていると、グラヴァは右手をデスクの左側に伸ばし、引き出しをあけた。革のバインダーを取り出して開いた。きちんとタイプされた名前の列にざっと目を通し、ガルシアに見えるようにデスクに置いた。「あんた方が何を知ろうとしているかわからないがね、おふたりさん。明確な質問があるのか、それとも暗に批判しているだけなのか？」

「よろしければ、はっきりさせてもいいですよ」ヒューゴーは穏やかに切り出し、ガルシアの表情を無視して続けた。「実のところ、私は疑問を持っています。『地獄の季節』という本について耳にしたことは？」

「いや。誰が書いたんだ？　著者は知っていると思うが」

「アルチュール・ランボーです」ヒューゴーは答えた。「何かピンと来ましたか？」

グラヴァはヒューゴーと主任警部を交互に見やった。「いや、何も。それが私となんの関係があるんだ？　ブキニストたちと？」

「本について耳にしたことはないんですね？」ガルシアが繰り返した。

「ああ。本だけでなく、著者も知らない。私はブキニストではないからな、おふたりさん。あんたらもとっくにわかってるだろうが。その代わり、私は彼らの代弁者であり、頼みの綱でもある」

「ジェラール・ド・ルシヨンについてはいかがです？」とヒューゴー。「彼のことはどれくらいご存じです？」

「ルション？」グラヴァは一度目をしばたたいた。「私は警察官ではない。そうだったらよかったと思うがね。そうしたら真実を突き止めることに努めるだろう。公僕のオフィスに乱暴に押しかけるような真似はせずに。愛想笑いは結構だよ、主任警部。だが、そう、私は公僕を自認している。先ほども言ったように、私なら乱暴に押しかけたり、曖昧《あいまい》な質問をしたり、そのような不快な主張をしたりはしない。逆に尋ねたいんだが、主任警部。何か証拠でもあるのかね？　少しでも？　例のブキニストたちの誰かの死と私を結びつける証拠が？」

「もしあなたが警察官でしたら、ムッシュ・グラヴァ」ガルシアはそこで間を置いて立ち上がった。「容疑者が証拠について知らされるのは手錠をかけられたあとだ、ということを知っているでしょう」

「ふん、そうなのか？」グラヴァはにやりと笑って両の手首を掲げた。「手錠は見えないぞ、主任警部。つまり、証拠をひとつもつかんでないということだな」右手をデスクに置いて立ち上がった。「お引き取り願いたい。これ以上、わざわざお越しいただかなくて結構。もしそうなったら、本物の警察官を呼ぶはめになるだろう」

ヒューゴーは背を向けてオフィスから出た。ガルシアもあとに続く。ふたりが秘書に会釈をしてデスクの前を通り過ぎると、彼女はすぐに立ち上がった。階段を下りていくヒューゴーの耳に、グラヴァのオフィスのドアの閉まる音が聞こえた。

表に出ると、ヒューゴーはガルシアに顔を向けた。「彼の訛《なま》りに気づきましたか？」

「ええ。それほどひどい誹りではありませんでしたが、ここで生まれ育ったのではない」

「以前来たときは気づかなかった。スペイン人かな？」

「どうでしょうね」ガルシアが言った。「でもあなたの言うとおりでしょう。ロマンス語のどれかです」ふたりは車の置いてある場所まで無言で歩いた。車の前まで行くとガルシアは足を止め、ヒューゴーを見た。「本が今回の件に関係していると本当に思っていますか？」

「わかりません、主任警部。本当にわからないんです」

「あのブキニストたちが殺される理由がわからない。ええ、疑いは持っていますが実際の証拠あるいは動機をつかんでいない。特にマックス・コッヘに関しては。あなたからうかがったことが真実と仮定しての話ですが。グラヴァは知っているように見えますがね。慎重にやる必要があります、ムッシュ・マーストン。私たちふたりとも慎重にやらないと。オーヴェルニュ伯の関与についてはわかりません。伯爵は興味深いと同時にひじょうに気がかりな存在でもあります。この街の有力筋とつながっていますからね。よくおわかりでしょうが。クラウディア・ルーだけでなく、ひじょうに大物で影響力のある人物たちと。グラヴァのような悪党に圧力をかけるのはやぶさかではないが、ジェラール・ド・ルシヨンのような人物の敷物を汚すのはどうもね」

「わかります」大使のことを思い出し、ヒューゴーは顔をしかめた。「私もまったく同じ立場ですから」

「グラヴァは本についてまったく知らないと言っていた。それを信じましたか？」

「ええ」ヒューゴーは答えた。「実のところ、信じました。やつが私たちを交互に見ていたのがわかりましたか？　自信がなかったんですよ。どう答えるべきか、まったく自信がなかった。彼は本当のことを言っていたと思いますよ」

「だったら無駄な訪問でしたかな？」

「必ずしもそうではありません。きわめて重要なことを突き止めたと思います」

「というと？」

「私にはふたつのうちのひとつは本当だと思えます。ランボーの本がどこかで殺人に絡んでいてグラヴァは関係ないか、あるいは――」

「あるいは」ガルシアが口をはさんだ。「本は彼らの死に無関係だったが、グラヴァは関係している」

「今日の午後、本を見られたらと思っています。そのあとならたぶん、もっとはっきりするでしょう。もっともグラヴァは」ヒューゴーは顔をしかめた。「彼は食えない男ですが」

　ふたりは車に乗った。と、ガルシアの電話が鳴った。キーをイグニションに差し、もう一方の手で電話を取る。「もしもし《ウィ》？」耳を傾けながらヒューゴーを見た。「住所は？」そしてうなずいた。「了解。十分でそっちに着く」電話を切ると、ガルシアはフロントガラスを見つめて頭を振った。「くそ《メルド》。おたくの侵入者が見つかったらしい」

「らしい、とは？」

「断言できないんです。頭の半分が吹っ飛ばされていたので」

「場所は？」

「同僚が彼のアパルトマンに行き、彼が出かけるのを見ました。で、十九区のレストランまで尾行していった。そこに着くと同時に彼はバッグからサブマシンガンを取り出し、客席に乱射した。生き残ったのはひとりだけ。その相手が撃った銃弾が彼の頭の上半分を吹っ飛ばしたんです」

「銃を携帯している連中を撃ったんですか？」

「ええ、そうです」ガルシアは言った。「ふたつの組織犯罪のボスたちと、その用心棒たちを殺したんです」

「組織犯罪？」

「レ・ピエ・ノワール傘下《さんか》のものです。つまり、紛れもなく新しいプレイヤーが街に登場したということです」と言い、ヒューゴーを見た。「われわれはまさに争いを抱え込んでいるのかもしれません」

27

ガルシアの提案で、ヒューゴーはメトロのプラス・ド・クリシー駅で降ろしてもらうことになった。レストランまで行く必要はないと言われた。アレックス・ヴァシェの身元確認は指紋照合でおこなわなくてはならないからだ。

駅の前でヒューゴーはガルシアと握手を交わし、本に関して新たな情報が見つかったらあとで連絡すると約束した。ヒューゴーの見たところ、主任警部はそういった調査を部外者にまかせることに少々きまりの悪い、あるいは落ち着かない思いでいるようだった。だが本とのつながりを示唆するような証拠は何もないうえに、ルションの社会的地位を考えると、警察が介入しないほうがいいということは両者とも承知していた。

ヒューゴーはまたこうも思った。ルションの件をヒューゴーにまかせることで、ガルシアは彼を信頼していると伝えたかったのではないかと。おそらく捜査の初期の頃に警視庁で会ったとき、ヒューゴーにそっけない態度を取ったことへの謝罪の意味もあるのだろう。主任警部から胡散《うさん》くさい目で見られていたことについてヒューゴーはまったく気にしていなかったし、意見を改めようとしてくれていることに感謝もしていた。古参の警察官でガルシアのように心の広い者はめったにいない。そういった柔軟な姿勢は、ガルシアの自信と聡明さをあらわしているようにヒューゴーには思えた。それにガルシアと数時間過ごしてみて、彼の誠実さが気に入っていた。

通りからルシヨンに電話をかけた。使用人の誰かが応対し、お待ちくださいと礼儀正しく告げた。一分後、ルシヨンが電話口に出た。

「ムッシュ・マーストン、こんにちは」

「こんにちは。今朝《けさ》クラウディアを見舞いに行ってきました。元気そうでした」

「そうでしょう？　医師の話では、撃たれただけでも体が機能不全になることもあるそうだ。娘のような軽傷でも」ルシヨンはため息をついた。「実に運がよかったとしか言いようがない。ありがたいことだ。先ほど病院から戻ってきたばかりでね。今日退院できるらしい。帰宅するための搬送車を手配してきたところだ」

「よかった。クラウディアは、そう簡単にはへこたれませんよ。それは間違いない。それに私たちふたりとも運がよかったのでしょう」そこでヒューゴーは咳払いをした。「ジェラール、電話をしたもうひとつの理由は、本を拝見しにお宅にうかがいたいからです」そしてグラヴァのことをどれくらい知っているか訊くために。「私の友人のトムが先ほどうかがったのですが、あなたがお留守だったので」

「申し訳ない。病院に行ったあと急に仕事の用ができてしまって。私にとっては些細《ささい》なことだが、同僚にとってはそうはいかない。そういう場合どうなるか、おわかりでしょう」

「ええ」ヒューゴーは答えた。「これからお邪魔してもよろしいでしょうか？」

「お望みなら」確かではないが、ルションの声にためらいが感じられた。

「無理強いするつもりはありませんが、重要なことなんです」

「きみにとっては。わかっている」

「ありがとうございます」

数分後、ヒューゴーはプラス・ド・クリシー駅のプラットフォームからトムに電話をかけてみたが、返事はなかった。運よくモネに見入っていてくれればいいんだが——そう思い、ヒューゴーは苦笑した。今のトムといると自分が親になったような気にさせられる。一緒に働いていた頃の旧友は愉快で面白く、申し分ない相棒だった。けれどパリを行ったり来たりしているトムを見ていると、何か企んでいるのではないかという印象を拭えない。

そう考えている自分をヒューゴーは笑った。ルション邸を訪れる前に自分自身、企んでいることがあるからだ。大使館の安心できる自分のオフィスで、あることを調べてみるつもりだった。


手始めに、フランスの対外情報機関のデータベースを当たってみた。対外治安総局《DGSE》は空振りだった。次に国内中央情報局《DCRI》の国内情報網を試した。初めて見るページがあらわれた。

〝アラン・ド・ルション〟という名といくつもの住所。その中にはジェラールが今住んでいる家も含まれている。そしてアランの誕生と死亡の年月日。そういった一般的な情報の次には〝注《ノト》〟というタブしかなかった。ヒューゴーは当惑した。タブをクリックすると、参照番号のような数字があらわれた。ＯＩＭ‐６７８９２‐０１９４６。椅子にもたれて訝《いぶか》った。

ふたたびコンピュータに向かって画面を戻し、一般的な検索エンジンでルション家について調べた。だが三十分かけても、なんの役にも立たない同じ情報が繰り返し出てくるだけだった。

次に《ル・モンド》紙のウェブサイトに飛んで、〝アントン・ドブレスク〟と打ち込んだ。次々にページをめくっていったが、目新しい記事はなかった。が、ドブレスクの写真を見たいと思った。防犯カメラの画像らしかったが、よく撮れている。一緒にいる男――キャプションには身元不詳とある――よりも背が高く、頭は黒髪に覆《おお》われている。黒く太い眉、がっしりした鼻、頰は青白いが厚切りの肉のようだった。屈強で丈夫そうなルーマニア人。農場や港湾の労働者だったのかもしれない。

写真を見ているうちに、何かが心に引っかかった。ある疑問が。ガルシアに電話をしてそれに対する答えを聞こうとした。

「なんですって、本気で言ってるんですか？」ガルシアはためらった。「本当にそれが必要《メルド》なんですか？」

「そうです。それに相手に知られることはない」

「実際に彼の電話を盗聴するようなこととは違いますよね？」

「ええ」ヒューゴーはガルシアが求めている安心を与えてやった。「それに私が欲しいのは、ある日付からの記録です。ほんのある日からの。約束します」

「了解《ダコール》しました。うちの警部にEメールで指示をしておきます。もしお急ぎなら、彼から電話させます。こういった問題には有能な男です。あらゆる種類の記録を私に代わって集めてくれますよ」

「至急お願いします。召喚状や裁判所命令が必要ないのは確かなんですね？」

ガルシアは笑いながら答えた。「私はわかりません。しかしうちの警部は知っています。規則どおりにやらなかったら私に背中を蹴られることも承知していますよ」

ヒューゴーはにやりとした。規則どおりに行動する警察官を彼は気に入っている。特に彼自身、ときとして以前のボスの言うところの〝手続き上の語義〟を押し広げがちなところがあるからだ。ガルシアのように実直な男と組んでいると、自然と規則を思い出さずにはいられなくなる。さらにもしヒューゴーが限界を押し広げすぎたときにどうなるかも。電話を切ったあとヒューゴーは思った。自分もトムにそんなふうな――変動しつづける世界に身を置くトムにとって正しさの拠《よ》り所という――存在なのかどうかと。

目の前のことに頭を切り替え、オフィスのドアを閉めた。ある考えがどんどん膨《ふく》らんでいく。が、さしあたり今必要なのはタクシーだった。

タクシーは中心街から延びる幹線道路の渋滞を避けて狭い通りを走ったが、それでも停止信号や横断歩道をのんびりと渡る歩行者のせいで思うようには進めなかった。携帯電話の着信を待っていたヒューゴーは、タクシーが角を曲がるたびに携帯電話をのぞき、電波状態と電池の残りを確かめた。大使館からルション邸まで一時間近くかかった。昼なのに夜のようにひっそりとした屋敷の並木道にタクシーが乗り入れたまさにそのとき、ついに電話が鳴った。タクシーが停止してアイドリングしているあいだに必要な情報を警部から訊き出し、車から降りる際にはパリの慣習よりも気前よくチップをはずんだ。

「ありがとうございます《メルスィ》」ドライバーは札を見て礼を言った。「戻るのを待っていましょうか？」

「いや《ノン》。なんとかするから」

石段を上っていると玄関のドアがあいた。パーティの夜、送迎してくれたジャンがいる。

「ムッシュ・マーストン、ようこそ《ビャンヴニュ》。どうぞお入りください。図書室にご案内するよう伯爵から言われております」

ジャンのあとについて、玄関ホールの大きなテーブルの前を通り過ぎた。特大の花瓶には新たな生花がたくさん活《い》けられていた。図書室のドアをジャンがあけて押さえてくれたので、ヒューゴーは感謝のしるしにうなずいた。

室内は相変わらず薪《まき》の煙と葉巻のにおいがした。が、今度は本のにおいも嗅《か》ぎ分けることができた。懐《なつ》かしく心地よい黴《かび》臭さ。もし平和なにおいがあるとしたら、革装丁の古い本に囲まれた図書室のにおいだろう。周囲に目をやったが、ルションの姿は見当たらない。そこで書棚のひとつに歩み寄り、なじみのあるタイトルを探した。柔道など接近戦の格闘技の歴史と実戦の本が、棚の一段をそっくり占めている。ヒューゴーの興味ある分野ではなかった。が、その上の棚には、アーサー・コナン・ドイルの著作と、彼の最高の創造物であるシャーロック・ホームズのシリーズが二段にまたがって並んでいた。特に興味を惹《ひ》かれたのは灰色の布表紙の三巻セットで、背には黒と金の文字で書名が記されている。

ヒューゴーは一巻目を取り出した。『緋色の研究』だ。金箔《きんぱく》で装飾の施された表紙の絵を惚《ほ》れ惚れと見つめた。シャーロック・ホームズのふかすパイプが描かれている。

「一九〇三年に発行された初版本だ」背後から声がした。ルションだ。いつ部屋に入ってきたのか、ヒューゴーは気づかなかった。ルションはダークブルーのジーンズに白い襟のシャツという格好で、淡いブルーのセーターを肩に掛けている。

「ファンなのですか？」ヒューゴーはずらりと並んだホームズの本を示した。

「そう。これまで創作された探偵の中では最高だ。群を抜いている。才気と欠点を併《あわ》せ持つ陰翳《いんえい》に富んだ男で、今日ではめったにお目にかかれないキャラクターだ。現代小説のヒーローがヘロイン中毒だなどと想像できるかね？　まさか。そんなことはありえない。ヒーローはみな背が高く屈強でハンサム、そしてワイルド・ビル・ヒコック（アメリカの実在の保安官。拳銃の名手だが射殺された）のように銃を撃ちまくる」ルションは並んだ本の背に指の先端を走らせた。「ホームズの冒険談はすべて残らず読んだ。何度も何度も。そのたびに私を楽しませてくれる」

「まったく同感です。すばらしいコレクションをお持ちだ」

「ありがとう」ルションは本をまっすぐにし、爪にマニキュアの施された手を差し出した。

握手を交わしたあと、クラウディアの命を救ってもらったことに、ルションは改めて感謝した。

「こちらへ」ルションが暖炉の前を離れて図書室の奥へと向かったので、ヒューゴーもあとについていった。ガラスのキャビネットが壁に造りつけられている。床から天井まで高さがある書棚で、分厚いガラスで保護されている。ド・ルションは指の関節でガラスをたたいた。

「防弾ガラスだ。コレクションの中でも特別な本のために」

ガラスの向こうの本をヒューゴーはじっと見つめた。「カミュの『異邦人《レトランジェ》』ですね。すばらしい。ソフトカバーですか？」

「ああ。だからドルで言えば一万五千くらいの値打ちしかないが」

「しか？」ヒューゴーは頭を振った。「ミルトンの『失楽園』もありますね」

「それは二万五千で手に入れた。格安だったな。一六六八年発行の初版本だということを思えば。印刷された部数はわずか千三百部だ。ご存じかな、ミルトン本人にはほんの十ポンドしか支払われなかったという。驚くべきことだ」

「ええ。ランボーの本もこうした逸品の仲間入りするのにふさわしいですね」

「そのとおりだ」キャビネットの近くに二脚の安楽椅子が置かれていた。それぞれ背はキャビネットに向いていて、二脚のあいだには低いテーブルがある。水の入ったグラスがふたつテーブルに用意されていたことにヒューゴーは初めて気づいた。「どうぞ、お掛けなさい。これからランボーの本をご覧にいれよう」

「待ってください。よろしかったら、その前に話をしておきたいんですが」ヒューゴーは椅子をまわって主人のように振る舞い、ルションに座るよう手でうながした。フランス人は一瞬躊躇《ちゅうちょ》したが、あいている椅子に近寄って深々と身を沈めると、ヒューゴーを見た。「クラウディアのことかな？」

「いいえ」ヒューゴーは答えた。「あなたの父上についてです」

「私の父？」

「ええ」ルションの顔が曇ったが、目と口元は笑みをたたえたままだ。

「父の何を？」

今度はヒューゴーが笑みを浮かべる番だった。「あなたはご存じと思いますが、ジェラール」

ルションは両手を広げた。「いや《ノン》。残念ながらわからない」

「でしたらもう一冊の本のことを質問させてください。ランボーについて話す前に。『戦争論』という本です、著者は……誰が書いたかはご存じですよね？」

「ああ」ふたたびルションの顔が曇った。が、一瞬のことだった。「カール・フォン・クラウゼヴィッツだ。しかし、まともな本の収集家ならそれくらい知っているだろう」

「そう思います。ひょっとして、一冊お持ちじゃありませんか？」

「いや、持っていない。いったいこれはなんの話だ？」ルションの声音《こわね》が厳しくなってきた。

「その本に興味があるのです。英語の初版本に。私の友人が所有していたものです」

「なんという友人だ？」

「マックス・コッへという男です」

「聞いたことないな。ドイツ人かね？」

ヒューゴーは笑みを浮かべた。「そんなところです。本当に彼をご存じないですか？」

「知らないと言ったはずだ。それにこの話が私の父となんの関係がある？」

「正直言って、ジェラール、答えをすべて知っているわけではありません。いくつか答えを得ようと、ここに来ました。しかし以前あなたはおっしゃいましたね。率直な物言いを好むと。だから不躾《ぶしつけ》な言い方をしてもお許し願いたい」

「ああ、そのほうがいい」

「でしたら私の考えをお話ししましょう。あなたの父上は対独協力者だったのではありませんか？　今はまだ証明できませんが、そう考えるに至った理由はいくつかあります。まず、おたくの政府の調査用プログラムで父上のファイルが閉ざされている点です。かつてはあったのに消された、移動された、あるいは隠されたのか。私にわかっているのは、閉ざされたのは一九四六年ということだけです。第二次世界大戦のちょうど一年後。復讐がなされ、人々が責任を問われていた時期です。私の記憶が正しければ、ドイツに協力した若い女性たちは人前で頭を丸刈りにされた。ですよね？」

「そうだ」ルションは無表情に答えた。

「私が思うに、処罰の嵐はあなた方のような社会の上流層にまで及んだのではないでしょうか。違いますか？　一般大衆よりも上流階級の人々に対する世間の目のほうが厳しいものだ。とにかくはっきりしているのは、あなたの父上のファイルは存在していたが、一九四六年に閉じられたということです。あと、あなたが私の友人のマックスから二週間前に電話を受けたということもわかっています。『戦争論』という本を彼が入手した日です。マックスがかつてナチ・ハンターだったこともわかっています。けれど彼はその後、対独協力者を探すように鞍替えした。自分が入手した本から協力者を探していたんです。ジェラール、マックスはその手の本を見つけ、本を調べ、おたくの名前、父上の名前を見つけたのではないでしょうか。名前を発見すると、マックスはあなたに電話をした。それから……」ヒューゴーは口調を和らげ、肩をすくめた。「そしてそれからどうなったんです、ジェラール？　その部分は埋めてもらう必要がある」

ルションは瞬《まばた》きもせずにヒューゴーを見つめている。傍目《はため》にもわかるほど顔は青ざめていた。おもむろに水のグラスに手を伸ばした。それを口元に運ぼうとしたが、手が震えているため、もとに戻した。グラスとグラスの触れ合う音がした。

「今言ったことを少しでも証明できるのかね？」ルションの声はしわがれていた。「ええ？」

「私にできるのは電話をかけることだけです。しかしもし本を手に入れたら、もし閉ざされたファイルにアクセスできたら……」そこでヒューゴーは笑みを浮かべた。「それに私は官僚的形式主義を突破するあらゆる策略を知っていますから」

「きみならそうだろう」ルシヨンは驚いたことに笑みを浮かべていた。「いずれにせよ、私はきみに嘘をつく気はない、ムッシュ・マーストン。父についてきみの言っていることは正しい。何もかもきみの言うとおりだ」

「わかりました」ヒューゴーは言った。「教えてください」

「まず、この質問をさせてくれ。きみは神を信じているか？　いや待ってくれ。もっと具体的に言わせてほしい。きみはキリスト教の言うところの神とその聖書を信じているか？」

「いいえ。私はどんな神も信じていません。あるいは、さらに言うならどんな神の集団も」

「なるほど。きみも知ってのとおり、多くの人間は信じている。私はここ数年で彼らの考え方に同意するようになった。聖書によると、父の罪は息子にふりかかるとなっている。その概念には通じているかね？」

「陳腐な決まり文句としてだけ」

「聖書にさえその答えははっきり書かれていない。出エジプト記にはこのような意味のことが記されている。〝私は主、あなたの神。妬《ねた》みの神である。父親たちの罪を子どもたちに及ぼす〟と。私は申命記が気に入っていてね、とても気分を引き立ててくれるから。まあ聞いてくれ。〝父親たちは彼らの息子たちのために殺されるべきではない。あるいは息子たちは彼らの父親たちのために殺されるべきではない。すべての者は自分自身の罪のために殺されるべきだ〟。こっちのほうが、ずっといい。しかしひとつ疑問が残る。どっちが正しいかということだ」

「わかりません」ヒューゴーは頭を振った。「それに私はそれほど興味もないので」

「私はある」ルシヨンは立ち上がった。「すぐに教えてやろう。だがその前にきみはランボーの本を見たいだろう。だから見るがいい」と言い、ポケットから鍵を取り出した。ヒューゴーが椅子の中で体をひねって見ていると、ルシヨンはキャビネットの錠をあけて中からランボーの本を取り出し、しばらくその場に立ったまま表紙を見つめていた。「皮肉ではないが、この本を手に入れるためなら私はなんだってしただろう」

「中身のことですか？」

「中身、著者、そうだ。ある意味、当時のほうが現代よりも同性愛が受け入れられていた」ルシヨンは眉根を寄せた。「特にキリスト教の神を崇拝する人々にとっては」

「ゲイの聖職者もいますよ」ヒューゴーは言った。「それに同性愛を罪だと裁くのは、キリスト教徒だけではありません」

「ああ、わかっているとも、もちろん」ルシヨンは顔を上げた。一瞬、目がきらりと光った。「しかし、きみの口からそんなことを聞くとは愉快だな。無神論者がキリスト教徒を擁護するとは」

「擁護？　いいえ。ただ、偏狭な人間はどの職業の中にもいる。教会の中も世間も同じようなものです」

「そのとおりだ」ルシヨンは自分の椅子に戻って腰を下ろした。「ほかにも人間の罪はある、ムッシュ・マーストン。先ほど私がほのめかしたことだが」

「父親の罪ですね」

「そうだ」ルシヨンは本から顔を上げた。「きみは歴史に通じているようだな、ムッシュ・マーストン。第二次世界大戦の歴史のことだ。アメリカ人にとってあの戦争は、教科書のほんの数ページ分くらいのものでしかないんじゃないかな？　しかしご存じのようにここフランスでは、ドイツやイギリスと同様、人々の記憶に生々しく焼きついている。ホロコーストを否定することは、地域によっては犯罪と見なされる。ドイツでは息子にアドルフという名をつける親はいないだろう。そしてわれわれフランス人は、イギリス人とアメリカ人に助けてもらったというジョークを六十年経っても我慢している」

ふたりは微笑み合った。ヒューゴーが言った。「私もその手のジョークをいくつか口にしたことがあります」

「きみらアメリカ人は忘れっぽい質《たち》だからな。フランス人がいなかったら、アメリカはまだイギリスの植民地だったというのに。勝者によって書かれたものだけが歴史ではない。ときとして勝者によって書き直されることもある。きみはすでにわかっているだろう？　この話がどこに行き着こうとしているのか。痛みを伴わずにはいられない。だから私は一般論を話しているのだ」ルシヨンは咳払いをした。「私の父が対独協力者だったというきみの話は正しい。ほら、今や真実が明らかになった。父は亡くなる前、そのことを私に打ち明けた。臨終間際の告白としては、私たち双方にとって辛《つら》いものだった。わかってもらえるだろうが」

ルシヨンは悲しげに微笑んでヒューゴーを見た。「もちろん私はうすうす知ってはいたがね。

そのようなとてつもない秘密を守るのはたやすいことではない。たとえ広大な家の中でも。だが知らんぷりをして自分の疑いから目をそらすのは簡単だ」

「でしょうね」とヒューゴー。

「わかってほしいのだが、父は悪い男ではなかった。しかし決して勇敢な男でもなかった。この家やほかの家、財産を失うという考えに耐えられなかったんだ」もう一度悲しげな笑み。「おそらく父と私は似たり寄ったりなのだろう。いずれにしても戦争が始まって激化するにつれ、多くのフランス人同様、父も選択を迫られた。どちらの側につくかを。父は負け犬となる選択をした。わが家の土地や財産を守るために、ドイツ側についたのだ。そうしてそれらを守った。と同時にわが家の家名もなんとかして守った。対独協力者という秘密を守ることによってのみだが」

ヒューゴーは無言でうなずき、先を続けるよううながした。

「父がドイツに協力したのは運が悪かったからだ、そう大目に見ることもできるかもしれない」ルシヨンは言った。「あるいはそう私は思い込もうとしてきた。チームのことをあまり知らなくてもゲームに賭けなくてはいけないこともある」そこで肩をすくめた。「きみが選んだチームが勝つかもしれないし、負けるかもしれない。だから運の悪さを恥じることはない。いや、恥じるべきはきみが選んだチームではない。しかしそのチームのために何をする？　どこまでやる？　食べ物を与える？　避難所を？　金を？　あるいはそれ以上のことをする？」ルシヨンは頭を振り、肩を落とした。「何よりも悲しい真実は、私の敬愛する父親が単なる協力者以上の存在だったということだ。コーヒーを提供したウェイトレスよりも質が悪かった。卑しい兵士と寝た女以上に。父はスパイだったのだ。一カ月か二カ月ごとに国防軍、またはときとして親衛隊がやって来て、いくつかのつまらない家具を壊していった。父が人前で自分はひどい扱いを受けていると主張できるように。自分の名を守れるように。だが連中が去るとき、彼らはリストを持って帰っていった。レジスタンスに対抗するために必要な名前や隠れ家などの書かれたリストを」ルションは顔を上げてヒューゴーを見た。「父は快適な暮らしを守るために、他人を生贄《いけにえ》として捧げた。それは私の生涯の不名誉だ。父は売国奴だったのだ」

「父上はあなたを守るためにしたのかもしれませんよ」ヒューゴーは言った。

「父もきっとそう言っただろう。だが、何から守るんだ？ もっと小さな家に住むこと？ 教師たちから伯爵閣下《ムッシュ・ル・コート》と呼ばれる代わりにジェラールと呼ばれること？ そっちのほうが耐えられたにちがいない。父が何をしたかを知ることよりは」ルションは本に目を落とし、表紙を指で撫《な》でた。

「無礼を承知で言うのですが、この話がランボーと関係があるのですか？」

「いや、実際には。この本を見せてくれと頼んだのはきみだ。そして私は見せるつもりでいる」と言い、ヒューゴーに本を渡した。「お望みなら目を通してくれたまえ。ゲイの男にとってのみ価値のある稀覯本《きこうぼん》だ。それも著者と同じくらい老いたゲイの」ルションの目が一瞬、輝いた。「あるいはほぼ同じ年齢の」

「おたくの父上の対独協力についての話が、クラウゼヴィッツの本の中に書かれていたんですね」

「ああ。いいかね、ナチと協力者たちだけが情報のやりとりをしていたのではない。同じことをレジスタンスもしていたのだ」

ヒューゴーはセシとの会話をもう一度思い出した。パズルのこの部分が解けたことで、セシに心の中で感謝をした。「そのことは理解しています」

「結構《ビャン》。戦争のあと父はすべての時間を費やして本を探したが、見つからなかった。あの本は私たちを破滅させる、父はそう言っていた。どうして父がそのことを知っていたのかはわからない。そうした事柄について質問したことは一度もないからだ。私にわかっているのは、あの本が誰かの書棚に潜んでいるかぎり、私は無事でいられるということだけだった。家名を守れると。しかしもし本が市場にあらわれたら、買うしかないということもわかっていた。どんなに高くつこうとも」

「何が書かれているんです？」

ルシヨンは悲しげに微笑んで頭を振った。「たいしたことは書かれていない。だが、それで充分だ。言葉というものは——父が私に伝えたものだけでも——簡単に忘れられるものではない。ともかくルシヨン家の者にとっては」

「教えてください」

「見返しの右下の隅のマイクロ写真にメッセージが収められている。短いが、的を射たものだ」ルションはコーヒーテーブルの引き出しに手を伸ばすと、ペンとメモ帳を取り出した。短い文を書くと、紙をヒューゴーに渡した。

〝オーヴェルニュ伯爵《C・ド・オヴェルン》——対独協力者《コラブ》。ナチに対して《アヴェク・ナズィ》。売国奴《トレートル》。彼を殺せ《テュエ・ル》〟

「彼を殺せ」最後のフレーズをヒューゴーは声に出して読んだ。「確かに短いが、的を射ていますね」

「実を言うと、それだけではないんだ」ルションは新しい紙に書きつけた。「もっとも険悪な部分はこれだ」と言ってヒューゴーに手渡した。〝自殺に見せかけて《アレール・ド・シュイシド》〟と書かれ、六人の名前のリストがあとに続いていた。

「自殺に見せかけて」ヒューゴーは読んだ。「レジスタンスが父上を見せしめにしようとした、あなたはそう考えているんですね」

「レジスタンスはそれほど強力で絆が強かったわけではない。ナチなら復讐のために数十人、おそらくは数百人の罪のない人々を殺したにちがいないが」

「ええ。そういう戦術を忘れていました。で、この名前のリストですが、父上を殺すよう指令を受けた連中の名なのですか？」

「いや」ルションはほとんどささやくように言った。「父のせいで死んだ人々の名だ。それらの名が私を苦しめたのと同様、どれほど父を苦しめたか想像してみたまえ」

ヒューゴーはうなずいた。顔を上げると、ルションがじっと彼を見つめている。「知りたいのですが、あなたは本を廃棄するつもりだったのですか？」と尋ねた。

「いや、そのつもりはない。燃やして灰にするには、あまりにも歴史的な価値がありすぎる。知っているかね、父も私も一度も本を目にしたことはないんだ。例のページを見たことも。私たちを破滅させるほど強烈な秘密の載っているページを」

「その秘密に──死んだレジスタンス運動家の名前が載っているのは確かなんですか？」

「父は確信していた。それに父から伝えられた情報はひじょうに具体的だった。私も父と同じくらい確信している。その種の古書の金銭的な価値はさておき、本が抱えている秘密それ自体が歴史的に重要であることは言うまでもないだろう」

「もっともです。しかし、そういう秘密によって本の値打ちはさらに高まっていく。歴史的観点からすれば。もし誰かがそれを発見したらの話ですが」

「もちろん」ルションは言った。「おそらくきみは誤解しているんだろう。前にも言ったが、勝者が歴史を書き直すようになった。そのことについてどうこう言うつもりは、さらさらない。それにもし私がこの秘密を永遠に葬ったら、まさに私も歴史を書き直したということになる。そんなことはできない」ルションは頭を振り、水をすすった。「正直なところ、本をどうするか自分でもはっきりわかっているわけではない。一方で、クラウディアに一家の歴史を教えなければ、という思いもある。私自身の口から。誰かが先に娘に吹き込む手間を省くためにも。ルションの名前を守るという虚《むな》しい努力のためにも」と言い、肩をすくめた。「しかしまた一方では、娘を守りたいという気持ちも依然としてある。秘密そのものからだけではなく、娘が今後それを抱えて生きていかねばならないことからも」

「おたくのお嬢さんはタフで知的な女性です。真実と折り合いをつけられるでしょう」ヒューゴーは言った。「彼女の経歴をご覧なさい——今の地位を得るためにルションの名前に頼ったりなどしなかった。当然、彼女に伝えるべきです」

「そうだろうな。こう考えたこともある。誰か作家と座ってすべてを説明する。魅力的な話になると思わないか？　それには早いに越したことはない」

「なぜそんなことをおっしゃるんです？」

「理由はいくつもある。アルコール依存症の者が自分が背《そむ》いた人々に対して悔い改めるように、私も精神的、宗教的な真剣さを深めていくことで、父の罪を悔い改めなくてはいけないのだ」

「それが聖書の教えだと思ってらっしゃるんですか？」

「さあね。しかし、そんなことはどうでもいい。なぜなら私自身の罪でもあるからだ。私はずっと真実を世間から隠してきた。自分自身の家族からさえも。あと聖書が明確にしていることもある——罪を犯しつづけてはならない。そして同時に救済を見つけろ、ということだ」

「それが理由なんですか？」ヒューゴーは言った。「無神論者の見地からしたら、たとえそれほどたいした意味はないとしても。しかし、なぜ今になって？」

「私が父から受け継いだのは卑怯な血だけではない。父は認知症が早く発症する遺伝子という恩恵も私に与えてくれた。娘によると、私はうつろな瞬間があるそうだ。きみもディナーの席で見ただろう？　それほど自覚はないが、自分でもわかっているのは」と言い、両手を広げた。「最近物忘れしがちだということだ。どうでもいい些《さ》細《さい》なことに関してだが、かかりつけの医者に言わせると、それが初期症状なのだという。だからクラウディアに——ことによったら世間にも——言っておかなくてはならないのだよ。私がこの話を忘れてしまう前に」弱々しい微笑。「そしてそのあとは、きみも知ってのとおり、われわれヨーロッパ人は安楽死という考えを受け入れている。威厳のある選択肢に思えるが、違うかね？」

「それについて深く考えたことはないので」

「まあ、深く考えなくてはいけない理由がきみにはないだろうから」

ヒューゴーはその会話が自然に立ち消えになるのを待ってから尋ねた。「で、マックスについては？」

「ああ、そうだった。彼がきみの友人だったとは知らなかった。だがマックスという男と話をした。苗字は聞かなかったし、ブキニストだということも知らなかった。だが、なぜかはわからないが、どこかその辺の本屋の主人だという気はした。今思い返しても、そう思わせるようなことを彼は口にしなかったのだが」

「彼があなたに電話したんですね？」

「そうだ。私が『戦争論』という本を探していることを知っている、と言ってきたんだ。それほどたいした秘密ではなかった。私のような収集家は、欲しい本があるとそれを明らかにするものだから。私自身、昔から欲しい本を何十と公表してきた。『戦争論』はその中の一冊にすぎない。もちろん、なぜそれを探しているかは秘密だったが」

「マックスはなんと言ってましたか？」

「長くは話さなかった。本を持っているから会いたいと言われた」ルションは肩をすくめた。

「本を売ろうとしたのだろう。値段の交渉をしたかったんだろうな」

「どこで会いました？」

「会わなかった。私に時間がなかったんだ。数日間、外国に行くところだったから。まさに空港に行く道中だったんだ」

「で、あなたはどうしたんです？」

「私の代理としてある人物に購入を依頼した。二十万ユーロまで申し出てもいいと許可した」

「それはすごい大金だ」ヒューゴーは言った。胸がざわついてきた。「誰に購入を依頼したんです？」

「私としては、当然その道に通じている人物が欲しかった。容赦ない駆け引きのできる誰かが。もちろん、本は咽喉《のど》から手が出るほど欲しかった。二十万以上だって払ったにちがいない。きみも当然そう思っていることだろうが。だがその必要がなければ払う理由もない」

「グラヴァ」ヒューゴーはルションの目を見た。「本を買うよう頼んだ相手はブルーノ・グラヴァですね」

しばらくふたりの視線が交差した。ルションは顔をしかめ、おもむろにうなずいた。

「きみの言うとおりだ。しかし私には、きみが何かを隠している気がするのだが」

ヒューゴーは身を乗り出した。「グラヴァに話したあと、どうなりました？」

「本のことか？」ルションは肩をすくめた。「どうもこうもない」

「それはどういう意味です？」

「グラヴァはこう言った。きみの友人から教えられた電話番号にかけたが、誰も出なかった。折り返しの電話もなかった、とね」

ヒューゴーはその話をしばらく考えた。「では、本当に本を持ってらっしゃらない？」

「ああ。目にしたことさえない。それにマックスから二度と電話はかかってこなかった」

「電話がないはずです」と言い、ヒューゴーはルションをじっと見つめた。「あなたと話した直後、マックスは殺されたのですから」

ルションが弾かれたように顔を上げた。彼の頬から血の気が引いていくのが傍目《はため》にもわかった。「殺された？　どういう意味だ？」

「殺害されたんです」

「なんだって？」ルションはショックで口をぽかんとあけたままでいる。水のグラスを持った手が震えだした。グラスをテーブルに戻したが、水が少しこぼれた。声を震わせ、ルションは尋ねた。「何があった？　なぜ殺されたんだ？」

「はっきりわかっていません」ヒューゴーは頭を振った。「この数週間、その答えを出そうと努めているところです」

「きみはその件が例の本、『戦争論』と関係あると思っているのか？」ルションは頭を振った。「頼む、そんなことないと言ってくれ」目を上げてまっすぐヒューゴーを見る。「ヒューゴー、そんなことあっていいはずない。あまりにたくさんの人間が、善良な男たちが、愛国者や英雄たちが死んだ。私の血管を流れる臆病な血のせいで。頼むから言わないでくれ。私のせいでまたも罪のない人間が殺されたと。そんなことは私が信じてきたあらゆることに反している。私の望むあらゆる行動にも」

「わからないんですよ、ジェラール。でもグラヴァの名前が出てくるたびに死体を見るはめになる」

ルションは立ち上がろうとしたが、脚が震えて椅子にどさっと腰を下ろした。「本当のことを教えてくれ。グラヴァが何をした？　私は何をしたんだ？」

「もう一度、不躾《ぶしつけ》をお許しください。グラヴァに交渉役をまかせたことで、あなたははからずもマックスをセーヌの河底に沈めることとなったのだと思います」言ったとたん、ヒューゴーは言葉の選択を誤ったことを悔やんだ。絶望でルションの体ががくりと前にくずおれたように見えたからだ。

ルションが顔を上げた。目は濡れていたが、声ははっきりしている。「何か私にできることは？　なんでもいい。なんでもする」

「さあ。グラヴァについて自分が正しいのかどうかもはっきりしていないんです。でも教えてください。あなたとグラヴァはどういう関係なんですか？」

ルシヨンはふたたび頭を振った。「私はいつも彼のことを残虐な男と思っていた。本当に。ゆっくり歩く死人を思わせる。彼の何かが私をぞっとさせるんだ」

「だったらどうして彼のために仲介役を買って出たりしたんです？」

「大使館でのことか？」ルシヨンは肩をすくめた。「私はグラヴァに恩がある。それに正直言って、それが誰かに害を及ぼすとは思っていなかったのだ」

「恩とは？」

「彼がセシ・ロジェに取って代わったとき、私は彼のもとに行った。そして戦前の本を何冊か探していると話した。理由は話さなかったが、パリ古書店組合の組合長である彼が最適だと思ったからだ。ブキニストたちのあいだで流通する本を監視するにはうってつけだと。彼は協力を約束してくれた。クラウゼヴィッツの本だけでなく、何冊もの貴重な本を獲得する手助けをしてくれた」

「ティラー大使のところに行ったのは、単なる好意からなんですね」

「そうだ。それにグラヴァへの私の個人的感情はさておき、彼の動機が不純であると思う理由はなかった」

「あなたを信じます、ジェラール。それにもしかしたら、彼はまったく罪はないかもしれないのですから」

「警察はグラヴァのことを調べるのだろうな」

「正直に言うと、警察は少々および腰なんです。あなたが指摘なさったように、グラヴァには政治的影響力がありますから」

「そのとおり」ルシヨンはじっとヒューゴーを見た。「法の執行機関のやり方については私よりきみのほうがよく知っているだろうが、グラヴァのことを調べるにしても、疑問点に答えが出るまではかなり時間がかかりそうだ」

「その点は同意します。どこの警察も簡単には誰かの捜査に乗り出しませんから。そうすることでなんらかの方向性が導かれるという確信がないかぎり。あるいは、警察にそれ以外の選択肢がないかぎり。誰かの家やオフィスを捜索すること、ましてや彼らのバックグラウンドまで調べるとなると、言うまでもありませんが……」ヒューゴーは肩をすくめた。「警察官は忙しい人種です。ときとして手に負えなくなる前に、誰かがはみを咥《くわ》えさせる必要があります」

「つまり、私が彼と話す必要があると言うのだな？　グラヴァと？　相対して？」

「それはいい考えには思えません」

ルシヨンは顔をしかめた。「私は彼を怖れてなどいない。今はもう」彼はヒューゴーを見た。「今、私は怒っているだけだ」

「わかります」ヒューゴーは言った。「私も同じ気持ちです。でももし私の勘が当たっているとしたら、グラヴァは危険ですし、あなたでは彼と争えない。それに私の勘がはずれていた場合、あなたに彼を殺人者として非難させるような真似はさせられない」

「おそらくは。ああ《モン・ディユー》、さっぱり理解できない。私のせいできみの友人が亡くなったとしたら、私は耐えられない」

「たとえ私が正しいとしても、あなたのせいではない。違います」

「きみの言い分はわかる。だが、いいかね、もし彼がこのことを招いたのなら――そして私はきみが言ったことを信じる――彼が裁きの手を逃れることのないよう手を打つ。どんな犠牲を払おうとも」

ふたりは顔を上げた。図書室の反対側からノックの音が二回聞こえた。ドアがあき、ジャンが入ってきた。

「ムッシュ、搬送車が到着しました。お嬢様が帰宅なさいました」

28

ヒューゴーはクラウディアと数分過ごしただけで、あとの世話は父親にまかせた。ルションは急に老いてもろくなったように見えた。おそらく先ほどまでの話し合いのせいで動揺しているのだろう。あるいは娘の包帯姿を見て悲しんでいるのか。ヒューゴーが暇《いとま》を告げたとき、ルションは過保護の雌鶏《めんどり》のようにクラウディアのそばをうろうろし、水やクッションを取ってきたり髪や額を指で撫《な》でたりしていた。娘が本当にそこにいるのだと自分を安心させるかのように。ときおりルションから悲しげな目を向けられるたび、ヒューゴーは自分が言いすぎて、必要以上の重荷を彼に負わせてしまったような気にさせられた。

ジャンに送られてジャコブ通りに戻ると、ヒューゴーは午後いっぱいかけてアパルトマン内をうろうろし、半端仕事をやり終えた。トムはまたしてもどこかで活動しているらしく不在だったが、今度はなんの書き置きも残していなかった。本当に観光しているといいのだが、とヒューゴーは思った。じれったさをこらえ、試しに電話をかけてみた。自分のつかんだ情報を親友と分かち合いたかった。トムは本人の見せかけの言動よりも、はるかに頭の切れる男だ。が、トムは電話に出なかった。午後五時に着信音が鳴ると、発信者を確かめもせずに電話機を引っつかんだ。流れてくる声を聞いて笑みがこぼれた。

「階下《した》にいるの」クラウディアが言った。「一杯やる相手が欲しいんだけど、五階まで階段を上る気はないわ。今、忙しい？」

階段のいちばん下の段に、彼女はいた。ハンドバッグをかたわらに置いて座っている。手を貸して立ち上がらせていると、建物の玄関からトムが入ってきた。ふたりを見ると小さく口笛を吹き、うれしそうに手をたたいた。クラウディアは怪我をしていないほうの腕をトムの肩にまわし、笑った。「この人がトムね。とにかく、これでお酒をおごってくれる殿方《ビャン》がふたりになったわ」

三人は最寄りのカフェに向かった。トムはワインリストをしっしっと追い払い、ウォッカを勝手に注文した。そんなトムの態度を見て、クラウディアが喜んだ。ヒューゴーが察するに、彼女の体の傷とおぞましい記憶はまだ癒《い》えていないようだった。ヒューゴーとしてはふたりと足並みをそろえる気分ではなかったが、旧友がクラウディアと一緒にショットグラスを手にしているのを見るのはうれしかった。

実際、ヒューゴーは夜の大半はカフェの外を見つめていた。着ぶくれした歩行者たちに目をやりながら、マックスの殺人者を追う過程で明らかになった、幾重にも絡み合う偶然の一致や先の見通せない真実を、ひとつずつ検証しようとしていた。周囲に立ちこめる紫煙や酒の芳香、ニンニクのにおいに、迷路にはまり込んでしまったような閉塞感がさらに増した気がする。出口があることは充分わかっている。答えがあることも。その答えはグラヴァだ、と確信もしていた。だがどの方向から攻めるか、どうやって彼を揺さぶるか、いい考えが浮かばない。漫画に出てくる間抜けな刑事のようにそうやって頭を掻《か》いているあいだにも、誰かに自分の命が狙われているような気がしてならない。ガルシアは狙われたのはクラウディアだとほのめかしていた。おそらく彼女が警察との絆を深めていることや、未解決の夫の死が原因かもしれない――そしてそのとおりかもしれなかった。どちらにしても、もう標的にされることはないという幻想を抱く気にはなれなかった。

笑い声やしゃべり声がさざめく中、水で割ったスコッチをちびちびやって解放感から酩酊《めいてい》状態へと向かう途中で、何かしら穏やかな心地になれることを願っていた。もしそういう状態になれたら、いくつかの未解決の問題が結びついてグラヴァを吊るす縄を手にできるかもしれない。

しかし、なんのために？　グラヴァがぞっとするようなやつだから？　パリ古書店組合の組合長であるグラヴァが謎の中心――あるいはその近く――にいることは間違いない。だが、グラヴァは疑問からも答えからも逃れ、閉じこもっている。

ヒューゴーはトムを見た。充血した目で腹を揺らし、大声で笑っている。用済みのCIAのスパイと、実戦から遠ざかったFBIの捜査官。そんな彼らでも、もっとましなことができるはずだ。

その夜の終わりにヒューゴーが下した結論は、近くのカフェを選んでよかったということだけだった。お開きとなる頃にはトムは足元もおぼつかないほど酔っていた。クラウディアは賢明にも一時間前にウォッカをペリエに変えていたが、ほろ酔い加減で口数が多かった。それに怪我をしている彼女にトムを引きずって帰る手助けは頼めない。ヒューゴーはふたりを引っ張って階段を上りきり、アパルトマンの書斎に入ると、トムの体を部屋の隅にもたせかけた。そうしてソファベッドを広げて片腕を友人の肩にかけ、きちんと寝かせてやった。

「彼の服を脱がす？」クラウディアが言った。「着せたままでいい？」

「いいんじゃないか？」と言い、ヒューゴーはドアに向かった。

ふたりは寝室に入った。ベッドサイドのランプの明かりに照らされ、互いの服を脱がせ合った——クラウディアは彼の服を脱がせることにこだわっていた。ヒューゴーは傷口に触れることを怖れて優しく扱ったが、その燃えるような目を見ているうちに衝動に屈し、両手を彼女の髪に走らせた。

「髪をどけて傷を見て」彼女がささやいた。

ヒューゴーは髪を握って彼女の頭をのけぞらせ、むき出しになった青白い咽喉《のど》にキスをした。クラウディアの口からあえぎ声が洩れた。息が荒くなっていく。怪我をしていないほうの手でヒューゴーの頭のうしろを包み、次に指を彼の胸に這《は》わせ、シャツの最後のボタンを引きちぎった。

午前九時になろうかという頃、ふたりは目覚めた。セックスの甘い残り香と饐《す》えた酒や汗のにおいで、寝室内の空気はむっとしていた。ヒューゴーはそっとベッドから下り、髪がぼさぼさだと文句を言っているクラウディアにコーヒーを淹《い》れてあげると告げた。Tシャツとズボンを身に着け、居間に向かった。そこからでもトムのいびきが聞こえる。クラウディアと自分のために、むしろ濃いめにコーヒーメーカーをセットした。

周囲を整頓しながら居間を突っ切り、ジャコブ通りを見下ろす窓辺に向かった。さっと入ってきた新鮮な空気に体が震えたが、窓を大きくあけ放したままキッチンに戻った。背後から足音がしてクラウディアがあらわれた。怪我をしていないほうの腕を上げ、朝陽をさえぎるように目を覆《おお》っている。ヒューゴーはもう一方の腕に目をやった。包帯に赤い染みができていないようなので安心した。クラウディアは彼のブルーのTシャツを着ていた。カウンターに身をかがめた拍子に、むき出しの尻がのぞいた。鳥肌が立っている。クラウディアは全身をぶるっと震わせた。

「ベッドに持っていくつもりだったのに」ヒューゴーは言った。

「トイレに行きたかったの」彼女の声はかすれ、しゃがれていた。「ベッドに戻ったら一週間は起き上がれそうにないわ。うーん、一週間ベッドにいるのもすてきね」

ヒューゴーは彼女の鼻先にコーヒーを差し出した。「ミルクと砂糖は？」

「お砂糖だけ。たっぷりね」

ヒューゴーはスプーン三杯分の砂糖を入れ、かきまぜた。「何か食べる？」

「あとでいいわ。たぶん」彼を見つめながら、自分の額をさする。「ああ、しばらくぶりだったから」

「何が？」ヒューゴーは片目をつぶった。

「酔っぱらうことよ」クラウディアはコーヒーをすすり、唇を舐《な》めた。「コーヒーをバスタブで飲んでもいい？　シャワーを浴びていなかったから」

「どうぞ」

三十分後、クラウディアはジーンズと青いカシミアのセーター姿であらわれた。前夜着ていた服だ。顔色はまだ青白かったが、髪を梳《と》かして少し化粧もしていた。まっすぐコーヒーメーカーに向かってお代わりをした。砂糖を入れてかきまぜながら、カウチのヒューゴーの横にそろそろと身を沈めると、窓を顎で示した。彼女がさっきのような格好であらわれるかと思い、窓を閉めておいたのだ。「いい日和《ひより》になりそうね。あとで会える？」

「どこかに行くつもりなのか？」

「父に連絡しないと。昨日あなたが父と交わした会話を教えてもらったわ」

「お父さんが？」

「ええ、妙な感じ。不穏な雰囲気はずっと前から感じてたから。わたしに隠していることがあるんじゃないかとね。でも、父が話してくれてうれしかった。父はそうする必要性に迫られていたみたいだった。例の件についてあんなふうにあなたと議論したあとだけに、話さなくちゃって感じで。何もかもがとてもこたえたみたい。父のあんな姿は初めて見た」

「わかるよ」ヒューゴーは言い、彼女の手を握った。「きみにとってはさんざんな一週間だったね。大丈夫？　いろいろあったのに？」

「まだ進行中、そんな気がする。ずっと自分に言い聞かせてるの。わたし自身は何も変わらないのだと。父を見る目も変えるべきではないと。でもこんなことを考えるなんて、想像したこともなかったけど」

「お父さんは何も間違ったことはしていない」ヒューゴーはマックスのことは口にしなかった。ルシヨンがはからずもブキニストの死に加担してしまったかもしれないことをクラウディアに話したかどうか、わからなかったからだ。

「わかってる。でも祖父は間違ったことをした。だから父の様子が気がかりなの。父とランチでも一緒にして、もう少し話し合いたい。あとで会えるわよね？」

「そうしたい。ジャンに電話して迎えにきてもらおうか？」

クラウディアは顔をしかめた。「タクシーを拾うわ。ジャンはいい人だけど、バックミラー越しに彼の非難がましい顔を見たくない。過保護なのは父だけでたくさん。ところで」と言い、親指を書斎に向けた。「彼、面白い人ね」

「そうなんだ。今夜もどんちゃん騒ぎに繰り出したいんじゃないかな」

「ほんとに？　仕事は何をしてるの？　ゆうべ聞いたような気がしたけど……」

話すはずがないさ、ヒューゴーは胸につぶやいた。「以前は国務省の仕事をしていて、七つの大陸に関する書類をめくってた、というのがあいつの言い分だ」

「面白そうね。わたしがいないあいだ、彼と何をするつもり？」

ヒューゴーは唇をすぼめた。「船にでも乗ろうかと思ってたんだがね」

それから一時間もしないうちに電話が鳴った。着信音を聞いたとたん、彼女からだとわかった。携帯電話の小さなディスプレイにクラウディアの番号がぱっと表示された。ヒューゴーは通話ボタンを押した。

三秒ほど沈黙が続いたあとクラウディアのすすり泣く声が聞こえ、ヒューゴーはうなじの毛がそば立つのを感じた。

「クラウディア、どうした？」そう言いながらすでに鍵を探しにキッチンに向かっていた。

「パパ、パパが」彼女の声がつかえた。その体が震えているのが目に見えるようだった。

「クラウディア、大丈夫か？　誰かそこにいる？」

「いいえ、わたしだけ。ああ、ヒューゴー……」

ヒューゴーは頭のギアを低速に切り替え、動作のスピードを落として彼女の言葉を判断しようとした。「もしも誰かがそばにいて」と、一語ずつ区切るように言った。「自由にしゃべれないのなら、〝わたしは大丈夫〟と繰り返してくれ」

「ヒューゴー、違うの。父なの。ああ、なんてこと。お願い早く来て。父が……死んだの」

「亡くなった？　何があったんだ、クラウディア？　お父さんはどこだ？」

「図書室よ。撃たれたの。お願い、来て」

「行こうとしているところだ。トムも連れていく。警察にも連絡する。頼むから、なんにも触れないでいてくれ」

五分後、ヒューゴーとトムはタクシーに乗っていた。トムは奇跡的にも頭が冴《さ》えていて、ヒューゴーが答えられないような質問を投げかけた。タクシーのドライバーは最初まごついていたが、ヒューゴーがバッジと銃、さらに札束を見せたあとは協力的になった。車内からクラウディアに電話をかけたがすぐに留守番伝言サービスに切り替わったため、彼女のことが不意に心配になった。折り返し電話をくれるようメッセージを残し、ガルシア主任警部にもメッセージを残した。何が起きたか手短に話し、少しでも可能ならルションン邸に来てほしいと伝えた。

窓の外をパリの景色が次々に通り過ぎていく。見え隠れする澱《よど》んだセーヌ河が、その磁力で彼らの動きを鈍らせているような気がする。プラタナスの木立越しに誘惑するようにウィンクしたり、銀白色の縁をちらつかせたりしてはヒューゴーたちをじらし、その謎めいたうねりの中にさらなる死、さらなる死体が隠れていると威嚇《いかく》しているようだった。

警察への通報はあとにした。クラウディアがひとりでいると思うと気がかりだったが、これまで犯罪現場で積んできた経験から、彼女は無事だと確信できた。もし彼女がそもそもの標的だったら、彼に電話をかけることもできなかったはずだ。フランスの警察が来たら、自分たちが現場から締め出されてしまうことも充分にわかっていた。ガルシアがあらわれないかぎり、あるいはあらわれるまでは。それにこの現場は、一刻も早く自分の目で見たかった。

アルジャンソン大通りに着くと、タクシーが停まらないうちからヒューゴーは車を飛び降りていた。クラウディアは階下の窓辺で待っていたにちがいない。すぐに玄関のドアがあけられ、広い脇柱に体をもたせかけているほっそりとしたシルエットが見えた。ヒューゴーは石段を駆け上り、彼女を抱いた。

「クラウディア、どうしたんだ？」

彼女はそのまま離れなかった。体を震わせ、怪我をしていないほうの腕の指を彼の肩から背中に這《は》わせている。少しでも近づこうというように。彼女の体が張りつめるのがヒューゴーにはわかった。強い自分を取りもどそうとしているのだ。ヒューゴーの体にかけられた指の力が強まったことからも、感情を抑制していることがわかる。

「図書室よ」クラウディアはささやいた。「そこにいる」と言い、顔を上げた。目の縁が真っ赤だった。「何が起きたか、わたしにはわからない」

ヒューゴーはトムを見た。ふたりの男は図書室に向かった。室内は明るかった。ヒューゴーが以前そこにいたときよりも。最初は何も変わっていないように見えた。が、部屋の奥のガラスのキャビネットに近づいていくと、窓があいていることにヒューゴーは気づいた。窓の下の寄木細工の床に、じっと動かない人影があった。ジェラール・ド・ルションだ。

彼は仰向《あおむ》けに倒れていた。両腕と両脚を大きく広げた格好で。子どもの頃にスノーエンジエル（雪の上に寝て手足を動かして作る天使の形）を作るために横たわったときのように。黒いズボンにベルベットのジャケットを着ているが、前がはだけて無地の白いTシャツが見えている。額を撃たれていた。銃創はひとつ。きれいに撃ち抜かれている。瞬時に死に至らしめた一発。

トムが遺体にまたがって膝をついた。何も触《さわ》るなと彼に言う必要はない。

「小さな口径だ」トムは言った。「おそらく二二口径だろう。でなけりゃ、脳味噌《のうみそ》があちこち吹っ飛んでる」

戸口で物音がして、ふたりはそちらを見た。クラウディアだ。戸口でためらっている。彼らのそばに行きたいのだが、もう一度現場を見るのを怖れているのだとヒューゴーにはわかった。娘なら当然だ。ヒューゴーは片手を上げ、すぐそちらに行く、と合図した。開いた窓を見上げ、立ち上がった。

「あそこから侵入したのかな？」トムが尋ねる。

ヒューゴーは遺体をまたいで窓の外と下を見た。「それはどうかな。窓の真下は池だ。どうやっても濡れてしまう。最適な侵入口ではない。それに足跡がどこにも見当たらない」と言い、ルシヨンのそばを離れてクラウディアに近づいた。穏やかだが切迫した声で尋ねた。

「教えてくれ。どうやって発見した？　正面玄関はあいていた？」

「いいえ。いや、そうじゃなくて、あいていた。ドアは閉まっていたけど、鍵はかかっていなかった。べつになんとも思わなかった。パパとジャンが家にいるときは、鍵をかけていないことが多かったから。この近辺は安全だから」

「ジャンはどこだ？」

「さ……さあ。今日は休みの日だから、家にはいないと思う」

「わかった。私たちで探してみよう。トム」と呼びかけ、ヒューゴーは銃を抜いた。トムもルシヨンのそばを離れて駆け寄った。「家探しする必要がある」

トムがうなずいた。ふたりはかつてのように縦に並び、視線とうなずく動作とで意思の疎通を図った。誰がドアをあけ、誰が最初に飛び込むか。いつ、それをするか。足早に一階を移動した。クラウディアは彼らの三メートルほどうしろから壁に沿って歩いている。ヒューゴーはしょっちゅう振り向いては、彼女がついてきていることを確かめた。彼女を階段に残して二階に向かうと、トムとヒューゴーは各ドアに耳を当てた。汗でシャツが湿りはじめ、銃把を握る手が滑ってきた。

だが、家に誰もいないことは二分間でわかった。

三人で階段に腰を下ろした。ヒューゴーとクラウディアが並んだうしろにトムがいる。と、サイレンの音が聞こえてきた。玄関のドアはあけたままにしてある。見覚えのある人影が真っ先に姿をあらわした。ガルシア主任警部だ。そのうしろに四人の制服警官がいて、あたりを見まわしながら命令を待っている。

クラウディアとトムを残してガルシアを図書室に案内しながら、ヒューゴーは説明した。玄関のドアが施錠されていなかったこと、ルシヨンの額の小さいが正確な銃創のことを。

「これも彼の仕業だと思いますか？」ふたりで青白い蠟《ろう》人形のような伯爵の顔を見下ろしていると、ガルシアが尋ねた。

「グラヴァ？　あなたの推測は私の推測も同然です」

「でも、なぜ？　彼に動機がありますか？」

「あるかもしれない」ルシヨンの父が対独協力者だったこと、本のこと、マックスの死のことでルションがグラヴァと対決しようとしていたことを、ヒューゴーは手短に端折《はしょ》って話した。「もしルションがグラヴァと対決し、彼の脅威になっていたら、それもありえます」ヒューゴーは肩をすくめた。今度はガルシアが自分の考えを話した。

「しかし、証拠はひとつもない。でしょ？」

「ええ」

ガルシアは図書室を見まわした。「鑑識を招集します。彼らが少しでも何か見つけるかどうか。あと何か盗まれたものはないか、令嬢に協力してもらって突き止めましょう」

「防犯カメラがあるはずよ」戸口からクラウディアが言った。そのうしろにトムがいる。

「何年か前、父はハイテクの防犯カメラを設置したの。この通り沿いの家に子どもたちが石を投げるようになったから。彼らがエスカレートして泥棒に入ったりしないか、父は気にかけていた。そんなことはなかったけど、父はカメラはそのままにしておいた」

「ではカメラをチェックしてみましょう。ありがとうございます」と言い、ガルシアはヒューゴーを見た。「残りたいですか？」

「できるなら、もちろん」しかし本音は違っていた。しばらく時間が欲しかった。そして空間が。この異常事態を整理するために。クラウディアを見ると、小さく笑い、頭を振った。

「友だちが来てくれることになってる」彼女は言った。「残ってもらわなくてもいいわ」ヒューゴーに近づくとじっと目を見つめた。父には目をくれずに。「あとで戻ってきてくれるなら」

「よし、決まった」ヒューゴーは言った。「トムと私は別の場所に行って、この件について考え、徹底的に話し合ってくる」

「正確には何を徹底的に話すんですか？」ガルシアが尋ねた。「何が起きているか、ご存じなんですか？」

「クソわからない」トムが言った。「何が起きてるか、彼はわかっちゃいない。だから話したいのさ」

29

午後二時になろうかという頃、ヒューゴーとトムはコンティ通りから河沿いの遊歩道に続く石段を駆け下りていた。風はやんでいたが気温もぐっと下がっている。水面からどっと押し寄せてくる冷気にトムは毒づいた。凍てつくような寒さはたいてい河から漂う悪臭を弱めてくれるのだが、今日は違った。鼻をひくひくさせながら歩道をちょろちょろしている川ネズミのレーダーに捕らえられなかった魚が一匹、どこか近くで死んでいた。おそらくほつれた網に引っかかったのだろう。

「これはオードブルか？」鼻にしわを寄せてトムが尋ねた。

ヒューゴーはにやりとしたが、返事はしなかった。船に乗るというその日のもともとの計画を実行するために、どうトムを納得させるか。読みは当たり、ランチ付きで費用はヒューゴーが持つということでOKとなった。

遊歩道を歩いてユーロでチケットを買った。ヒューゴーが予定していた左岸のフランス学士学院の前から出発するクルーズ船で唯一ランチが付いているものだ。赤らんだ頬のウェイターに案内され、ガラスの壁で冷気から守られている右舷側のテーブルについた。通気ダクトから吐き出されるエンジンルームの暖気が足元に漂っていた。各シートには毛布が置かれている。トムは一枚を両脚に巻きつけ、さらにもう一枚を頼んだ。

「なんでカフェみたいにヒーターがないんだ？」トムはウェイターに文句を垂れた。

「許可されていないんです、ムッシュ。船上での火はまずいですから」

ブランデーを垂らしたコーヒーで少し気がおさまったようだったが、トムの不機嫌さは、二日酔いとルシヨンの死以外にも原因があるようだった。

「どうした、何かにむかついているのか？」ヒューゴーは尋ねた。船はダッダッと音を立てて桟橋を離れていく。

「まあな」

「ぶちまけたらどうだ？」

「ふん。いつもの戯言《たわごと》さ。孤独な中年男が飲みすぎただけだ。なぜならそいつは退屈してたし、いちばんの友人が界隈《かいわい》で最高にホットな女とやってるとわかったからだ」

「ほんとに？　自己憐憫《れんびん》に浸るなんてあんたらしくないな」

「ああ。けど、ほかに哀れむべき連中がいなくなっちまったのさ」

「本当にアメリカでそんなに退屈してたのか？　そうならここで職を紹介してやれる。私と働けばいい。真面目な話だ」

トムは作り笑いをした。「おまえさんのもとで働けって？　どうかね、おれは雇われ人になるような礼儀正しい人間じゃないから」

「私と組んで、という意味で言ったんだ。私のもとで、ではなく。あんたが無礼きわまりない人間だってことは承知してる。職場でいい子にしててくれるなんて期待しちゃいない」

「クソ正しい」

注文を取りにウェイターがふたたびあらわれた。メニューの中でいちばん温かそうなものを選んだ——オニオンスープ、リゾット、そしてバナナ・フランベ。トムはパンをちぎると、その半分をガラスの壁の上から水に放った。カモメが二羽、おすそ分けに与《あずか》ろうと甲高《かんだか》い声で鳴きながら急降下してきた。

「で、おまえさんは何をしてるんだ、ヒューゴー？　おれたちは殺人者を捕まえるのか、それともただおせっかいを焼いてるだけなのか？」

「いい質問だ」ヒューゴーはうなずいた。「自分でもわからない。壁にぶち当たったような気がしてるんだ」

「言ってみろ」

それがヒューゴーの求めているものだった。反響板——トムの疑い深さ、攻撃的なところ、頑固さは問題の解決に役立つ。彼のものの見方も。もっともトムはヒューゴーが対応に戸惑うような選択肢を示すこともあるが。

「オーケイ。グラヴァから始め……」

「単なるクソ野郎だ」

「ああ。腹に一物あるのは間違いな……」

「もしくはただ警官を毛嫌いしているだけかもしれないぜ」

「できれば口を閉じて聞いててくれないか」と言い、ヒューゴーはにやりとした。「ありのままの卑劣漢にしろ、警官嫌いにしろ、やつは何かを隠している。私がジャーナリストとして行ったときもガルシアに同行して行ったときも、口が堅かった。何が起きているか知るためには、やつに注目せざるを得ない。だが、何に？　手詰まりだ。やつの口を割らせることはできない。それに白黒はっきりさせるほどこっちの情報が充分ではないことも、やつは知っている」ヒューゴーは椅子の背にもたれた。「そこでだ、私はいったいどうしたらいい？」

「どの遺体とも確かなつながりはないのか？」

「彼らの組合の長であるということ以外は」

「あとクラウディアが撃たれた件との関連は？」

「さあな。私が知るかぎり、その件で警察に捕まった者はまだいない」

「おまえさんのアパルトマンに侵入したピエロどものつながりもないのか？」

「まったく。おそらくは。あんたがタマ抜きにした男がグラヴァのキャプテンのひとりって可能性はあるが」

「キャプテン？　いったいなんだ、そりゃ？」

「グラヴァの命令でブキニストたちの周囲をうろちょろして、動向を探ってる連中のことだ。嫌がらせもいいとこだ。ブキニストたちに立ち退きを迫ってるんだから。いずれにしても、フランソワーズ・ブノワにちょっかい出してたやつを見たかもしれないんだが、そいつと侵入犯が同一人物かどうかは確信できない。それほど注意してたわけじゃないから」

「ああ」トムはうなずいた。「行き詰まってるのはわかる。大将に近づく別の方法を見つけないとな」

「たとえば？」

「たとえば本物の証拠とか」

「それがないんだよ、トム。だからこうしてあんたと話してるんだ」

「そもそも、いったいどうしてグラヴァにうしろ暗いところがあると思ったんだ？　おいおい、ヒューゴー。おまえさんはFBIの捜査官だったんだぞ。ミス・クソ・マープルじゃなくて。腐った紅茶を出したって理由で人を疑えないぞ」

「紅茶は腐らないよ」

「うるさい。言いたいことはわかるだろうが」

「よろしい。あんたの観点から見てみよう」ヒューゴーは言った。「やつはなぜブキニストたちの死を望んだのか？」

「自分のとこの野郎どもを後釜《あとがま》に据えられるから」

「女もいるぞ」

「うるさい。問題はだな、グラヴァがなぜそうしたがるか、だ」

「なぜなら、後釜に据えた連中からピンハネできるから？　私がそう尋ねたときは否定してたがね」

「だったら、それまでだな」トムは手を振った。「もし自分で否定したなら、嘘はつかないと思う」

まだぐつぐついっているスープが運ばれてきて、ふたりとも口をつぐんだ。ヒューゴーはスプーンを手に取った。「ブキニストたちはグラヴァにたっぷりリベートを払えるほど儲《もう》けていない、だろ？」

「さあな。何が言いたい？」

「私が言いたいのは、こうだ――グラヴァは本当にセシリア・ロジェやほかのブキニストたちに金をやってお払い箱にし、三件の殺人を犯したんだろうか？　毎週、数ユーロ余分に稼ぐためだけに？」

「そうだな」トムは音を立ててスープを飲んだ。「そんなしょぼい利益のわりには、どえらい投資をしたもんだな。けど忘れるな、やつは体が不自由だ」

「体が不自由だと人を殺さないのか？」

「それもそうだな。けど、人を河に突き落としはしないだろう。撃つか、それとも刺すか」

「オーケイ。三件の殺人に関しては、グラヴァが自ら手を下したのではない。その点では、私たちは合意に達したわけだ」ヒューゴーは湯気の立っているスープを口に運んだ。豊かな風味と温かさを味わいながら。

「つまり、自分の代わりに人にやらせたってことだな」トムが言った。「そこまではすでにわかってる。あの晩、おまえさんのアパルトマンにいたふたりが怪しいな」

「でもあいつらに殺意はなかった」

「なぜ、あそこにいたんだ？」

「それがわからないんだ」ヒューゴーはおもむろに言い、しばらく水面を見つめた。「私はあいつらが本を探しに来たんじゃないかと思ってる」

「パリには図書館ってもんがないのか？」

「楽しいこと言ってくれるね。でも、聞いてくれ。あんたに聞かせたい面白い話があるんだ。まだ話す機会がなかったが」

ヒューゴーはルションの過去から話しはじめた。家族の歴史、対独協力者の話。『戦争論』に隠された暗号文を引用し、トムの驚いた顔を楽しんだ。それからルションとマックスの会話を話した。ルションがグラヴァに本を買わせようとしていたことも。覚えていることを全部話し終えると、トムが口を開いた。

「ルションがグラヴァに電話した、そうだな？　ルションは電話をかけた。動揺していた。ひょっとしたらグラヴァを脅したかもしれない。だからグラヴァはルションの眉間に銃弾を撃ち込んだ」

「あるいはグラヴァの手下の誰かが」

「そうだ。そして当然、いまだにおれたちにはなんの証拠もない」

「通話記録を調べることはできる。ルションがグラヴァに電話したかどうかを。だが、仮にそうでも、あんたが正しいんだろうな」

「別の幽霊が殺したのかも」

今度はトムが水面を見る番だった。そんな彼をヒューゴーは見つめた。せわしなく考えているのか、タイプライターのようにトムの目は左右に動いている。「待ってくれ」トムが言った。「もしおまえさんが言ってた理由であの連中がアパルトマンにいたとしたら、そしてルションが本当のことを語っていたとしたら――」

「だったら、本はどこにある？」

「おまえさんはもうそのことは考えてたんだろ？」トムは頭を振り、激しく音を立ててスープを吸った。

「ああ」

「だったら答えも知ってるんだろ？」

「実を言うと、ノーだ。知らない。さっぱりわからない」

「くそっ、おれたちは堂々めぐりをしてるぞ、ヒューゴー。もっともこのスープはクソいけてるが」トムはスプーンを置いた。「いいか、しばらくグラヴァのことは忘れるんだ。やつはわれわれのバーニーだと思え」

ヒューゴーはうなずいた。〝バーニー〟とは、捜査を台なしにしかねないものにふたりがつけた不愉快な仇名だった。捜査員の気を散らし、注意をほかにそらすもの《レッド・ヘリング》に対して。ロサンジェルス時代、ヒューゴーとトムはある事件を追っていた。ふたりの少女が、片方の少女の寝室で刺殺された。少女たちはうつぶせの状態で、頭にタオルがかけられていた。警察が遺体を発見したとき、ふたりの頭のあいだにバーニー（アメリカの子ども向けのテレビシリーズの主人公の恐竜）の玩具が置かれていた。ヒューゴーはプロファイルのために現場に呼ばれた。タオルとうつぶせにされていることについて、プロファイルは簡単だった。だが、バーニーが置かれていたことについては読み解けなかった。地元の警察は囮《おとり》だと示唆した。が、ヒューゴーはそう考えなかった。もし犯人が分析されることを避けたかったのなら――そうヒューゴーは警官たちに話した――犯人はただ遺体を違う体位にするか、頭を覆《おお》ったりはしないはずだと。

八カ月後、犯行が繰り返された。その年の二月に死んだ少女ふたりの近所に住んでいたジェームズ・L・ライトという男が十月、近所の別の家に押し入り、幼い少女を彼女の部屋で刺した。だがライトは知らなかったが、家には少女のティーンエイジャーの兄がいた。兄は急いで父の銃を取ってライトを撃ち、妹の出血死を食い止めた。ライトは一命を取りとめ、ヒューゴーとトムは彼を訊問した。ふたりが真っ先に訊いた質問の中に、バーニーの玩具のことがあった。ライトはただぽかんとした顔で見つめ返すだけだった。だがヒューゴーが犯行現場の様子を詳細に語って聞かせるうちに、ライトの記憶が蘇《よみがえ》ってきた。彼が部屋から出ようとしたとき、目の前の床に玩具が転がっていたという。そこでライトは部屋に振り返り、玩具を蹴とばした。そして偶然、少女たちのあいだに落ちたのだった。玩具は囮だった、確かに。だがまったく偶然の産物だった。それ以来ヒューゴーとトムは、その手の注意をそらすものについては慎重になっていた。

「わかった」ヒューゴーは言った。「グラヴァがバーニーとは思えないが、今はそういうことにしておこう。で？」

「しばらくやつのことは放っておけ。で、別の重要なことを話そう。ランボーについてはど

うなんだ？」

「それも除外しよう。誰にも関係ない。マックス以外には。しかも彼が死んだとき、本はすでに売れていた。それにルションがあの本を買った動機について嘘をつく理由はない。単純に個人的な問題だ」

「わかった」トムはふたたびちぎったパンをガラスの壁の上から放った。またもカモメたちがいっせいに声を上げながら水に飛び込んだ。船は国立図書館の前を過ぎてからゆっくりとUターンし、右岸に沿って西に進み、ノートルダム大聖堂をふたたび通り過ぎてエッフェル塔に向かっていく。「それであとは何が残る？」

「行方不明の『戦争論』だ」

「よし。あとは？」

「三人の死んだブキニスト」

「そのひとりはマックスだ。でも彼は店を手放す気はないと言ってたよな？」

「私にはそう言ってた。私はそれを信じてる」

トムはふたたびスープを飲んだ。ボウルに顔を伏せたまま言った。「だとすると、グラヴァがマックスの店を奪おうとして殺したというおれたちの理論は破綻《はたん》するな。たぶんグラヴ

ァは本が欲しくてマックスを殺したんだろう」

「いや」ヒューゴーは言った。「彼が本を持ってるとは思えない」

「グラヴァが？　どうして？」

「もしグラヴァが本を持ってたら、その本のために大金を払うつもりでいる男を殺すはずがない。その男相手に本を売ることもできるし、脅迫することもできるのだから」

「グラヴァがまたも人を殺したと仮定して」

「すべての道はグラヴァに通じる、違うか？」

「ご名答」トムはパンのかけらでスープボウルの中身をすくった。「で、あとは？」

「私とクラウディアへの襲撃。そしてアパルトマンへの襲撃」

「もしかしたら、クラウディアとブキニストたちとのつながりを探すべきなんじゃないか？」トムは椅子の背にもたれた。「デュランのことを彼女に訊いたか？」

「ああ。私に詮索《せんさく》されるのが気に入らないようだったが」

トムはにやりとした。「おまえさんは詮索なんぞしてないじゃないか」

「まあな。それを聞いてほっとしたよ。とにかく彼女はただこう言っただけだ。自分は警察担当記者で、彼は警察官だとね」ヒューゴーは肩をすくめた。「彼女には目的がある。最近、対ドラッグ特殊対策班の取材をしてるんだ。おそらくデュランはそれに関係があるんだろう。それに彼女はブキニストの殺人に関する記事は書いていない。書くのはドラッグについてだ」

「目の前にいい情報がぶら下がってるじゃないか」トムは頭を掻いた。「まったく確信はないが。ドラッグのつながりについて話そう」

ウェイターがリゾットを運んできたのでふたりは顔を上げ、口をつぐんだ。「みなさん《メッスュー》、ワインはいかがです？」ウェイターが尋ねた。

「いや、結構」ヒューゴーがすかさず断わると、トムが顔をしかめた。

「で、ドラッグだが？ ときとして始末に負えないことになる。コロンビアでひと仕事したことがあった。おまえさんにその話をしたことあったっけ？」

「いや」

「そうか。パリとは事情が違うと思うがね。彼女は正確に何を書いてるんだ？」

「クラウディアの話によると、かつてふたつの組織犯罪グループがあったそうだ。街を二分し、勢力を分かち合っていたらしい」パリにおけるドラッグの最近の歴史について、ヒューゴーはトムに話した。警察が戦術を変え、パリに入ってくるルートではなくて流通拠点に焦点を絞ったこと。ドブレスクと北アフリカ人グループのこと。さらにアフリカ人の独占権が侵されつつあるのではないかというクラウディアの推測についても。

「だからなのか」トムは考え込んだ。「ガルシアはレストランの銃撃のあとの交戦を心配していた。だがレストランの銃撃戦で警官も死んだ。実に大胆な犯行だった」

「そうだ」ヒューゴーはしばらくフォークをもてあそんだ。そうした出来事は、犯罪者には避けられないことだ——犯罪者たちも、警官を撃ったり罪のない一般市民を殺したりするのは愚かだという分別は持ち合わせている。もちろん敬意からではないが。だが敵を地獄に突き落とすには、警官や——あってはならないことだが——小さな子どもを巻き添えにするしかないとなると、話は別だ。そうした強硬手段に出る者は、ごく稀《まれ》だ。そしてルールを破った者は、彼ら自身に言わせれば、常にそうするだけの理由が充分にあるということになる。

「戦術を変えたのが警察だけじゃないとしたら？　銃撃戦のことじゃない。死んだブキニストたちのことだ」

「説明してくれ」トムが口いっぱいに頬張りながら言った。

「考えてみてくれ。ブキニストたちの居場所はドラッグの流通拠点にもってこいだ。毎日毎時間、現金と商品が交換されている。誰が見ても、本かプラスチックのエッフェル塔が渡されているようにしか思えないだろう。それはドラッグの売人にとってはいつだっておまけみたいなものだ。売人どもは常に多額の現金を小額紙幣で持っている。それはブキニストも同じだ。だから金を集めるだけでなく、金を洗浄するにももってこいなんだ」

「なんてこった、おまえさんは正しい」トムはうなずいた。興奮で目が輝いている。「続けてくれ。今度は最後まで話せよ」

ヒューゴーも興奮が高まってくるのを感じていた。頭の中にジグソーパズルのピースが浮かび、くるくるまわりながら行列を作っている。「もし警察の手入れがあったらどうする？」彼は言った。「手入れがありそうだと思ったら、売人兼ブキニストはただドラッグを歩道に捨てればいい。あるいはもし腕に自信があれば、まっすぐセーヌ河に投げ込めばいいい」

トムが拳でテーブルをたたいた。「ドラッグを流すためのどでかいクソ便所を持ってるみたいなもんだもんな。すぐそこに」

「そうだ」ヒューゴーはトムの目を見た。パズルのピースが然るべき場所の上でうろうろするにつれ、考える速度がゆっくりとなっていった。全体像はまだ未完成だが。「だがもちろん、それは仕組みの末端だ。商売を始める前に、ほかのあらゆることの準備を整えておかなくてはならない」

「つまり、ドラッグの供給のことだな。それを運ぶ連中とか、そういうクソみたいなこと全部。敵対しているピエ・ノワールの前で公然と誰がどんなふうにやるんだ？」

「方法だけじゃない。誰がそれをできる？」

トムの顔に心得たような表情が浮かんだ。「すでにドラッグの蓄えと自分の手下を持ってる誰か？」

「実に妙だな」ヒューゴーは眉根を寄せた。「しかし、あんたが正しい。そしてそういう人物がいるにちがいない。事実上、人の目に見えない誰かが。北アフリカの連中の目にも。警察の目にも」

「目に見えない？　どういう意味だ？」

「一九二〇年代のアル・カポネは、テキサスのオースティンにまで勢力を伸ばしてコカインを売り出すことができなかった。ここでも同じことだ。どのイタリアギャングも、ドラッグの工場と兵隊どもを引きつれてこっそり街に入り込むことはできない。ひどく人目につくからな。成功するためには、ルートと供給ラインの開拓をパリで誰かがお膳立てしなくてはならない。何をしているか誰からも疑われずに。つまり、そのお膳立てをしているやつは、なんらかの形でこれまでその仕事に携わってきた人間ということになる。そうだろ？」ヒューゴーは早口になっていた。どういうことかわかり始めてきたのだ。「トム、組織犯罪グループが追おうとしない唯一の人物は誰だ？　警察が目をつけない唯一の人物は？」

「ちぇっ、わかるもんか」トムは顎をさすった。「警察はなんだってぶち壊しにしてくれるからな。やつらはおそらくアル・カポネとアル・パチーノの区別もつかずに、レッドカーペットを敷くだろうよ。けど、組織犯罪？　やつらが殺そうとしない唯一の人間は死んだ男だ」

「まったくもって、そのとおり」ヒューゴーの顔に笑みが広がる。「以前、私たちはやつを幽霊と呼んでいた。でも、そうじゃなかった。やつは不死鳥だ。灰から蘇《よみがえ》ったんだ」

30

トムは船内の小さなバーでデザートを食べたがった。そこでならブランデーが飲める。薬効のある酒だから、と彼はヒューゴーに請け合った。トムが先に中に入り、ふたり分の酒を頼んだ。ヒューゴーは外に残り、エマに電話をかけた。

「別の調査活動だ。できるだけ急いでくれ」

「かしこまりました」

「よしよし」ヒューゴーはにやりとした。「ある犯罪現場の遺体の身元についてすべてを知りたいんだ」と言い、全般的なデータと、できるだけ多くの詳細を告げ、こう言い添えた。「DCRIとDGSE、インターポール、ユーロポールを当たってほしい。もしどこからも答えが出なかったら、電話をくれ。ガルシア主任警部に頼んでみる」

「クリスマスの少年みたいな声ですね、ヒューゴー。何があったんですか？」

「まだ言えない。自分が正しいと確認する必要があるんだ」

彼女に仕事を頼むと、小さな船室に入った。トムはカウンターについていた。彼の前にふたり分のブランデーが並んでいる。「おまえさんが先に突き止めたもので、おれは何を見落としてるんだ？」トムが言う。

「ひとつに、あんたは彼と同席する栄誉に与《あずか》ってなかったからだ」

「だったら教えてくれよ」

「わかった。もし私の頭がいかれてると思ったら、そう言ってくれ。頼むぞ」

「喜んで」トムはグラスの中のブランデーをくるくるまわし、先を続けるようヒューゴーにうなずいた。

「最初は仮定だった。その必要がないかぎり、人は嘘をつかない。あるいは別の言い方をすれば、人が嘘をつくとしたら、そうするだけの理由があるからだ」

「嘘つきは何か隠したいことがある。おまえさんは天才だよ」

「まあ、聞いてくれ」ヒューゴーは言った。「これまでの経験からすると、こういうことだ。なんで腕時計をしているのかとか、駐車違反の呼び出し状をくらったのか、といった小さな嘘は、矛盾を引き出せる。が、困ったことに、人はそれが嘘だと見抜けない。その手のことで嘘をつくとは思っていないからだ。クラウディアから聞いた話を思い出してくれ」

「なんの話だ？」

「パリの話だ。ドラッグ問題。ドブレスク一派が殺される以前、彼らは縄張りを広げるために警官を撃つようになっていた」

「賢い考えとは言えないな。警官を殺すのは」

「北アフリカ人グループもそう思ってた。だからドブレスクが警官を撃ちはじめると、怒った。それにより、ふたつのことがわかる。ひとつ、おそらく北アフリカ人グループは、警察と組んで仕事をしている記者を殺そうとはしないだろうということ。もうひとつは、ドラッグの売人やギャングでさえ、警官を標的にするほど馬鹿ではないということだ」

「要するにドブレスクは大馬鹿者だったんだな。だから、ずたずたにされちまった」

「そういうこと」クラウディアが正確になんと言っていたか、ヒューゴーは思い出そうとした。〝警察はDNAと歯科記録で彼と腹心の部下たちの身元確認をした〟。「ただし、そうではなかった」

「おまえさんがおれより利口だってことはみんな知ってる。だからそんなふうに、クソ謎めいた言い方はしないでくれ」

「すまない」ヒューゴーは笑みを浮かべた。「だが論理的に結論を出す必要があるんだ。一歩ずつ、頭の中で」彼の電話が鳴った。「エマ。早かったな」

「有能ですから」と彼女が言った。「それにあなたがおっしゃったデータベースに、必要なことはみんな載っていました。楽勝ですよ」

「で、答えは？」

エマが依頼された報告書の項目を読み上げているあいだ、トムはヒューゴーの顔をじろじろ見ていた。読み終えると、エマは言った。「ご満足いただけました？」

「もちろん。ありがとう。そうだ、あとクラウディアの家に車を手配してもらえるかな？アルジャンソン大通りの」

「今すぐですか？」ヒューゴーの説明をエマはじっと聞いていた。ルションが殺害されたこと、クラウディアに自分のそばにいてほしいこと、彼女が友人を連れてくるかもしれないし、こないかもしれないということ。「お気の毒に」話を聞き終えると、エマは静かに言った。「あなたが今なさっていることを続けてくださいね。悪い連中を捕まえてください。クラウディアに電話をし、車を差し向けたと伝えておきます。あなたがこちらにいらっしゃるまで、彼女の世話は引き受けますから」

「ありがとう、エマ」ヒューゴーは電話を切り、ブランデーのグラスを手にした。

「で？」トムが尋ねた。

「やつは正気じゃない。まちがいない」

「おれも正気じゃなくなるぞ。何が起きたかはっきり教えてくれなかったら」

「わかった。そこで、だ。今になって考えると、小さな事柄は明らかに筋が通っている。察するに、おれの腕が鈍っただけなんだろうよ」トムが何か言おうとしたが、ヒューゴーは手を上げて制した。「グラヴァは自分の手首をしょっちゅうさすってた。手袋をして、足を引きずってた。覚えてるか？　杖をついて歩いてた」

「癌《がん》だから」

「癌。いや、そのせいじゃない。やつの風貌全体が目立っていた。私はその関連性にまったく気づかなかった。だが、あの男は形成外科手術を受けている。顔全体が変わってしまったんだ。たぶん手術をした医者が髪も抜いて、脂肪を吸引したんだろう。体じゅうから。だからあんなに痩《や》せ衰えてたんだ。顔は文字どおり、元の形がなくなるほど皮膚を引っ張られたのさ」

「グラヴァが？　そいつはかなり眉唾《まゆつば》ものだな。ドブレスクが死んだ証拠となるDNAや指紋についてはどうなんだ？」

「いい質問だ。だからエマに電話をした。警察が正確に何を発見したのか調書をチェックしてもらうために」

トムがいきなり立ち上がった。「おいおい、ヒューゴー。警察が発見したのは片手と片足だけとか言うんじゃないだろうな？」

「その破片だけだ」

「その片手と片足の破片が、人間が丸ごと焼かれちまったことを意味すると警察は考えたのか？」

「そうだ。そう考えてないのは、私だけだ。ルーマニア人の救出任務はうまくいった——いずれにせよ、ある程度は。おそらくドブレスクは火傷《やけど》を負った。それで手術の説明がつくだろう。あるいは障害の説明も。なんとも言えないが。しかし私が信じているのは、ドブレスクが救出されたってことだ。だが、手と足の機能を失ってしまった。だから左側の引き出しをあけるのに、体を傾けて右手であけなきゃならなかった。だから左手首はさすっても右手首はさすっていなかった。そしてもちろん、だから手袋をはめて、杖をついてるんだ」

「信じがたい話だ」トムはグラスを飲み干し、お代わりの合図をした。「グラヴァが実はドブレスクだったとは」

「だとしたら、説明がつくんだ。グラヴァの過去についてわれわれが何も見つけられなかったことや、なぜグラヴァがどこからともなくあらわれたのかということの。だがグラヴァには部下がいたし、街のことも知ってた。ニカ。あの男も部下のひとりだ。グラヴァはイタリア人を雇うようになったんじゃないかな」

「そのニカってのは何者だ？」

「マックスを拉致《らち》した男だ」

「で？　なんでそいつがイタリア人だと思う？」

ヒューゴーは首を傾げた。「名前からさ、もちろん」

「間抜けめ。ニカってのはニコラスかなんかを縮めた呼び名だと思ったんだろ、ええ？」

「あんたのほうが、ものをわかってるものな」

「そのとおり。ニカはイタリア人の名でもファーストネームでもない。この場合は。東ヨーロッパの苗字だ」トムはにやにや笑い、椅子の背にもたれた。「ルーマニア人特有の」

「知らなかった」ヒューゴーは頭を振った。「ドブレスクのような男があちこちから用心棒を探したりするはずないものな。疑り深すぎるから」

「当たり前だ」トムは言った。「自分の手下がめった切りにされて死ぬのを見たボスなら、そしておそらく自分自身の手と足がたたき切られたとしたら、そりゃ病的なほど疑い深くもなるわな。腹も立てるさ。きっとそういったクソを体験したあとじゃ、やつらにとっちゃブキニストを殺すことくらい、どうってことないだろう」

ふたりの視線が合った。ヒューゴーは笑った。「次にあんたが何を言おうとしてるかわかる」

「つまり、理論はすばらしいが、クソ証拠がひとつもない？」

「そんなようなことだ」

「証拠を集めようぜ。おれは喜んであの悪党の毛を何本かむしってやるよ。DNA鑑定のために。ちぇっ、しまった。やつは禿《は》げてたんだっけ」トムは手で顔をさすった。「おまえさんの言うとおり、抜け目ない男だな」

「残念ながら。すばらしい組み合わせだよ。抜け目なく、しかも変質者ときている」

「もしやつが復帰して自分の足をたたき切った相手と一戦交える気でいるなら、おれでさえ口を割らせることはできないと思う」

「もっともだな」

ふたりの足元の床が振動しはじめ、船のエンジン音が変わった。桟橋《さんばし》に向かっているのだ。ヒューゴーは窓の外に目をやった。前方のコンティ通りに。「どうだろう。誰かほかの人間となら話ができるかもしれない」

「そいつに当たるのはおれにやらせてくれ。どんなやつかは知らないが」トムは両手を擦り合わせた。「誰か心当たりがいるのか？」

「実を言うと」ヒューゴーは答えた。「あるんだ」

めざす相手に接近する巧妙な方法を考えたあと、ヒューゴーは発着所からサン・ペル港に沿って東に向かった。一方トムはコンティ通りに向かって急ぎ、かつてマックスのものだった店にこっそり近づいた。ヒューゴーの帽子を借り、目深にかぶっている。計画は単純で、ジャン・シャボーに〝B・G〟のサイン入りのメモを渡すというものだった。三十分後にカフェに来いと書かれたメモを。三十分あればシャボーは店を閉められるが、メモが本当にブルーノ・グラヴァからのものかどうかまでは確かめられないはずだ。

ヒューゴーはバック通りまで行くと南に折れ、シャボーと会う予定の場所に向かった。〈ル・サングリエ〉という店で、サン・トマ・ダカン教会の広場から数メートルのところにある。古い家並みと狭い通りに囲まれたそのあたりは、観光客もあまり訪れない。パリにしてはひっそりとして穏やかなその一画を、ヒューゴーは街を散策する折りに見つけていた。サン・トマ・ダカン教会は広場に面していて、通りからは目立たない。壮観なノートルダム大聖堂や華麗なサント・シャペル教会とは確かに比べようもないが、この教会の魅力は、簡素な輪郭《りんかく》や飾り気のない内装にある。さらに、数少ない訪問者が古めかしい敷居をまたいだとき、肩のあたりに感じる安らかさに。

ヒューゴーは教会の玄関に目をやった。数分でいいから中に入りたい誘惑に駆られる。不可知論者の中には、静けさや穏やかさを味わいたいがために――ときとしてそういった感覚を必要として――臆面もなくこうした古い教会を訪れる者もいるが、ヒューゴーもそうしたひとりだった。サン・トマ・ダカン教会に今は行けない理由を懸命に考え、ひとつ思いついた。教会は自然光に頼っている。だから、ここならではの装飾品である祭壇上の天井に描かれたキリストの変容や、聖エチエンヌが天使に説教している絵は、朝陽を浴びていないこの時間帯は本来の美しさを堪能できない、というものだ。また出直すとしよう。

角を曲がり、カフェに入った。

三分後にトムがあらわれ、店の奥の暗がりに目を凝らした。ヒューゴーは奥の隅にあるテーブルについて座っていた。目の前には栓のあいたビールのボトルが三本並んでいる。

「おまえさんの面は割れてる」トムが言った。「あの男が席につくまで、目につかないようにしてたほうがいい。店に入っておまえさんを見たら、逃げちまうだろうから」

「冴《さ》えてるな。私のいる席にやつをつかせろ。そうすれば、背中を壁に囲まれることになるから」ヒューゴーは店内を見渡した。「私はドアに背を向けた窓際の席につく。帽子を返してくれ。やつを見たら頭を振る」

五分後、シャボーが小走りで店に入ってきた。腕時計をチェックし、暗い店内を見渡す。ヒューゴーは帽子のつば越しに見ていた。トムが手招きすると、シャボーは唇を舐《な》め、もう一度店内に目をやってから奥に向かった。彼が席に着いたとたんヒューゴーは立ち上がった。すばやくテーブルに近づき、逃げ道をふさぐように立った。

シャボーの顎が、がくりと落ちた。「あんたは!」と言い、次にトムを見た。「おたくは誰なんだ! 言ったじゃないか、グラヴァが――」

「頭を使え」トムが言う。「引っかけたんだよ」

シャボーは立ち上がろうとした。が、その膝を正面からヒューゴーに手で押し返され、席に戻された。「あんたに少し訊きたいことがある」ヒューゴーが言った。

「知ったことか」シャボーが毒づく。「自分たちが何をしてるのかわかってるのか？　このまま帰してくれたら、このことはグラヴァに言わないでおいてやる」

「グラヴァの正体は割れてるんだ、シャボー」とヒューゴーは言った。「私たちはただ、あんたに白状する機会をやろうと思ってね」

シャボーの顔から血の気が引いた。ヒューゴーを、そしてトムをじっと見た。「よう、あの人の正体がわかってるんなら、おれのことも知ってるんだろ？　おれの背景《ウイ》についても。だったらわかってるよな、おれはやっちゃいね……確かに法は破った、ああ。でも殺しはしてねえよ。やっちゃいねえ」

「そいつはよかった」とヒューゴー。「問題は、誰がマックスを殺したかということだ」

「おれじゃねえよ」シャボーはまた唇を舐めた。

「あんたは彼のアパルトマンに行った」ヒューゴーは言った。「つまり、すでに一度私に嘘をついている」

「確かに《ビャン》。おれはあそこにいた」シャボーは目を見開いた。「けど怖かったから、それだけだ。マックスが立ち退くことに同意したと言われた。でも……」シャボーは首を振った。

「あんたはそれを信じなかった」とヒューゴー。

「ああ。マックスは立ち退きに抵抗してた連中のひとりだったから。ずっと」シャボーは立ち上がろうとしたが、またしてもヒューゴーに押し戻された。「頼むよ、旦那《メッスュー》たち。グラヴァはおれが今日の午後も店をやってると思ってる。店に寄ることになってるんだよ。だからここに来なきゃと思ったんだ」シャボーは腕時計を見た。「くそ、わかってくれよ。グラヴァが店に来ておれがいなかったら。おれが旦那《メルド》たちといたって、誰かがグラヴァにチクったら……」

「私たちと一緒に警察に行こう」ヒューゴーは言った。「警察があんたを保護してくれる。あんたがその気になれば」

「確かに」シャボーの唇がゆがんだ。「そしてもしおれがグラヴァに不利な証言をしたら」

「そうだ」とトム。「もしおまえがそうしなかったら、おそらくおれたちが内緒話をしてたってことがグラヴァの耳に届くだろうな」

「これはゲームじゃねえんだ」シャボーは前に身を乗り出し、目をすがめた。「旦那たちに正体がバレたんじゃないかってグラヴァが勘づいたら、旦那たちはあの人に近づけない。どっちにしろ、おたくら生きちゃいられねえぞ」

「ムッシュ・シャボー」ヒューゴーは帽子を脱いでテーブルに置いた。席について両手を広げた。「時間の問題だ。あんたが協力してくれないなら、この殺人事件を捜査している警視庁の友人に話しに行くまでだ。そうなったらどうなるかは、わかるよな？　その友人はあんたに話を訊きに行くだろう。それも前触れもなく五、六台のパトカーを引き連れ、サイレンを響かせて回転灯を瞬《また》かせて。それからあんたを留置所にぶち込み、何日かそこで過ごさせる。そうなったら、その時点であんたが警察に白状しようがしまいが、そんなこと問題じゃなくなってるだろ？　なぜならあんたが留置所から出たら、もし出られたなら、ドブレスクが待ちかまえてるだろうから。あんたが口を割らなかったと言っても、やつはそれを鵜呑《うの》みにするような男か？　それとも万一に備えてあんたを殺すような男か？」

　ヒューゴーとトムは、事実がシャボーに浸透するのを見守った。その重みに耐えかねて、シャボーの肩ががくりと落ちた。やがて無気力な目で、シャボーはヒューゴーを見上げた。

「おれはアメリカ人に保護してほしい」

「どうして？」ヒューゴーは言った。「それについて確約できるかどうかはわからない。われわれは公式な関係者ではないし、フランスから抗議を受けるのはほぼ間違いない」

「グラヴァは警視庁にスパイを送り込んでる」シャボーは懇願した。「警察にしょっぴかれたら、路上にいるより危険だ」

「どういう意味だ？」とヒューゴー。「誰がスパイなんだ？」

「知らねえよ。けど、警官と仲良くしてる記者が月曜に撃たれたって聞いた」

「それについて何を知ってる？」ヒューゴーは顎《こわば》を強張らせ、身を乗り出した。

「グラヴァがやらせたってことだよ」

「ほかには？」

「どうしてグラヴァが記者の居場所を知ったと思う？　記者の男は警視庁の人間と連絡を取

り合ってた。そして警視庁の誰かがその情報をグラヴァに流したんだ」

「記者は男ではない」ヒューゴーは話した。「あんたのボスはただ警官と仲良くしている記者を撃っただけじゃない。女性記者を撃ったんだ」

「だったらわかるだろ？　なんでおれがグラヴァを怒らせたくないか」

「手遅れだな」トムが口をはさんだ。「気に入ろうが気に入るまいが、おまえはもうすでにおれたちの側についたんだ」

「それはアメリカに保護してもらえる場合にかぎってだ。そうでないなら、おれは運に賭ける」シャボーは椅子の背にもたれ、胸の前で腕を組んだ。

「オーケイ、わかった」ヒューゴーが言った。「だが手筈《てはず》を整えるにはしばらくかかる。数時間。そのあいだ、私たちと一緒にいたほうがいい」

「だめだ《ノン》」シャボーは首を振った。「数時間もかかるなら、おれは店に戻る。おたくらは、グラヴァから離れてれば安心だと思うだろうがね。もしおれが姿を消したと知れたら、おまけにおたくらと一緒だとわかっちまったら、おれたちはそろって狙われるぞ」

「こいつの言うとおりだ、ヒューゴー」とトム。

「わかった」ヒューゴーはうなずいた。「店に戻れ。そのあいだに手配しておく。トム、ここに来るのに尾行されなかったか？」

「くそったれ。おまえさんは腕が鈍っちまったかもしれないが、おれはそんな間抜けじゃない」

「すまん」ヒューゴーは言った。「よし。ひとりずつ店を出よう。ムッシュ・シャボー。あんたが最初に行け。ここの近くでサンドイッチを買うんだ。もしグラヴァが店に来ても、それでちょっと留守にした言い訳が立つ」ヒューゴーは紙ナプキンに自分の携帯電話の番号を書いてシャボーに渡した。「この番号を記憶しておけ、いいな？　身につけておくんじゃないぞ。番号を覚えたら、ナプキンを捨てろ。もし何か身の危険を感じるようなことが起きたら、電話かメールをしてくれ。単純なSOSでいい。私たちがグラヴァの正体に気づいていることを、やつに知られたくない。だがもし私がすぐ駆けつけられない場合は警察に頼む。わかったか？」

「ああ《ウイ》」シャボーはうなずいた。震える指でナプキンをコートのポケットに入れた。「ちく《メ》しょう《ルド》。こんなこと、いかれてる」

「家族はいるのか？」ヒューゴーは尋ねた。ドブレスクの性癖を考えると、近親者はなんらかの保護が必要だろう。

「ああ《ウイ》」シャボーは視線を床に落とした。「娘がいる。母親と暮らしてて、おれはあまり会えないが」と言い、立ち上がった。「娘にグッバイと言っとかないとな。万が一の場合のために、そうしないと」

「それはいい考えとは思えない。グラヴァが店に立ち寄ったとき、あんたはそこにいなきゃいけないんだから」グラヴァがシャボーをひっぱたいたときのことをヒューゴーは思い出した。「私が思うに、グラヴァはなんでも思いどおりにならないと気がすまない質《たち》のようだから」

「そのとおりだ《セ・ヴレ》、ムッシュ。けど、もしおれが証人保護プログラムに置かれたら、あるいは……グッバイも言わずに姿を消しちまったとニコールに思われたくない」シャボーは両手を広げた。「おたくならどうする？」

「わかった」ヒューゴーは眉根を寄せた。「そういうことなら、計画を変更する必要がある。店には戻るな。あんたがしなくちゃいけないことをしろ。娘さんに会いに行け。それからここに戻ってくるんだ。忘れるな、問題が起きたら連絡しろ」

小走りに店を出ていくシャボーを、ヒューゴーは見つめていた。そうしてトムに向き直った。「私はこの手の秘密を守る行為は得意じゃない。これでよかったと思うか？」

「終わってみなけりゃわからないさ」トムはビールを口に運んだ。「なあ、おれにシャボーに張りついててほしいか？」

「どうだろうか。もし店に寄ったときシャボーがいなかったら、グラヴァは怒りまくるだろう。あの男は病的なほど疑り深いから。シャボーに犬をけしかけるかもしれない。そうなったら、彼らのあいだにあんたがいちゃだめだ」

31

午後三時、ヒューゴーはテイラー大使のオフィスに入った。大使はルションが死んだことをすでに耳にしており、同情している様子だった。アメリカの保護下に置かれたいというシャボーの要請をヒューゴーが伝えるあいだ、大使はデスクについたままひとことも口をはさまず耳を傾けていた。

話を聞き終えると、大使は椅子の背にもたれた。「いつもながらの質問をしよう、ヒューゴー。この件におけるわれわれの利害は？　いいかね、ここでは私が大将かもしれないが、関係各所の大将たちに答えなくてはならない身でもある。まずは国務省、そして場合によっては大統領に。きみの言い分が正しいとしても、その男をここで保護プログラム下に置くということは、われわれがフランスの警察を信用していないと認めることになる」

「信用できないのは、警察の中のひとりかふたりだけです」

「もしそうほのめかそうものなら、連中はあたふたするだろう。われわれは多くの時間を費やして第三世界で警察の役割を果たしてきているが、ヨーロッパでそう振る舞うのはいかがなものかな？　私としてはアメリカの純粋な利害関係が必要だ。その男をここに連れてきてフランスから守ることを正当化するために」

ヒューゴーはうなずいた。大使の言うこともっともだ。「アメリカ大使館の職員が撃たれたという事実はどうでしょう？」

「悪くない」大使はにやりとした。「私の聞いたところでは、きみはヒーローであり、標的ではなかったようだが」

「それは誰に話を聞くかによります」ヒューゴーは立ち上がり、デスクの前を歩きだした。両手をうしろで組んで考えながら。立ち止まり、指を鳴らした。「フランスの警察の誰かにシャボーをここに連れてきてもらい、われわれの助けを要請してもらうというのは？」

「フランスの警察……」大使は視線を床に落とした。「よし、それがいいだろう。どのみち、時間は少しかかるだろうが」

「充分です」立ったままヒューゴーは答えた。「私たちはその密告者と河向こうの店で会うことになっています。何人か部下を同行させ、彼を連れてきます」

「待て」大使は片手を上げた。「もしそうするなら、きみとフランスの警察官だけでやってくれ。そうでないとわれわれがショーを仕切っているように見えてしまう。その手の印象を与えることだけは避けなくてはいけない」

「わかりました。その男が待ち合わせ場所に来たら、知り合いの警察官に電話します」

「それはいい考えだ」ティラー大使はヒューゴーと肩を並べ、戸口まで歩いた。「ところで怪我をした記者の具合は？」

「奇跡的な快復ぶりです。もちろん、まだ傷は残っていますが、身体的にはすこぶる良好です。もっとも父親の死で動揺していますが」

「そうだろうとも。伯爵はいい人物だった。私自身、信じられないでいる。警察が令嬢の身辺に目を光らせてくれていると思うが」テイラー大使が言うと、ヒューゴーは咳払いをして目を伏せた。大使がにやりとした。「なるほど。彼女は安全というわけだ」

　大使のオフィスを出ると、外交保安部に向かった。彼のオフィスにクラウディアとエマがいた。エマは地図に指を走らせて自分が何年にもわたって配属されていた場所を示している。ヒューゴーはまっすぐクラウディアに近寄って両腕で彼女を包んだ。

「大丈夫か？」

「ええ、大丈夫」彼女の顔には血の気が戻っていた。殺された父親を発見してしまった娘というよりは、ヒューゴーが最初に会ったときの事件記者らしく見えた。「わたしなら心配いらないわ、ヒューゴー。それより何が起きているのか、誰が父を殺したのか知りたいの」

「私もだ。それを調べているところだ」と言ってエマを、次にクラウディアを見た。「今、頼みがあるんだが」

「誰にですか？」とエマ。

「実際はふたりに。私たちはこれから地元の者どもとちょっとしたお楽しみを企んでいる。二、三時間ここで一緒にいてくれるとありがたいんだが」

「待って《アタン》」クラウディアが言った、「〝企んでいる〟って、いったい何を？　何か危険なことをしようとしているの？」

「そうはならないはずだ」

「トムも同行するの？」

「そうだ」

「よかった。だったらトムに面倒を見てもらうから、あなたは危険じゃない任務にいそしんでちょうだい」

「それについては今夜全部話す。約束する。でも、きみはここにいるんだ」

「なぜ？」

「ひとつに、きみは大変な衝撃を味わったばかりだからだ。もうひとつは、きみはまだ怪我人だからだ」ヒューゴーの声は穏やかだったが、有無を言わせぬ口調だった。「これだけでも充分な理由だと思う」

「それを決めるのはあなた、そう思っているのね？」クラウディアの目に炎が宿っている。そう簡単には勝てそうにない雰囲気だ。

彼は秘書に向き直った。「エマ、彼女に言ってやってくれ」

「わたしは関わらないでおきます」エマは背を向け、自分のデスクに戻っていった。その途中ドアを閉めるとき、エマの顔にうすら笑いが浮かんでいたようにヒューゴーには思えた。

「ヒューゴー」クラウディアはハシバミ色の目を光らせ、両手を腰に当てて立っている。

「わたしは真剣に言ってるのよ」

「わかってる。だが真剣なのは私も同じだ。危険なことにはならないはずだと言ったのは本気だ。今夜全部話すと言ったことも。だが、うまくいかない可能性がまったくないわけじゃない。だからきみはその場にいないほうがいい」

「いいえ、もしまずい事態になったら、あなたはわたしにその場にいてほしくない。そういうことでしょ？」

「どちらにせよ」ヒューゴーは頭を振った。「悪いが危険を冒すことはできない。それが……」

「わたしのためだから、そう言いたいのね？」

ヒューゴーは片目をつぶった。「ゆうべはきみのためになっただろ？」

彼女は目をぐるりとまわした。「きみのためだなんて、お仕置きするときみたいな決まり文句はよしてよ、ヒューゴー」

ヒューゴーはドアを見やり、〝声を抑えて〟と目で合図をした。「いずれにしても、私はここに戻ってくることになっている。おそらく一時間かそこらで。きみは走りまわれるほど健康体じゃないし、トムも私もきみのお守り役はできない」

「ヒューゴー！」通りすがりに頰に軽くキスをしようとした彼を、クラウディアは拒否した。それでもヒューゴーはキスをやめようとしなかったが、穴のあくほど彼女にじっと見られた。

大使館の外に出ると、トムに電話をかけた。「まだコンコルド広場にいるのか？」

「いや」トムは低い声で告げた。「〈クリヨン〉にいる」

「おいおい、トム」ヒューゴーはうめいた。「そこで何をしてるんだ？」

〈クリヨン〉は世界でも指折りの歴史を誇る豪華なホテルで、コンコルド広場から通りを渡ったところにある。アメリカ大使館からも四百メートルと離れていない。ヒューゴーも数えきれないほどホテルを利用してきた。来賓《らいひん》を迎える際、最適な場所だからだ。またチャーリー・チャップリン、ジャッキー・オナシス、アクセル・ローズ（アメリカのロックバンド「ガンズ・アンド・ローゼズ」のボーカリスト）なども泊まったことがある。数々の栄誉に包まれているホテルだが、ヒューゴーにとって最高の瞬間は、ランス・アームストロングがツール・ド・フランスで七連覇を成し遂げた翌日、ゲストの偉業に敬意を表すためにホテルにテキサス州の旗が掲揚されたときだった。

「おれがここで何をしてるかって？　からかってるのか？」トムがささやいた。「ずっと前からここを見たかったんだよ。クソびっくりするよ。知ってたか？　ここには七種類の大理石があるんだぜ」

「ここ？　レストランにいるのか？　すばらしい」ホテルのレストランは大使館《レ・ザンバサドゥール》と呼ばれ、十九世紀半ばから、目の玉が飛び出るほど高価で高級な食事を提供してきている。ロココ・スタイルの装飾が施されていて、クリスタルのシャンデリアが下がり、大理石がふんだんに使われている。友人はさぞかし感じ入っていることだろう。「トム、なんでひそひそしゃべってるんだ？」

「なんでだと思う？　ここじゃ携帯電話の使用が認められてないからだ」

「そりゃそうさ」ヒューゴーはくすくす笑った。「電話を切って表で会おう」

「すげえぞ、ここはクソ宮殿みたいだ。おまえさんもここの家具を見ておくべきだ」

「そのとおりだが、私はもう見たことがある」ヒューゴーは言った。「あんたを放り出すよう私が電話をかけないうちに、出ることだな」

「おまえさんなら、そうするだろうよ。こんちくしょう。もう出るとこだよ」

ふたりはホテルの正面で落ち合うと、右岸沿いにゆっくり歩いた。チュイルリー公園とルーヴル美術館を通り過ぎ、ポン・デザールを通ってセーヌ河を渡った。ヒューゴーはフランソワーズ・ブノワのものだった店を見つけた。今では、背が低くずんぐりとした黒い肌の男が、葉巻を吸いながら店の番をしていた。男を橋から投げ落としてプースティック（橋から上流に向けて枝を投げ、橋の下をいちばん早く通過した枝が勝ちというゲーム）をしようというトムの提案を、ヒューゴーは却下した。が、その様子を思い描いてにやりとした。

まっすぐ店には向かわず、まわり道をしていく計画だった。尾行されていないか確かめるために、道中の店に入ったり出たりを繰り返しながら。尾《つ》けられていることに気づくのに時間はかからなかった。

「単純もいいとこだ」ヒューゴーに追いつこうと息を切らしながらトムが言った。サン・ジェルマン大通りのデザイナーズ・ブランド店に入ったときに、彼は尾行者を見つけていたのだ。「彼女を巻いてほしいか？」

「彼女？」

「尾行者は素人《しろうと》だ」トムは片目をつぶった。「けど尾行されているかぎり、安心だな。見てみろよ」ヒューゴーは振り返り、百メートルほど後方を見た。茶色のショートカットの女がふたりに近づいてくる。

「くそっ」ヒューゴーは言った。「クラウディアだ」

ふたりは待った。数秒後、クラウディアは自分が見られていることに気づいた。顎を突き出し、歩きつづけている。「黙って、ヒューゴー。何も言わないで」少し息を切らしていたが、挑戦的な口調だった。「わたしを怒らないでよ。父を亡くしたばかりなんだから」

「クラウディア、怒ってなんかいない」それは本当だった。それどころか感心していた。

「でも、わかってくれ。冗談で言ったんじゃない。きみにとって危険なんだ」

「あるいはあなた方にとっても」

「ゲームはよさないか？」

「わたしを見下すのはよしてくれる？」ふたたび目に炎を宿している。

「ああ」ヒューゴーは言った。「私たちはケリをつけようとしているところだ。いいからカフェで大人しくしててくれ。終わったら電話するから」

「いつ何が終わるの？」

「いい質問だ」

ヒューゴーが眉根を寄せていると、携帯電話が鳴った。ポケットから取り出し、留守番伝言サービスに切り替えようとした。が、発信者の番号を見て胃が強張《こわば》った。

「トム、シャボーからだ。メールだ」すばやく電話機を開いてメールを読んだ。〝ヴェオン《ルー・ヴェ》通《オン》り二十一番地、早《ヴィット》く〟。顔を上げ、トムを見た。「ヴェオン通り、どこだ？」

「いったいなんで、おれが知ってる？」トムが言った。「おまえさんの街だろうが」

ヒューゴーはクラウディアを見た。「知ってるか？」

「聞いたことはある。ヴェオン通り……なんでだろう？」

「エマに電話しよう」ヒューゴーはエマの番号にかけた。「くそっ。留守番電話だ」

「バスルームでわたしを探しているのかもしれない」クラウディアが言った。「ごめんなさい」

「ほかに何か言ってなかったか、ヒューゴー？」トムが尋ねた。

「何も。〝早《ハリー》く〟という言葉に胸騒ぎがする」

「ああ。単に新しい会合場所の店の名じゃなさそうだ」

「そのとおり」ヒューゴーは自分たちが同じことを考えているのだとわかった。

グラヴァに捕まったのだ。

「警察を呼ぶか？」トムが提案した。

「呼ぶのはひとりだ、どっちにしても」ヒューゴーはガルシア主任警部の番号にかけた。三度目の呼び出し音で相手が出た。できるだけ手短に状況を説明し、しばらく耳を傾けてから電話を切った。「主任警部は五分で来るそうだ」

トムはクラウディアを顎で示した。「彼女は？」

「私たちに同行してもらう」ヒューゴーは答えた。「もしグラヴァがシャボーを捕まえたなら、おれたちのこともバレてるかもしれないし、誰かに監視させてるかもしれない。私のアパルトマンは世界でいちばん安全な場所には思えない」

「カフェならいいんじゃないか？」とトム。

「そうだな、彼女がじっとしていてくれたなら。そうするとは思えないが」

「ちょっと」クラウディアが抗議した。「わたしはここにいるのよ。ないがしろにして、わたしのことを話さないで。いったい何がどうなってるのか、教えてちょうだい」

「私たちはシャボーという男と落ち合うことになっていた」ヒューゴーは言った。「彼を証人保護プログラム下に置くために」

「あなただけで？」とクラウディア。

「そうだ。込み入った状況なんだ。管轄権やら駆け引きやらが法の執行を妨げている」

「今度ばかりは」トムがぼやいた。

ヒューゴーは彼女の怪我をしていないほうの肩に手を置いた。「きみをまた危険な場所に置きたくないんだ、クラウディア」

「思いやりに感謝するわ。でも、わたしには同行したい自分なりの理由があるの。これはわたしにとって重要なことだから」

ヒューゴーはうなずいた。「わかってる。来てもいいが、車の中でじっとしていてくれ。いいか？」

「いいわ」クラウディアは返事をし、強張った笑みとともに加えた。「わたしは右利きなの。だからあなたが必要としてくれれば、撃つこともできる」

「だめだ」ヒューゴーは言った。「そんな真似は必要ない。私たちはただシャボーを迎えに行くだけだ。だが、どんな事態になるかわからない。もしきみが同行するなら、私に言われたとおりにすること。わかったか？」

「わかった」クラウディアは今度は真面目な顔でうなずいた。

「もう一度念を押す。このことでフリーランスの記者根性を発揮しないこと。いいね？」

「わかったと言ったでしょ、ヒューゴー。承知してるわ」

三人は縁石に立ったまま、ガルシア主任警部があらわれるのを待ちかまえた。四分で彼はあらわれた。黒のシトロエンの覆面車を横づけすると窓を下ろし、停止した。ヒューゴーが助手席に乗り、トムとクラウディアは後部座席に向かった。ヒューゴーはクラウディアをガルシアに紹介しようとしたが、当人たちはそれを無視して、開いた窓越しにすばやくキスを交わした。

「知り合いだったのか？」ヒューゴーが尋ねた。

「乗りましょう」クラウディアが言った。「ええ、そう。知り合いよ」

「一緒に仕事をしたことがあるんですよ」ガルシアが言った。「ところで《アロール》、どこに行けばいいんです？」

「シャボーのメールにはヴェオン通りとありますが、わかりますか？」とヒューゴー。

「いや《ノン》。オフィスに電話してみましょう」と言い、ガルシアは電話をかけた。その口調から、部下と話しているらしい。「そう、ヴェオン《ウィ》だ。V‐E‐O‐N。なんだって、そんな通りはない？　もう一度調べろ」

「待って」クラウディアが前に身を乗り出した。「もしかしたら、ヴェロン通りのつもりだったんじゃない？　Rが抜けてたのよ。メールでしょ？　それにあわててた。だからRを打ちそこなったのよ」

「ヴェロン通りはどこにある？」ヒューゴーは尋ねた。

「モンマルトルよ。そこに住んでる友だちがいた」

「どういうところだ？」

「小さく狭い場所。住人しかいない。典型的なパリの通り。五、六階建ての建物が立ち並んでいて、どれも共同住宅だと思う」

「行きましょう」ガルシアはクラウディアの指示が終わるのを待たず、猛スピードで縁石から離れた。サイレンを使うことなく巧みなハンドルさばきで、のろのろと走る車のあいだを滑るように進んでいく。ブレーキペダルよりもアクセルペダルを多用してトラブルを回避する。数分後にはコンコルド橋を渡り、アメリカ大使館の前もすばやく通り過ぎた。ここでクラウディアを降ろそうかという考えがヒューゴーの頭をかすめた。だがシャボーは〝早く〟と言っていた。時間との勝負だ。

大使館を過ぎるとロワイヤル通りに出た。ガルシアは小声で毒づいた。そしてヒューゴーが思っていたとおりのことを口にした。「これは罠かもしれない」

「まさか」トムが前に身を乗り出した。「援護を呼べるかな？」

「五分あれば」ガルシアが答えた。

「まだ要請しなくていい」ヒューゴーは言った。「シャボーの言うように警視庁の中にグラヴァのスパイがいる場合を考えると、どこに向かっているかを知られたくない。現地に到着するまでは。こっちから仕掛ける直前に援護を呼べばいい」

車間距離があいた場所を見つけるとガルシアはアクセルを踏みつけ、すばやく隙間に割り込んだ。急ハンドルで二車線を横断し、大きな車線に入った。ロワイヤル通りを疾走しながら、ガルシアは後部の青いライトをつけた。「交通違反で道端に停めさせられたくありませんからね」と、むっつりと言った。「心配いりません。現地に着いたら消しますから」

十分もしないうちにヴェロン通りに近づいた。ガルシアは青いライトを消し、速度を落とした。車はルピック通りに入った。みんな無言のまま、縁石沿いに停まっている車の背後に危険が潜んでいないか目を凝らした。ヴェロン通りと交差する地点まで行くと、通りの東端でガルシアは車を停めた。警察無線のハンドセットを取り、ヒューゴーを見た。

「要請する頃合いですか？」

「まだ待ってください」ヒューゴーはシートベルトをはずした。「誰もいない可能性もある。その場合、援護を要請したら、こちらの手の内をさらしてしまうことになる」

「ねえ、わたしがここに残ったらどうかしら？」クラウディアが言った。「五分かそこら待ってから、わたしが連絡するというのは？」

「いい考えだ《ボニデ》」とガルシア。

「ああ、そいつはいい」ヒューゴーも言った。「それにあとひとつ、手立てがある」携帯電話を取り出してエマにかけた。クラウディアが逃げたのはエマのせいではないと安心させたあと、ヒューゴーは頼んだ。「ヴェロン通り二十一番地を調べてくれるか？　所有者が誰か知りたい」

「わかりました。どれくらい――」

「私たちはもう現地にいるんだ、エマ。時間の余裕はまったくない」

「お待ちください」

待っているあいだ、誰も口をきかなかった。クラウディアはバッグを探って自分の携帯電話を取り出すと、電源が入っているかどうか確かめた。ガルシアはフロントガラスの向こうに目を凝らし、何やらつぶやきながら数秒ごとに腕時計をチェックしている。トムはクラウディアの隣で目を閉じて頭をシートにもたせかけ、自分の世界にこもっていた。が、一分後、体を起こすとジャケットに手を突っ込み、小型の拳銃を取り出した。ガルシアがそれに目を留める。

「それを携帯するライセンスはお持ちですか？」

「いや」

「でも撃ち方は知っている？」

トムはにやりとしただけだった。

ガルシアがさらに何か言おうとするのを見て、ヒューゴーはトムの代弁をした。「彼は元CIAなんです。あいつが酔っぱらってるとき、蝿の羽を撃ち落とすのを見たことがある」

トムは銃把から弾倉をはずして確かめた。「公正を期すために言うと、蝿も酔っ払ってたがね」

ガルシアはブツブツ言いながら前に向き直り、外を見つめた。

「ヒューゴー？」エマの声。

「聞いてる。何かわかったか？」

「たいしたことはありません。建物はほとんどアパルトマンに分割されているようです。五階建てで、最上階は空家になっています。四階と三階の所有者は家族持ちで、不審な点はなく、興味を惹くようなところはありません」

「フランス人？」

「フランス人の名前だということしか申し上げられません。どちらの一家にも小さな子どもがいます。だから犯罪組織の親玉ということはないでしょう」

「わかった。で、一階と二階は？」

「所有者は外国の会社で、ツェペシュ不動産という名です。誰が管理者もしくは社長か調べてみましたが、株式会社やら合名会社やらの隠れ蓑《みの》が三重にも四重にもあって。その隠れ蓑を取り払うことはできませんでした。少し時間がかかりそうです。そこに誰が今、住んでいるのかもわかりません。申し訳ありません」

「そうだと思っていた」ヒューゴーは言った。「でも外国企業だと言ってたね。ルーマニアの会社という見込みは？」

「そのとおりです。調べたところ、ツェペシュという言葉はワラキア公ヴラドの姓だとわかりました。ええ、ルーマニアの会社です。どうしてわかったんです？」

「まぐれ当たりさ。間取り図はわかるかな？」

「はい。どこかにファックスしましょうか？」

「Eメールにしてくれ。電話で見られるから」

一瞬の間ののち、エマが言った。「今、送りました。ヒューゴー、何か危険なことをしてらっしゃるんですか？」

「多少は。でも心配いらない」

「そうですか、了解です。もしあなたが危険なことをなさっていても心配いらないとおっしゃるなら、わたしは卵のサンドイッチでも作って『オプラ・ウィンフリー・ショー』をオンラインで見られるかどうか確かめるとしましょう」

「エマ、頼むよ。私は単独で行動してるんじゃない。フランスの警察も一緒だ」いずれにしても、ひとりだが。

「大使はどうなんです？　ご存じなんですか？」

「概《おおむ》ねは。すべてすんだら説明するから。いいね？　それに私が心配いらないと言ったら、本気だ。うまくいく」

トムが眉根を寄せ、自分の腕時計をたたいた。

「もう行かないと。協力に感謝する」気をつけろというそれ以上の注意はごめんだったので、電話を切った。「建物とドブレスクの決定的なつながりはない。所有者を突き止めるには、弁護士チームが必要になりそうだ。だが、所有者がわからないということは多くを物語っている」ヒューゴーはガルシアを見た。「この手の行動は初めてじゃない。それはトムも同じです。意見を言ってもいいですか？　もしうまくいったらあなたの手柄になる。まずい結果になったら、責任は私たちが取ります」

「馬鹿言うな」トムが不満げに言った。「事態がまずくなったら、責任はおまえさんひとりで取ってくれ」

ガルシアが苦笑いを浮かべた。「まあ、それが最善でしょうな」と言った。「パリではこうしたカウボーイごっこはあまり起きませんから」

「ありがとう」ヒューゴーは言った。「銃撃戦は避けたいと思っていますがね。かなり早く着いたから、先手を打てるでしょう。トム、私たちは表から行こう。主任警部は建物の裏手にまわってください。私たちのどちらかが、裏口からあなたを中に入れます。裏口のドアをあけるとき、三回ノックします。私たちのどちらかだと知らせるために。ノックが三回聞こえたら、銃撃はなしということです。わかりました《ダコール》か？」

「了解《ダコール》」

ヒューゴーはクラウディアに顔を向け、ヴェロン通りを指さした。「通りの交差点が見えるだろ？　目標の建物は角の右手にある一軒だ。私たちが中に入るのを見ててくれ。トムが私のあとにつく。彼がぐるぐる腕をまわしたら、警察に電話してくれ。そしてトム、あんたは銃でもなんでも——たとえバターナイフでも——武装した男を見たら、腕をまわすんだ。いいか？　どんな危険も冒したくないからな」

「まかせてくれ」トムが答える。

「あとひとつ、クラウディア」ヒューゴーは言った。「私たちが腕をまわさずに中に入ってから爆竹のような音がしたら、あるいは見覚えのない人間が建物から逃げてきたら、電話してくれ」

「つまり、わたしが援護を要請しなくていいのは、建物が空っぽだったときだけね？」クラウディアの顔は青ざめ、三人の顔をせわしなく見比べている。

「ま、そういうことだ」とトム。「婆さんがドアをあけて、ケーキとコーヒーをふるまおうと言ってくれないかぎり」

「そうだ。さて、建物がどんなか見てみよう」ヒューゴーは携帯電話を開いた。「間取り図がある」

建物はヴェロン通りとオドゥラン通りの角にある。エマから来たメールによると、住居に限定した旧式な間取りだった。ふたつの通りの交わる地点に正面玄関があり、ドアをあけると共用の玄関ホールと、上階に向かう階段がある。

玄関ホールの奥に両開きのドアがあり、グラヴァのアパルトマンとおぼしき場所に通じている。そのドアが最初の難関となるだろう。ヒューゴーは片方の眉を上げ、トムを見た。

「簡単だな」トムがうなずいた。

「簡単？」ガルシアが抗議する。「どんな錠か見てもいないんですよ」

「わかってる」トムは言った。「おそらく鍵はマットの下にある」

いったん両開きのドアを通り抜けたら、L字形の廊下でふた手に分かれるか、それとも一緒に進んでいくか決めなくてはならない。L字形の長い廊下の先にはそれぞれ部屋がある。左手に三室、右手に二室だ。各部屋の大きさと配置から考えると、アパルトマンの左奥の部屋はキッチンとバスルームではないかとヒューゴーは見当をつけた。いちばん手前の部屋はダイニングルームだろう。ふたりがアパルトマンに入って最初に突き当たるのが、左手のそのドアとなるはずだ。

L字形の右手は、手前が居間で、その奥が寝室だろう。略図から察するに、真ん中の廊下はまっすぐ奥のドアに通じているらしい。その先には、通り沿いの建物の共有スペースがある。約二千平方メートルの緑地帯だ。ヒューゴーには絶好の逃げ道に思えた。その緑地帯は、通り沿いの各建物の裏口や、さらに小さな公園の裏門に通じている。そこから公園を抜けてカーブしている裏道を行くと、オドゥラン通りに出られる。

「面白いな」トムが言った。「アパルトマンの内部から二階に行く方法はなさそうだ」と、小さな図面を指さした。「玄関ホールに出て階段を上ってかなきゃならない」

るんでしょう？」

「理解できませんな」とガルシア。「つながっていないふたつのフロアを、どうして借りて

「孤立してるからでしょう」ヒューゴーは答えた。「私が思うに、二階は無人で監視カメラやセンサーしかないでしょう」ガルシアは理解できないらしく、ぽかんとした顔になった。

ヒューゴーは続けた。「連中は一階を事業を仕切る場として使っている。緊急事態のとき逃げやすいから。そして二階は監視されていないことを確認するために使用している。盗聴されていないか確認するためにも。そしておそらく保管庫としても」

「内部に梯子《はしご》か、間に合わせの階段があるかもしれないぜ」とトム。「価値のあるものは何もないだろうな。注意を惹《ひ》きたくないだろうから。もし避けられるものなら」トムはヒューゴーを見た。「だからそのクソ目をしっかりあけておくんだな。二階からひょっこり誰かが下りてこないともかぎらないから。一緒に制圧したいか？」

「ああ」ヒューゴーは答えた。ふたりで背中合わせに動いてアパルトマンの片側を突破し、それからもう一方の側に移る。意志を伝達する手段は何もなく、無線やほかの機器が何もない状態では、ふた手に分かれて行動するのは危険すぎる。「みんな、いいかい？」ヒューゴーは声をかけた。クラウディアに目をやると、まだ青白い顔をして目を見開いたまま、指でバッグのストラップをいじっている。けれどなんとか笑みを浮かべ、大丈夫、というしるしにうなずいてみせた。「よし」ヒューゴーは言った。「さあ、行こう」

男三人は車を降り、静かにドアを閉めて歩きだした。

32

ヴェロン通りはクラウディアが描写したとおりだった。狭いが清潔で、道の両側は五、六階建ての灰色の石造りの建物が軒を連ねている。パリの通りの例に洩れず。

三人はめざす建物と同じ側の歩道を進んだ。ヒューゴー、ガルシア、トムの順で一列になって。みんな無言だった。周囲の石の建物に小さく反響するコンクリートをたたく靴音以外、何も聞こえない。見張りがいないか、ヒューゴーは通りをさっと見渡した。誰もいそうにないと確信した。住宅地でこそこそしている人間は、別の意味で注意を惹《ひ》きやすい。グラヴァはおそらく、建物の平凡な点がセキュリティに役立つと思ったのだろう。

ヴェロン通りとオドゥラン通りの角にある二十一番地の建物は、そのあたりでは唯一、門扉と前庭がある。門扉のある鉄柵により、前庭はヴェロン通りとオドゥラン通りの歩道と隔てられている。肩くらいの高さのシャクナゲが生い茂っているため、建物一階の正面の窓は外から見通せない。また同時に、窓の内側からの視界もふさいでいる。

ヒューゴーは門扉の前で足を止めた。通りの左右に目をやり、オドゥラン通り沿いの路地を指さした。建物と建物のあいだにあるその路地は、アパルトマン裏の共有の公園に通じている。ガルシアはうなずいて、そちらに向かった。彼の姿が視界から消えると、ヒューゴーは門扉をあけ、前庭の小道を歩いた。驚いたことに、重厚な正面玄関のドアは施錠されていなかった。背後に控えていたトムが、用意していたふたつの道具をコートのポケットに戻し、肩をすくめる。

ふたりは小ぢんまりとした玄関ホールに入った。硬材の床に擦《す》り切れた絨毯《じゅうたん》が敷かれているだけで、あとは何もない。右手に、上階に向かう階段が見える。間取り図のとおりだ。正面には、グラヴァのアパルトマンに続く両開きのドアがある。トムがすばやくドアに向かう。ドアにしばらく耳を押し当ててから、そっとドアノブをまわす。施錠されている。トムは、歯医者が使うような細長い器具と、スクリュードライバーによく似た先端が平たい器具を取り出した。ピックとテンションレンチだとヒューゴーは思い出した。昔に戻った気分だった。

トムは音を立てずにすばやく行動した。テンションレンチを鍵穴に差し込んで鍵をまわすときと同じ方向に動かし、シリンダーの内筒を回転させる。次にピッキングに取りかかった。シリンダーの中の五つのピンを突き止め、それをひとつずつ押し上げていく。

かろうじて聞き取れる音が五回し、錠があいた。

トムは銃を抜いて肩越しに振り返り、ヒューゴーも銃を手にしているかどうか確かめた。ヒューゴーがうなずくと、トムはドアをあけ、ふたりで耳を澄ました。

何も聞こえない。

トムが中に入る。ヒューゴーもそのあとに続き、ドアをそっとうしろ手に閉めた。正面に廊下がある。端まで分厚いカーペットが敷かれている。トムは銃を持った腕を突き出し、足音を忍ばせて左手のダイニングルームに向かった。ヒューゴーもうしろからついていきながら、右手の居間の閉じてあるドアに目をやった。ダイニングルームは埃《ほこり》に覆《おお》われた窓からかすかに陽が射しているだけで、部屋は暗かった。だが、それでも、長いテーブルや十数脚の椅子があることは見て取れた。どの家具も埃がうず高く積もっている。

数秒でダイニングルームを突っ切り、キッチンとバスルームの前も通り抜けた。廊下に面したバスルームのドアは施錠されていた。それをこじあける手間をかけるよりも、ダイニングルームに戻ることにした。今度はヒューゴーが先に進んだ。廊下は依然として人気《ひとけ》がない。ふたりは居間のドアの前まで行った。大きなガラスのドアノブがついている。ヒューゴーは銃を顔の前に持ち上げ、左手をドアノブにかけた。トムが準備はできているという合図に、肩を押しつけてくる。ヒューゴーはゆっくりドアノブをまわした。簡単に回転した。ヒューゴーは息を殺した。レバーがするりと戻り、ドアが少しあいた。

背後からトムが、小声でカウントダウンする。「スリー、ツー、ワン――」

ヒューゴーはドアの下側を蹴った。ドアが内側の壁にぶつかると、ヒューゴーはすばやく左側に動いた。トムは右側だ。ふたりは身をかがめ、銃を持った手を突き出した。居間はほかの部屋よりも暗かった。ヒューゴーの右手にある窓の周辺から、細い光が洩れてくる。それでカーテンが閉まっていることがわかった。ヒューゴーは壁の前に立った。そこからだと、家具や待ち伏せされていそうな場所がなんとか見分けられる。正面に暖炉がある。そして暖炉と彼のあいだには座面が低く長いソファが置かれていた。

右手に目をやると、カーテンの閉まっている窓の両側の壁際に書棚が並んでいる。書棚の前にトムのシルエットが浮かび上がる。ソファと暖炉のあいだの視界の開けた場所に向かい、そっと進んでいく。ヒューゴーは万が一の場合にそなえて、ソファに銃を向けた。

安全だとトムが手振りで示した。ヒューゴーは左に向きを変え、室内のもうひとつの家具である大型衣装箪笥《だんす》に銃を向けた。二メートルほど高さがあり、部屋の隅に置かれている。箪笥《たんす》の中に銃を持った人間が入れるほどの空間があるだろうか？ 視界の端にトムが見える。暖炉の脇に立ってヒューゴーを援護している。居間に敵がいないことを確かめると、ふたりは寝室の閉じてあるドアの前で落ち合った。

一秒、待った。もし待ち伏せされているのなら、奇襲される最後の場所がここだ。ヒューゴーがうなずくと、トムが手をドアノブにかけ、ドアをあける前に戸口から離れるよう手で合図をした。ヒューゴーは一歩下がった。トムがドアノブを回転させた。乱暴にドアを押し、すばやくうしろに下がる。

沈黙。ふたりは戸口に戻った。トムがぐいと押したにもかかわらず、ドアが半分しかあいていないことにヒューゴーは気づいた。床に目をやると、暗がりの中で何かがちらちら光っている。足を一歩、踏み出した。敷物のしわの寄る音がする。トムを見やると、肩をすくめている。ヒューゴーは指を三本立て、無言でカウントダウンをした。ゼロ。ふたり一緒に部屋に突入し、銃をすばやく動かした。足元でかさかさ音がする。ビニールのシートが敷かれていたのだ。

部屋の中はさらに暗かった。家具を見分けようと、ヒューゴーは目を凝らした。誰かが潜んでいるにしても、視界の悪さは同じだ。待ち伏せはない、そう確信した。ドアの脇で身をかがめ、背後の壁に手を這《は》わせた。スイッチの上で指を止め、英語でトムにささやいた。

「明かりをつけるぞ」手で目を覆い、スイッチを入れる。目が明るさに慣れるのに二、三秒かかった。戸口の反対側にいるトムも、目をしばたたいている。

家具はないというヒューゴーの勘は当たっていた。ひとつの例外をのぞいて。

部屋の中央、床を覆うビニールシートの真ん中に、背もたれのまっすぐな椅子が一脚置かれていた。そしてマスキングテープで椅子にぐるぐる巻きにされているのは、ジャン・シャボーだった。

少なくともシャボーだろう、そうヒューゴーは見当をつけた。男の顔は判別できない。目は腫《は》れ上がって瞼《まぶた》がふさがり、鼻はつぶされている。口から流れる血が顎を伝い、シャツの前部をぐっしょり濡らしている。血のりで髪が固まって立っている頭部も、まだ出血が続いている。

生きている兆候がないか調べようと、ヒューゴーはゆっくり椅子に向かった。間近に寄ると、男の左耳がないことがわかった。床を見て、椅子のそばに発見した。丸まった血まみれのラグの上に転がっている。蠟《ろう》のように青白く、ハロウィーンのときに売られる付け耳のようだった。切り取られた先端を縁取る血や皮膚の断片がなければの話だが。シャボーの脈があるかどうか、指の先で触れてみた。そしてトムに首を振った。近くにシャボーの携帯電話と紙片が落ちている。ヒューゴーはそれを拾い上げた。彼の携帯電話の番号が記されている。

「馬鹿野郎が」トムがささやいた。「捨てろと言われてたのに」

ふたりは部屋を見渡した。トムが天井の片隅の落とし戸を指さした。短いロープがドアから垂れている。トムはそちらに近づいてロープに手をかけた。

ヒューゴーは振り返り、シャボーを見た。が、手の施しようがないことはわかっている。片手を上げ、待てとトムに合図した。明かりのスイッチに近づき、それを切った。トムのもとに行き、銃を落とし戸に向ける。

トムがロープを引くと同時に、ふたりはあとずさった。天井の四角い開口部から射してくる光を、男のシルエットがさえぎっている。その手には銃がある。ヒューゴーとトムは、それぞれ反対方向に飛びのいた。銃口が光り、一階のがらんとした部屋に銃声が響く。再度、男が発砲した。標的が暗がりの中に移動したため、闇雲《やみくも》に撃っている。

ヒューゴーは顔を上げた。男は開口部の周辺を移動している。男の行き先を予測して漆喰《しっくい》に狙いを定め、引き金を絞った。悲鳴が上がり、開口部から男が落ちてきた。右足の靴、そして足の大部分が銃弾で吹き飛ばされていた。床に落下したとき左腕を折り、男はさらに大声でうめいた。トムがすばやく男に近寄って身をかがめ、自分の銃床で男の頭を殴った。

「静かにしろ、坊や。お休み」とうなった。

ヒューゴーは垂れているロープに戻り、落とし戸を全部あけた。ぐらつく梯子《はしご》が頭上から降りてきた。

「早く明かりをつけろ」とトムに言うと、開口部に銃を向けた。「私が上に行く。制圧するまで待て」銃を突き出したまま、ヒューゴーは梯子を上った。最上段までいくと、部屋をのぞいた。ほの暗かったが、がらんとして見える。開口部から頭を出すと、黴《かび》臭さが鼻をついた。防虫剤のにおい？　体を引き上げて部屋に入る。両手と両膝の下に、擦《す》り切れた薄いカーペットの感触がする。

背後から音がした。

すばやく振り向き、部屋の奥からあらわれた黒い人影に銃を向けた。引き金を二度絞る。人影が倒れた。ヒューゴーはさらに向きを変え、別の襲撃者が潜んでいないか確かめた。誰も見当たらない。倒れた男に近づいた。相手が動いた場合に備えて目を凝らし、指を引き金にかけたまま。男はうつぶせに倒れていた。トムの行動にならって強烈なキックを見舞った。なんの反応もない。倒れている体を足でひっくり返し、男の銃を隅に蹴とばした。手早く脈を確かめた。死んでいる。

部屋の暗さが和らいだ。今では部屋の隅から隅まで見渡せた。人気《ひとけ》はなかった。

「制圧した」ヒューゴーは声をかけた。が、トムはすでに梯子のいちばん上の段まで来ていた。ヒューゴーは周囲に目をやり、窓のないドアがあることに初めて気づいた。開口部から三メートルほど先の奥の壁に嵌《は》め込まれている。非常脱出口だ。死んだ男は、おそらくそこから向かってきたのだろう。エマが送ってきた間取り図では、外階段はないはずだった。グラヴァが造らせたにちがいない。

トムが部屋に入ってきた。ヒューゴーは部屋の前部に注意を向けた。このスペースをふたつに区切る壁があったとしても、今はなくなっている。がらんとした部屋にしか見えない。家具も装飾物もなく、隅に箱が五、六個積まれているだけだ。

ヒューゴーは箱に近づいた。が、その足が止まった。建物の裏手から発砲音がする。向きを変えて落とし戸を通り過ぎ、非常脱出口に向かった。トムはすでにそこにいて、ドアをこじあけている。光が部屋いっぱいに広がった。ふたりは戸口の内側に立ち、目の焦点が合うのを待った。

「行こう」トムが声をかけた。銃口を上に向けたまま頭を下げ、戸口を抜けていく。ヒューゴーもすぐあとに続いた。共有の裏庭に向けて鉄の螺旋《らせん》階段がある。ヒューゴーは周囲に目をやった。長方形に広がった芝生に灌木《かんぼく》が数本生えている庭は石の塀に囲まれ、プライバシーが保たれていた。誰の姿も見当たらない。塀の奥の鉄の門扉があけっぱなしになっている。

「いったいガルシアはどこだ？」トムが言う。

「わからない」ヒューゴーは答えた。銃声は何発聞こえた？　二発？　三発？　非常階段の下まで行ったが、死者も負傷者もいなかった。「行こう。灌木から目を離すな」

「まさかだろ？」トムがぼやいた。

ふたり並んで庭を突っ切った。数軒先の建物の上のほうで何か動くものがヒューゴーの目に映った。上階のアパルトマンの窓から老人が驚いて顔をのぞかせたのだ。が、すぐに顔を引っ込めた。門扉まで進んだところでサイレンの音が聞こえてきた。ヒューゴーはトムの目を見た。ふたりが同じことを考えているのがわかった。クラウディア。ヒューゴーは先に門を出ると片膝をついて左に銃を向けた。トムもすぐあとに続き、右に銃を向けた。彼らが建物に入るときガルシアが歩いていた路地は人気《ひとけ》がなかった。

ほとんど。

「見ろ」トムが地面に転がっている四つの薬莢《やっきょう》を指さした。ふたりは膝をついてそれを見たが、手は触れなかった。二種類の銃から発砲されたことがわかる。ひとつは四〇口径、もうひとつはもっと小型の二二口径だ。どちらがガルシアの銃かわからなかった。両方とも違うのかどうかも。

ふたりは立ち上がり、路地を急いだ。サイレンの音がさらに近づいてくる。路地の入口に差しかかったとき、さらに銃声が二発響いた。ヒューゴーは地面を指さした。血だまりがある。だがふたりとも、ほとんど速度をゆるめなかった。クラウディアのことが気がかりだった。銃声は車の近くから聞こえたからだ。左に曲がってオドゥラン通りに入り、建物が面している角まで走った。

ヴェロン通りとの交差点まで行くと、ヒューゴーはクラウディアを残してきた場所に目をやった。車は依然としてそこにある。だが二十メートルほど前方の歩道に誰かが倒れている。ヒューゴーたちと車の中間あたりに。ふたりで走りながらトムは倒れている人影に銃を向け、ヒューゴーは通りの自分たちの周囲に目を配った。ほかに路上に駐まっている車は、彼らの右手の二台だけだった。が、狙撃手が身を潜められる場所はたくさんある。

横たわっている人影に十メートルほど近づいたところで、それがガルシアでないことがヒューゴーにはわかった。車の中に目を凝らしたが、何も見えない。もしクラウディアが車内にいるとしたら、うずくまっているか、撃たれているかのどちらかだ。ヒューゴーはさらに足を速めた。地面の人影の手前まで近づいたとき、車のうしろから誰かが立ち上がった。ヒューゴーはさっと銃を向け、引き金を絞ろうとした。が、相手はクラウディアだった。

ヒューゴーは車に向かって走った。トムは途中で立ち止まり、歩道でじっと動かない人物を確かめている。ヒューゴーの知らない男で、すでにこと切れているようだった。車のうしろにまわると、ガルシアがいた。負傷しており、後部タイヤに体をもたせかけている。その背後に、銃を手にしたクラウディアが立っていた。

「わたし、あの人を殺してしまったみたい」彼女は歩道の男を示した。

「あんたのしたことは、クソ正しい」トムが息を切らしてやって来た。「あいつは死んでる」

「どういう状況か、よくわからないが」ヒューゴーは顔をしかめ、ガルシアに向き直った。

「あの男だけ？」

「ええ《ウィ》」ガルシアが答える。「私が門から撃ちました。仕留めたと思ったが、茂みの中に逃げられた。探そうと路地から出たところを、あいつに背後から撃たれました。なんとかここまで、車までたどり着きましたが、銃を持ち上げられなかった」青ざめた唇でクラウディアに微笑みかけた。ガルシアにできる最高の称賛だ。「私たちふたりとも、あの男に殺《や》られていたでしょう。ここにいる友人が撃ってくれなければ」

違う種類の銃の薬莢《やっきょう》が落ちていた説明がそれでつく。両者とも同じ場所から発砲したのだ。ヒューゴーはガルシアの傷を見た。大量に出血しているが、重傷ではなさそうだ。銃弾にえぐられたか、あるいは肉を貫通したものの動脈や骨に当たらずにすんだのだろう。

「肩を撃たれてますが」ヒューゴーは言った。「命に別状はないでしょう」次にクラウディアに向き直った。「どういうことなんだ?」

彼女は弱々しく微笑んだ。「わたしも、ただただ驚いてる」

「あとで話してくれ。でも、いい仕事ぶりだ」

ヒューゴーはクラウディアのスカーフをはずして折りたたむと、それを彼女の手に置き、ガルシアの傷のどこにどれくらい強く押し当てればいいか教えた。

それから立ち上がり、ヴェロン通りの建物に振り返った。通りは依然として人気《ひとけ》がない。だが背後からひょっこりあらわれた誰かに土壇場《どたんば》の不意打ちをくらうような事態は願い下げだ。トムも同じ方向を見ている。サイレンの音がさらに近づき、はっと現実に引き戻された。自分の友人がここにいる法的に正当な理由はまったくない。ましてや銃を持っている理由は。

「トム」切迫した声でヒューゴーは言った。「あんたはここにいちゃいけない」

トムは彼を見返し、うなずいた。「ああ、おまえさんがおれのことをどう説明するんだろうって思ってたとこだ」と言って銃をジャケットに戻すとガルシアの頭を軽くたたき、ヒューゴーに片目をつぶった。そしてヴェロン通りを進んだ。彼が角を曲がって姿が見えなくなるまで、みんなは見つめていた。

「よかった」ガルシアが言った。「いたのは私たちだけというわけですね。ありがとう《メルスィ》。彼がいたら書類《ボン》が山ほど必要になるでしょう。たぶん私の仕事も」

ヴェロン通りの西端にあるジェルマン・ピロン通りの角から警察車両が二台、タイヤを軋《きし》ませ、ライトを瞬《またた》かせながらあらわれた。三十メートル間隔で停まると、四名の警察官が銃を抜き、飛び降りてきた。

「私のバッジを取って連中に見せてください」ガルシアが言った。

ヒューゴーは彼の内ポケットからバッジを抜き取って掲げた。自分とガルシアの銃はすでに歩道の自分たちの手の届かない位置に放り投げておいた。警察官たちに見えるように。クラウディアも両手を上げている。警察官のひとりがガルシアを認めたらしく、銃をホルスターに収めた。乗ってきた車に手を入れ、無線機をつかんだ。静まり返った通りに、救急車を近づけるよう要請する警察官の声が聞こえる。救急車は銃弾にさらされない場所で待機していたにちがいない。五秒後にはヴェロン通りに入ってきて、警察車両のうしろで停止した。四名の警察官と二名の救急救命士が近づいてきた。ふたりの警察官が手を下げるようしぐさで示した。

救急救命士たちがガルシアの手当てをしているあいだ、ヒューゴーは警察官のひとりと通りを渡った。白髪まじりのその刑事はドゥゲと名乗った。ヒューゴーは何が起きたか、建物で何を見つけたかを彼に語った。話しながら出来事を振り返り、現場に第三の人物——トム——を示す証拠が残っていないことを確認した。トムのことをあらかじめ考えておくべきだった。が、今や彼の存在は消えてしまった、そう確信している。トムのおもだった活躍は、ヒューゴーが足を撃った男を黙らせたくらいのものだ。男が問題の種になることはないだろう。たとえ男が自分を殴った相手を見ていてそれを証言したとしても、ヒューゴーとガルシアが否定すれば、嘘をついていると思われるだけだ。

ヒューゴーと刑事は振り向いた。ガルシアがストレッチャーに乗せられ、救急車に運ばれようとしているところだった。ふたりがガルシアに近づくと、クラウディアも加わった。

「私は大丈夫です」ガルシアの笑みは弱々しかったが、無理しているのではなさそうだった。

「でも、こんなことは二度とごめんだ、でしょう？」

「同感です」ヒューゴーは答えた。「お大事に、主任警部。あとで花を届けますよ」

「いや《ノン》。花があるとくしゃみが出て、傷にさわりますから」

クラウディアはガルシアの怪我をしていないほうの腕に手を置いて、ぎゅっとつかんだ。

「ありがとう《メルスィ》」

「どういたしまして《ドゥ・リャン》」ガルシアは首を振った。「自分の仕事をしただけです。それにお礼を言うのはこっちです」

救急救命士によってガルシアのストレッチャーは救急車の中に消えていった。みんなが狭い通りの奥に引っ込んで見ていると、救急車は出発した。サイレンを鳴らし、ライトを瞬《またた》かせ、クリシー通りの病院に向かって。

「ムッシュ・マーストン？」ドゥゲ刑事が言った。「上司のドラクロワ警視があと五分で到着します。待っていただけますか？」

「かまいませんよ」ヒューゴーはクラウディアと並んで縁石に腰かけ、片腕を彼女にまわした。

「話してくれる気はある？　なんでこうなったのか？」彼女が尋ねる。

「ああ。でも、まだ終わったわけではないから」

「どういう意味？」

「悪いやつを何人か仕留めた。しかし、まだほかにも残っている。そのうちのひとりは、とんでもない悪玉だ」ヒューゴーは顔を上げた。白い車が通りに入ってきた。制服警官が誘導し、車が自分の前を通り過ぎると敬礼をした。

ドラクロワ警視があと三十センチ背が高かったら、熊に見えたにちがいない。ふっくらした体に太い腕と脚、顔の半分は濃い茶色の顎鬚に覆《おお》われている。聡明そうな目をしている、とヒューゴーは思った。聡明で好奇心が強そうだ。ふたりは握手を交わした。ドラクロワ警視はヒューゴーをクラウディアから遠ざけて言った。

「彼女は大丈夫ですか？　民間人には衝撃的だったでしょう」

たいした民間人だ、とヒューゴーは胸につぶやいた。「自分が撃たれたときほどじゃありませんよ。彼女はそれを乗り越えましたから」

「ブランデーがあるといいんだが。それはともかく、これが由々《ゆゆ》しき事態であることは承知いただけると思います。ガルシア主任警部がこの件を扱うのをずっと監督してきましたが、今回の手入れのことは知らなかった。そのため主任警部は厄介な聴取に応じなくてはならないでしょうな」

ヒューゴーは情報が洩れる可能性があったことを説明して弁護に努めた。ガルシアが不承不承しきたりに従わないことにしたのだということ。手入れはヒューゴー自身の考えであること。ガルシアはフランス市民の安全確保およびヒューゴーの行動を監視するために同行したのだということ。驚いたことに、ドラクロワ警視はうなずいて笑みを浮かべた。

「私はガルシア主任警部を信頼しています。彼の弁護をしていただき感謝します」と言い、振り返って建物を見た。「そのグラヴァという男を見つけなくてはなりませんな。われわれの最優先事項だ」

「そのとおりです」ヒューゴーはうなずいた。「それに警視庁内に漏洩源がいるとしたら、私たちは早急に動かなくては」

「私たち？」

ヒューゴーはにやりとした。「あなたから要請があるかぎり私も協力する用意があるという意味です」

警視はうなずき、警官のひとりを呼んだ。ヒューゴーはその警官にグラヴァの詳細な特徴を伝えた。

「よろしい《ビャン》」ドラクロワが言った。「グラヴァの事務所と自宅に警官を派遣しましょう。鉄道駅と空港も見張らせます。万全を期すために。あなたの話だと彼は脚が不自由なようだが、陸路という可能性は？」

「なくはないでしょう」ヒューゴーは答えた。「でも、どんな車に乗っているかわかりません。それに車で移動するにしてもドライバーが必要です」

「国境の係官に伝えておきましょう。パスポートをチェックするように。もっとも今日びではパスポートはあまり使われませんが。しかし万が一彼を止められたら、われわれに知らせが来るはずです。そうしたらアメリカ大使館に電話をして、あなたにもお知らせします」ふたりはふたたび握手を交わした。「明日、完全な調書を取るために警視庁にお越しいただけるとありがたいのですが。さしあたり今はガルシア主任警部の車を使って、部下に大使館まで送らせます」

「いいえ、結構です」ヒューゴーは歩きたかった。頭をすっきりさせるために、そして次の行動を考えるために。ピガール広場まで数ブロックだ。そこからメトロに乗ればいい。「クラウディア、私と歩いて帰るかい、それとも警察に送ってもらう？」

「どこに？」彼女は弱々しく微笑んだ。「わたしは大丈夫よ、ヒューゴー。それにもしまた悪いやつがあらわれたら、今度はあなたを救ってやらなくちゃ」

「そうだ、あとひとつ」ドラクロワが言った。「あなたの銃を預からせてください」

ヒューゴーはためらった。「理由を訊いてもいいですか？」

「捜査の証拠品だからです。弾道検査に必要ですから。建物で発砲された銃弾が一致するか確かめるために。形式的なものですから、できるだけ早く返しますよ」

ヒューゴーはしぶしぶ銃を渡した。喜んで国際協力しますよ、と胸につぶやく。テイラー大使は誇りに思ってくれることだろう。

33

ヴェロン通りからピガール広場までは下り坂だった。建物から遠ざかるにつれてヒューゴーの手脚から徐々にアドレナリンが薄れていった。体がリラックスし、頭がすっきりするのを感じていた。

クラウディアは無言だった。両手をポケットに深く突っ込み、うつむいている。ヒューゴーには理解できた。彼女は自分が目にしたもの、自分のしたことを整理しているのだ。そうして今日の午後の暴力と恐怖も、これまでの人生で味わってきたものと変わりないのだと思い込もうとしている。記者だろうと警官だろうと、あるいは兵士でさえも、最初に武器を手にして血なまぐさい対決をしたときの記憶はそっくり残っているものだ。とりわけ彼女の場合は、それからほんの数時間しか経っていない。ヒューゴーが思っている以上にクラウディアは強い女性だ。さしあたり今は、彼女自身に折り合いをつけさせるしかないだろう。

角を曲がってクストゥー通り――石畳で一方通行の狭い通り――に入ると、クラウディアはぶるっと体を震わせた。ヒューゴーが片腕を肩にまわすと、彼女は寄り添ってきた。そのままふたりは歩いた。通りの先端まで行くと、前方のクリシー大通りを行き交う車の音がさらに大きくなり、クラウディアは落ち着かなくなってきたようだ。角に〈ル・シャ・ブランシュ〉という小さなカフェがある。ヒューゴーは彼女を店に連れていった。バーテンダーに会釈をして奥に近いテーブルを選んだ。手を貸して彼女を座らせ、カウンターに行って注文した。

「コーヒーふたつにウィスキーふたつを頼む《ドゥ・カフェ・エ・ドゥ・ウイスキ・スイル・ヴ・プレ》」待っているあいだ、携帯電話を出してトムにかけた。五回目の呼び出し音で友人が出た。「どこにいる？」ヒューゴーは尋ねた。

電話がかちりと切れ、ヒューゴーの肩に手が置かれた。

「おまえさんの真うしろだよ、相棒」トムがにやりとした。

「おいおい、ここで何してる？」

「そっちと同じことだ」トムはウィスキーのグラスを掲げた。「こっちのほうが二杯多く飲んでるが」

ふたりの声を聞いてクラウディアが顔を上げた。トムを見てびっくりしていたが、すぐにうれしそうな顔になった。飲み物を持って男たちはテーブルに近づいた。クラウディアは感謝の笑みを浮かべてウィスキーのグラスを受け取った。ヒューゴーは彼女の前にコーヒーを置いてやった。

「銃を手にしたホットな女。映画みたいだな、ええ？」トムが言った。ヒューゴーの好みより少々機嫌がよすぎるようだ。

「彼女のことは言うな」

「わかった、わかった」トムは真面目な口調になった。「シャボーを死なせちまったことで、自分がヌケ作みたいに思えてな」

「私たちのせいじゃない」ヒューゴーは言った。「でも私も同じ気持ちだ」

「くそグラヴァめ。またの名をドミンゲス」

「ドブレスクだ――」

「やつの名前なんざどうでもいい。あいつはいかれてる」

クラウディアは元気が出たらしい。不意にまた生き生きしてきた。「待って、グラヴァがアントン・ドブレスクって言ったの？　本気で？」

「ああ」ヒューゴーが答えた。「長い話なんだ。でも結論を言えば、私たちが正体に気づいたことをやつは知っている」

「そうかな？」トムが言う。「やつはまだ、自分が死んだと思われてる事実をあてにしてるかもしれないぜ。あるいは、自分が死んだと思われてると思ってるかも」そこで手を振った。「くそっ、おれ自身がこんがらかっちまった」

ヒューゴーはにやりとした。「あんたの言いたいことはわかる。しかし、それはあいつにとっては危険な仮定だ。おれたちがグラヴァを追ってることを、本人もわかっている。それに偽装は完璧じゃない。初めてあちこちに指紋を残してしまったから」

「じゃあ、彼は身を隠すと思う？」とクラウディア。

「隠さないと思うかい？」ヒューゴーは問いかけた。

「クソそのとおりだ」トムが言う。「例の北アフリカ人どもにここにいることがバレちまったら、生きたまま焼かれとけばよかったと思うだろうよ」グラスを飲み干した。「で、これからどうする？」

「何も」ヒューゴーは肩をすくめ、ドラクロワ警視との話をトムに聞かせた。

「だったら警察にまかせる気なのか？　ああ、そりゃいい」トムはウェイターを探してあたりを見まわし、次にヒューゴーの顔を見た。「くそっ、おまえさん本気なんだな」

「私たちに何ができる？　警察は彼を探しているし、空港や鉄道駅を監視している。国境も――」

「ここは新しいヨーロッパだぞ、阿呆。国境なんて今やもうない」

「たとえそうでも、警察にできなくて私たちにできることがあるか？」

トムはグラスに向かってぶつぶつ、ぼやいた。けれど彼が答えを持っていないことは、ヒューゴーにもわかっている。

ヒューゴーはクラウディアを見た。椅子の背にもたれていて、ふたりの会話にも無頓着《むとんちゃく》だ。瞼《まぶた》が半分閉じ、唇がわずかにあいている。その口にキスしたい衝動に駆られたが、それにふさわしいときと場所ではないことも承知している。少なくとも彼女はリラックスして見えた。片手を彼女の手に重ね、言った。「ちょっと訊きたい」

クラウディアは目をあけ、にっこり微笑んだ。「どうぞ」

「ダヴィッド・デュランだ。やつは汚い警官だ。で、きみはガルシアに協力してデュランを見張ってた。ガルシアが言っていたように」

「それは質問とは言わないわ」

「当たってるか？」

「あなたが間違ってたことがあった？」

「ときには。だがいつも呑み込みが遅くて」

「だったらわかるでしょ。彼が疑われていたことは」彼女は言った。「今回のささやかな事件でさらに破滅に近づいたわね」

「どうしてきみが、そんなことに巻き込まれるようになったんだ？」

「手助けよ、実際は。わたしが取材していた刑事たちは気づいていた。誰かが悪事を成し遂げるたびに、あるいは証拠品がなくなるたびに、デュランの名前が出てくることに。明確に彼を指し示すものはなかったけれど、刑事たちはこう考えた。もしわたしが彼と会っておっかを使ったら、ひょっとして、彼が上司たちにしていた報告とは違う話を聞けるんじゃないかとね。人は記者と話すとき、自慢したくなりがちだから」クラウディアは肩をすくめた。「デュランは自慢屋ではないとわかったけど。でも彼が知っているはずのない情報をいくつか教えてくれた」

「たとえば？」

「ドラッグの出荷のこととか、レ・ピエ・ノワールのこととか。そういった情報の件でわたしが警察に協力すれば、デュランとドラッグ仲間が捕まったとき真っ先に教えてもらうことになってた。内部情報を。で、スクープをものにできるというわけ」彼女は顔を上げ、笑った。「それに刑事たちはわたしに射撃を教えてくれるとも言った」

「どうやらその約束は守られたようだな」ヒューゴーはもう一度彼女の手を握った。

「刑事たちはあなたにも目をつけていたのよ、短いあいだだったけど。知ってた？」

「どういうことだ？」

「デュランが事件性はないと決めた件にあなたが興味を示しはじめたとき、みんなはなぜだろうと訝《いぶか》るようになった」

「事件性はないと決めてかかっていたが、やがて判明する。実際の捜査をデュランが打ち切ってしまったと」

「そのとおり」彼女はにっこりした。「みんなピンと来たの」

ヒューゴーはうなずいた。「アパルトマンに戻ろう。タクシーを拾って家に帰り、暖房を入れ、ワインをあけよう」

「そのロマンチックな夕べにおれも混ぜてもらえるのかな？」トムが尋ねる。

「もちろんさ」ヒューゴーは眉根を寄せた。「いや、それよりも私を大使館で降ろして彼女を送ってくれるかな？」

「大使に報告かい？」

「ああ。私の口から報告するほうがよさそうな気がする。フランスの警察から、あるいは——そうならないことを祈るが——フランスのニュースで知らされるよりは。そのあと歩いて家に帰る。それほど時間はかからないはずだ」

にぎわうクリシー大通りを五分ほど歩いてから、タクシーを停めた。車内ではみんな無言だった。薄暮に包まれはじめたラッシュアワーの通りを、タクシーはのろのろ進んでいく。通りすがりの店の何軒かは、早くもクリスマスのライトをショーウィンドウで瞬《また》かせていた。お祭り気分の季節だということをヒューゴーは忘れていた。パリが魔法の街と化すことを。大通りや公園は、白いライトや、赤や緑の特大のリボンの蝶結びで花綱のように飾られる。ショーウィンドウは安物の飾りやぴかぴかの金属片できらめく。彼にとってどんなお祭り騒ぎになるのだろう？　トムと飲み明かす？　上品な大使館のパーティに出たあと、がらんとしたアパルトマンに帰る――それがいちばんありうる。クラウディアはそばにいて一緒に過ごしてくれるだろうか？　そのつもりはあるだろうか？

〈クリヨン〉の近くでタクシーから降り、大使館の正面玄関に向かって歩いた。腕時計を見た。午後五時半。ティラー大使はまだいるはずだ。

ヒューゴーが話すあいだ、大使は前回と同じようにじっと耳を傾けていた。トムのことは今回もあえて省いた。大使のためであり、ヒューゴーのため、あるいはトムのためでもある。話が終わると、ティラー大使は飲み物の置かれているカートに近づいた。

「とんでもない一日だったな。何にする？」

「実のところ、私は大丈夫です」

「きみも知ってのとおり、たいていの警察は、誰かを撃ち殺した警官に有給休暇を与えて精神科医のところに行かせる」大使は自分用にブランデーを注いだ。「きみが何を言おうとしているかはわかる、ヒューゴー。だが、もしなんらかの理由で休暇が必要なら、この件を誰かに話すことで救われると思うなら、そう言ってくれ」

「ありがとうございます、大使。でも私は大丈夫です」

「まあ、きみは心配いらないだろうがね。ところで、この件はフランス側にまかせる。それでいいね？」ヒューゴーはうなずいた。「警視庁の何人かに話をしておこう。彼らを満足させてやるために。名誉もすべてくれてやると知らせておくために」

ヒューゴーはにやりとした。「相変わらずの外交手腕ですね、大使」

「われわれは自分たちにできることをする」ティラー大使は含み笑いをした。「きみがフランス人を撃ったら、私はその件でフランス人を満足させる。まさにチームだ」と言って、しばらくヒューゴーを見た。「で、大きなお世話を承知で教えてほしいんだが、きみがよければ。私はある件に関心があってね」

「続けてください」

「きみは以前、思いがけず授かったランボーの本について話していたが。あの金はどうするつもりだ？　なぜこんなことを訊くかというと、きみが〝引退〟を口にしないか心配だからだ」

「まさか。今日は厄介な思いをしましたが、それでも私は忙しくしているのが好きなんです」ヒューゴーは遠い目をした。金の問題はずっと悩みの種だった。そして特別な理由はないが、今では自分がどうしたらいいかわかっていた。「もし許されればですが、金銭的に援助したい葬儀がいくつかあります。残りの金については、そうですね、たぶんささやかなアパルトマンとそこを埋めつくす本でも買うことになるでしょう」

「心当たりがあるような口ぶりだね？」

「もちろんです。コンドルセ通りです」ヒューゴーの顔から思わず知らず笑みがこぼれた。

「猫も飼うかもしれません」

夜気の中に踏み出す前に自分のオフィスに寄った。彼に読んでもらうのを待っている手紙の束に目が行った。エマがさばいてくれることはわかっている。明日か明後日電話をして、何か大事な手紙が混ざっていなかったか訊けばいい。緊急の案件はEメールか電話で連絡がくる。だから手紙の束はそのままにしておけばいい。

ヒューゴーはデスクについて、ガルシアが部下の警部に携帯電話の通話記録を調べるように頼んだ指示書にふたたび目を通した。確認したいのは一点だけだった。ある出来事が起きたかどうか確かめる必要があるのは。然るべき手順でクリックを繰り返し、あらゆる可能性のあるデータ項目を調べた結果、自分が間違っていたことがわかった。完全に混乱して、しばらくじっと座っていた。電話を手にした。怪我人を煩《わずら》わせるのはためらわれた。が、いずれにしてもガルシアに電話をかけた。

「ずっとよくなっています、ありがとう《メルスィ》」主任警部が言った。「明日には退院できそうです。そうしたら仕事に復帰させられるでしょうがね」

「よかった。警察にはあなたが必要だから。ところでちょっと質問があるんですが。ルションが射殺された件で。質問というのは防犯カメラについてです。あなたがそれを見る機会があったのかどうか」

一瞬の間ののち、ガルシアは真剣な口調で答えた。「ええ《ウィ》。防犯カメラのシステムは法の執行機関のプログラムに接続されています。私には理解できないなんとか言うハイテクの装置に。それはさておき、通常はこういった防犯カメラのテープはほぼ即時に再生できるんですが」

「通常は？」

「ええ《ウィ》。奇妙な話ですが、ルションの防犯カメラには何もなかったんです」

「何もなかった？　どういう意味です？」

「スイッチが切られていたんです」

帰ろうと席を立ったとき、手紙の束の真ん中あたりにある黄色の封筒が目に留まった。緩衝材入り封筒で、厚みがあって四角いものが入っている。サイズからするとビデオ・カセットだろうか。

あるいは本？

その上にある手紙を押しのけ、封筒に記されている文字をじっと見た。返信用の住所はない。ヒューゴーの名前と大使館の住所が書かれているだけだ。どこであんたを見つければいいかはわかってる、そうマックスは言っていた。

鼓動が速くなるのを感じながら、封筒を切り裂いた。どの郵便物も自分のデスクに届けられる前にセキュリティチェックを受けることは知っている。だから乱暴に扱っても心配はいらない——爆発することも毒殺されることもないだろう。

いずれにせよ、中身がなんなのか、すでにわかっていた。

歩いて帰宅する道は長く、寒々しかった。セーヌ河から吹く夜風に体が引っ張られそうだった。風が彼のコート越しに通り道を見つけようとしているかのようだ。だがヒューゴーは風に清められている気がした。冷たいシャワーのように、その日の出来事を吹き払ってくれている、と。事件を途中で放棄することはめったにない。だが、これ以上自分にできることはない、そう納得しようとしていた。グラヴァは罪を犯したが、もし彼が逮捕されるなら、それは警察の仕事だ。マックスを初めとするブキニストたちを殺したのは誰か、ヒューゴーはもうわかっていた。そしてその理由も。

唯一残る疑問は、ルションの死に関してだ。各ピースは本来の場所に収まりつつある。もっともその全体像は理想的なものではなかったが。

プラスの面に目を向ければ、ヒューゴーにはふたりの友人がいることだ。ひとりはすこぶるつきの美人で、家で彼の帰りを待っている。

チュイルリー公園の端まで行くと右に折れ、河にかかるロワイヤル橋を通った。橋を渡り終えようとしたところで足を止めた。寒さから逃れたくてたまらなかったが、マックスの店を見たくなったのだ。時刻は午後六時をまわったところだ。もう誰もいないだろうとわかっていたが、なぜだか店に立ち寄り、正義は果たされようとしていると旧友に知らせたかった。罪を負うべき男はじきに捕まるか、あるいは少なくとも二度とパリに戻ってはこないだろう。

十分後、ヒューゴーはマックスの店が見える場所にいた。近くの街灯からこぼれてくる斑《まだら》模様の光の中に、四つの金属の箱が浮かび上がる。しばらく立ち止まり、それから目を細めた。何かが動いているのが確かに見えた。そう、確かに。誰かがそこにいる。ヒューゴーは店に近づいた。光の中に誰かが歩いていく。

見覚えのない男だ。黒っぽいロングコートを着ていて、前かがみになるたびに裾《すそ》が地面をこすっている。防寒のために帽子をかぶっている。男は箱のひとつに身をかがめ、荷物を詰めているらしい。ヒューゴーはじっと見つめた。シャボーの店を閉めるために、グラヴァが誰かをよこしたのだろうか？　箱が開いていると怪しそうに見えることを怖れて？　だが、グラヴァがこれ以上何を気にする必要がある？　シャボーを哀れんだブキニスト仲間だと考えるほうが、現実味がある。店をひと晩じゅうあけたままにしておきたくないと思ったのだろう。朝になったら何ひとつ残っていないだろうから。

ヒューゴーが近づいても、男は箱に身をかがめたままだ。手にした本の束を箱に詰めようとしている。男がバランスを崩した。ほんの一瞬だったが、本がぱらぱらと歩道に散った。男が落ちた本を拾ったとき帽子がずれて、ぼさぼさの茶色の髪が見えた。男は体を起こし、腹立ちまぎれに箱を蹴った。そしてまた本を拾いだした。男が立ち上がった拍子に、近くの街灯の黄色い光が顔に射した。のっぺりした漫画のような顔に。

34

三十メートルほど離れた場所で、ヒューゴーは自分の世界が狭まっていくのを感じた。寒さは消え、行き交う車の音はぼやけてきた。パリからいっさいの光が消え、そこだけ、アイスピックと銀色の銃を持つ男のいる歩道だけが、斑《まだら》模様の光に包まれている。

「ニカ」とヒューゴーはつぶやいた。怒りが込み上げてくる。自分の目の前で殺人を犯したも同然の男。なんの手出しもさせずに。へたをしたら、ヒューゴー自身も殺されていたかもしれない。ヒューゴーは前に踏み出した。が、その足が止まった。テイラー大使の警告が頭に鳴り響く。「フランス側にまかせておけ」そう大使に言われたではないか。

ニカに背を向け、警察の緊急番号にかけた。声を潜めて早口で話し、通信指令係を高速ギアに駆り立てるだけの情報を伝えた。電話を切ると、そっと前に進んだ。

二十メートル手前まで近づいたとき、河から汽笛が聞こえた。悲しげな低い音の余韻がたなびく。それがさらに二度繰り返された。ニカは作業を中断して振り返り、低い欄干《らんかん》越しに汽笛の聞こえた方角に目をやった。ヒューゴーも同じことをした。河の中央にいる一隻の遊覧船が航路を変え、河岸に向かって進んでくる。黒い水面にカーブを描く銀色の航跡を残しながら。ニカは船から視線を戻して作業の手を速めた。本のほかにビニールにくるまれた四角い物を詰めていることにヒューゴーは気づいた。ドラッグにちがいない。

ヒューゴーは歯を食いしばった。ニカは河から逃げるつもりだ。彼のボスは河を使い、配下のブキニストたちにドラッグを運ぶ計画を立てていたのだ。いまいましい河。ヒューゴーは嫌悪感で頭を振った。グラヴァとニカ、そして残党たちは正体不明の船に乗り、商船やほかの遊覧船に混ざって中央フランスに行くことができる。そうしてどこにでも好きなところに行けるのだ。おそらくニカが詰めていたのは高価な初版本だろう。高値がつくうえに、ドラッグよりもたやすく取引できる。本もドラッグもシャボーの店に隠して管理されていたのだろう。このような不測の事態を予測して。

ルーマニア人の感動的なまでのずる賢さに、ヒューゴーの足はさらに速まった。片手をコートの内側に突っ込んで毒づいた。自分の銃はドラクロワに預けてしまっていた。大使館の保管庫から別の銃を持ってきてもいない。こんなことはもう終わったと思っていたからだ。

顔を上げ、コンティ通りを進んだ。警察の気配はないかと探したが、回転灯も見えなければサイレンの音もしない。ニカはさらにてきぱきと作業に励んでいる。あの悪党が逃げるのを阻止できるかどうかは自分次第だ。できるだけニカとの距離を縮めようと、ヒューゴーは走りだした。が、途中でニカが顔を上げた。のっぺりした顔にぽかんとした表情が浮かんだ。

一瞬後には驚いて口をあけ、目をぎらつかせ、箱の前で凍りついている。

だがニカはいつまでも躊躇《ちゅうちょ》していなかった。蓋《ふた》のあいた箱に飛びつくと雑誌の束の下を手で探った。ヒューゴーが三メートルほど手前まで近づいたそのとき、彼に向けてすばやく銃が向けられた。街頭の下で銃が銀色に光る。ヒューゴーは両腕を突き出して飛びかかった。ニカの前腕を拳《こぶし》で殴り、銃をたたき落とす。ふたりして歩道に倒れ込むとすぐ、ヒューゴーはニカの胸に肩を押しつけた。力まかせに押さえつけようとしたが、ニカは背中をそらせたり足をばたつかせたりして、激しく抗《あらが》いながら毒づいている。死に物狂いの吠え声とともに体を回転させてヒューゴーの下から逃げ出し、四つん這いになった。

ヒューゴーは地面に伏せたまま必死に銃を探した。自分の足の近くにあるのがわかった。ニカが銃に飛びつく。ヒューゴーは思い切り銃を蹴ろうとした。爪先が銃身に当たった。銃は歩道をかすめるようにして飛んでいき、石段の向こうに消えていった。その先は河岸沿いの遊歩道だ。

ヒューゴーはすばやく立ち上がった。十メートルほど先でニカが肩で息をしながら、よろよろと石段を上っている。てっぺんまで行くとちらりとヒューゴーを振り返り、反対側の石段を一段抜かしで下りていった。そのあとを追ってヒューゴーが石段を上りきったとき、ルーマニア人は反対側の石段の中ほどにいて銃に身をかがめていた。右手の指が銃の台尻に近づく。ニカが銃を取り上げようとした瞬間、ヒューゴーは彼に飛びついた。右脚でニカの手首を蹴った。銃が落ち、ニカはバランスを失って両腕をばたばたさせたが、そのまま石段の残り十数段を落下していった。そのあとを銃が音を立てて落ちていく。ヒューゴーは石段を三段、四段抜かしで駆け下りた。ニカの上にのしかかると左膝で相手の手首を地面に押しつけ、拳で何度も胸に殴りかかった。ニカはふたたび息ができなくなった。

頭上の通りからサイレンの音が近づいてくる。ヒューゴーはニカを押さえつけたまま手を伸ばして銃を拾い上げ、捕虜となった相手を見下ろした。ニカの黒い目は憎しみに燃え、唇は痛みと憤怒《ふんぬ》でゆがんでいる。「おれを殺しといたほうがいいぞ」ニカは声に怒りを滲《にじ》ませ、ささやいた。「明日のその先も生きていたいと思うなら。おまえは間違ってる」

「そりゃ、殺してやりたいさ」ヒューゴーは身をかがめ、ニカの目を見た。「それとも十七区のアフリカ人どもと同じ房に入れるようにしてやろうか？　やつらにバラバラにしてもらえばムショから出られるぞ」

ニカはわめきながら背中をそらして暴れた。ヒューゴーはバランスを保ちながら、身もだえする相手の咽喉《のど》に手の付け根を押し当てた。ニカは抵抗をやめた。顔色が青くなり、空気を求めてあえいだ。

「いい子にしてろ」ヒューゴーは声を荒らげた。

サイレンの音がさらに大きくなった。ヒューゴーは振り返り、幹線道路を見た。警察の青い回転灯が見えないかと期待して。代わりに、河からの光が自分たちを照らしている。ヒューゴーは河に目をやり、銃を握る手に力をこめた。遊覧船からの光は、今や河岸から三十メートルたらずのところまで近づいている。船首に立つふたりの男のシルエットが浮かび上がった。ひとりが照明器を手にしている。もう一方の人影のほうは数センチ背が高く、光を浴びてスキンヘッドが光っている。杖で体を支えている。ヒューゴーは男たちに見えるように銃を持ち上げ、次にニカの眉間に銃口を押し当てた。

優に五秒は過ぎた頃、杖をついた男の影が動いた。グラヴァは光の中から消えた。命令を下す大声が水上を漂ってヒューゴーの耳にも届いた。船のエンジン音が大きくなり、船首がゆっくりと向きを変え、河の中央に戻っていく。依然として空気を求めてあえぎながら地面に転がっているニカは体をひねり、何が起きているかを見た。

「おまえの船が行っちまうぞ」ヒューゴーが言うと、ニカはもう一度毒づいた。

彼らの背後、上流の河岸にようやく青い回転灯が到着した。数秒もしないうちに、足音と銃を下ろせという叫び声が聞こえてきた。四名の警官――ふたりは制服警官で、ふたりは私服――が、銃を抜いて石段を駆け下りてきた。ヒューゴーはゆっくりと慎重に銃を体の横に下ろすと、石段のいちばん下の段に滑らせた。そうして両手を上げた。制服警官が駆け寄ってきてヒューゴーの両腕をつかんで立たせた。ニカも起き上がった。ヒューゴーは衝動に屈し、カウボーイ・ブーツの踵《かかと》でルーマニア人の鼻を思い切り蹴った。

「今のはマックスの分だ」

警官ふたりに羽交《はが》い絞めにされてもヒューゴーは逆らわなかった。両腕を背中にまわされ、手錠をかけられた。警官たちはヒューゴーを石段のいちばん下の段に置いた。ひとりが彼を見張り、もうひとりが無線で応援を呼んだ。血を流してぶつぶつ言っているニカに私服刑事たちが手錠をかけるのを見て、ヒューゴーはにやりとした。制服警官のひとりがヒューゴーのジャケットの内側に手を入れ、大使館の身分証を取り出した。紋章と金属のバッジを見ると、警官の顔が半信半疑になった。彼はそれを私服刑事のひとり――こちらに背を向けて自分の携帯電話を開いている――に渡した。一分後、ヒューゴーは手錠をはずされると、船を指さした。河の流れに逆らって東に向かい、シテ島の横を通り過ぎようとしている。

「ドラクロワ警視を呼んでくれ、すぐに。グラヴァが逃げるのをきみたちは見ていると告げるんだ」

「なぜ？《コマン》」刑事はためらった。

「ドラクロワだ。彼を呼んでくれ、さあ」

ヒューゴーが見ていると、刑事は警視庁に電話をしてドラクロワを呼び出し、船とヒューゴーを見比べながら早口でまくしたてた。やがて無言になり、耳を傾けながらうなずいている。電話を切ると、刑事は左に顔を向けた。ヒューゴーと残りの三人もそちらを見た。やがて荒々しいエンジン音とガタピシいう音とともに、二艘の警察船が暗がりから飛び出し、彼らの前をすばやく通り過ぎていった。数秒もしないうちに遊覧船に追いつくと、警察船はエンジンを減速して遊覧船のまわりを旋回した。片方の警察船の船首にいる黒い人影が、遊覧船の操舵手に陸につけろと拡声器でがなっている。

遊歩道からじっと見つめていると不意に背後から轟音に襲われ、ヒューゴーも警官たちも身をかがめた。みんなが耳をふさいでいると、一機のヘリコプターがあらわれた。ローターで彼らを吹き飛ばしそうにしながら、頭上を猛スピードで通過していく。機首のライトが眼下の水面を白く浮かび上がらせる。獲物を探しているのだ。やがて遊覧船に狙いを定めるとデッキをライトで満たし、乗員を釘付けにした。サイレンのコーラスが大きくなった。ヒューゴーが顔を上げると、遊覧船の正面のサン・ミシェル橋を青い回転灯が一列に並んでやって来る。十数人の黒い人影が遊歩道に群がって遊覧船が降伏するのを待ち受けている。さらに橋にいる十人以上の野次馬が欄干《らんかん》から身を乗り出してショーを見物している。彼らの懐中電灯が闇の中で踊っている。ケーキに立てた蠟燭《ろうそく》のように。

35

ヒューゴーはアパルトマンのある建物の石段を駆け上がった。疲れていたが、心は晴れやかだった。遊歩道にあらわれたドラクロワ警視率いる警官隊は、圧倒的な火器類と何組もの拘束道具を携え、グラヴァと部下たちを出迎えた。ルーマニア人どもを別々の警察車両に押し込めるあいだ、ドラクロワはヒューゴーを待たせておくよう部下たちに命令していた。やがてあらわれたドラクロワは出し抜けにヒューゴーの肩を引き寄せ、大きく抱擁《ほうよう》した。ヒューゴーとニカとの格闘については、すでに知っていたらしい。ドラクロワは彼を解放すると、帰る前にもう一度礼を述べた。「これから延々《えんえん》と訊問を続けないといけませんから」と彼は言った。「見学したければ歓迎しますよ」

「ありがとうございます《メルスィ》、でも友人を待たせていますから」と、以前に彼と交わした合意を尊重していることをヒューゴーなりの言い方で伝え、ドラクロワを安心させた。これはフランスの警察による逮捕であり、ヘッドラインを飾ることも称賛もヒューゴーは望んでいなかった。

ドラクロワは家に護衛をつけると申し出たが、ヒューゴーは断わった。目下のところはトムがいる。それにドブレスクの手下どもは、東の国境に集団移動するだろうと予想していた。まだ行動に移していなくても、じきに自分たちのボスが鎖につながれている写真が《ル・モンド》紙の一面を飾るのを目にするはずだ。そして自分たちが負けたことを知る――彼らは一度北アフリカ人のシンジケートに惨敗している。返り咲こうとしても、二の舞いになるだけだ。復讐のためにせよ理由はどうあれ、パリに留まることだけはなんとしても避けたいはずだとヒューゴーは推測していた。

アパルトマンに戻ると、コーヒーテーブルのそばの床にクラウディアが座っていた。火がパチパチ音を立てて燃えている。彼女の前にはたっぷりワインの入ったグラスが置かれている。

「二杯目、三杯目？」ヒューゴーは尋ねた。

「まだ一杯目よ」彼女は笑顔を向けた。「あなたを待ってたの。こんなに待たされるなんて思わなかったけど」

「いろいろ手間取ってね」ヒューゴーはソファに腰を下ろすとブーツを脱いだ。「トムはどこだ？　あいつにも話を聞いてもらいたいんだ」

「彼も待ってたんだけど、シャワーを浴びに行ってしまったわ」クラウディアは床から立ち上がってソファの隅に腰かけ、彼と向き合った。「ちょっと話せる？」

「いいとも。どうした？」

「なんだか引っかかっていることがあって。あなたに教えてほしいの。わたしの頭がおかしいのか、そうじゃないのか。わたしが正しいのかどうか」

ヒューゴーはうなずいた。

「父のことなの。父の死に方について。何かが引っかかってるんだけど、口じゃうまく言えない。確信もないし」

「話してみて」

「父がああなっているのを見つけたとき、わたし――」クラウディアは声を震わせたが、自分を奮い立たせて続けた。「じっと父を見つめた。信じられなくて。でもわたしの一部は――たぶんジャーナリストとしての部分が――あることに気づいていた。ひとつのことに」

「それは？」

「父が撃たれた場所のこと。つまり正確に言えば、銃創のこと。真ん丸だった。縁は赤か茶色だった」

ヒューゴーはうなずいた。その点は彼も気づいていた。なぜ銃創がそこにあるのかもわかっていた。だが残念ながら、その結論はクラウディアの気に入るものではないだろう。「続けて」

「あなたは父についてたくさん知ってるわよね。裕福で、過保護で、本を収集していた。でも、ほかにもまだある。あなたも気づいてた？　父がほっそりしていたけど丈夫だったこと？」

「ああ、伯爵は確かに太ってはいなかった。今思い返してみると、そうだな、そのことはわかる」

「ジャンが父に柔道の手ほどきをしたの。そうね、二十年くらい前からかしら。家の奥の小塔に聖域と父が呼んでいる場所があって、そこでふたりは鍛えていた」

「そのことは伯爵から聞いてる。そこで瞑想《めいそう》をしたりエクササイズをしたりしていると言ってた」

「そのとおり。父とジャン以外はそこに立ち入ることは許されなかった」彼女は顔を上げ、物思いに浸っているような笑みを浮かべた。「あなたが何を考えているかはわかる。でも、そういうことじゃないの。ジャンは無類の女好きだから。軍で格闘技の指導をしていて、ある将軍のボディガードも務めていた。そのあとパパが彼を雇った。これまでジャンと過ごしてきて、彼が美人に目がないことくらいはわかってるわ」

ヒューゴーは彼女の手を握った。「信じるよ。どっちにしろ、あまり気にはしないが。でも続けて」

「わかった。ジャンはいつもこんな冗談を言ってた。父の動きはすばやく攻撃的だって。父はそんなに強くなく、才能もあるわけじゃない。オリンピックじゃ絶対に勝てないだろうって。でも動きがすばやく攻撃的、そう言ってた」大きなハシバミ色の目で、クラウディアは彼の目を見た。「ヒューゴー、あの射入創のことなんだけど、あれは至近距離で撃たれたってことよね。父は至近距離から撃たれた、そうでしょ？」

「まあ、そういうことだろう。私は専門家じゃないし、きみも違う。誰かほかの人間が調べてくれるだろう」

「でもあなたは、わたしが正しいと思ってる」

「きみが正しいかもしれないと思ってる、そのとおりだよ」

「そこが理解できないとこなの。額に銃を突きつけさせるような真似を、パパが誰かにさせるはずないもの。自分の家で。十代の頃、父にペーパーナイフとかバターナイフを突きつけさせられたことがあった。父はそれを酔っぱらったときにお客様にもさせたのよ。恥ずかしいことだけど。でも、いつも父はナイフを振り払ってた」

「すばやく攻撃的な動きで」

「そのとおり。たとえそれほどすばやく動けなくても、争いはあったはずよ。だったら、あんなにきれいな銃創《エグザクトウマン》のはずない。まったくおかしい。辻褄《つじつま》が合わないの」

彼女はソファの背にもたれた。ヒューゴーは無言で彼女を見た。

「教えて」彼女が言う。「あなたが知っていること、思っていることを教えてちょうだい」

「以前話したとき、お父さんはこう言ってた。真実は痛みを伴うこともある。何かを暴くことは、ときとして過去の亡霊を現在に蘇《よみが》えらせることでしかない、と」

クラウディアは首を傾げた。「なんの話をしてるの？　何をわたしに隠しているの？」

「わからないんだ、それが真実かどうか、クラウディア。何ひとつ確信を持てない。でもグラヴァがきみのお父さんを殺したとは思っていない」

「どういうこと？」

「殺す理由がないからだ。最初、マックスのことでお父さんがグラヴァと対立していると思っていた。自分が知っていることを警察に教える、公《おおやけ》にするぞと脅していたのかと。でも、お父さんはグラヴァに電話をかけていない。私が家を出てきみが死体を見つけるまでのあいだ、お父さんは誰にも電話をかけていない。私の知るかぎり、お父さんは書斎から一歩も出ていない」

「何を言ってるの、ヒューゴー？」

「さっきガルシア主任警部と話したんだ。防犯カメラには何も映っていなかったと言ってた。まったく何も。スイッチが切られていたんだ」

「グラヴァが切ったのよ」

「いや、あれは精巧な装置だ。グラヴァに仕組みを突き止めるだけの時間はなかった。さらに壊されてもいないし、いじられた跡もまったくなかった」

「ジャンのことをほのめかしてるんじゃないわよね？」

「ジャン？」ヒューゴーは首を振った。「いや、違う。彼にお父さんを傷つける動機があると思うのか？」

「もちろん、ないわ」クラウディアは言った。「父とジャンは兄弟みたいだったもの」

「そうだ。私もそう思ってた」

クラウディアが彼の手首をつかみ、切迫した声で言った。「何を言いたいの？」

「私がマックスのことを話したとき、お父さんは動転した。いや、それ以上だった。自分がグラヴァにかけた電話のせいで、マックスを死なせた可能性があるとわかったんだ。お父さんのせいじゃない。グラヴァに電話をかけたときにそんなことになるとは思ってもいなかったはずだ。だがお父さんは、死と不幸を、本と切り離して考えることができなかった。グラヴァを捕まえることで、すべてを阻止することができると思ったんだろう。グラヴァに犯行を繰り返させるのではなく。また私はこうも思ってる。お父さんは自分が何を言ってもグラヴァは聞く耳を持たないとわかってたのではないかと。自分はなんの脅威にもならないから。グラヴァはお父さんを殺すこともできた。きみを殺すと脅すことも。グラヴァはまた、お父さんを無視することもできた。それに対してお父さんは何もできない。なぜなら、マックスの死にグラヴァが関与している証拠は、ひとつもなかったから」

「だから、何が言いたいの？」

「グラヴァにはきみのお父さんを殺す理由も機会もなかったってことだ」

「だったら誰がやったの？」

ふたりの視線がぶつかった。ヒューゴーはクラウディアが自分に追いつくのを待った。同じ理解の段階に達するのを。

そこに達すると、彼女は首を振りはじめた。「いいえ、違う。そんなことありえない」

「ありうるんだよ、クラウディア。私はその可能性が高いと思ってる」

「父は自分が死ぬことでグラヴァに警察の目を向けさせようとした。そう思っているの？

そんなの馬鹿げてる」

「いや、そんなことはない。私がマックスのことを話したときのお父さんの顔を見たら、きみもわかるだろう。それに病気のこともある。お父さんから聞いたんだが」

クラウディアはうなずいた。「父は病気のことを怖れてた。威厳を失いたくなかった。私やジャンが、父を車椅子で運ばなければいけなくなることを嫌がってた。父の言葉よ。わたしじゃなく。でも、自殺？」

「誰も思いたがらないものだ。自分の家族にそんな真似ができるとは。私が間違っているのかもしれない。でも、そうだと考えると辻褄《つじつま》が合うんだ。きみ自身言ってたじゃないか。お父さんなら抵抗したはずだと」

クラウディアは唇を嚙《か》み、数秒置きに頭を振った。顔を上げ、勝ち誇ったような目で告げた。「でも、現場に銃はなかった。わたしは見ていないし、警察も見つけていない。自殺のはずないわ」

「そこのところが真実を知る手がかりになるんだ、もし私が正しければ」

「どういうこと？」

「きみのお父さんは、シャーロック・ホームズの大ファンだったね？」

「ええ《ウィ》。だから？」

「私もそうなんだ。というより、かつてはそうだった。ハイスクールと大学時代に全部読破した。そのせいで法の執行機関の一員になりたいと思うようになったのかもしれない。謎めいた事件を解決して、非道な悪党どもを捕まえたいと。それはさておいて、思い出してみると、ホームズの物語にこんな話がある。ある人間の遺体が橋で見つかった。凶器の銃はその人間の仇敵のものであると判明した。明白な殺人事件だった。ただホームズだけが、橋の欄《らん》干《かん》が欠けていることに気づいた。彼は考え、測定をし、警察が見つけた銃は二挺あるうちの一挺だと気づく。もう一挺の銃は行方不明だ。警察はその銃を見つけられなかった。あまり気にかけてもいなかった。ほかの誰も銃がどこに消えたか知らなかった。そこでホームズは橋の下の川に飛び込んで銃を回収した」

「ヒューゴー、なんの話なの？」

「死んだ人間は自分で自分を撃ったんだ。銃に石をくくりつけ、欄干の縁から垂らしておいた。その人間が引き金を引いて地面に倒れると、石の重みで銃は川に落ちる。その過程で欄干が欠けたんだ。殺人に見せかけた自殺だった」

「図書室の窓の外には池がある」

「そう。覚えてるか？　窓はあいていただろ？　凍てつくような冬の日にありえない。もし私が正しければ、銃は池にあるはずだ」

ふたりは一分間ほど無言だった。トムが書斎のそばの廊下に立っていることにヒューゴーは気づいた。話を聞いていたらしい。トムは居間に入ってきて腰を下ろしたが、何も言わなかった。

「でも、もしあなたが正しいとしても、どうして父はそんな真似をしたの？　父は真実を何より大切にしていたわ、違う？」

「ああ」ヒューゴーは言った。「お父さんはそうだった。たぶん、いずれ私たちが真実を見抜くことがわかっていたんじゃないかな。それにお父さんは正義の人でもあった。マックスへの仕打ちに対して、グラヴァに確実に正義が下されることを望んでもいた。お父さん自身の口からそう聞いた」ヒューゴーは笑みを浮かべた。「今回、お父さんは真実よりも正義を優先させることにしたんじゃないだろうか。ほんの少しのあいだは」

クラウディアはしばらくひっそりとしていた。じっと火を見つめていたが、顔を上げた。

「ひとつ。あなたはこう言ったわね。グラヴァを直接指す証拠はひとつもなかったと」

「ああ。だが誰かが警察の興味を惹《ひ》いたら、警察は直接の証拠がなくても捜査に乗り出せる。グラヴァに一度でもスポットライトが当たったら、かなり醜い事実が見つかるだろう、お父さんはそう信じていたんだ」

「そしてそれは正しかった」トムが口を開いた。「あのむかつくクソ野郎」

「お父さんは正しいことをしようとしていた」とヒューゴー。「そして罪と認知症を同時に解決した。気の毒に、クラウディア。本当に」

クラウディアは自分の体を抱き、ヒューゴーの膝に突っ伏した。トムが立ち上がり、ウィスキーのボトルに近づいた。三人分をたっぷり注ぐと、それを差し出した。「ところでシャーロック」トムは言った。「あとは本を見つけさえすりゃいいんだな。おまえさんがあんまり忙しくなかったら、グラヴァのやつも見つけないとな。どこかの橋の下に一緒に隠れてるんじゃないか？」

「いや」ヒューゴーは笑みを浮かべた。「いずれにしても本を探す必要はない。私のオフィスにある」

クラウディアとトムが同時に反応した。「なんだって？」

「マックスが大使館宛で私に送っていたんだ。今夜、初めて知った。ずっと休暇中で郵便物をチェックしていなかったから。エマは緊急を要する件しか伝えないし、本が重要とは思わなかったから、私に伝えなかった」

「どうしてマックスはそんなことをしたの？」クラウディアが尋ねる。「なぜ、あなたに郵送したの？」

「よくはわからないんだ」ヒューゴーは眉根を寄せ、頭を振った。「たぶん本に価値があることがわかり、私のところなら安全だと思ったんじゃないだろうか」

「直接渡してもよかったのに。違う？」

「私が最初に本を見て、それから彼に金を返すために銀行に行っているあいだに、マックスは本の中を見たんだと思う」

「どうしてそのとき、さっさとあなたに渡さなかったの？」

「思い出してくれ、マックスがどういう男だったか。彼はナチ・ハンターや対独協力者をずっと相手にしてきた。それからグラヴァの手下ども。マックスはたぶんかなり病的に脅えていたんだろう。だから本を失う危険は、なんとしても避けたかった。きみのお父さんが言っていたように、グラヴァと取引しないといけないと知っていたら、あの悪党が自分の利益のために本を奪うだろうとわかっていたにちがいない。それも早急に奪おうとするだろうと。もしかするとニカがうろちょろしているのを見ていて、私を守ろうとしたのかもしれない。マックスの店の近くに郵便局がある。通りを横切って郵便を出すのは簡単なことだったろう。そうすれば本の安全がすぐに保たれる」

「でもなんでおまえさんに言わなかったんだ？」トムが尋ねる。

「残念ながら、わからない」ヒューゴーは答えた。「でも嫌な考えがふと浮かんだんだ。マックスはきみのお父さんに対して、強硬手段を取ろうとしていたのかもしれない。本と沈黙の代償として、かなりの額の金を要求しようとしていたのではないだろうか。隠居用の金を。もちろん、推測でしかないが。しかし私が銀行に行っているあいだにマックスは気持ちを変えた。もしさっき言ったようにマックスがきみのお父さんと直接取引するつもりだったのなら、私には本の中身を知られたくなかったはずだ。自分の計画についても——だから私に本を郵送するための理由を考え出す時間が欲しかったにちがいない。実際どうだったのか、わかることはないだろうな」

三人は無言で火を見つめた。オレンジ色の火が激しいダンスを踊ってたっぷり一分間みんなを楽しませてくれているあいだ、燃える薪《まき》のはじける音やシューッと言う音、ときおりウィスキーを飲む音だけがしていた。

クラウディアがため息をついて床に体を伸ばし、ヒューゴーの脛《すね》に背中をもたせかけた。彼は彼女の怪我をしていないほうの肩を優しく撫《な》でた。するとクラウディアが振り向いた。

「で、戻ってくるのになんでこんなにかかったの？　トムも聞きたがるだろうって言ってたけど」

「そうだ。次はおれの背中を撫でてくれ」トムが言う。「いったい、どこにいたんだ？　おまえさんがクソ二時間も戻ってこないと知ってりゃ、彼女をベッドに連れ込んでたのに」

「わたしとベッドにいて、あなたが二時間も持つとは思えないわ」

そのユーモアに喜んで、みんな笑った。ヒューゴーは帰宅までの道のりについて語った。クラウディアは体の向きを変えて、話に聞き入っている。グラヴァの身が確保されたという知らせ、さらにヒューゴーが彼を捕まえたひとりだという知らせに、心のこもった乾杯がひと通りおこなわれ、すぐに酔っ払いのお祝い会になった。

五回目か六回目かの乾杯のあと、トムが立ち上がった。「恋人たちだけにさせてやるよ。でもおまえさんたちがベッドに行く前に、おれがゲロを咽喉《のど》に詰まらせてないか確かめてくれよ」

「喜んで」ヒューゴーはクラウディアを床から立たせ、ソファの自分の隣に座らせた。彼女は彼の脚の上に自分の脚をもたせかけ、体をすり寄せた。

「デュランのこと口にできなかった理由は、わかってるでしょ？」

「もちろんさ。そのことはもう気にするな」ふたりはしばらくじっとしていた。「きみのお父さんのことは残念だった。それはわかってくれ」

「わかるわ」と言い、彼女はため息をついた。「わたしが一面の記事を飾れたら、父は喜んでくれたでしょうに」

「グラヴァのこと？　確かにお父さんは喜んだだろうな」

「ほかにもまだ書きたいものがあるの。本一冊分の長さになるでしょうけど」

「本当に？　内容は？」

　クラウディアは彼を見た。「あなたは疲れてる。それについて話すのは明日でもいいわ」

「だめだ。今、教えてくれ？　どんな話なんだ？」

「第二次世界大戦についてよ。レジスタンスのことと、ナチのためにフランスの英雄たちを裏切った人々のこと」

「なるほど」彼が同意したふりをしていると、彼女が鼻をすり寄せてきた。間近で見つめられ、彼はそっと言った。「本当にグラヴァの話だけに固執するつもりはないのか？　第二次世界大戦についての話なら、それこそ山のように書かれているのに」

「いいえ、わたしが書こうと思っている内容のものはまだないわ」

「きみがそう言うなら」

「本当よ」彼女は言った。「あらゆることを書くつもり。陰謀、秘密、策略、欺瞞《ぎまん》。フランス社会で最高の権力者たちのひとりを取り上げるの。フランスでも指折りの家系の伯爵を。ひじょうに勇敢な行為とひじょうに卑怯な行為の話。とっても古い本のページに何十年間も隠されたままになっていた、ぞっとするような秘密の話よ」

「すごい」彼はささやいた。「そいつはたいした話になりそうだ」

「あなたさえよければ、謝辞を述べるページにあなたの名前も載せてあげる」クラウディアはソファに深く座った。瞼《まぶた》が重くなってきている。

「あと出版されたときに」ヒューゴーは言った。「著者のサイン入りの初版本が欲しいな」

謝辞

本書は私の処女作である。この作品が日の目を見るまでには多くの人々に支えられ、励まされてきた。まずは家族と友人たちに感謝を伝えたい。父は私がデビューすることは知っていたが、本に仕上がったものを見ることもなく今年他界してしまった。主人公ヒューゴー・マーストンの人物像は父に影響を受けている。ヒューゴーの道徳的指針、客観的な性質、ユーモア、そして誰に対しても礼儀正しい態度は父を手本としたものだ。そしていつも父に寄り添っていた母は、私の能力を信じて、どんなときも支え、励ましてくれた。私の作品を読み、批評してくれた。本人は知らないだろうが、「売られている本みたいよ」という言葉は、これまでで最高の誉め言葉だった。さらに、兄弟のリチャードと姉妹のキャサリーンにも大いなる愛と感謝を捧げたい。私が成果を収めたときはいつもとても喜んでくれたばかりか、出版にこぎつけるまでの紆余《うよ》曲折《きょくせつ》の長い道のりを、ともに進んで歩んでくれることで支えてくれた。

ふたりの作家仲間、ジェニファー・シュバートとエリザベス・シルヴァーのたゆみない協力と支持、さらに率直でひじょうに貴重な批評を与えてくれたことに、とりわけ感謝を捧げたい。支えや批評的な視線が必要となるたび、きみたちのことを思い出した。私にとってはまさに天からの賜物《たまもの》だ。きみたちふたりは、かけがえのない存在だ。またヒューゴーを創造する過程で、時間を割《さ》いて感想を述べてくれたほかの作家仲間――メレディス・ヒンドリー、シェリル・エチソン、ヴァネッサ・アブサロム＝ミュラー、J・E・シーモア、トッド・ブッシュ、ケン・ホス、エレナ・ジョルジ、アン・シムコ、デイヴィッド・カジー――にも感謝している。さらに私よりはるかに才能にあふれ、この青二才に惜しみなく助言を与えてくれた著名な作家――デイヴィッド・リンジー、ジェニファー・ヒラー、スティーヴン・シードル、キャロル・カー、ビル・ランディ――にも心からの感謝を。

稀覯本《きこうぼん》について助言をくれたロンドンの古書店〈ピーター・ハリントン〉のグレンにもお礼を述べたい。

本シリーズについてみんなと同じように興奮し、文字どおり何年間も励ましつづけてくれた作家以外の友人たちにも感謝を捧げたい――ライアン・ピアス、コナー・シヴィンズ、ローラ・オルーク、リサ・ホブス、ジェシカ・ガザール、マークとシーラ・アーミテージ夫妻、トッドとアリソン・フィンチ夫妻、アンディ・バクスター、ジャッジ・マイク・リンチ、デイヴィッド・グラスボー、スティーヴン・ウィロット、アーロン・ミュラー、そしてふたりの才能ある友人、アーチストのドナ・クロスビーと音楽家のジョニー・ガウディ。

また、まさに最初の一歩を踏み出したときから作家としての私を、この小説を、このシリーズを信じつづけてくれたエージェントのアン・コレットに変わらぬ感謝を捧げたい。私のささやかなプレゼントのチョコレートは感謝の気持ちには遠く及ばないが、ヒューゴーの人物像を形成したり彼の居場所を見つけたりするためにあなたは賢明に力を尽くしてくれた。チョコレートは、私がそれをわかっていることの小さなしるしだ。メルスィ・ボークー。

同様に編集者のダン・マイヤーにも感謝を。たくさんの中から抜擢《ばってき》してくれ、私と私の作品に信頼を置いてくれて、ありがとう。本作は私たち両方にとって、ちょっとした新しい始まりであり、新しい旅である。長く続かんことを。

すばらしい三人の子どもたち――ナタリー、ヘンリー、ニコラ――数えきれないほど図書館通いに付き合ってくれた。私が図書館にひとりでいたいときは、そっとしておいてくれた。きみたちの忍耐と理解に感謝している。きみたちが私の作品を読めるほど大きくなって、その手に私の本があるのを見たら、これ以上の喜びはないだろう。それ自体が私の労力に対するご褒美《ほうび》だ。

そして最後に妻のサラへ。本書はきみのものだ。私が書くことに対してきみほど熱烈な支持者、きみほど偉大な信奉者はいない。ヒューゴーを生き生きさせるために、きみほど熱心に協力してくれた者はいない。何年にもわたり、きみは無条件に支え、励ましてくれた。進んで働いてくれたし、辛抱強く雑用をこなしてくれた。そのおかげで私は執筆する時間が持てた。ひとりでいることができた。私が想像上の友人たちとパリに没頭していたためにディナーの席できみの質問を聞きそびれても、ただ笑ってくれた。きみはあらゆる面で利他的でありがとう、おそらく自分がどんなに輝いているか、知ってもいないだろう。ありがとう、愛する人。

訳者あとがき

パリを舞台にしたサスペンス小説『古書店主』*The Bookseller*（2012）をお届けする。著者のマーク・プライヤーにとってはこれがデビュー作であり、また新たな魅力を持つ作家が登場したといえよう。

主人公はカウボーイ・ブーツがトレードマークという生粋《きっすい》のテキサス人、ヒューゴー・マーストン。元FBIのプロファイラーで現在はパリのアメリカ大使館に勤務し、外交保安部長として要人・来賓《らいひん》の警護の指揮を執《と》っている。

物語はセーヌ河の左岸で幕をあける。〝ブキニスト〟と呼ばれる古書露天商の店が軒を連ね、観光客でにぎわう一画だ。ヒューゴーは元妻へのプレゼントとして、知り合いの老ブキニスト、マックスから古書を二冊買う。その直後、マックスは強面《こわもて》の男に拉致《らち》され、船でどこかに連れ去れてしまった。

ヒューゴーはすぐ警察に通報するが、担当した刑事は端《はな》からやる気がない上に、マックスが自ら進んで船に乗ったという目撃者の証言のせいで、事件はうやむやにされてしまう。納得のいかないヒューゴーは自らマックスの捜索に乗り出すが、その過程でマックスがナチ・ハンターだったという意外な過去が明らかになる。さらにヒューゴーがマックスから買った古書の一冊が、コレクター垂涎《すいぜん》のとてつもなく貴重な本だと判明する。マックスが拉致されたのは彼の過去と関係があるのか、それともヒューゴーが買った古書のせいだろうか？　さらに今度は別のブキニストたちが、セーヌ河で死体で揚がったり、行方不明になったりして、事態はますます混沌《こんとん》としていく。

美人ジャーナリストのクラウディア、稀覯本《きこうぼん》のコレクターである伯爵、さらにブキニストの組合の長であるグラヴァ、と次々に多彩なキャラクターが登場して、物語は幾層にも絡み合っていく。第二次世界大戦中のナチとレジスタンスの攻防と、それにまつわる悲劇、古書に隠された意外な秘密など、いくつも謎がちりばめられていて、それがどう収斂《しゅうれん》していくのか最後まで目が離せない。

ブキニストたちの失踪や死の裏に実はパリをめぐる壮大な陰謀が隠されていたという構想は、新人作家らしからぬスケールだが、それもそのはず、著者は現役バリバリの地方検事補という別の顔も持っている。マフィアの用心棒や殺人者、強盗、強姦魔などを相手に戦ってきただけに、犯罪の手口についてはお手のものといえよう。

著者のプロフィールを紹介すると、イギリスで生まれ育ち、新聞記者として犯罪や国際問題などの報道に携わったあと、一九九四年、アメリカに移住。その理由はイギリスの天候に我慢ならなかったからだという（作中にも同じ理由でイギリスからパリに移住した古書店の主人が登場する）。移住後はアメリカの大学でジャーナリズムを学んだあとロースクールに進学し、優秀な成績で卒業。現在はテキサス州オースティンに住み、先に述べたように地方検事補と作家という二足のわらじをはいている。

『古書店主』というタイトルが示すように、本書はセーヌの河岸の露店で古書を売るブキニストの世界が舞台になっている。露店といってもワゴンなどではなく、河岸沿いの壁に取り付けられた緑色の箱がブキニストたちの店で、古書のほかに絵葉書やポスター、土産物《みやげもの》が売られている。各箱の前で店主たちが椅子に座ってのんびりと客を待つ姿は、パリの風物詩とも言われている。本書の中でも触れられているが、誰でも簡単にブキニストになれるわけではない。それぞれの箱に番号が振られていて、パリ市から許可を得た者だけが営業できる。現在では二百五十人ほどが出店しており、ユネスコの世界遺産としても認められているという。

こうしたブキニストに関する描写はもちろんのこと、パリの裏道やカフェ、昔気質《むかしかたぎ》の女主人のいる酒場など、普通のガイドブックではお目にかかれないような情報に満ちているのも本書の特色だ。読み進めるうちに、いつしか自分も凍てつくパリの歩道を歩いているような気にさせられる。裏ガイドブックとしてパリ好きの方にはもちろんのこと、パリに行ったことのない方にも楽しんでいただける一冊ではないだろうか。

著者のホームページによると、舞台をパリにした理由については、パリとそこに住む人々が大好きだからだという。また「もしあなたがパリのカフェで赤ワインのカフェを前に道行く人々を見ていたら、なぜヒューゴーがパリで暮らすのかわかってもらえると思う」とも述べている。

これもまた著者のホームページからの引用だが、プライヤーは本書では〝オールドファッション・タイプのヒーローを描きたかった〟のだという。実際、ヒューゴーは仕事に忠実で上司には礼儀正しく、友人や知人には思いやりを忘れず、と実直そのものの男だ。常に法を順守し、型破りな行動を嫌う。またヒューゴーは熱烈なシャーロキアンとして描かれており、作中でもホームズばりの推理を披露する場面や、物語の後半で起きた事件では、ホームズのとある作品をヒントにして解決する場面もある。ホームズ・ファンの方なら、〝ああ、あの作品か〟と思わずにやりとさせられるにちがいない。

一方、ヒューゴーのFBI時代からの旧友で元CIA局員のトムは、美食と酒のせいで肥った体を持て余しているばかりか、中年の危機真っ只中で鬱屈《うっくつ》した気持ちを抱え、傍若無人を絵に描いたような男だ。そんな対照的なふたりだが絆は固く、阿吽《あうん》の呼吸で行動して事件を解決に導いていく。まさに名探偵の陰に名相棒ありだ。

プライヤーは *As She Lay Sleeping* というノンフィクションの本も今年（二〇一三年）出している。これは地方検事補として担当したある事件について綴《つづ》ったもので、証拠がなく目撃者も証言を拒否した事件を公判に持ち込んで評決が出るまでを描いており、こちらも興味深い一冊だ。

ヒューゴー・マーストンを主人公にした作品はシリーズ化しており、二作目の *The Crypt Thief*（2013）ではパリの有名墓地でアメリカ人が殺されたため、大使がヒューゴーに捜査を命じるという内容だ。三作目の *The Blood Promise* は来年一月にアメリカで刊行される予定で、フランス革命後に端を発した事件をヒューゴーが追うというものらしい。〝パリのアメリカ人〟、ヒューゴー・マーストンがどんな活躍を見せるのか、楽しみでしかたない。

『パリのアメリカ人』といえばガーシュインの名曲が有名だが、本書を訳し終えたとき訳者の頭に流れてきたのは、同じガーシュインでも『誰かが私を見つめてる』の曲だった。なんともいえない余韻に包まれた本作にぴったりの曲だと思うのだが、いかがだろうか？

余談だが、ヒューゴーがマックスから買ったアガサ・クリスティーの『雲をつかむ死』の初版本と同じ装丁のものが、〈AbeBooks.co.uk〉という古書専門のサイトでは約千ユーロ（日本円で約十四万円）で売られていた。本の状態にもよるから単純に比較はできないが、四百ユーロで購入したヒューゴーはかなり得な買い物をしたのではないだろうか？

二〇一三年十一月

訳者略歴　1957年生，早稲田大学第一文学部卒，英米文学翻訳家　訳書『ヘルズ・キッチン』ディーヴァー，『テンプル騎士団の古文書』クーリー，『ルクセンブルクの迷路』パヴォーネ（以上早川書房刊）他多数

HM=Hayakawa Mystery
SF=Science Fiction
JA=Japanese Author
NV=Novel
NF=Nonfiction
FT=Fantasy

古《こ》書《しよ》店《てん》主《しゆ》

〈NV1296〉

二〇一三年十二月 二十日 印刷
二〇一三年十二月二十五日 発行
（定価はカバーに表示してあります）

著者　マーク・プライヤー
訳者　澁《しぶ》谷《や》正《まさ》子《こ》
発行者　早川浩
発行所　株式会社　早川書房

郵便番号　一〇一‐〇〇四六
東京都千代田区神田多町二ノ二
電話　〇三‐三二五二‐三一一一（大代表）
振替　〇〇一六〇‐三‐四七七九九
http://www.hayakawa-online.co.jp

乱丁・落丁本は小社制作部宛お送り下さい。
送料小社負担にてお取りかえいたします。

印刷・株式会社精興社　製本・株式会社明光社
Printed and bound in Japan
ISBN978-4-15-041296-8 C0197

本書は活字が大きく読みやすい〈トールサイズ〉です。